大鱼

有爱的青春陪伴者

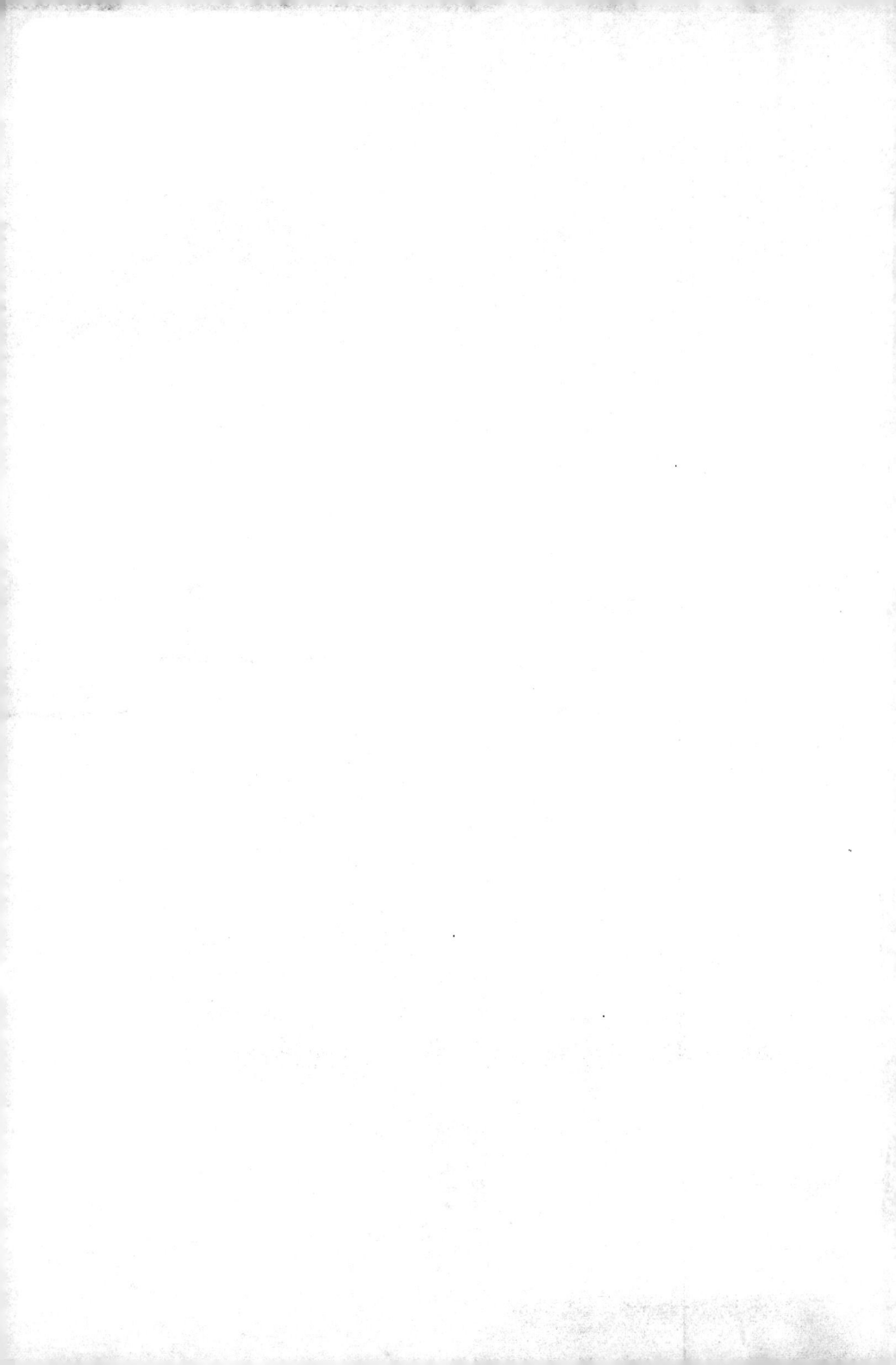

等月光

〔木甜〕 著

贵州出版集团
贵州人民出版社

图书在版编目（CIP）数据

等月光 / 木甜著. —— 贵阳：贵州人民出版社，
2022.11
　ISBN 978-7-221-17243-3

　Ⅰ. ①等… Ⅱ. ①木… Ⅲ. ①长篇小说 - 中国 - 当代
Ⅳ. ①I247.5

中国版本图书馆CIP数据核字(2022)第163725号

等月光
DENG YUEGUANG

木甜 / 著

出版统筹：陈继光
选题策划：大鱼文化
责任编辑：严　娇
特约编辑：娄　薇
装帧设计：刘　艳　孙欣瑞
封面绘制：遐屿璐　杨　玉
出版发行：贵州人民出版社（贵阳市观山湖区会展东路SOHO办公区A座
　　　　　邮编：550081）
印　　刷：长沙鸿发印务实业有限公司
开　　本：880毫米×1230毫米　1/32
字　　数：346千字
印　　张：10
版　　次：2022年11月第1版
印　　次：2022年11月第1次印刷
书　　号：ISBN 978-7-221-17243-3
定　　价：42.80元

贵州人民出版社微信

目 录

Content

目 录

第一章

半夏至，苦相思

我曾经无数次向神明祈祷，愿我来生是个能骑马、能打仗的公主。

——方循音日记

01

江城九月，夏日已过去大半，暑意却丝毫未消。烈日当头，空气中充斥着满满当当的燥热因子，叫人浑身难受，却又无可奈何。

今天是江城八中新学期返校的日子，校门口的通知栏边挤满了家长和学生，学生大多是高一新生。

人头攒动，像一张巨大的黑色幕布，乌压压地蔓延开来。

"你这孩子，怎么没进竞赛班呢！"

"哎呀，分班考不如别人呗。妈，你也不想想，能进八中竞赛班的都是什么神仙啊？啧……"

"怎么说话的？你哪里比人家差了？补课花了这么多钱，真是的……"

此刻，方循音正独自站在人群外。她踮起脚，对着通知栏红榜费力地寻找着自己的名字。一行一行地看过去，好半天，她总算在"平行班4"那一栏找到"方循音"三个字。

高一（4）班。

反复确认过几遍之后，她长舒了一口气，默不作声地低下头，拢了拢外套，缩着身子往教学楼的方向走去。

天气预报说，今天江城气温能达到36℃，再加上校园里处处都是人，更添几分燥热。学生和家长大多打了伞，穿得凉爽轻快，这就让方循音显得十分特立独行。

她穿着一身长袖外套，还将拉链拉到下巴底下，整个人裹得严严实实。一头及腰的黑发长而密，全数披散在背上，平刘海也略厚重，正好搭在眉毛上，怎么看都有些古怪。

好在，并无人关注她。

等到踏进教学楼，走廊的穿堂风飕飕地吹过，再混合着空调冷气，总算带来一丝凉意。

方循音早已浑身黏糊糊的，汗水将里头的衣服全数打湿，黏在身上，风一吹，感觉更难受了。

真讨厌夏天啊。

她用力地抿了抿唇，却丝毫没有要脱掉外套的意思。

休息片刻后，方循音迈开脚步，慢吞吞地走到二楼，找到高一（4）班教室门牌，再悄悄从后门往里望了一眼。

时间尚早，教室里只到了四五个人，皆是陌生面孔。

她缩缩脖子，快步走到教室最后一排，拣了个靠墙角落的位置坐下。接着，她佝偻起背，再把头埋进臂弯之中，整个人都似乎要压进桌面里，只想尽可能减小存在感。

倏地，旁边传来小声讨论：

"你看那边那个女生是怎么了？"

"是不是不舒服啊？难道中暑了？要不要去问一问？"

……

方循音没作声，身体又不自觉地往墙面靠了靠，试图寻求一点安全感。

她在心底喃喃：别来问，千万别来。

好在，又有新同学进到教室，那两个人的注意力似被岔开，没再注意她这边。

方循音本是绷紧了身体、紧攥着拳，等了等，终于慢慢地放松下来。

新学校、新班级、新同学，明明都该值得期待，只不过，对于方循音而言，却是满满压力，恨不能尖叫着逃跑。

十六年来，她都在试图与自己搏斗，但无论怎么样，好像都找不到破解之法。

九点十分左右，教室里大部分位置都坐上了人，交谈声此起彼伏。

片刻后，一个中年男人从教室前门走进来，站上讲台。

男人四十岁出头的模样，头顶秃得有些扎眼。他手拿点名册，敲了敲讲台，清了清嗓子，自我介绍道："各位同学，大家好，恭喜大家成为江城第八中学的一分子。我是大家的班主任兼物理老师，我叫李俊才，'英俊'的'俊'，'才华'的'才'。你们的师哥师姐一般都叫我'才哥'，你们也可以这么叫。未来这三年，我会带领大家冲刺清北。在八中上学，等于离清北只差临门一脚，希望大家努力努力。"

底下响起不太和谐的笑声。

李俊才丝毫不介意，翻开点名册，继续说："我说完了，那我们点个名。点到名字的同学站起来，对大家简单自我介绍一下。我会依照你们的自我介绍指定临时班委，所以，不要太敷衍，要说满一分钟哦。"

方循音的手指再次蜷缩起来，甚至想要立刻拉开后门，拔腿就逃，但一想到这夸张举动可能反而更引人注目，只得忍住动作。

许是因为新班级，大部分同学都觉得新鲜，前头不乏有人侃侃而谈，恨不得将自己小学历史都一块儿翻出来说与大家听，叫所有人都知道他的光辉履历才好。

李俊才不得不出声喊停："可以了，可以了，相信大家都对你很了解了，请坐。下一位同学，我看看啊，方循音。方循音同学是哪位？"

方循音的心猛烈一跳，她颤颤巍巍地站起身来。

李俊才的目光在她身上停顿半秒，笑了笑，竟然也没多说什么，只提醒道："方循音同学，自我介绍一下吧。"

方循音用力地抿了下唇，眼睫毛飞快地上下眨了眨，仿佛蝴蝶翅膀惊扰了一池春水，却被厚重的眼镜片全数挡住，客套地婉拒那些陌生的窥视。

顿了下，她小声开口："我叫方循音，初中毕业于江城 F 大附中……很高兴认识大家。"

话音才落，不远处，有调皮的男生高声起哄起来：

"声音太小啦，听不见！"

"一分钟一分钟！这才十秒钟呢！我刚被迫讲了一分钟！不行，才哥，男女平等！"

李俊才挥了挥手，做了个打住的动作，这才慢吞吞地问："方循音同学是没有什么想要分享的吗？那我问几个问题可以吗？"

方循音将头低得更低一些："可以的……"

"我看你的资料，你的中考成绩是附中前三，怎么没有来参加竞赛班的入学测试呢？"

"李老师，我没有接触过竞赛，而且，中考有点超常发挥了，我平时成绩没有那么好。"

方循音的声音很细，听着和她的人一样单薄，语调却很舒适，有种江城口音独有的缱绻缠绵味道。

李俊才点点头，说："了解了，好，请坐吧。对了，还有一件事，八中虽然不强迫女生剪短发，但是不可以披头发进学校的哦。你们梳个马尾，或者爱漂亮的话梳点发型都可以的。坐下之后，要把头发扎起来。"

明明老师并没有斥责之意，方循音却觉得难堪极了，坐下之后，她从手腕上摘下皮筋，把散乱的黑色长发拢到一处，胡乱绑了起来。

只是，哪怕她刻意将头发往右耳边束，马尾全数压在右肩上，却还是不能完全挡住耳垂下方那若隐若现的印记。

倏忽间，她竟然有一种被人扒光的感觉，赤身裸体，随时随地都有可能鲜血淋漓。

没多久，所有人自我介绍结束。

李俊才开始安排临时班委，又给他们按照身高和成绩重新排座位，再吩咐班长带着班上的男生去隔壁楼搬书。

"没问题！"

男生们"哗啦啦"一拥而出。顷刻间，教室里空了大半，衬得空气都凉快了下来。

剩下的女生各自尴尬须臾，再试探性地扭头与前后左右的新同学重新认识。

自来熟的那些，已经开始闲聊起来。

方循音个子一米六出头，不算太高，加上她入学成绩排名靠前，自然是被安排到了前排座位。

右侧不是墙壁，而是一条空空荡荡的走道，再往右，坐了个短发娃娃脸女生。

那女生笑起来一对眯眯眼，看着就十分亲切，她自然地主动与方循音打招呼："你好，我记得你叫方循音是吧？我叫朱蜜。"

方循音讷讷地点点头："你好。"

说话时，人虽是往朱蜜方向侧了侧，正对她，右手却依旧保持着捂右脸颊的姿势。这个动作正好能挡住那个印记。

朱蜜问道："我带了湿纸巾，你要不要？可以擦一下桌面和台板。我看灰还蛮多的，等下要把新书弄脏了。"

对方丝毫不介意散发善意，让人如沐春风不说，还会自然地跟着她的思路跑。

"好呀，谢谢。"方循音条件反射地点了点头，伸出手。

然而，下一秒，她动作僵在原地。

果不其然，朱蜜的视线落到了她脖子上，表情变得有些诧异，轻轻指了指那个方向："你的脖子好像沾到什么东西了，要不要去洗一下？"

"刺啦——"

椅子脚在地板上重重划过，发出刺耳的声音。

方循音倏地站起身来，在周围女生愕然的目光中再次捂住脖子，惨白着脸，轻声留下一句"我去一下洗手间"，然后匆匆跑出教室。

走廊里吵吵闹闹，但好像没有一处热闹属于她。

方循音脑袋里飘过无数念头，最终，只低低垂下眼，慢吞吞地下了楼，走出教学大楼。

时间已近正午，日头高照，室外好像越发炎热起来。远远望去，陌生男孩们各自搬着一大摞书，说笑着穿过操场，朝这个方向走来。

方循音不知道该去哪里，只能从旁边绕开他们，打算在操场边的树荫里休息一会儿，做好心理建设就回教室去。

八中是私立名校，校区建设配置自然豪华。内圈 400 米的跑道，中间是草坪足球场，跑道外还配了两个比赛规格的篮球场。这会儿，竟然还有人在篮球场上打篮球。

方循音不自觉地停下脚步。

她尚未来得及驻足太久，倏地，一道阴影子弹一般朝她这个方向飞来——

"小心！"

没能反应过来，篮球已经重重打到她脸上！

方循音只觉得眼前一黑，鼻梁传来一阵剧痛，通向四肢百骸，她不得不捂住鼻子，蹲下身去。

篮球场那边传来惊慌失措的说话声。不多时，又有脚步声往她这边快步靠近。

"同学，你没事吧？"男生的声音虽然陌生，却十分清澈好听，有种独特韵味，叫人不大能生得起气来。

只不过，方循音依旧疼得说不出话。

那男生迟疑半秒，弯下腰，伸手握住她的手肘，将她从地上拉起来，说道："我送你去医务室。"

方循音的眼镜被篮球砸碎了，就算站起身，也看不大清晰，只能往那男生的位置模模糊糊地望一眼。

只一眼，这个蝉鸣风止的夏天，霎时间好像披上了颜色。

男生没发现什么端倪，侧过头瞥了方循音一眼，当即蹙起眉头，赶忙松开手，从口袋中摸出纸巾，塞到她手中，说："同学，你流鼻血了，快拿餐巾纸压一下。"

"哦……哦。"方循音愣了半秒，立马手忙脚乱地接过。

这时，另外两个男生也跟着从篮球场跑到两人身边。

"陈伽漠，这什么情况啊？"

方循音心尖微微一动。

陈伽漠？

他叫陈伽漠吗？

哪个"chen"、哪个"jia"、哪个"mo"呢？

日光太晒，晃得人眼花，再加上碎裂的眼镜片在眼前干扰视线，直到此刻，方循音尚未看清陈伽漠的确切容貌，只是单纯地感觉这个男生个子很高，皮肤极白，声音也十分好听。

但是，于方循音来说，他出现的时机太过微妙，显得格外动人，像是一阵微风，缓解了这个苦夏，也缓解了她从走出教室到现在，一直无法纾解的自卑与怯懦心情。

陈伽漠没注意到方循音复杂的神情。听到声音，他抬起手，用力捶了那个说话男生的肩膀一下，开口道："你还好意思问？你这臭手传球，都把女同学砸得流鼻血了，还不赶紧道歉？"

那男生不好意思地挠了挠头，说道："对不起啊，同学，失手失手，真的是失手。你哪个班的呀？我赔你一副眼镜吧？开学那天给你送班里去，你看行不行？"

方循音捂着鼻子，声音透过餐巾纸传出来，有点沉闷："不用了，没关系的。"

她不习惯被人这般仔细注视，不自觉侧了侧身、后退半步，试图避开这几个男生的目光。她虽然穿着高领外套，但毕竟领口不贴身，高领长度也不够。或许，只要自己稍微动一下，就有可能露出端倪。

就像刚刚在教室那样，破绽百出。

初中时，方循音曾经在日记本上写过一句话。

"世上人有千万，有人被天使吻过，也有人被恶魔施了咒语。我便是这般。"

再委屈，也只能认命，只能一辈子小心翼翼。

然而，男生并不明白方循音为何满身戒备抗拒，还以为她只是不好意思。看着她，男生立刻又追问一次："真的不用吗？我看你的眼镜已经碎了呀。"

"嗯……不用。"

几人齐齐沉默一瞬。

最终，还是陈伽漠主动开口打破这气氛。他语调沉稳，轻声说道："先别纠结眼镜的事情了，我陪这个同学去医务室看一下，看看有没有伤到其他地方。"

"那行，我们俩先把书搬回教室吧，要不然老班等急了。"

顿了下，男生还是补充了一句："同学，我叫常哲屿，高一物理竞赛班的，和你旁边这个大帅哥同班。你要是有什么脑震荡啊之类的，记得来找我啊。放心，我会负责的！营养费、医药费全包！不过，你可千万别告诉老师，要不然，我爸妈知道我还没开学就先把同学伤了，非得弄死我不可。"

……

身边，陈伽漠淡笑了一声："行了吧，别耍嘴皮子了，快走快走。"

等两人跑远，陈伽漠没再说什么，领着方循音往医务室的方向快步走去。

不多时，两人在行政楼一楼停下脚步。

哪怕只是返校日，学校医务室也有医生值班。

陈伽漠抬手敲了敲门，这才压着门把手往里推进去："医生。"

"进来吧。"

医务室里坐了个女医生，五十来岁的年纪，穿白大褂、戴眼镜，看着蛮慈祥的。

医生见着跟在陈伽漠身后的方循音，立刻肃起表情，朝她招招手："过来过来，什么情况啊？"

陈伽漠轻轻推了下方循音的肩膀，示意她先过去，继而开口解释道："医生，我们打篮球的时候不小心打到这个同学的脸了，她刚刚应该是有点头晕流鼻血，其他情况还不清楚，麻烦您给检查一下看看。"

一字一句，条理清楚。

"被篮球砸到的？"

"对。"

"那问题应该不严重。"

医生让方循音坐下，摘掉她的眼镜，将她压着鼻子的手拉下来，替她仔细检查起来。

半晌，医生放下手，说："没事，鼻血已经止住了，坐下来休息一会儿就好。"

停顿半秒，她目光落在方循音潮红的脸颊上，不自觉地皱起眉，又温声问了句："同学，你是不是还有哪里不舒服啊？有没有感觉头痛口渴？或者全身发冷乏力？"

方循音垂着眼，摇摇头。

医生又提醒："天气很热，如果没有生病的话，穿这么多很容易中暑哦。"

倏忽间，方循音的脸颊彻底烧起来。她几乎能感觉到陈伽漠的目光落在她身上，似乎终于注意到她不合时宜的穿着，还有唯唯诺诺的退缩姿态。

然而，没有眼镜片干扰，方循音也能更清晰地看清面前这个男生了。

确实如第一眼判断那般，陈伽漠个子很高，大概一米八还要往上些，身材颀长却不瘦弱。明明他的站姿看上去有些随意，却有种傲然挺拔的意味，在同龄人中少有见到。

他皮肤很白，刘海有点长，被汗水打湿后落下来压到眉毛，反倒更衬托得五官精致，轮廓线条清晰。

总之，他整个人看起来，比电视里那些明星不遑多让，颇有点"面如冠玉、世无其二"的意思，完全担得上常哲屿说的那一声"大帅哥"。

这般想着，方循音不小心与陈伽漠对上视线。只一瞬，她立刻低下头，将脑袋埋进衣领里。

陈伽漠有些讶异，挑了挑眉，却也没有开什么玩笑，顺势挪开视线，问医生："医生，能让她在医务室里休息一会儿吗？"

医生点点头，翻开记录本，一边飞快写字，一边答道："可以啊。不过你们返校时间结束，我也要下班了。你们走的时候，记得把空调关掉，门也要拉上。同学，你叫什么名字，几班的，我做一下记录。"

方循音微微一滞，抿了抿唇，声音低得几不可闻："高一（4）班，方循音。"

"哦，四班方循音……寻找的寻？"

"循环的循，音乐的音。"

"名字蛮好听的。好了，我先下班了。"

陈伽漠回道："没问题，医生再见。"

医生收好记录本、锁上抽屉，又去里间脱了白大褂，拎起包，转身离开。

顿时，偌大医务室里只剩下陈伽漠和方循音两人，一站一坐，遥遥相对。

方循音手指不自觉蜷缩起来，忍了忍，到底是没法继续忍受这尴尬凝重的气氛，试探性地小声开口道："我没有什么不舒服，要不还是先回教室……老师可能已经在找我了。"

许是站得有点累，陈伽漠从旁边拖了个圆凳坐下。听方循音说完，他才漫不经心地抬了抬眉："真的？我看你脸色不是很好。"

"真的没事。"

"那行，本来想让你多休息一会儿的。今天这事实在不好意思，要不加个联系方式吧？你要是一会儿还流鼻血的话，给我发消息，我让常哲屿送你去医院。"

陈伽漠从口袋里摸出手机，抬头看向她，问："QQ还是微信？"

方循音还有些浑浑噩噩的，脑子转不过来，只能跟着他的思路走。

不多时，微信里已经多了一个新好友。

"你已经添加了ZzC，现在可以开始聊天了。"

陈伽漠拿起手机，摆弄几下。

下一秒，手机在方循音手中轻轻振动起来。

ZzC："陈伽漠。"

方循音眨了眨眼睛，在心底默默地"哦"了一声，原来，是这个伽，是这个漠啊。

这个名字，看起来就蛮冷淡的。

陈伽漠不知道她在想什么，发完自己的名字，收起手机，站起身，朝着她点点头："好了，我送你回教室。"

两人步子比来时快了些，不消片刻，已经踏进教学楼。

二楼楼梯一转手就是四班。

陈伽漠是竞赛班，虽然和方循音都是高一年级，教室却不在同一个楼层。他在最后一级楼梯停下脚步。

一路上，方循音一直低垂着头，姿势、动作看起来都像是在受刑一样，僵硬无比，甚至还能感觉出一丝恐惧。到此时，她终于才像是解脱了。

她急急忙忙小声开口："我到了，谢谢你，你也回教室吧。"

返校时间已过，好几个班都已经放学。这个小插曲，耽搁得实在太久。

陈伽漠没有说话，只略客套地点了点头，目光从她脸上轻轻扫过，却没有丝毫停顿。他转个方向，继续上楼。

待陈伽漠的背影消失在楼梯转角，方循音紧绷的背脊才彻底放松下来。

她默默靠到走廊的瓷砖墙壁上，瓷砖冰冰凉凉，心跳也跟着一点一点降速。

方循音可以确定，在医务室那会儿，那个角度，哪怕她低着头，陈伽漠大抵也能看到她的脖子、看清那一抹印记。但是他没有流露出任何诧异的表情，也没有大惊小怪，而是礼貌、客气、绅士，还有责任心。

这个男生，从第一眼起，就能叫人好感顿生。

从小到大，方循音从来不敢奢望什么。哪怕只是这般平静的目光，竟然都能让她觉得感恩戴德。

陈伽漠。

她低低默念着这个名字。

谢谢。

方循音转身回到教室。

教室里空荡荡的，应是发完书、放了学，大部分同学都已经离开。只有李俊才半靠在讲台上，还在和朱蜜说着话。两人的声音很轻，但神色看起来都有些着急。

方循音脚步微微一顿，心里已经猜到几分。霎时间，她开始手足无措起来。

因为视线角度的关系，朱蜜先一步看到她，立刻站起身来，喊道："方循音！你去哪里啦？怎么这么晚才回来？你知不知道我们都急死啦！"

方循音的指尖压住掌心，耳根不受控制地一下烧起来。

见她表情怯怯、一副快要哭出来的模样，李俊才走到她身边，轻轻拍了下她，安抚道："没事，我们也没有等很久。刚刚是不是在学校里走迷路啦？还是中暑晕倒啦？书包和书都没拿。以后上课可不能这样随便逃课的。"

方循音轻轻点头："对不起，李老师，给你们添麻烦了。"

李俊才温和地说："行了，没事的。你赶紧收拾一下，拿上东西，来一趟我办公室，我再跟你说几句。"

说完，他便晃晃悠悠地离开了教室，剩下方循音和朱蜜两人四目相对。

朱蜜长相亲切可爱，性子也十分自来熟，刚刚方循音就有领教过。

果真，她小跑到方循音面前，说："方循音，我都去厕所找了你好几回啦，你都没在，我又不敢跟老师讲，怕他在班上说你，只能等到放学再说。发的新书我都给你收好理好啦，叠在那里，你一会儿自己再数一数好啦，桌子也帮你擦过了。"

顿了下，她又试探性地问道："刚刚是不是我说错了什么话？真的对不起哦。"

方循音完全不敢看朱蜜的眼睛，也不知道该如何作答。

事实上，她从来都是独来独往，极少与班上的同学玩在一起。大家都觉得她很古怪，不仅模样吓人，性子还孤僻，于是所有人都避着她。

从来没有人在看清她脖子上那个胎记之后，还愿意与她说话。或者，更准确来说，方循音从小养成的那种自卑之中，她不会给任何人靠近她、嘲笑她的机会。

很小很小的时候，五六岁吧，家里若是有客人来，看到她，就会忍不住感叹几句。

"音音长得这么漂亮，可惜了这个胎记哦！要不要介绍个医生，赶紧去做手术激光点掉吧？"

"这么大面积，激光要多少钱啦？我之前听人家说啊，点痣都要几千块呢！这个胎记，得好几万吧？"

"多少钱都得弄的呀！总不能让小姑娘一直这样子吧！"

"哦哟……又不是在脸上，戴围巾遮一遮就好咧！小朋友年纪还小咧，要这么漂亮干什么！等咱们音音长大了，要漂亮了，自己赚钱去弄，不是更好嘛！"

……

方循音是普通人家的孩子，父母都是工薪阶级，赚钱养家不易，难免有些小市民思想。他们不觉得这样一块灰黑色胎记有什么了不得。平日看并不显眼，又不会影响生活和学习，自然更不愿意花费一大笔钱去给小朋友做什么激光手术。

但是对于小循音来说,在她的小小世界里,一块胎记是比天还大的一件事。

幼儿园总有小朋友问她,是不是不洗澡啊?是不是脖子上没洗干净呀?还是被爸妈打了留了乌青块呀?

他们不想和又脏又不听话的小朋友玩,说方循音不讲卫生,怎么解释都说不明白。

再大一些,等到有了美丑之心,旁人每一道异样目光都像是凌迟一样,一刀又一刀,叫人恨不得在地上挖个洞钻下去,再不用见人。

渐渐地,方循音变得越来越自卑,越来越怯懦。

她留起长发、穿上厚重的衣物,将自己严严实实地挡住,挡住所有不善意的目光和窥视,宛如套起金钟罩、铁布衫。

不单单是苦夏,是一切都苦。

或许,再长大一些,会觉得自己这时无比可笑,矫情又怯懦,甚至有些莫名其妙。

但在这一刻,在十六岁,方循音只想让自己每一天都能轻松一点。

许是方循音愣神太久,朱蜜的表情渐渐变得有些犹豫,眼睫毛微微颤动,声音也低了不少:"方循音?"

方循音回过神来,赶紧轻轻"嗯"了一声。又踌躇一瞬,她垂下眼,摇了摇头,答道:"没什么,只是回来的路上遇到了一些事情耽搁了。给你添麻烦了,不好意思。"

"不麻烦不麻烦!我们以后不就是同学了嘛!拿个书而已。"朱蜜松了口气,笑起来时表情很甜,"那等你从才哥那里回来,咱们一起走吧?我在教室里等你,好不好?"

"啊……"

"就这样说定了!你快点去老师办公室吧!早点回来!学校都要走空啦!"

被推到走廊上时,方循音脑袋里还是一片混乱。

刚刚朱蜜不是看到那片胎记了吗?为什么还愿意和我说话,还要和我一起放学回家?

她不介意吗?

不会觉得我丑陋难看又古怪吗?

想不明白。

或许,新学校真的会有新好运呢?

方循音抿了抿唇,又不自觉地理了理马尾辫,没有再发呆,快步往李俊才办公室走去。

"咚咚——"敲门声响起。

"请进。"

闻言，方循音推开办公室门。

办公室里没有其他老师在，只有李俊才一个人。他手上拿了本《品三国》，正有一搭没一搭地看着。

很显然，他是在等她。

"李老师。"

李俊才放下书，笑了笑，温声道："来了啊，过来坐这里。"

方循音不知道他想说什么，整个人都有点紧张，动作僵硬，小心翼翼地坐到李俊才办公桌边。

"方循音，你不要紧张，我只是作为班主任，找你来简单了解一下情况。你是身体不太好吗？"

方循音垂着眸子，摇头。好像今天已经被好几个人问了这个问题，但不好的不是身体，是她的心。

"哦，哦。"李俊才没有继续纠结，只当小姑娘是性格如此，但这反而更让人忧心，"你别有什么抗拒心理，不管有什么事都可以跟老师说。要知道，高考是一场苦战，身体素质和心理素质都要过硬，才能取得战争的胜利。前些年我带过一个班的小姑娘吧，她耳朵不太好，然后人就有点胆小敏感，说话都很不好意思的样子，结果高考都没能参加，半路就转学走了。"

"……"

"老师的意思，你能明白吗？"

方循音嘴唇轻轻动了动，眼睛依旧死死地盯着地上："明白。"

李俊才大手一挥："明白就好。既然这样，那我的物理课代表就由你来暂代了。"

"啊……"方循音愣在原地。

李俊才没给她拒绝的机会："还愣着干什么？赶紧回家去吧，开学再见咯。"

"……"

显然，于她而言，这魔幻的一天仍未结束，果真是从里到外皆是全新感觉。

方循音呆呆地回到教室，拿上书包，与朱蜜一同离开教室。

正午过后，终于达到一天里气温最高的那一刻。走出教学楼没几分钟，方循音头上又开始冒汗。

还好，这会儿没了学生和家长人挤人，方便很多。她从包里摸出伞，撑开。

尚未来得及说话，朱蜜已经钻进了伞里，亲亲热热挽住她的手臂。

朱蜜笑道："八中教学楼居然离校门这么远，这么长一段路要晒太阳，还好你还带了伞，要不然真得晒死啦。"

因为共撑一把伞，两人距离拉得极近。只要朱蜜微微侧点视线，就能清晰看到方循音脖子上的那块印记。

方循音从来没有和同学离得这么近过。

她有点不习惯，肩膀稍微动了一下，却到底是没有甩开朱蜜，只低低地"嗯"了一声："是啊……是蛮远的。"

说话的工夫，两人路过操场。

陈伽漠和常哲屿竟然还在篮球场打篮球，蹦蹦跳跳，完全不嫌热。

方循音的视线在陈伽漠身上停格一瞬，立马又欲盖弥彰地移开。

好运，是他带来的吗？是那只向她伸出的手吗？

"啊，是陈伽漠呢！"身边的朱蜜也注意到了篮球场那边，轻轻惊呼了一声。

方循音不自觉地看了看朱蜜。

朱蜜藏不住话，直接同她交底："陈伽漠跟我是一个初中的。初中的时候，他就是我们学校的天才，竞赛拿了很多奖，保送进的八中！超级厉害的。"

伞下，没有太阳直射，朱蜜脸颊却泛起潮红，娃娃脸上有遮不住的少女心意。

"真的，他又帅又聪明，关键是脾气还好，咱们学校就没有女生不喜欢他的。"

方循音抿了抿唇，声音低得几不可闻："那你呢？"

朱蜜笑起来："我当然也是啦！不过可惜了，我们不是一个班的，他可能压根不认识我。还好咱们进了一个高中，以后说不定有机会认识呢。"

说着，她伸出手往一个方向轻轻一指。

方循音顺着方向看过去，那边是通知栏。物理竞赛班名单在第一行，第一行第一个名字就是陈伽漠。

朱蜜问道："你看，是不是？"

"嗯。"

晚上睡觉前，方循音从抽屉里拿出日记本，拿起笔，翻开新的一页。

她蹙着眉思索半晌，开始落笔——

"夏天的风，并不只吹向我一个人。这件事好像从来不值得反复论证，但是我还是很高兴。"

02

返校后，再翻过一个周末，广大中小学生正式开始新学期。

天气预报接连报了几天降雨预警，可惜江城这第一场秋雨怎么都落不下来。说是入秋，气温依旧居高不下。

踏进八中校门，那些学长学姐，不少都将夏季校服裤腿挽起，露出一大截小腿，以求一丝凉意。

八中往届校服有好几套，正装、运动装、休闲装皆有。正装和休闲装都要给每个人量身定做，很费功夫。

这届高一新生的校服还没有定好，学校只能先规定了部分着装要求，让大家穿自己衣服来过渡几天。所以，除去那些统一制服，还有一大拨学生穿得五花八门。

方循音依旧是返校那一身装扮，打底加深色卫衣外套，下半身则是藏青色运动裤，裤口橡皮筋抽紧，再踩一双半新不旧的低帮板鞋，露出一小截脚踝，莹白纤细，几乎能称得上瘦骨嶙峋，好似风一吹就能轻松将那骨头折断。

整体看来，倒也没有那么古怪，只是在这高温天，显得过于羸弱怕冷了一些。

偏偏，她走路姿势过于瑟缩，恨不得将身体缩成一团，好叫旁人的眼光永远沾不到她。

其实压根没什么大不了，一块胎记而已，又不是什么罪大恶极之事，见不得人。不过是她习惯了懦弱、习惯了作茧自缚、习惯掩住耳闭上眼，也习惯竖起高墙。

她就像是一只贪生怕死的吸血鬼，注定只能活在黑暗中。每一道目光都像是抹了毒药的匕首，能把她捅得遍体鳞伤。

想到这个比喻，方循音不自觉扯了扯嘴角，总觉得还蛮好笑的。

正胡思乱想时，倏地，一个高喊声从后面传来。

"陈伽漠！等等我！"

听到这个名字，方循音的脚步微微一顿，目光从地上缓缓上移，直直望向正前方。她不自觉眯起眼，推了下眼镜。

下一秒，二十步之外，男生回过头来。

阳光透过树叶稀稀落落洒到他脸上，将他本就精致的五官镌刻得越发分明。

停顿片刻，陈伽漠似是找到了聚焦点，嘴角假意一撇，露出笑容来，看起来有点嫌弃，还有点邪气，勾魂夺魄一般。

他朝方循音这个方向摆了摆手，很显然并不是对着她，但还是成功让小姑娘抿起唇，心跳漏了几拍。

从八中校门一直到教学楼的这条路很长，现在正是上学时间，路上皆是学生，或独自背着书包吃着早饭，或三三两两地聚在一起谈天说地，沿着这条大路，汇聚成一道人流。

哪怕是这般人流之中，陈伽漠也依旧是最亮眼的那个。

他也是高一新生，没有校服，穿了件白色长T恤搭墨色运动裤，一派清爽模样。他压根不需要什么特殊装扮，仅凭着那张脸，还有那种天之骄子的独特气质，便已足够。

有些人，生来就像是太阳。

片刻后，那喊话的男生窜到陈伽漠身边，很自然地与他勾肩搭背，姿态熟稔。两人转过身，顺着人流继续往前，没有注意到旁人。

方循音默默低下头，还未来得及加快脚步，就听到周围女生们说起悄悄话。

"那个男生好帅！"

"哪个哪个？"

"就刚刚前面回头那个啊！我不是指给你看了嘛……没穿校服，应该是高一的吧。"

"晚点去高一打听打听呗！"

……

方循音步子慢，没有多久，无论是陈伽漠的背影也好，闲聊的陌生学生也罢，皆渐渐消失在视线里。

她长长叹了口气。

按照惯例，开学第一天是开学典礼。

八中教学成就辉煌，从来不会把这个活动简单带过，必然要办成一场动员会，鼓舞新同学在校三年努力学习，将来也好在"清北交复"那张红榜上榜上有名。为此，学校特地将高一年级下午最后两节课空了出来。

但其中一节课本该是物理课，李俊才对此颇为不满。

"这下你们班一开学就比别的班落下一节课了。八中教学进度快，和初中不一样，差一节课就有可能跟不上。既然是学校的活动，也没办法了，课代表，你去我办公室把我桌上的随堂小测卷拿过来发掉。大家回家看着书自己学习一下知识点，把卷子做了，有不懂的明天上课提问。"

"啊……开学第一天就做考卷啊……"

"才哥太残酷了吧！"

李俊才拍了拍讲台，头顶秃的那一块在明亮灯光下更显得耀眼："安静安静！课代表呢？方循音？快点去拿，发完考卷我们班再去礼堂。"

猝不及防，方循音被点到名字，结结实实愣了一下。半晌，她才颤颤巍巍站起身，声音有点磕绊，似是十分不习惯："哦……哦，好，马上去。"

众目睽睽之下，方循音快步跑出教室。

课代表？从小学到初中，她成绩一直不差，基本都在中上游徘徊。但上了这么多年学，她却还是第一次当课代表。这感觉，实在奇妙。

因为高一不上课，李俊才办公室里，不少任课老师都在聊天。

方循音敲了门，小心翼翼地走过去。

随堂小测卷……她翻了翻桌面，很快，摸到那一沓卷子，拿过来开始数张数。

数到一半，不远处，那几个任课老师聊起新生。

"今年高一的竞赛班很厉害啊，我今天翻了一下，奥赛班有渠意枝，物理有陈伽漠，都是一路走竞赛路子上来的。看来今年几个大赛的冠军又要被我们学校包揽了。"

"这两人入学之前校长不就特地讲了嘛，今年的重点学生。"

"啧，现在的小朋友是真的厉害。我今天在物理班讲了堂数学课，最后十分钟马上发卷子下去，想试试他们的水平，结果班上一半以上的人都好像学过一样……"

"陈伽漠呢？"

"满分呗。人家物理竞赛班和奥赛班不是可以随便选的吗？听他班主任说，他爸爸好像是外交官，智商可能是遗传的……"

蓦地，一个男声在办公室门口响起："魏老师，说我什么坏话呢？怎么一过来就听到我的名字了啊？我上课可没捣乱哦。"

方循音条件反射地回过头去。

半天不见，陈伽漠竟然换上了一身正装。他个子极高，仪态又好，这样一穿，整个人看起来十分英俊挺拔。

办公室的几个老师都认得他，纷纷笑起来。

"陈伽漠啊，说到你你就来了。哟，好帅一身，怎么着？一会儿要做新生代表发言吗？"

闻言，陈伽漠懒洋洋地扯了扯领带，叹气道："是啊，麻烦。"

"麻烦什么麻烦，这是荣耀！那你怎么还不去礼堂准备啊？到办公室来找谁？"

陈伽漠往里走了几步，走到李俊才办公桌的隔壁，抬手将一份文件放到桌上。

顿了下，他笑着回答："替同学来交个资料。"

这下，方循音和他位置拉得很近，只隔了一道隔板。

她不自觉开始紧张起来，将试卷举高些许，刻意挡住侧脸，希望他没有注意到自己。

可是……刚刚数到哪里？什么都想不起来了。方循音越是着急，越是难以顺利。

下一秒，陈伽漠的眼神落到她这边，微微一怔，似是想到了她的名字。

他问道："方循音，是吧？鼻子好点了吗？那天回去还有什么不舒服吗？"

许是因为对方的眼神太过专注，方循音整张脸不自觉有些烧起来。她低垂着眼，小声讪讪道："没有了……"

姿势万分僵硬。

陈伽漠随意地往前探了一眼，看清她手中的试卷后，又笑了笑，问道："物理课代表？"

"嗯。"

"你物理挺好的？"

"没……也没有……"

再好也比不上他啊。

陈伽漠斜靠到桌边，含着笑意睨她："方循音，你好像很怕我。"

是肯定句。

然而，方循音实在不知该如何作答，底气不足："没有啊……"

"没有就好。我想那个球也不是我砸过来的啊，哪就至于让你这么害怕了，总不能好人好事还做坏了吧。"

他漫不经心地说着，站直身体，冲着她摆摆手："先走了。"

方循音浑浑噩噩地回到教室，浑浑噩噩地发掉考卷，再被朱蜜亲亲热热地挽住胳膊，一同往礼堂方向走去。

"方循音，你听说了吗？今天发言的新生代表是陈伽漠呢！不过这好像也没什么好奇怪的，我们初中那会儿，每一年的学生代表都是他。"

方循音愣愣的："是……是吗？"

朱蜜用力点点头："是啊。"

说话的工夫，两人慢吞吞走进礼堂。

八中教学资金充沛，礼堂也修得极大，一眼望去，空空旷旷的。哪怕里头已经坐了好几个班，也不显促狭。

方循音和朱蜜找到自己班的位置，在最后一排坐下。

铃声响起，典礼正式开始。惯例先是校长、教导主任讲话动员，接着再是高二、高三学姐发言，用优异成绩给高一新生做个表率。

这种典礼，时间总是过得极为漫长。

直到最后一个环节，陈伽漠走上舞台。顷刻间，底下交头接耳的声音变得嘈杂起来。

陈伽漠似是笑了笑，慢条斯理地调试了一下麦克风的位置。继而，他对着底下所有人朗朗开口道："大家好，我是新生代表，陈伽漠。"

方循音心中陡然冒出八个字——俊美独绝，世无其二。

身边，朱蜜手指开始用力，将方循音纤细的手臂卡得死紧，好像要让人仅凭肢体语言就能感受到她的心情一般。

此时此刻，整个礼堂里，所有人都仰起头，目光注视着台上那人。

陈伽漠的声音透过音响缓缓回荡开来，听起来清朗又淡漠。

"高中这三年，比起学习，应该还有更重要的事情。当我说出这句话的时候，大家就应该知道，这个发言稿确实是我自己写的。"

底下响起一阵笑声。

"没错，此刻我已经收到了班主任和校长向我投来的谴责目光。谢谢几位老师还没上台来把我轰下去，因为这样就显得太没有面子了，对吧？"

陈伽漠弯了弯唇，眉眼间终于漾出一丝真情实意的笑意来。

"其实，我真正想说的是，比起努力学习，我们更应该找到学习的意义。比如说，未来想成为一个科学家、想成为流浪歌手、想赚大钱、想和暗恋的那个人在一起……这些都可以。总归，人得是为一点什么而活着才对。与其将珍贵的十几岁浪费给浑浑噩噩不知前路的努力，不如浪费给对自己而言更重要的一些事，这样未来才不会后悔。好了，我的发言完了，要下台去写检讨了。祝大家在八中度过快乐又有意义的三年。"

静默一瞬，全场欢呼起来。

"陈伽漠牛啊！"

"陈伽漠够帅的哦！敢说！"

……

陈伽漠潇洒一挥手，款款走下台，将这典礼还给主持人。只不过，气氛却再难回到那般严肃沉寂和昏昏欲睡中，所有人都在兴致勃勃地议论着他的"暴言"。

有些人好像生来就是这般，他在哪里，光就在哪里。

然而，不过小半分钟后，音响里传来一个女生的声音："抱歉，我不赞同上一位同学的发言。"

方循音抬起头，遥遥望去。

话筒前正站着一个漂亮女生，不带任何夸张修饰，是真的漂亮。她身材修长、五官明艳，穿西装制服搭配英伦风格子裙，长发束得极高，缀在脑后，像是欧洲老电影里的精致美人一般，艳光四射。

陈伽漠停下脚步，自然也跟着回过头。

那女生继续说道：

"据我所知，刚刚发言的陈伽漠同学，从小学开始，一直在参加各类竞赛，并且用国家级比赛的优异成绩拿到了保送名额进入八中。可想而知，他自然可以将时间随意浪费给做研究、写歌或者是其他事。因为三年之后，他可以继续用竞赛成绩保送'清北交复'，或者直接出国留学。

"我说得应该没错吧？

"那么其他同学呢？在陈伽漠同学口中，那些需要寻找未来意义的同学呢？他们错过了这三年的机会，或许会落榜、会复读、会去一个不怎么样的学校，学一个不怎么样的专业，最后成为一个为生计所困的大人。这就是他们想要的未来吗？

"当然，我并不认为陈伽漠同学是恶意的，他只是处在高高在上的位置，说出了自己的想法。很巧，这个想法迎合了绝大部分同学的懒惰之心，所以引起了共鸣。'为什么要努力学习？我都不知道我未来想做什么，有什么学习的意义？'这个想法本身就是错误的。人可以用一生去寻找未来的意义，只要你还活着，不就可以思考吗？这和努力学习冲突吗？大家是想去北大明亮宽敞的教室里思考未来，还是想在不知名的小教室里思考？

"退一万步来说，陈伽漠同学，难道你做了十年的竞赛，就真的是你想要的未来吗？你是真的因为喜欢物理，才做一张一张的竞赛卷的吗？

"我的发言完了。谢谢大家，我是高一奥赛班的渠意枝。"

说完最后一句，女生终于微笑起来，张扬又耀眼。

开学典礼结束之后，所有班级排队离开。

方循音和朱蜜混在班级人群里头，随着大流慢吞吞向前走。

然而，不过这么一会儿工夫，朱蜜已经不见刚刚的激动兴奋，整个人肉眼可见地颓丧起来。

方循音侧过头，轻轻看了她一眼。

说实话，从小到大，方循音几乎没有什么朋友，自然也从来没有面临过这种情况。朱蜜从报到那天就主动靠近她，热情又善良，或许，这会儿，站在一个朋友立场上，她该关心朱蜜一下才符合正常朋友的举动。

这样是不是会比较讨人喜欢？

但或许朱蜜并不想说呢？贸然追问会不会有点冒犯？

她实在弄不清楚。

踌躇半晌，方循音抿了抿唇，颇有些艰难地小声问道："朱……朱蜜，你怎么了……是哪里不舒服吗？"

朱蜜摇摇头，满脸悻悻，将脸埋在她肩膀上，闷声回答："我刚刚听到后面有人说渠意枝和陈伽漠好配……我感觉有点难过。"

话音刚落，方循音结结实实地愣在原地。

而朱蜜没有感觉到她动作开始僵硬，叹了口气，依然在碎碎念：

"难过就难过，我觉得他们说得对。刚刚那个叫渠意枝的女生真的和陈伽漠蛮配的。俩学生代表，一个奥赛班、一个物理竞赛班，长得也登对……唉，就很天生一对啊。

"我已经和陈伽漠做了三年初中同学了，他大概还不知道我是谁。渠意枝只用了三分钟，就让他记住了。

"说到底，他们和我们终究是两个世界的人。"

开学一周，白露时节已至。书上说，白露是秋季的第三个节气。自然，秋老虎理应威力无穷，江城依旧闷热。

相处一周，班上的同学也开始熟稔起来，渐渐打成一片。

方循音素来低调。虽说朱蜜已经将班上同学认全，甚至约了几个女生周末看电影，方循音却只能勉强喊得出几个同学的名字，而且还是分别坐在她前后左右那几个，一般传考卷、记笔记才偶尔搭上那么一两句话。连发物理作业都是按组来发，直接发到每排第一个同学桌上即可，不必和人说些什么，发完就默默走开。

方循音似乎永远无法像朱蜜那样肆意说笑，生怕嫌弃的眼神落到她身上，打破她全身防御，叫她再难自处。既然如此，便只能将存在感降到最低。

起先，似乎还有几个同学好奇，会试图同她讲话，问起她那厚刘海、大眼镜，还有不合时节的长袖外套。但方循音不愿意回答这些问题，她将头埋到课本里，一副"生人勿近"姿态，闷得人尴尬。

久而久之，再没有人想要试图了解她。

对她来说，这样刚刚好。

可偏偏，朱蜜不这么想。

新一周，趁着班会时间，李俊才安排了一个新任务："学校要求高一每个班安排一个人检查各班的眼保健操和室内操情况。有谁愿意主动报名的？"

无人响应。

好半天，后面有男生大声说："才哥，咱们都高中了，哪还有人规规矩矩做什么室内操啊。这么十分钟，都够睡一觉的了。"

"就是啊，高二、高三的学生肯定都在做考卷，让我们去检查，不是单纯去找尴尬的嘛！"

"我看咱们学校完全就是搞形式主义，说着要让大家保证运动、保护眼睛，一点都不考虑学生的实际需求。累都累死了，谁运动得起来？"

这般开了个口子，班级里开始叽叽喳喳、议论不休。

李俊才拍了拍讲台，无奈道："我知道，你们都宁用这些时间来睡觉，但这是学校的任务，走形式也得走。要是没人愿意，我直接指定班委了啊。"

倏地，朱蜜举起手来，说道："老师，我愿意去。"

李俊才点点头，说："行，那就朱蜜了。有时候老师也会在走廊检查的，不能浑水摸鱼啊。"

"没问题。"

待到放学，朱蜜才悄悄同方循音讲起原因："我这不是想着，每天在各班教室门口晃晃，增加点存在感嘛。万一碰上陈伽漠了呢，你说对不对？"

方循音不知道该说什么才好，只讪讪地笑了笑，"嗯"了一声。

朱蜜问道："那你要陪我一起。"

"啊？"

"要不然，我一个人拿个破检查纸逛来逛去，多尴尬啊！"

这件事，方循音是万万不想答应。她恨不得全世界没人认识她，还要增加什么存在感？

朱蜜见她表情为难，立马双手拉住她的手腕，轻轻晃了晃，小声撒娇起来："亲爱的，你是不是我最好的朋友啦？就陪我一起嘛，好不好，好不好？反正每周就两天而已啦……你要是实在不愿意，那就在走廊没人看得到的地方等我，好不好？"

朱蜜生得甜蜜，如同她名字一样，她这般撒娇，倒是叫人觉得很难招架。

方循音不想让自己唯一的朋友失望，纠结良久，到底是应了声。

周一。

第二节课上课铃响起，朱蜜拿上检查纸和水笔，将方循音从椅子上拉起来："走啦！"

方循音小小地挣扎了一下，轻声解释："朱蜜，我现在要去办公室拿物理考卷，可能没办法陪你……"

朱蜜说："没事儿啊，你先陪我绕完一圈，正好下楼去才哥办公室嘛！顺路的！今天是我检查高一，没几个班，时间够的。"

方循音无可奈何，低低叹了口气。她站起身，被朱蜜拉得磕磕绊绊，跟着一同往楼上的竞赛班跑去。

此刻已是眼保健操时分，各班同学基本都回到教室，走廊空空荡荡，少有人影。但任课老师没进去那些班级，学生们依旧还是吵吵闹闹的，没有人在做操。

朱蜜醉翁之意不在酒，压根不理会那些喧闹，直奔物理竞赛班而去。

离那间教室越近，方循音的心跳不由自主地越来越快。

行至门口，朱蜜松开她，假模假样地拿起纸笔，往教室里探头探脑。

"停停停，检查的来了。

"做操了同学们！"

方循音站在走廊里都能听到里面的说话声。

或许，此刻陈伽漠也放下笔，开始揉天应穴了吗？

她用力抿了抿唇，垂下眼睑。

下一秒，耳边响起一个熟悉的、低沉又动人的声音："哟，是你接了这个无聊的任务啊。"

方循音猝然抬头，与不远处的陈伽漠对上视线。

两人隔了有三四米距离，方循音已经开始手脚僵硬。

然而，尚未等她憋出点什么反应来，身后，朱蜜声音响起，语气里那份似惊似喜显而易见："陈伽漠，你还记得我啊？！"

方循音条件反射地转过身去。

许是因为没在教室里看到陈伽漠，朱蜜都没兴致等到第一节操结束，很快离开物理竞赛班教室出来寻方循音。此刻，她正站在方循音身后，两人相隔不过两臂远。

陈伽漠个子高，视线角度属于自上而下。确实，一时之间也很难判断他到底是在同她们俩之中谁说话。

方循音不觉得自己和陈伽漠已经熟悉到可以这般问候的地步。说到底，不过是一个孤僻小女孩受了点伤，被好心同学搭了把手的关系而已。

但这点关系，已足够叫她受宠若惊。所以，其余更多也不必奢求。

方循音默默往后退了一步，整个人缩到靠墙位置。很明显，她是想让陈伽漠和朱蜜能直接说话，视线不必绕过她。

朱蜜朝方循音投来感激的目光，继而，她仰起头，专心致志地看向陈伽漠，眼睛亮晶晶的，似是在期待什么浪漫俗套剧情。

陈伽漠眼风轻轻一扫，从朱蜜手中的检查纸上掠过，立刻明白过来，自然也不会让小姑娘下不来台。

他眉头轻蹙，沉吟数秒，试探性地念出一个名字："朱蜜？明珠二中的是吧？挺巧。"

这下，朱蜜整张脸都"腾"一下烧红了。

万万没想到，陈伽漠竟然真的记得她，甚至还能叫出她的名字来。

一时之间，朱蜜什么自来熟因子全数离家出走，连说话都开始磕巴起来："是……是啊。陈伽漠，没想……没想到，你还记得我。你是怎么知道我的名字的？"

陈伽漠笑了笑，慢声答道："有一届艺术节，你钢琴独奏《夜空中最亮的星》，主持人报幕的时候我听到的。"

虽是与自己无关之事，但听到回答，方循音也在旁边跟着一同惊了惊。

这记忆力……哪怕只是随便听过一耳朵，好久之后还能这样轻松回忆起来吗？

朱蜜彻底不知道该说什么才好："啊……啊，是这样……献丑了……"

陈伽漠弯了弯眉："不丑，弹得挺好的。"

停顿一下，他接着问："眼保健操快结束了，你们已经检查完了吗？"言下之意，便是要结束话题。

朱蜜握着拳头，用力点点头，往旁边走几步，拉住方循音的手臂，紧张地开口答道："检查完了。我们要赶紧去老师办公室了，要不然赶不上上课。"

"那改天聊。"说完，陈伽漠冲两人摆了下手，不紧不慢地转过身，从教室后门走进去。

朱蜜上岗第一天就已经达成夙愿，双手捧着脸颊，沉浸在自我的世界里头，全身好似都冒着粉色泡泡，压根没注意周围的动静，胡乱往楼梯方向走去。

方循音倒是耳朵很尖，离开物理竞赛班好远一段距离了，依稀还能听到里头男生的声音。

"陈伽漠，你刚刚干吗去了？又找隔壁班的渠意枝去了吗？"

"别老推锅给老师好吗？按照咱们伽哥的脾气，不想去还推不掉不成？我看就是你醉翁之意不在酒，啧啧啧！"

"我说啊，你们俩别是不打不相识吧？咳咳，请问陈伽漠同学，你是因为喜欢物理，才天天做竞赛考卷的吗？"

……

方循音脚步微微一顿，接着便听到陈伽漠那清朗的声线顺着夏末秋初的微风流淌开来，偷偷飘到走廊，飘进少女耳中。

他语带笑意，平静地说："当然。"

当然是因为喜欢物理才做竞赛卷，他早就确定了自己想要的未来。但是，开学典礼那种场合，没必要将女生架得下不来台，他干脆不回答这个问题，好让渠意枝能顺利地、完整地向所有人表达她自己的想法。

正是这样一个男孩，他的出现，已经叫这世界都绚烂。再多旖旎念头，到最后，都只不过是伸手捞月、徒增烦恼而已。

因为他对所有人都无甚特别。

但对于一个怯懦又封闭自我的少女而言，从陈伽漠向方循音伸出手那一刻起，他便是这夏日夜色中不灭的清冷月光。

她永远只能仰望。

03

几天过后，学校将新校服统一发到高一同学手上，之后自然要作着装要求。

第二天，班上色调一致，集体从个人服装换成了夏季校服。

唯独方循音例外。

夏季校服是短袖，衣领单薄，且根本没办法挡到下巴，让人十分没有安全感。她直接穿起了秋装外套，把拉链拉到最高，遮得严严实实。哪怕体育课时被太阳晒得满头大汗，也绝对不会脱下来。

高中体育课不似初中，慢跑一圈后，体育委员去借器材，老师直接宣布自由活动。

男生们勾肩搭背地拥向篮球场。相比之下，大部分女生怕热怕晒，不想运动，干脆躲到操场旁的小花园里，拣个树荫纳凉闲聊，或者干脆回教室写作业，等到下课前五分钟再下楼。

自然，方循音肯定是其中最热的那一个。一听到那声"解散"，她当即毫不犹豫地转过身，往教学楼方向快步走去。

下一秒，朱蜜从后头扑上来，牢牢拽住了她的胳膊，声音甜如蜜："音音！"

方循音本就单薄瘦弱，整个人小小一只，瘦骨嶙峋的。再加上跑步跑出满身汗，被朱蜜这么一扯，她只觉得头晕眼花。

停顿好半天，她才哑着声"嗯"了一声。

许是阳光太过热烈晃眼，朱蜜没注意到她惨白的脸色，依旧高高兴兴地提议道："我发现一个休息的好地方！你快跟我来！"

"要不还是回教室吧？"方循音的气息有些孱弱。

朱蜜十分坚决："不行，回教室不能玩手机了，教导主任会在走廊巡逻啊。"

八中因为有住校生，没有严格要求学生不准带手机入校。但校规中却明确规定，如果上课时间拿手机出来玩，一经发现，直接警告处分。哪怕是体育课，也算是上课时间。

朱蜜没再给方循音机会拒绝，直接上手，将她往另一个方向拉去。

穿过整个大操场，两人在一间小房间门口停下。

方循音抬头看了看，那门外头贴着"体育器材室"五个字。

朱蜜探头探脑地四下张望了一会儿，确定没人注意到这边才小心翼翼地推开门。

器材室没有开灯，一片漆黑，只能影影绰绰看到屋子里面排列了好几个钢架，上头整整齐齐放着各种体育用品。许是地处阴凉之处，又没有人，穿堂风顺着钢架扑面而来，沁出满室凉意。

朱蜜炫耀般摆了下手，说："噔噔！怎么样！舒服吧！体育老师也不会过来的，躲在这里玩手机可爽了。"

她从地上捡了个软垫，放到房间另一头的小窗下，再将方循音拉过去。

两个小姑娘肩并肩靠坐在一起，借着窗户缝隙里透进来的微光，各自从口袋里摸出手机，有一搭没一搭地聊着天，或是自顾自刷微博、背单词。哪怕突然打住话头，她们也不会陷入尴尬之中，连呼吸都好似漾着青春的味道。

趁着朱蜜低头回消息，方循音切出背单词 App，打开记事本。

她一直有写日记的习惯，虽然没有时间每天写，但只要有什么事都会记录下来，也算是从小到大一种抒发情绪的手段。此刻，日记本没在手边，就先用手机记录下来，回家之后再慢慢抄到日记本上。

方循音咬着唇，静静思索了一会儿，手指开始在屏幕上敲击——

"好像从来没有想过，哪一天，我也能和好朋友偷偷躲在器材室，说着闺密之间的悄悄话。这一幕，像是已经期待了很久，又像是从来没有期待过什么，只突然就发生了。

"天气很热，真的很热。

"但这个夏天，一点都不苦，就像朱蜜的名字一样。

"我想和她做一辈子的朋友。"

落下最后一句话，方循音点击"保存"，长舒一口气，又不自觉偷偷笑了笑。

"笑什么呢？"

听到声音，方循音一愣，手忙脚乱地将手机合上："啊……没……没什么啊。"

朱蜜假意上下扫视她好几眼，倒也没有追问，只是凑近她耳边，悄声问道："音音，我能问你一个问题吗？"

"可以啊。"方循音应得干脆。

朱蜜踟蹰一瞬，到底是没能忍住好奇，问道："音音，你到底是为什么每天穿这么多呀？其实我感觉你一直在出汗了，但是认识这么几周，从来没见你把外套脱下来过。"

方循音抬起头，两人四目相对。

静默良久，方循音咬着唇，终于下定决心要与好友坦诚相对。

她将校服外套拉链拉下来，连着领子一块儿扯开，露出细长白皙的脖颈。接着，她抬起手，指了指那块胎记。

朱蜜盯着看了一会儿，拧起眉，似乎有些无语："什么啊？就这个吗？之前我就看到了啊。"

方循音垂下眼，又将衣服拉好，声音闷闷的："很丑。"

朱蜜不以为意地说："这有什么丑的啊，不就是一小块胎记吗？很多人身上都有啊。而且，你这个一点都不明显，人家不仔细盯着你脖子看，压根不会注意。倒是你穿得这么反季节，才更引人注目啊。"

方循音不知道该怎么同朱蜜讲，说了，好像显得她矫情又懦弱。只可惜她一点都不似朱蜜能大大方方为人处世。

从那几个小孩子指着她的脖子说"脏"那一刻起，方循音已经走不出自己的牢笼了。

顿了下，她才平静开口道："也不太能见光，太阳晒一会儿，胎记颜色就会变得很深……这样正好能挡一下。"

朱蜜还想再说什么，倏地，窗外传来轻轻的敲击声。

有人在外头说："里面的几位美女，快下课了，咱们班老师马上要来了啊，劝你们赶紧跑。"

这下，再没闲心解剖什么自我，朱蜜冲着外头大喊了一声"谢了"，拉起方循音，一路狂奔。

这要是被老师抓到，跑三圈操场是逃不了了，只能溜之大吉。

就在两人踏出器材室大门的那一刻，侧边方向传来低笑声。方循音的心脏停顿一瞬，如有所感，边跑边扭头望向那个方向。

那里靠着几个男生，就站在她们刚刚聊天时对着的那个小窗不远处。其中，有一道背影高大挺拔。

只需要一眼，她确定，那是陈伽漠。

放学已是暮色四合时分，方循音回到家。

这个点，康文清早已下班，正在厨房忙碌。油溅声、锅铲和铁锅的碰撞声、抽油烟机的运行声，合着饭菜香气，一同扑面而来，是江城每个普通人家里饭点时间最常见的景象。

方循音抿着唇，第一时间先将校服外套脱掉，长长地松了口气，接着小声打招呼道："妈，我回来了。"

康文清关掉抽油烟机，随口应了一声："嗯，赶紧换衣服准备吃饭。要是你爸还没回来，一会儿给他打个电话催一下。"

"知道了。"方循音将校服塞进洗衣机，拎起书包，先回自己房间。

方循音就出生在这么一个寻常人家里，父母都是江城本地人，相亲认识，顺顺当当结婚、生孩子，说不上多恩爱富有，倒也和谐这些年，理应没有怨怼才是。

方循音被他们俩带大，打小那点骨子里的敏感心思，从来无人在意过。哪怕她哭着跑回家，同爸爸妈妈诉说委屈，也得不到什么结果。

康文清一直说方循音像方为，闷葫芦一样、担不起事，一点点小事就矫情得不得了，非得弄得比什么都大。

"咱们家也不是什么富贵人家，长相上你也算继承了我和你爸的优秀基因，能见人，脑袋也不笨。就一块小小的胎记，也就我半个手掌大，还不是长在脸上，有什么了不得的啊？哭哭啼啼的，这么些年还放不下吗？等你再大一些，学会化妆了，随便弄点粉底一遮不就没了嘛！"

方循音不知道该怎么说："可是……"

康文清挥了挥手，有些不耐烦，说："哪有什么可是不可是的啊！反正已经有了，还能给它弄没不成？音音，你可别听那些阿姨说的，什么激光整容的，你才那么点儿大，别说没钱弄了，就算咱们有这闲钱，这整容说出去也不好听啊！再说了，你那些同学都忙着学习呢，没工夫关注你。啊！听到没？"

说到底，不过是大人和孩子思维不在一条水平线上，劝解得再多，也是鸡同鸭讲。

方循音能坦然接受自己的性格缺陷，她就是不够大方坦荡，就是始终无法接受旁人那种赤裸裸的打量，哪怕事实正如康文清所说，别人压根不会关注她什么。

方循音洗完澡，换好衣服。方为如同过去每一天一样，准点下班回到家。

一家三口坐在桌边，开始吃晚饭，自然顺便也要随意闲聊几句。

康文清先和方为吐槽了一个同事，接着才问起方循音："音音，开学已经快要一个月了，感觉怎么样？还能跟得上八中的教学节奏吗？"

方循音垂下眸子，低声答道："还可以。"

"要是觉得哪门课困难的话，就跟爸妈说，我们给你报个补习班。本来嘛，咱们对你也没有什么特别的要求，能上个普通的本科就好了。但是既然你都上了八中了，说明脑子还是够用的。况且，这私立的学费也砸进去了，好歹也要考个著名大学出来，才不算浪费时间和钱。知道了吗？”

"知道。"

在功课方面，方循音一贯是好学生，压根不需要家长担心什么。甚至中考时还考了个附中第一的好成绩，顺利进了全市升学率第一的八中，在邻里间给康文清好好长了把脸。

思及此，康文清缓和了语气，问道："零花钱还够花吗？"

"够的。"

"不够的话找你爸要一点，但是千万不能乱花。买点吃的喝的什么的都没事，不能去网吧游戏机厅之类的，那都不是好学生该去的地方……还有，你虽然上高中了，但也还是小孩子，可不能学着那些不着调的小姑娘去谈恋爱，知道了吗？"

谈恋爱？

真是连想都没想过。

这世上怎么会有人喜欢她这样的人呢？

一时之间，方循音只觉得胃口全无，讷讷胡乱应过声，飞快扒了几口饭，悄然放下筷子，说："我吃饱了。爸爸妈妈，今天作业有点多，我先进去写作业了。"

"去吧。"

关上房门，方循音躺到床上，闭起眼睛，整个人不自觉蜷缩成一团。

脑子里一片乱七八糟，好像并不适合写作业。有白天朱蜜说的话，有陈伽漠靠墙而站时的那个侧影，还有康文清刚刚那番话，都清晰地浮现出来。

她这样一个人，既不是漂亮聪明的渠意枝，也不是热情大方的朱蜜，根本没必要担心什么。

这样想着，方循音轻轻摸了摸右边的脖子，继而抬起手，用手背盖住脸。片刻，她自嘲般嗤笑了一声。

转眼，九月进入尾声。

八中从高一开始，每个月都会有月考，而且是学校自主出卷，比期中、期末区联考的难度要高上不少。这次，月考就排在国庆小长假前最后那两天。

李俊才耳提面命，让大家一定要重视月考。虽然月考分数不计入保送成绩统计，却是未来选科分班的重要数据。

只不过，临近放假，学生难免心思浮躁。

最后一科考试结束，班上响起一片哀号声。

"卷子怎么这么难啊？"

"为什么月考不是只考这个月的内容，怎么连还没学的知识点都有啊！"

"完了完了，我人生中第一次挂科要来了！听力最后一道大题，我连题干都没听懂！"

……

各种声音，议论纷纷。

朱蜜将笔收进笔袋里，随手塞进书包，转过身，兴致勃勃地同方循音说："音音，放假了，你有什么活动吗？"

方循音在翻课本。她依稀记得物理考卷上有一道题是书上的原题，只改了数据，想趁着还记得对一下解题思路。

听到朱蜜提问，方循音从书中抬起头，愣愣地"啊"了一声："什么活动？"

"国庆啊！这么长的假期，你准备做什么？"

做什么？方循音想了想，小心翼翼地答道："应该……在家里写作业吧。"

事实上，她不够聪明，能考进八中，确实如自己所说，是运气，最多加上七八分努力。至于后头……反正没有什么事，也不想与人相处，大概只剩下好好学习这一条选择了吧？总不能做人做事和学习样样都差劲啊。

对于这个答案，朱蜜十分不满意，摇了摇头，叹了口气，说："音音，你真的没必要这样，有什么大不了的事啊，干吗整天一个人可怜兮兮地缩在旁边？别说了，假期抽一天跟我们一起去玩吧。"

"不了，我还是……"

"就这样决定了。"朱蜜干脆利落地拍板。

方循音蹙了蹙眉，有点不知所措。

可惜，朱蜜没有注意到她的神色，已经安排起了具体方案。

"我是想，叫上几个同学，咱们一起去唱歌放松一下。音音，你说好不好？算了算了，你的意见没有参考价值。现在问题就是要喊谁一起呢？"

平日里，朱蜜除了与方循音交好之外，还和另几个女生关系不错，算得上是班内小团体之一，必然要一起行动，再随口点几个活跃分子，林林总总，也凑够七八个了。

"我现在就去问问她们的安排！"说完，朱蜜一阵风一样跑掉，去找其他人了。

方循音愣神了。

课本上那道题，到底是在哪一页呢？还是在练习册上？这件事，应该比去唱歌更重要一些。

然而，还没等方循音找到那道题，朱蜜又风风火火地跑了回来。

她蹲下身，将脑袋放在方循音的桌上，欲言又止的样子，脸颊还有一丝异样潮红。

方循音不明所以，只能与朱蜜对视。

静默半晌，朱蜜扭扭捏捏地小声开口："他们有人要带初中同学一起来。音音你说，我要不要叫陈伽漠啊？我们也是初中同学……而且，人多热闹嘛，费用平摊下来还便宜呢。"

方循音愣了愣。

朱蜜继续说："我觉得这个主意蛮好的，反正大家都是一个学校的嘛，多认识点朋友也蛮好。以后说不定还有机会进到一个班呢……"

八中确实每学年会有分班考，大部分都是平行班之间进行变动。从目前情况来看，陈伽漠从物理竞赛班掉下来的概率，大概比朱蜜发愤图强考进物理竞赛班低个几百倍。

方循音实在不好打击她什么，嘴唇轻轻动了动，勉强弯出一道笑，细声细气地说："都可以啊。"

闻言，朱蜜一下子兴奋起来："你也觉得可行吗？那我现在就去他们班找他？不过，会不会物理竞赛班已经放学了啊？还是 QQ 上说比较好，被拒绝也不太丢脸吧……可是，我没有陈伽漠的联系方式……"

一时之间，方循音如坐针毡。

因为，她突然想到，返校那日陈伽漠加了她的微信。

一个月过去，聊天框还是空白的，唯有当时陈伽漠发来的"陈伽漠"那三个字自我介绍，再无其他。

现在，对方循音来说，无比重要的朋友想要一个联系方式，她是不是应该将陈伽漠的微信号告诉朱蜜呢？

方循音从来没有处理过这种局面。不过，平心而论，按照她自己的想法，这个微信号她理应不能给朱蜜。

倒并非说是因为自己也对陈伽漠有些不可告人的念头。

她和朱蜜完全不同，朱蜜是坦坦荡荡地欣赏陈伽漠，和这个学校里许多少女一样，玲珑心思，昭然若揭，不会叫人厌烦，只觉得单纯可爱。

但是在方循音心中，陈伽漠完全是一轮月光，高不可攀，他是她终其一生都想成为的那种人。

因为做不到，才不自觉去仰慕，所以并不存在什么竞争的心理。

方循音不能把微信号给好友，主要是因为她觉得这样做好生没有礼貌。明明两人只是陌生人，人家陈伽漠是好心给了她联系方式，让她有后遗症就联系他，要是最终却被她偷偷转给其他女生，还要借此去贸然打扰他，怎么看都好像不太合适。

踌躇片刻，方循音终于下定决心，等朱蜜红着脸起身离开她桌边后，她飞快从口袋里拿出手机，低头调出微信界面。

方循音没什么朋友，平日里也极少用到这些聊天工具。自然，一个月前的聊天框还浮在首页。

她蹙起眉，选中备注为"陈伽漠"的那个头像，指腹不自觉在上面摩挲了几下，再轻触屏幕，点进对方朋友圈，快速浏览。

陈伽漠极少发朋友圈，偶尔几条不是分享歌曲，就是分享一些NBA比赛信息。再往下拉，差不多几个月前才有照片，还是一张他自己的侧脸照。拍摄角度拉得挺远，构图十分随意，像是随手那么一拍。

照片上，陈伽漠穿着球衣、抱着篮球、靠坐在篮球架边。他皮肤很白，轮廓线条精致，脸上挂了汗，似是刚刚获得胜利，眉眼间还能看出张扬笑意，是心情极佳的模样。

方循音愣怔片刻，然后悄悄地……她长按片刻，偷偷将这张图保存了下来，接着，毫不犹豫地删除了陈伽漠好友。

好像只有这样，方循音才能安心，才能不会觉得对不起好友，也不至于对陈伽漠失了礼貌与分寸。

国庆假期起始，江城下了好大一场雨，气温也跟着骤降十几摄氏度。只一夜间，秋意悄悄弥漫开来。

清晨，雨势渐弱。

方循音在床上睁开眼，听到门外传来说话声。

"……是想着，趁着放假，让音音给弟弟补补课。咱们不指望八中，但总得有学上吧！"

"那肯定是的呀，小孩子总归要读书的。没事，音音在家也没什么事，让她看着弟弟好了。"

"真是给音音添麻烦了啊！"

顿时，方循音感觉头疼不已，打开门，果真是小姨一家。

康文臻见到方循音，立马就亲亲热热走上前，先在她手里塞了个红包，然后说道："音音，我把你非池弟弟带来了，这次假期还是要多麻烦你。你们姐弟俩关系好，你要多教他。"

众目睽睽之下，方循音不知道该如何拒绝，只得应声："没事的，小姨，不麻烦。"

这倒也不是客套话，确实不麻烦。

方循音素来怯怯避人，对谁都有些疏离，不愿靠近，唯独康非池这个弟弟，算得上是和她关系还不错。

两人小时候，康文臻被公司外派，要好一阵不在江城，康非池就被送到方家借住。那会儿，正是方循音最不愿见人的时候。

康非池虽然以"非池中物"为名，却是从小展现出"混不吝"的姿态，小小一男孩，顽皮得不得了，从自家小区打架打到方循音家小区。

知道姐姐被班上同学嘲笑，康非池偷偷跟着去学校闹了个天翻地覆，把比他还大两岁的小男孩打得大哭不止。

虽然方循音嘴上不说，但心底还是觉得温暖。

想起往事，她微微愣怔。

只不过，康非池样样都好，就是实在不爱读书，要带他学习，好像实在有些难度。

片刻后，方循音回过神来，轻轻补了一句："小姨，这钱就不用了……"

康文臻笑起来，赶忙说："要的要的，这个小长假，你爸妈要和小姨一块儿去崇明办事，后面几天都不在家。音音你就带着弟弟吃饭啊。你们俩都是孩子，千万不要弄明火，就叫点肯德基、麦当劳什么的吃吧。还有，一定要看着康非池，让他把作业做完，别老跑出去玩，知道了吧？"

"知道的。"

这件事便这般敲定下来。

第二章

你是我不能言明的梦

从前我一直是一个人。

后来你来了，让我的世界从此免于孤寂与黯淡。

——方循音日记

01

国庆假期第三天，终于雨过天晴。阳光不太强烈，体感十分惬意舒适。

朱蜜兴高采烈地打电话过来，通知方循音聚会就定在明天。

方循音犹豫数秒，小心翼翼地说："对不起啊，朱蜜，家里突然来客人了，我走不开，可能去不了了。"

她说话时，康非池正半躺在沙发上，看着她直笑。

方循音被他盯得脸红，知道他在取笑自己，转身回到房间，反手轻轻合上房门。

电话那端，朱蜜语气有点失望："啊？你来不了啊？不能想想办法吗？音音，你都不知道，这次不仅陈伽漠会来，连渠意枝都会来呢！好多人，很热闹的。"

一听会有好多人，方循音越发没有兴趣了，赶紧搪塞过去。

许是因为陈伽漠也要露面，朱蜜心情极好，并没有死缠烂打，只兴奋地宣泄了几句心情，便挂断电话，兴冲冲挑选衣服去了。

事实上，朱蜜自己也没有想到，竟然真能喊到陈伽漠。

本来她确实动了脑筋，想借着初中同学借口去试一试。不过，小姑娘虽然看着咋咋呼呼，到底还是脸皮不够厚，要不然，也不至于初中四年都没搭上一句话。

谁承想，碰巧他们班上有个男生和常哲屿约了这天打篮球，时间冲撞。男生干脆喊了他们几个男生一起，说先唱完歌，再一块儿去打球。反正KTV所在那个商城和区体育中心离得不远，骑车五六分钟就能到，也不麻烦。

常哲屿和陈伽漠几个素来形影不离，自然一带带上一串儿人。

渠意枝则是被另一个女生叫过来的。

没办法，江城八中这种名校，入学难度高，生源优秀，基本就出自那几个学校，很容易就挂上关系。

这下，班级活动成了年级活动，参加的人有三十来个，比秋游还热闹。

朱蜜退了原本预订的大包厢，重新订了个豪华包厢。包厢是复式设计，上下两层，足以容纳这么多人。

相比朱蜜这般兴致勃勃，陈伽漠则是单纯被常哲屿拉去凑热闹的。

常哲屿说："啊呀，反正闲着也是闲着，正好一块儿找个地方打《三国杀》呗。而且，渠意枝不是也说会来玩的嘛！"

陈伽漠勾了勾嘴角，语气漫不经心的："那又如何。"

常哲屿用手肘捅了他一下，笑得十分不怀好意，问道："你俩真没什么？"

"当然没什么。"

"渠意枝这么漂亮，你敢说你就一点想法都没有？"常哲屿十分不信。

闻言，陈伽漠笑起来，露出一口白牙，颇有点桀骜不驯的味道。

"儿子，爸爸不像你这么贪财好色，也没那么饥渴。"

"陈伽漠，你大爷的！我才是你爹！"

一路吵吵闹闹，两人居然还是最先到达KTV包厢的。

常哲屿将篮球放下，跑去和朱蜜说话。

朱蜜提前到，就是为了能有机会和陈伽漠说几句话。可惜，陈伽漠只淡笑着同她打过招呼，径直去了二楼。只一句，却也叫朱蜜的脸颊不自觉泛出殷红颜色。

常哲屿没注意到她的异样，大大咧咧地自我介绍一番。

顿了下，他又问："跟你一块儿那个女生呢？今天来吗？"

朱蜜愣了愣，一时之间没能反应过来。

常哲屿笑起来，在额头比画了个平刘海，提醒道："你查操的时候，老跟你一块儿的那个。"

朱蜜当即恍然大悟："你说音音是吧？方循音？她本来要来的，但是今天家里有事，所以不来了。你们俩认识吗？"

常哲屿挠了挠头。

男生要面子，特别是在篮球场上，实在不好意思说自己打篮球失手砸到过人，只能随意含糊过去，匆匆转身，去找陈伽漠。

此时，底下没人点歌，包厢二楼也没法自动打开彩色射灯，只用头顶几盏黄灯照明，光线要比一楼更为昏暗一些。

陈伽漠懒洋洋地靠在沙发上，正低头玩着手机，光线斜斜打到他侧脸，疏离得风光霁月、摄人心魄。

常哲屿和陈伽漠从小认识，早习惯他这没表情的模样，一点都不在意，直接坐到他旁边。

陈伽漠勾勾唇，笑着调侃道："哟，好色之徒回来了？常哲屿，你怎么见了什么姑娘都要上去搭几句呀？"

"滚，陈伽漠，我好好跟你说，我刚刚看到朱蜜的时候，突然想起来一件事。"常哲屿一边说，一边手舞足蹈起来，"就那个，开学那会儿，我在操场上砸到的那个女生，你还记得吗？她好像和朱蜜关系不错啊，走廊里都能碰到她们俩走一块儿。"

偏偏他手长脚长，这么一比画，姿态实在有些搞笑。

陈伽漠目光愣怔一瞬，蓦地想到那天他路过器材室，那么巧，正好听到朱蜜和方循音的悄悄话。

小姑娘声音又细又软，像是某种丝绸，绵绵延展开来，好似能驱散烈日暑气。

"很丑……"她的话里满是憋闷。

陈伽漠家教甚严，不喜欢取笑别人，自然不会把快乐建立在他人的痛苦之上，只是单纯觉得方循音蛮像个小兔子，稍有点风吹草动就能把她吓得脸色泛白，伺机而逃。她小心翼翼起来还挺好玩的。

不过，这话倒也不必同常哲屿说。

陈伽漠轻咳一声，问道："嗯，然后呢？"

常哲屿继续说："然后我就想着，眼镜也没赔给她，有点不好意思，想说她今天要是也来的话，我干脆一会儿请她喝奶茶呗，聊表歉意，你说对吧？"

陈伽漠无语："这事儿都过了一个多月了，你才想起来表歉意，那确实挺'聊'的。"

"别那么说嘛！还不是平时学习任务繁重，你说是吧？"

"别耍嘴皮子了，既然如此，还不去买奶茶？"

常哲屿叹了口气，摇摇头，说道："这不是还没说完嘛。朱蜜说她家里有事来不了。看来我们有缘无分，这一球之交，注定只能黯然收场……"

闲聊几句过后，人越来越多。包厢开始热闹起来，伴奏声也随着聊天说话声音一同响起来。

常哲屿已经数着人数，张罗组织起《三国杀》，只剩陈伽漠独自坐在角落。

他无所事事，想到常哲屿刚刚那些话，随手将微信点开，把通讯录往下翻了翻，在"F"那一栏找到方循音的名字。他没有删对话框的习惯，所以记录还停留在"陈伽漠"三个字那里。

陈伽漠抿了抿唇，踌躇半秒，长指轻触，点进方循音的头像里头，想扫一眼她的朋友圈。

哪想到，朋友圈页面空白一片，中间还有长长一道横杠。

什么都没有？是她不发朋友圈吗？看她那样子，确实是比较低调……

倏忽间，一个猜想浮上来。

方循音不会是把他好友删掉了吧？

陈伽漠蹙起眉。

倒不是说他自我感觉太过良好，觉得人人都恨不得和他挂上点联系，只不过，好歹两人也说上过几句话，又是同学。走廊、操场、上学放学，哪儿都能抬头不见低头见，哪怕不算太熟悉，只是点头之交，也不至于连个社交软件好友都留不下来。

不过，这些都只是猜测。

陈伽漠犹豫数秒，抬手退出朋友圈页面，返回聊天框，无须考虑，干脆直接来验证预感。

ZzC："方循音？"

下一秒，微信干脆利落地跳出提示："FXY 开启了朋友验证，你还不是他（她）朋友。请先发送朋友验证请求，对方验证通过后，才能聊天。[发送好友验证]"

陈伽漠："……"

他尚未来得及感慨什么，旁边，常哲屿已经组好局，喊道："陈伽漠，《三国杀》了啊，快坐过来！赶紧赶紧，就等你了！一个人在那儿干吗呢！"

陈伽漠将手机收起来，随口应了一声："知道了，别催。"

不知不觉中，暮色降临。

KTV 包厢二楼，几个男生又结束了一把《三国杀》。

陈伽漠这个"内奸陆逊"成功完场上所有阵营玩家，再毫不留情地将主公诛杀。他笑了笑，随手扔了牌，看一眼时间，问道："时间差不多了，打球去吗？"

"打打打！都这么晚了！"

常哲屿喊了四班那些男生一句，这唱K活动就算是散场。但包厢时间还没结束，所以他们这几个要去打篮球的男生先走一步，其他人则留下来唱到结束再说。

几个男生离开包厢，三三两两走到KTV大堂。

陈伽漠脚步微微一顿："稍等。"

他摸出手机，转过身，正欲往前台方向走去。

常哲屿一把拉住陈伽漠，笑道："我来，这么多妹子呢，不能把这个表现的机会让给你。你们到外面等我吧。"说完，他赶忙跑去买单。

陈伽漠也没有和他争抢，点点头，不紧不慢地走出去。

两人打小就是朋友，家境也是差不多优越，压根不愁零花钱。虽说这种活动提前说好了平摊，但毕竟这么多男生在场，包厢里又点了各种饮料水果小吃，还都吃了不少，自然不至于让女生付账。

KTV 开在商场里，一出门，往前就是扶手电梯。陈伽漠和另外几个男生靠在玻璃围栏上，姿势懒懒散散，有一搭没一搭地插科打诨。

不过三五分钟，常哲屿从里头出来。

陈伽漠直起身，说道："走了。"

常哲屿没急着说话，冲着他一顿挤眉弄眼，表情看着像是抽筋。

"你有毛病？"只可惜，父子之间也会心灵感应缺失。陈伽漠实在摸不着头脑，也接收不到暗号。

常哲屿泄气，轻轻"啧"了一声，伸出手指，往一个方向指了指："你看，那个人眼熟吗？"

另外几个男生都已经跨上电梯，将两人落在最后。陈伽漠懒得打哑谜，眯起眼，赶紧往常哲屿所指的方向瞟了一眼。

这一眼，叫他整个人微微一顿。

这座商场没有什么设计感，每一层的四面都是店家，KTV隔壁是一家火锅店。为了采光或是单纯为了吸引顾客，火锅店临走廊这一面全是玻璃。从外头看过去，这面的每桌客人情况基本一览无余。

此刻，方循音就坐在里面，脸正对着他们这个方向。

常哲屿一个大男人整天八卦得不得了，在旁边补充说明，一派兴致勃勃："我刚刚走出来的时候，眼睛歪得一下就看到了，这不是和我有'一球之缘'的女生嘛！啊呀，说起曹操曹操就出现了……不过，对面那个是她男朋友吗？真是人不可貌相啊！"

这话听着奇怪。

陈伽漠收敛起表情，移开目光，默默看了常哲屿一眼，语气慢条斯理的，淡声说："怎么就人不可貌相了？"

常哲屿倒不是那个意思。不过，他也清楚，陈伽漠这人就是这样，自己能随便开玩笑，但绝不会在背后议论女生什么，便解释道："就是说她看气质还蛮低调的嘛，像那种乖乖女，不是会早恋的样子。"

陈伽漠不耐烦地说："行了，少管别人的事，赶紧走吧。"

话题结束于此。

他转过身，踏上手扶梯，心底已经有了猜测。

方循音是怕男朋友误会，所以才删了他好友吗？

那好像确实也说得通。

另一边，即将进入饭点，火锅店里人声鼎沸。

吃完最后一片菜叶，方循音放下筷子，目光穿过蒸腾雾气，静静看向康非池。

康非池笑起来，露出一口白牙，说道："姐，你别老盯着我啊，影响食欲。总不见得是怕我吃得太多，把你吃穷了吧？"

方循音的声音很低："怎么会？都是用小姨给的钱。我是在想，小姨不让我们出来吃，让我们待在家里。要是知道我们跑出来了，又要说你了。"

今天也是意外。原本，方循音正给康非池讲题，不知道他怎么想的，非得拉她出来吃火锅，说难得天放晴，好久没吃肉了，想吃肉想得没心思学习。

方循音对康非池一向没什么办法，只得答应下来，但心里总归还是担忧。

康非池叹口气，无奈答道："姐，就是吃顿火锅而已，我妈还能打死我们不成？你别老这么小心翼翼好不好？趁着年轻，大胆一点！"

方循音默不作声，实在不知该如何回答。

康非池又夹了一筷子肥牛卷，丢进锅里。顿了下，他干脆岔开话题，问道："新学校好吗？"

"还可以。"

"同学呢？有没有人欺负你？"

"没有，都挺好的。"

康非池点点头："也是，姐都上高中了，学校里都是大人了。不过，如果有人不识好歹，你还是得给我打电话啊，我立马带哥们儿过来收拾他们。"

方循音有些啼笑皆非。

两人之间，许是因为小时候那件事，竟然还是康非池更像哥哥一点。

"放心吧。"

"咕嘟咕嘟——"锅底再次开始沸腾。

康非池垂下眼，捞了一筷子肥牛起来，放到方循音碗中，表情又变得有些不着调起来："姐，新学校里，你有喜欢的男生吗？"

他话音才落，方循音的脸颊就"唰"一下烧起来。她有些磕磕绊绊地答道："没……没有啊……学习最重要，怎么能早恋呢……康非池，你也不能学人家谈恋爱，知道吗？"

康非池抬起头，眼睛炯炯有神地望向她。

顿时，方循音有种无所遁形之感，好似无论什么秘密都能被他完全看破。

幸好康非池知道方循音的性格，哪怕已经看破猫腻，也没有调侃她。他擦擦嘴，含混地出声道："晚点我去体育场打会儿篮球。姐，你自己先回去吧。"

"可是……"

"没那么多可是。"康非池站起身来，伸了个懒腰，笑吟吟的模样，"就手痒打会儿篮球而已。我会早点回家，不会干坏事，谁让我以后还要赚钱给我姐做激光手术呢。放心吧。倒是你，到家记得给我发消息。"

时间一晃而过，转眼，已是十月六日，国庆假期最后一天。

三个大人一同回到市里，康非池便跟着康文臻回家去了，房间一下子安静下来。

早在假期前两天，方循音就已经将作业全部做完，没什么事，干脆再做一些预习。

她随手翻开物理书，蓦地想到假期前苦苦寻找的那道月考题。

不知道月考成绩怎么样，也不知道……朱蜜和陈伽漠他们玩得怎么样了？

02

长假结束后的第一天，早自习尚未开始，李俊才已经来班上发月考成绩单。

方循音一落座，来不及放下书包，先将细长的字条拿起来，仔仔细细扫一遍。所有科目分数都在字条上面，语文、数学、英语、物理、化学、生物依次排序，再加一个总分。最后还有两栏，分别是班级总排名和年级总排名。

她第一栏是"1"，第二栏是"73"，好像再次超常发挥。

毕竟，八中月考试卷由学校命题，两个竞赛班也一同考试、参加排名，再算上底下几个平行班，能考进前100名都算是十分厉害了。

方循音颇有点难以置信，认真核对了好几次。

这会儿工夫，教室里学生稀稀落落坐齐，大多已经看到成绩单，忍不住唉声叹气，或是说起悄悄话来。

旁边，朱蜜凑过头来，似是想看方循音手上的字条。但当中隔着走廊，她再怎么伸长脖子也很难看清，只得出声直接发问道："音音，你考得怎么样啊？"

方循音眼睛里含了一丝笑意："蛮好的，你呢？"

朱蜜叹气："就那样呗，不上不下，不拔尖也不垫底，很符合我的正常水平。"

她话音才落，倏地，李俊才站在教室门边喊道："方循音、徐眠静。"

方循音条件反射站起身，动作有点紧张。

"你们俩过来一下。"李俊才朝着她们俩招招手。

等两人在他面前站定，才继续说道："今天是周一，学校有升旗仪式。下周就轮到咱们班主持，你们俩今天赶紧去跟着看看学一学，下周你们俩上去升旗。"

这话一出，方循音整个人都愣住了："啊……"

相比之下，徐眠静是四班班长，倒没有什么巨大反应，只同李俊才确认一遍："意思是，下周我们俩做升旗手？"

李俊才点点头："你们俩是这次月考的一、二名，升旗手这种荣誉是要奖励给努力的同学的。赶紧去吧，他们班应该已经在操场准备了。"

方循音甚至来不及拒绝，李俊才就已经转过身，大步走进教室，只剩下她与徐眠静面面相觑。

这下，方循音一扫拿第一的喜悦之情，声音都有点颤抖："班长，我真的不行，能不能麻烦你去跟李老师讲一下，我……"

徐眠静拍拍她的肩膀，安慰道："没事的，升旗而已，不用讲话的。到时候你就背对着操场就行。上周……嗯，这周好像是物理竞赛班升旗吧？我们得快点下去了。"

方循音无可奈何，在原地踟蹰许久，到底没勇气走回教室当着大家的面再拒绝李俊才一次，只能拢拢衣领，跟在徐眠静身后快步下楼。

十月，江城终于凉快下来。微风习习，扫过八中校园的每个角落。自然，叫方循音这一年的"苦夏"干脆利落地走向尾声。

现在仍是早自习时间，操场上只有寥寥几个学生，他们正聚在一起站在主席台下。

徐眠静眯着眼往人堆里看一眼，笑道："应该就是他们。我们过去打个招呼吧？"

方循音抿着唇，推了推厚底眼镜，小心翼翼往前迈开步。

操场中间是草坪足球场，跨过球门水平线，大老远就能看清主席台下那几个学生。

好像无论在什么时候，陈伽漠永远都是人群中心。此刻，他穿着白衬衫搭西装裤，就是八中校服那一套，手里还拿了个文件夹，整个人懒洋洋地靠在栏杆上，眯着眼，有一搭没一搭地同旁边的女生说话。

那女生也穿白衬衫，下摆塞在校服百褶裙里，露出一双白皙笔直的大长腿，远远望去，长相气质都十分出众、璀璨夺目。

这个女生正是渠意枝。

方循音不自觉捏紧指尖，脚步微微一顿。

陈伽漠和渠意枝并不是一个班的，怎么会在一起准备升旗仪式？

下一秒，方循音自嘲地扯了扯嘴角，收回目光。

别人怎么样，与她又有什么干系呢？

何必一次又一次提醒自己？

等两人再走近些，基本已经能听到那群人的聊天内容。

物理竞赛班班长也在场，徐眠静认识，便顺势和对方解释了一下来意。

"升旗是吧？没问题啊，一会儿等他们俩来，让他们给你们讲讲。"

说到底，其实也没啥好讲的。一根杆一根绳一面旗，一套滑轮结构，把旗拉到顶，就算大功告成。正如徐眠静所说，几分钟的事儿，背对着台下，脸都不用露，十分简单，主要是合一下国歌节奏，不要过快过慢就好。

不过，因为高一开学才一个多月，还没到全员紧张备考时间，这些活动肯定还是要搞搞形式，讲究一下学生精神面貌之类的。

方循音站在角落里，安安静静听他们闲聊。不过几句话，立刻解了她刚刚的困惑。

八中每周一早上都有升旗仪式，每周主题都不同。这次恰逢第一次月考出分，学校要求优秀学生在升旗仪式上给大家分享学习经验。

陈伽漠和渠意枝两人是年级前二，自然当仁不让。

"陈伽漠，不过说起来，你不会又像上次开学典礼那样上去脱稿胡乱发挥一通吧？上次写检查没有？"

被旁边的同学调侃，陈伽漠也是不甚在意的模样。他随意笑笑，漫不经心地答道："没写，记了个小处分。要不是为了消处分，这次也不会被逼着上了。"

"我去，还给记处分了？"

"注意素质注意素质啊，大庭广众的。不过这种处分不进档案，对陈伽漠半点影响都没有。"

"也是，毕竟老班还指望着陈伽漠给咱们学校拿奖呢。"

……

陈伽漠没有搭话，只听他们说，把文件夹拿在手中，有一下没一下地翻转着，衬得他五指修长、指节分明，动作一派惬然。

不过片刻，铃声大作。接着，出早操的音乐声响彻偌大校园。

各路领导、老师马上要下楼，闲聊人群散开，在主席台下排好队，准备开始各司其职。

方循音和徐眠静只是来围观学习，今日不必上台，自然是站在队伍末端。她们前面就是最后发言的渠意枝和陈伽漠两人。

大抵是这会儿才注意到方循音，陈伽漠侧了侧身，目光在她身上游移一瞬。他素来清澈平静的双眸中带上了些许好奇窥探的意味，似是在打量什么。

只可惜，方循音习惯低眉敛目。无论何时何地，她都恨不能缩头缩脑，将自己整张脸全部锁进衣服之中。

再加上陈伽漠就在前头，她更是难以抬头，怕显露出端倪，也并没有注意到对方的眼神。

陈伽漠目光如炬，又一直维持着侧身的姿势，很快引起了身边人的注意。

渠意枝偏了偏头，顺着他目光方向望去。

顿了下，她轻笑一声，故意打趣道："陈伽漠，放着我这么个大美女不关注，你在做什么呢？总不见得是眼睛长在天上太久，斜视了吧？"

虽然在开学典礼上剑拔弩张，实际上，两人很早就因为竞赛认识，是老对手了，他们虽然没有同学们因金童玉女而猜测的那般关系，但确实还算熟稔。

陈伽漠知道她爱开玩笑，也不生气，慢声答道："渠意枝同学，不必过度关心，我一切都好。"

前后排距离很近，方循音听到两人说话，越发低下头，将目光牢牢钉在地上。

然而，下一秒，前方响起陈伽漠低沉淡漠的声线："方循音。"

方循音一惊，条件反射般抬起头来，"啊"了一声。

倏忽间，正对上陈伽漠的目光。

他个子极高，方循音得仰头看他。阳光从他身后照来，浅浅打在他脸上，纤长睫毛落下一道阴影。

无端生出些许风流缱绻的味道来。

顷刻，心脏的怦怦跳动声音变得十分清晰。

方循音手忙脚乱地低下头，又担惊受怕，生怕这剧烈心跳引起旁人注意，叫那些不可名状的小心思变得昭然若揭。

陈伽漠倒是不以为意，用指尖捏住文件夹，轻笑着开口道："方循音，你是你们班下周的升旗手？"

"啊……嗯。"

"怎么选的？"

无论从什么角度来看，方循音都不像能主动站上主席台之人。

许是她太过纤瘦，连宽大校服都盖不住那种瘦伶伶的感觉。再加上她身上一些改不掉的小动作，气质就会显得过于怯懦一些，丝毫没有张扬之气，倒是越发像只小兔子。

方循音不知道陈伽漠为何有这么一问，一时之间愣在了原地。

旁边，徐眠静及时出声解围道："咱们班没选，直接按月考排名来的。"

陈伽漠挑了挑眉，又看向方循音，问道："你班级排名多少？"

方循音张张嘴，声音又细又小，软绵绵的，像流沙馅一般："第一名……"

陈伽漠说："挺厉害的，恭喜。"

"啊，谢谢……"

说话的工夫，各个班级的学生已然下楼，排队入场。

高中生到底不似初中生，摒弃了一些条条框框，再加上又是在八中这种学校，成绩至上，老师也都使劲儿往高分努力。其他事儿，大多睁眼闭眼就过，没什么管教。

视角从前往后，基本可以看出大家踏步都踏得十分随便，班级队伍也有些歪歪扭扭，不太整齐。

入场音乐还未结束，他们几个在前头闲聊，也没人管。

渠意枝在旁边听了半天，目光一直盯着方循音。

她和陈伽漠认识蛮多年，虽然自己不喜欢陈伽漠这种男生，却也不得不承认，他对于不少女生都有不小的吸引力。他长得好看、成绩好、体育好、家境好，说是天之骄子，完全名副其实。初中他们一起参加夏令营那会儿，才几天就有不少女生去偷偷找他表白。

但陈伽漠好像一直没有回应。

他脾气放在那儿，对所有女孩子都是那样认真礼貌温柔，却又有些若有似无的疏离，好似冷月一般，高不可攀。

渠意枝完全看不出他会喜欢什么样的女生，但无论怎么想，都不应该是面前这个名叫"方循音"的女生这样。

先不说两人气质样貌天差地别，完全是八竿子打不着，很明显，这个女生还有点害怕陈伽漠。

渠意枝在旁边都觉得陈伽漠同这个女生说话的时候，女生不情不愿的，好似受了什么虐待一样。

她有些不忍，干脆强行插入话题："平行班的第一名？你叫方循音吗？是竞赛班分班考考砸了吗？"

说完，渠意枝冲着方循音笑起来。距离这么近，越发显得她五官美艳动人。

顿了下，怕对方尴尬，她又赶紧补充道："啊，对了，我是渠意枝。"

方循音愣怔半秒，赶紧摇头，连说话都有些磕磕绊绊起来："你……你好。那个，不……不是的……"

渠意枝一扬眉，认真地说："你的声音好好听啊。"

这般说来，若是再仔细看看，方循音确实长得也不差。

方循音一直是平刘海加厚底眼镜组合，打扮起来足够模糊容貌，降低存在感。但她下巴很尖，还有一点点上翘，抬起头来时尤为明显。她的鼻梁也是，生得十分挺翘。嘴唇是樱桃一样的颜色，开口说话时，让人忍不住注视。

渠意枝觉得好奇，心里有点痒，忍不住伸手将方循音脸上的眼镜摘了下来。

这动作做得猝不及防。

方循音愣在原地，脸颊"唰"一下红了一大片，却不是害羞，只是尴尬。下一秒，她立刻将头埋进衣领中，抬手紧紧捂住了右边脸颊脖子那块。

她发现了吗？

她肯定发现了。

要不然，怎么会突然摘自己的眼镜？

现在该怎么办？

方循音一贯就是那么一个懦弱胆怯的人，仅仅是想到后面可能会发生的事情，眼睛里就已经不自觉泛起酸意。

她用力咬住嘴唇，试图抑制住澎湃的情绪。

气氛停滞一瞬。

陈伽漠之前一直没有说话，直到这一刻，他才蓦地伸出手，将渠意枝手中那副眼镜夺下来。

接着，他又将眼镜稳稳放回方循音的鼻梁上，甚至还给她调整了一下镜脚的位置，确保能卡住耳朵，不会掉落。

简单两个动作，好似足够引发轩然大波。

陈伽漠却对诧异目光完全视若无睹，只是蹙起眉，淡淡地对渠意枝说："渠意枝，你这样很没有礼貌，道歉。"

一瞬间，方循音的世界掀起了一阵最高震级的海啸，将一切秩序全数打乱。

她想，之前，是她错了。

陈伽漠根本不是什么遥远的月光，只要仰望就能足矣。

没有人会对这月光不贪心。

包括她这样的人。

渠意枝本没什么恶意，当即爽爽快快转过身，表情真诚地向方循音道歉："方循音，对不起啊，我就是觉得你长得蛮好看的，所以没忍住手痒了一下，实在是不好意思。中午我请你喝奶茶赔礼道歉，你看好不好？"

和她美艳的外表相反，渠意枝的脾气素来冲动随性，做事经常不过脑子，十几年都没改过来。若非如此，开学典礼上，她也不会明晃晃冲陈伽漠说一顿了，总归是一点章法也不讲。

然而此刻，方循音脑袋里还是一片糨糊，浑浑噩噩的，回不过神来。

她依旧沉浸在陈伽漠刚刚那个动作中。

眼镜架像是被赋予温度，所有能触碰到皮肤的地方都灼得惊人，连带脸颊也火辣辣地烧起来。

静默半晌，渠意枝越发觉得尴尬起来，她觑了觑方循音的表情，求助般地看向陈伽漠。目光触及陈伽漠冷淡眼神时，倏地，她好似醒悟了点什么。

没多想，她赶紧又喊了一声："方循音？"

这下，方循音总算清醒过来："啊？啊……没有关系的。"

渠意枝赶忙再次道歉："有关系有关系，是我太没礼貌了，对不起啊。"

叫这么个大美女这般诚恳道歉，好像实在是有些过意不去。

方循音低着头，拼命摆手，试图让渠意枝明白自己并没有生气。她本以为渠意枝是发现了什么，才会做出这般突然举动，但好像并不是。

那就完全没关系。

反倒是陈伽漠……

方循音在心里低低叹息一声。

明明很清楚，不是吗？他一直就是这样一个男生。

第一次见面时，那只向她伸来的手已经足够论证很多事。

偏偏，人就是这样，哪怕理智回笼，似乎也很难左右自己的情感，只能互相拉扯，最终走向绝望。

她是很清楚，但依然没办法停止胡思乱想。

胸腔里，那些缠绵悱恻的陌生情愫早已强压不住，随时随地都会满溢出来，不讲道理地开始拳打脚踢、作乱于世，叫她这单薄的小世界彻底分崩离析。

好在，不过短短一个小插曲，各班队列已经站好，音乐声也随之停止。

物理竞赛班班长是主持人，率先走上台去。他拿起话筒，朗朗的声音通过喇叭传遍八中每个角落。

"各位同学，各位老师，早上好。本周的升旗仪式由我……"

先升旗，再搞月考演讲。

待陈伽漠和渠意枝上台，徐眠静终于憋不住，小声与方循音咬耳朵："方循音，你和陈伽漠很熟啊？"

方循音整个人微微一颤，声音开始打飘："没……没有，不是很熟。"

徐眠静算得上是班上正儿八经的学霸，专心上学，并非陈伽漠爱慕者行列。

有这么一问，她只是单纯好奇，总觉得方循音这低调怯弱模样不像能和校际风云人物扯上什么关系。单看两人刚刚那低声说话架势，还有陈伽漠那种熟稔举动，却不得不引人遐想。

但既然方循音并不愿多说，徐眠静也没有强迫之意，只讪讪一笑，回过身，作罢。

不过两三句话的工夫，台上，已然轮到陈伽漠发言。他走到话筒前，翻开文件夹，漫不经心地微微一笑，顺利引发一片小小骚动。

"大家好，我是陈伽漠，关于考试……"

声音缭绕入耳。

方循音不自觉仰起头，逆着光，望向陈伽漠所在那处。

秋日，微风拂面，金桂飘香。

少年正站在温柔的光线中，风轻轻抚过他的白色衣领，再调皮地掀起一小片衣角下摆，犹如漫画场景。

眉目如画，光风霁月。

在方循音眼中，陈伽漠是宛如神祇般的存在。

所以，他处处都那么好，她到底该如何自我开解，才能叫这如诗画面消除于自己脑海中呢？

升旗仪式结束，各班同学尽数离开操场，回教室上课。

陈伽漠和渠意枝被年级组长喊住，问了下之后几个大赛的备赛情况，顺便又叮嘱几句，两人便走得稍晚一步，只能跟在队尾，慢慢往教学楼里走。

渠意枝怀里抱着文件夹，眼尾勾起，像小狐狸一样媚，眼神却不见丝毫旖旎，坦坦荡荡。

她问陈伽漠："刚刚那个方循音是你小女朋友？"声音低得只有

他们俩能听清。

陈伽漠语气没有丝毫波动："怎么可能？你想太多了。"

渠意枝笑起来："啧啧，我有没有想太多，你自己心里知道啊。不过，她长得确实还蛮可爱的，我很喜欢。你赶紧劝劝她，别戴眼镜了，把漂亮的眼睛都挡住了。"

"渠意枝，你还是管好你自己比较重要。"说完，陈伽漠没再同她继续胡扯，快步往前，混入人流里头。

渠意枝也不甚在意，在前面队伍里找了个熟识的同学，说说笑笑地加入其中。

方循音也没想到自己会听到这几句话。

升旗仪式结束，她提前一步先去李俊才办公室拿物理月考卷，复又折回，正巧在教学楼门口和大部队相遇。

陈伽漠个子高，站在后面，鹤立鸡群一样，十分显眼。

方循音抿抿唇，安安静静走在距离他们一步之遥的地方。于是，她听到了陈伽漠那句"怎么可能"。

是啊，怎么可能。

她这样一个平庸的人，又怎么可能和陈伽漠扯上关系呢。

虽然自己心里比谁都清楚，但心脏还是不可避免地刺痛了一下。

方循音停下脚步，自嘲地笑了笑。

深夜，万籁俱寂。

整座城市已经进入沉睡，唯独方循音，躺在床上翻来覆去地睡不着。

她想到白天，想到那副眼镜，想到陈伽漠的表情，想到那两句轻描淡写的话。

方循音一下子从床上坐起来，轻手轻脚地拧开台灯，再从抽屉里拿出日记本，翻到新的一页。

沉吟数秒，笔尖轻轻落下——

"可以确定的是，我即将开始一场盛大而漫长的单恋。

"主角名叫陈伽漠。

"但这条路，永远不会有尽头。

"所以，我谁也不能告诉，就像脖子上那个胎记一样，无法见人。

"最好世界毁灭之时，依旧没人知晓。"

月考成绩发布后，班中弥漫起低气压。

周五班会课，李俊才按照成绩重新调整座位，顺便进行正式班委选举。

在八中这种学校，班干部会涉及一些保送加分福利，甚至还会有市级加分。如果要出国，申请国外学校时，也可以作为履历和经验，竞争难免激烈。

徐眠静月考成绩出色，平时性格不错、人缘也好，不出意外地连任成功。至于几科课代表，按照考试水平稍作更换。

方循音还得继续当物理课代表，因为没人分数比她高。

全数安排完后，李俊才拍了拍讲台，让所有人安静下来。

"接下来还要宣布一件事，应该已经有同学知道了。一周之后，咱们年级要开展第一次社会实践活动，去东方绿洲军训五天。这个活动是要记入档案的，不能请假缺席。通知单一会儿发，你们记得回去让父母签字。"

顿了下，他又笑着补充道："不要唉声叹气的，别人学校都是开学顶着酷暑军训，咱们安排到十月份已经算是很好了。你们看看，天气都凉快下来了，而且东方绿洲那边挺好玩的，除了每天要练几个小时正步之外，跟秋游没什么两样，你们去了就知道。"

说完，下头就有同学插嘴提问："才哥，那咱们去那边之后，还用每天做考卷吗？"

李俊才挠了挠脑袋，踌躇片刻，这才淡定回答："这就要看各科老师的安排了。不过，你们看看自己的月考分数，差劲的科目，自己带上课本每天温习，一天都不能落下才对。作为班主任，我肯定是会监督你们的。"

"啊——"

"不要啊！"

……

交代完，李俊才拿起教案，留下一句"放学"，转过身，诡诡然离开教室。

听完这事，方循音当即蹙起眉，安安静静趴到桌上。

军训？还要住五天吗？那岂不是要和女生们一起吃住、一起洗漱？

她们会不会……

而且，虽然是十月份，但日头到底还是烈，若是防晒不够小心，那胎记颜色就会越来越深，最终变成乌压压一片晕染开来，丑陋极了。

怎么办才好？

想到这里，脖颈处隐隐发热。

方循音条件反射般覆手上去，隔着校服领子，重重压住那块皮肤，试图叫那烦躁因子降下温来。

此刻，她很想和朱蜜讲讲话，但座位已经被换开，没了人在旁边大呼小叫地兴奋，确实十分不习惯。

方循音直起身，扭头，目光在班级后面穿梭寻觅。

不消片刻，锁定那道熟悉身影。

朱蜜还是那样，热情又自来熟。不过几分钟，她已经和旁边的同学打成一片，正兴奋地聊着什么，完全无视周遭。笑意落在她眉梢眼角，衬得那娃娃脸越发生动可爱。

方循音讷讷地回过头，咬了咬下唇，开始慢慢收拾书包。

她这样一个人，是永远只能活在黑暗之中的。无论是朱蜜也好，陈伽漠也罢，她都不该去觊觎、去贪恋什么。

更何况，朱蜜那样欣赏陈伽漠。

方循音长长叹了口气，没再多看，背上书包，站起身，独自离开了教室。

03

江城是南方沿海城市，素来四季分明。至十月中下旬，秋意大张旗鼓地弥漫开来，落叶纷飞。

转眼又是新的一周。

朝阳初上，大巴车停在八中校门外，长长一行，沿着马路边一字排开。

高一各班学生整齐地穿着运动校服，排队上车。

一辆大巴能坐两个班，按人数多少组合。好巧不巧，四班人数偏多，物理竞赛班人少，再加上班主任教物理，和物理竞赛班班主任属同科，平行班和竞赛班又无成绩竞争，关系更熟悉。自然，两班人被分配到同一辆车上。

东方绿洲在江城边郊，距离八中不算近，车程要将近两个小时。李俊才指挥两班女生先上车，可以先挑位置，晕车的也好坐到前头的座位。

方循音和朱蜜，还有朱蜜的新同桌三人走在一块儿。新同桌名叫盛月，戴眼镜、皮肤偏黄，站在两个瘦弱小个子女生旁边，看着有点高壮。

上车后，盛月直接往倒数第三排走，边走边说："我看到咱们班男生带扑克牌了，他们肯定要坐最后一排打牌的。咱们坐后面点，跟他们一块儿玩呗。"

这话正中朱蜜心意。

毕竟，陈伽漠和他们同一辆车。

万一物理竞赛班的男生们也想打牌呢？不就能顺势一起了吗？

退一万步来说，俩班主任肯定坐大巴最前头，离老师远一些也好，偷偷摸摸搭话就不必避讳老师的眼光。

朱蜜兴冲冲跑到盛月旁边，蓦地，似是终于想起方循音，脚步略微顿了下。她回过头，朝方循音招手，问道："音音，你晕车吗？"

方循音摇摇头。

朱蜜又问："那咱们坐这儿行吗？"

"嗯，好。"方循音应声。

坐哪里都一样，哪有什么行不行。

后头的同学也陆陆续续上车，纷纷往前走，不好停在原地挡路。方循音快步往前，走到朱蜜和盛月那边。

大巴两人一边，一排坐四个人，当中隔着一条窄窄的走道。只这一条道，便隔出了亲疏远近。

朱蜜和盛月坐在一边，方循音只得独自一个人坐。

事实上，月考之后，虽说朱蜜和方循音座位被换开，不过两个女生倒也没有因此疏远。只是，朱蜜和盛月都是大方的女生，短短几天，关系就处得十分不错，出入如影随形。

方循音却没有其他好友。

友谊成了三人行。

旁人或许觉得没什么，毕竟盛月也很好相处。

只是，对于方循音这种敏感女生来说，难免心绪波动，却又不敢显露出来，生怕叫朱蜜这唯一好友都被她这古怪性子吓跑。

待女孩子们在车上坐定，一群男生才"呼啦啦"拥上大巴。

方循音和班上其他人关系都比较疏远，想着位置比学生多，肯定会有空位，自己旁边应该不会坐人，就干脆没把书包放行李架上，只顺手靠在旁边。

调整好书包位置，她放下手，转回身体。

一抬眼，正对上前头不远处陈伽漠的清朗眸光。

方循音心头重重一跳，像是被吓到般，旋即低下了头，视线也随之下垂，落到走道下方。

这几天，正是夏秋交接之际，早晚凉爽，正午还算热。无论男生女生都酷爱将运动裤裤脚折几折，用折痕收口，露出一小截脚踝来。

虽然，大众说法是怕热，倒更像是某种心知肚明的潮流。

面前的陈伽漠却没有这般。他本就身高腿长，那校服裤腿压在鞋舌上，位置刚刚好，干练又不累赘，十分妥帖。

好似于陈伽漠来说，并不需要任何修饰，就足以叫旁人喜欢着迷，哪儿哪儿都透着一丝芝兰玉树般的倨傲。

方循音只悄悄打量了一眼，对方就已经从她视线所及之处经过，走到她后面。

下一瞬，常哲屿的声音在耳边响起："哦哟，这不是方循音小妹妹嘛。正好正好，陈伽漠，咱们就坐她后头吧，最后一排留给他们打牌呗。"

接着，就听到陈伽漠可有可无地"嗯"了一声。

倏忽间，方循音只觉得椅子上好像长出了倒刺，让人坐立难安起来。

两个大男生却完全没注意到前头的异样，将包丢上行李架，旁若无人地坐下，闲聊打嘴仗。

说话声仿佛就在脑后，方循音压根不敢回头，紧紧捏住指尖，呼吸节拍不自觉加快。

还好，不过短短两三分钟后，手机在口袋里轻轻振动了一下，将人从茫然失措中振醒。

方循音深吸一口气，将手机打开。

有一条新消息，来自朱蜜。

她心里一惊，条件反射地抬起头，往旁边看去。

隔壁，朱蜜和盛月正齐齐侧过脸，目不转睛地望向她，表情说不上生气，只是单纯有点好奇。

方循音将消息打开。

朱蜜："音音，你跟常哲屿认识啊？"

方循音手指微微一顿。

踌躇半晌，她打字回复道："不是很熟……"

朱蜜秒回："哦哦，不过，上次咱们去唱歌，他还问起你呢。"

方循音不知道该回什么才好。

还没等她想清楚，很快又跳出来一条新消息。

朱蜜："亲爱的，我能现在换到你旁边来吗？ CJM 在后面。"

方循音："可以的，稍等。"

方循音将手机收回口袋，站起身，拎起书包，整个人再往外跨一步，踮起脚尖，抬手把东西往行李架上举。

这次军训活动，所有人要在东方绿洲住五天四晚。虽说规定要穿迷彩服，但女生嘛，肯定要带一些换洗用品和零食小吃，还要带几套自己的衣物，为篝火晚会之类活动做准备。毕竟，也难得有这种机会。

方循音无意出什么风头，恨不得低调到所有人都忘记她，她只在书包里塞满生活必备品，重量不重。偏偏，她人生得孱弱伶仃不说，个子也不算太高，行李再没重量，要举过头塞进比她人高的行李架上，看起来也颇有些难度。

方循音抿起唇。

还未来得及做第一次尝试，后头，人高马大的男生已然站起身，轻松从她手中捞过书包，手一够，像是毫无重量一般塞进架子上。

陈伽漠微微一挑眉，率先开口："不用谢。"说完，又坐了回去，继续玩手机，完全是举手之劳、浑然不在意模样。

方循音动了动嘴唇，到底还是努力补了句"谢谢"。

没过多久，李俊才核对好人数，载着一车学生的大巴车便缓缓发动。

朱蜜撇下盛月，飞快坐到方循音身边。

许是因为欣赏的人就在身后，距离太近，她眉飞色舞的，眼睛晶亮，脸颊还有丝酡红之色。

朱蜜用力抓住方循音的手腕，抑制住心情，压低声音问："怎么办，音音，我要不要跟他搭话？"

方循音被朱蜜抓得有点疼，不自觉轻蹙下眉头，想了想才答道："都行。"

朱蜜也没指望她有什么建设性回答，自顾自犹豫不决地嘟囔："可是好像也没什么话题可以说的……哦！对！"

朱蜜一拍大腿，想到什么。

酝酿几分钟后，她侧过身，从两个座位之间那道缝里往后看去。

"常哲屿？"

常哲屿凑过头来，笑着问道："朱蜜？怎么了？也要邀请我打牌吗？"

朱蜜红着脸瞪他一眼："不是！哎呀，那天 KTV 是你结账的吧？谢谢你啦。不过那个包厢不便宜，我跟大家商量了一下，还是平摊比较好。"

"这事儿啊。"常哲屿摆摆手，"不用客气啦，请大家唱个歌还是请得起的。"

朱蜜又同他客套几句，总算切入正题。

她指了指陈伽漠的耳朵，仿佛单纯只是好奇一般，小声问道："陈伽漠，你在听什么歌呀？我最近也想换一批歌单，有没有推荐的啊？"

两人是初中同学，这话题倒也不算出格越界，品不出什么深意，很是寻常。

闻言，陈伽漠将蓝牙耳机摘掉一只，慢条斯理地笑了一声。

"高考英语听力。"

朱蜜讪讪回过头来，顿了下，又同方循音咬耳朵："音音，我心跳好快啊。不过，我感觉我应该是打扰到他了。他刚刚一直闭着眼睛，是不是想睡一会儿？我好像把他吵醒了……"

方循音安抚地拍了拍她的手臂，心中免不了叹息。

喜欢一个人，好像就是这么辛苦。

关注他在做什么，想努力和他靠得近一些。

哪怕只是对方简单的一句话，都能叫人立马变得乱七八糟起来。

她很能理解朱蜜的心情。

但好像又耻于自己这种做贼一般不可控制的心理。难道，真的要因为一场不可能的爱慕，去伤害自己唯一的好友吗？

九点出头，正值江城上班早高峰，车程行至过半，堵在出城的高架上。

车厢里，两个班的学生开始叽叽喳喳地喧闹起来。

朱蜜见没法和陈伽漠再搭什么话，干脆又回到盛月那边。陈伽漠之前坐在她正后方，偷看起来不方便，还是斜角更容易一些。而且，盛月正和后头的男生打牌呢，看着很好玩。她也挺有兴趣，可以跟着围观一下。

方循音又变成了一个人。

只不过，因为刚刚那个小插曲，她一直有些心事重重，反倒将被"抛弃"的无所适从忘却到脑后。

恍惚间，背后传来一声"DEFEAT（失败）"。

常哲屿输掉一把游戏，叹了口气，重重瘫进座椅里头，试图搭话："陈伽漠，你不会真那么变态，听了一个小时英语听力吧？让我听听，是不是在女生面前装的呢？"

话音未落，方循音条件反射般往后望了一眼。没想到，再次撞进陈伽漠的双眸里头。

陈伽漠脸上带笑，摘了一只耳机下来，冲着她一扬眉："你也好奇？"

方循音烧红了脸，正欲摆手否认，倏地，从后头伸过来一只手。

陈伽漠直起身，长臂一伸，随意地将蓝牙耳机塞到她耳朵里，动作十分漫不经心。

方循音却整个人都僵住了。

耳机里，曲调悠扬，男声声音尤为干净凛冽。

一首《七里香》，好似潺潺流水，轻柔地传入她耳中。

"雨下整夜，我的爱溢出就像雨水，窗台蝴蝶，像诗里纷飞的美丽章节……"

压根不是什么英语听力。

是周杰伦的歌啊。

几句歌词从耳边掠过，播放到间奏部分，方循音总算回过神来。

她手忙脚乱地赶紧将耳机摘下来，神情好像在做贼一般。

第一反应是看向朱蜜。

好在，朱蜜脑袋凑在盛月肩膀上，正拧着脖子围观后头的扑克牌"战局"，压根没有注意到这边的动静。

方循音先是松了口气，继而手指收紧，不自觉将那只耳机捏在掌中。

她实在有些苦恼无措。

陈伽漠这个动作是什么意思？是真的单纯想跟她分享一下音乐吗？

那刚刚，又为什么要骗朱蜜？

难道……他看出了朱蜜那点小心思，所以故意对她用这种亲昵举动，把她当成靶子，试图让朱蜜死心？

方循音被自己这猜测吓了一跳，连心跳都比刚刚更为猛烈一些。

但，陈伽漠应该不是这种人。

她心中的清冷月光，又怎么会这般利用别人的友情呢？

那到底是为什么？

陈伽漠和常哲屿都是高个子，大巴椅背虽高，但两人只要坐直，身体微微往前凑一些，视线就能轻而易举越过椅背，看到前一排的人。

此时，前头小姑娘紧紧蹙着眉，动作显得有些僵硬，似是已经陷入极端为难的境地，对周围的感知也随之大大降低。

陈伽漠觑着她柔和的侧脸，不知为何，总觉得有点好笑，用拳头抵住下唇，轻咳一声："咳。"

方循音被他一声轻咳惊醒。厚底眼镜片后头，她瞪圆了眼睛，飞快将耳机往陈伽漠身上轻轻一抛。

陈伽漠随意抬抬手，轻松接住，又笑着问道："听清了吗？"

方循音没想到他竟然还要追问，垂着眼，磕磕绊绊低声答道："听……听清了，还蛮……蛮好听的……"

陈伽漠"嗯"了一声，又说："我挺喜欢周杰伦的，要是你也觉得好听的话，我把歌单发给你吧。"

作势，他慢吞吞摸出手机，问道："微信，对吗？"

方循音结结实实愣在原地。

什么分享歌单、什么微信，她早就把他拉黑了啊。

两人压根不熟，也从来没有联系过。可想而知，陈伽漠肯定没有发现这件事情。

要是……要是这会儿他发现了，问她……那她该如何作答？

想到这个场景，方循音只觉得尴尬得快要窒息，脸也跟着红得滴血。

顾不上其他念头，她慌慌张张地用力摆手："不……不用麻烦了！我平时不听歌的！"

说完，她立刻转过身去，面对车窗，似是拒绝再和后排交流。

陈伽漠偷偷牵了下唇，漫不经心地应了声："好吧，那算了。"

他靠回椅背上，姿势万分惬意自得，眉梢眼角皆是流光。

方循音背对着车厢，等了又等，没听到陈伽漠再说什么。终于，整个人都放松下来。

旁边，常哲屿围观了全程，表情讶然。

憋了好半天，他到底是没能憋住，压低了声音，用只有陈伽漠能听到的音量问道："你们俩这是斗哪门子法呢？"

陈伽漠摘了耳机，淡定回答："没有，开个玩笑，逗逗她。"

话音才落，常哲屿的眼珠子差点从眼眶里掉出来："逗……逗？哥，这不是你的人设啊！难不成你们……可是，方循音小妹妹看着也太呆了，不像是你会喜欢的类型啊？"

陈伽漠一拳敲在他肩膀上："闭嘴。"

"不，哥！咱们俩是什么交情啊！你要是有重大情况瞒着我，我这辈子都会恨你的！"

陈伽漠无语。

停顿半晌，他将目光往前挪了挪。

确定前排那个"后脑勺"状态十分平静，应该是听不到他们的聊天内容，他这才慢声答道："没什么情况，就是她吧，偷偷把我微信删了，所以趁着这个机会逗逗她。"

"啥啥啥？把你删了？牛啊……"

陈伽漠不以为意地点点头，倒是没什么不高兴的意味。

顿了下，他又笑起来。

他戴上耳机，小声补充："而且，你不觉得，跟她讲话的时候，她特别像一只缩头缩脑的小兔子吗？还挺好玩的。"语气颇有些顽劣。

常哲屿拧起眉，沉吟片刻，说："招猫逗狗，这可不是我们陈伽漠的风格啊？你该不是第一次体验被人删了的感觉，所以心里不舒服吧？说不定人家是扮猪吃老虎，以退为进，故意吸引你的注意力呢？"

"常哲屿，你赶紧睡觉吧。"

熬过两个小时车程，总算到达目的地。

大巴刚一停稳，方循音就已经迫不及待地将书包拉下来，转过身逃之夭夭。

和陈伽漠靠得太近，连空气里都会充斥着致命的吸引力。

她会去猜测他的每一句话、每一个动作。

会心动、会难受。

会无法自拔、露出难堪端倪来。

这一切都不可避免。

方循音无法控制，只能摒弃杂念，离他越远越好。

最好退回到光年之外。

陈伽漠继续做明月，她做渺小的仰望之人，将妄想全数压藏在心尖，不露分毫，以免丢人现眼。

若是没有朱蜜，这一切应该十分顺遂。

偏偏，还有朱蜜在。

在江城，高中生军训是规定，要求所有人必须参加。

东方绿洲号称爱国教育基地，大部分学校都会选择在此处开展活动。这次，与八中一同抵达的，还有另外五所高中。大巴车停满了整个停车场。

东方绿洲在江城城郊，空气比市内更为清新。此时此刻，也弥漫起青春洋溢的笑声。

各个班级排好队，由基地老师领着，介绍这次军训教官，分配迷彩服、宿舍。

宿舍安排在万国馆，顾名思义，是以各国国名来命名的小楼。从外观来看，蛮有各国特色。

"咱们八中的女同学这次住在法国馆，六人一间，以班级为单位安排宿舍，名单一会儿我会给到班长。大家先去把行李放好，二十分钟后，回中心广场来集合，教官会教咱们如何整理内务。好，解散。"

霎时间，一哄而散。

所有人都跑去徐眠静那里看名单。

方循音站在人群最后，轻轻抿着唇，稳稳站定，也不往里挤，十分平静耐心的模样。

反正，无论和谁一间，对她来说都挺折磨。

本身就对这种活动没什么期待热衷，只余紧张罢了。

然而，没多久，朱蜜牵着盛月从人堆里挤出来，冲着她遥遥摆手："音音，咱们仨住一间！"

方循音轻轻笑了一下："太好了。"好歹有朱蜜在。

"快快快，我已经看到房间号了，我们赶紧进去吧，都累死人了！"

朱蜜个子不大，力气倒不小。说完，她一把携住方循音的臂弯，另一边挽着盛月，拉起两人往法国馆的方向跑去。

不过百米距离，很快，三人行至馆内。

小楼里面不如外面看起来特别，装潢和普通宿舍楼无甚差别，但因为比较新，条件也还算不错。

方循音选了个最靠里的床位，将书包打开，把必需品都一起拿出来。

"啪嗒。"

厚厚一本日记本被翻出来，落到地上。

方循音心中陡然一跳，脸色霎时大变。

怎么会把日记本带出来了？是顺手放错了，还是爸妈翻她抽屉看到那些秘密，于是偷偷放进书包里警示她的？

方循音飞快弯下腰，赶紧把本子捡起来，不敢四顾，心虚地塞到书包底层。

这才开始细细回想起来。

好像是整理行李那天看到学校通知单上有写，军训期间要每天写军训日记……那时候，她正在写日记，脑袋里一团乱七八糟，注意力没在手上，甚至没有细想，随手就把日记本合上，塞进了包里。

实在太不小心了。

旁边床位，朱蜜也听到了动静，探头过来："什么东西掉了？"

方循音浑身僵硬，如机器人一样摇摇头。

"没……没什么，笔袋掉出来了。"

朱蜜诧异地看她一眼，耸耸肩，没再多问，只说道："快一点，要下去学叠被子了啊。咱们那个教官看着还蛮凶的，不知道后面会不会很累。下午估计要晒太阳，还得涂防晒霜呢。"

"嗯，好。"

总算，安稳无虞地度过了这场景。

方循音松了口气。

第三章
和你和你

暗恋这件事，从来不讲道理。越是求而不得的人，越是叫人百转千回、难以自拔。

——方循音日记

01

军训第一天没什么特别项目，主要是由教官给大家整肃仪容和军姿。

同学们新鲜劲儿尚未过去，连立正、稍息、向右看齐都能学得津津有味。

直到暮色四合时分，教官拍了拍手，示意所有人看过去，说："咱们今天的军训内容就到这里结束。大家先回宿舍洗漱换衣服，七点钟准时集合去吃晚饭。吃完之后还有爱国教育活动，可以不穿迷彩服，但要穿校服。解散。"

"哇，终于解散了……"

"好累！"

"热死了热死了！"

……

话音一落，抱怨声此起彼伏。

晒了一下午，方循音也觉得不太舒服，哪怕在脖子上打了一公斤防晒，还是不能放心。或许是心理作用，觉得胎记那处有刺痛感。

她抬起手，轻轻抚了一下，用力咬住下唇。

只这会儿工夫，朱蜜和盛月已经挤到她旁边："音音，快点快点，咱们早点洗澡去。"

方循音点点头。

朱蜜脸上有异色，似是心情相当不错，没憋太久，三两下就冲她交了底："到吃饭还有两小时呢，这段时间所有班级都休息。天气这么好，我们洗完澡还能绕着万国馆这边逛逛，说不定……"

说不定能遇见陈伽漠。

闻言，方循音却是微微一愣。

这次军训，各校男寝女寝随机分配，八中男生住在瑞士馆。虽然都属于欧洲，两栋小楼离得却不近。只不过，从法国馆去澡堂要经过瑞士馆，就算偶遇，也称得上"巧合"一场。

一时之间，方循音竟然有些羡慕起朱蜜来。

或许，正是朱蜜这般大大方方，才显得分外可爱。相比之下，她那些小心思，好像就实在太过不堪了些。

"咱们快点啦，早点去，澡堂人也少点嘛。"

"嗯。"

五点四十，霞光落在天边。

六个学校学生会集于此，万国馆这片区域开始喧闹起来。

江城说小不小，说大也不大，小道上随便走两步，说不定就能遇上初中同学。

方循音和朱蜜、盛月已经去洗过澡，换上了自己衣服，踩着拖鞋，开始慢吞吞晃悠起来，美其名曰"散步"。

结果，没走几步，三人先碰上了朱蜜的初中同学。

朱蜜和谁都玩得好，更何况是刚刚毕业分开的同学，哪怕平日里没少联络，在这种地方遇上，也好像显得分外不同。两人熟稔地寒暄起来，叽叽喳喳，没几句话，已经开始不自觉大笑。

盛月也是自来熟，随便插几句话，很快融入话题。

只剩下方循音尴尬地站在原地，垂着头，好似与世界格格不入。

两三分钟后，话题已经发展到晚上要溜去对方宿舍打牌这项活动的策划之中。

那同学兴致勃勃地提议："走啊，反正还没集合，要不一起去小卖部买奶茶喝？边喝边聊嘛！我跟你们说，咱们学校这一届有个好帅的帅哥……"

"啊……"朱蜜有点心动，与盛月对视一眼，再看向方循音。

方循音总算找到机会，急急忙忙地摆手："我有点累了，就先回宿舍了，你们去吧。"

朱蜜踌躇一瞬，点点头："那好吧，不为难你。你要是有什么想吃的就给我打电话，我给你带上来。"

"好。"

目送她们几个人离开，方循音松了口气，眉头舒展开来。这下，只要她快点回宿舍，看看书，或者眯一会儿，就能把时间打发完，不必再和任何人说话。

思及此，她脸上不由自主勾出一点点笑意，连步伐都轻快起来。

瑞士馆门口，陈伽漠和常哲屿各自拎了件干净的短袖校服，踩着人字拖，不紧不慢地往澡堂方向走去。

男生洗澡快、不排队，自然没什么好着急的，所以他们在宿舍打了好一会儿游戏，耽搁到这会儿才出门。

这会儿，小道上，处处都是各色校服混杂在一起，像是什么认亲大会，颇有点滑稽的意味。

常哲屿撇了撇嘴，跟往常一样，非得发表几句惊世骇俗的论点。

"要我说，这种混校活动，简直就是发展恋情的好机会。什么'那个姑娘好漂亮''啊，是我初中同学！我给你介绍'，一来二去，不就认识了吗？或者干脆就是初中时的对象，还没分手，正好能趁此机会一叙衷肠不说，还能顺便介绍给新朋友们。"

陈伽漠笑了一声："常哲屿，你一个大男人，能不能别这么无聊？"

"嘿，你别不服，等我举个例子。"常哲屿目光四下随意一转悠，立马找到目标，手指往斜前方遥遥一指，"陈伽漠，你看看，那个女生是不是小白兔？"

陈伽漠微微一滞，顺着他手指的方向望过去。

路尽头，一道孤独的身影在一群人之中显得尤为显眼。看那垂头丧脑姿态，连后脑勺好似都充斥着胆小怯懦的意味。

还真是方循音。

只不过，这会儿她步伐倒是挺轻快，背也比往日挺得直些，可以看得出心情不错。

常哲屿摸着下巴，端详片刻，一手握拳，敲了下另一只手的掌心，作出判断："你看看，小白兔是不是心情挺好？"

陈伽漠蹙起眉："所以呢？"

"以我的猜测来看，这个休息时间，小白兔肯定是要去找她男朋友。她那个男朋友，上次咱们见过的，是不是也在这次六校里头？"

"……"

02

方循音走路时素来低眉敛目，专注脚下，并没有感知到身后灼灼的目光。

再往前，几步之外就是法国馆。

她脚尖微顿，转过身，快步走进楼里，将满地夕阳无情抛下，自顾自顺着楼梯向上。

"方循音？"

楼梯拐弯处，方循音听到有人在后面喊她，整个人微微一顿，停下动作，小心翼翼扭头看了眼。

渠意枝站在楼下。她应该是刚刚洗漱完，穿着一身长袖运动校服，底下随意搭条休闲热裤，露出纤细修长的双腿。逆光看过去，女生皮肤白得像是能泛起微微莹光，步子婷婷袅袅，宛如天上星。

相比之下，方循音就裹得十分严实了，甚至整个人都透露出一种腼腆质朴之气，低调得不能更低调。

渠意枝眯了眯眼睛，确定是她后，长腿一迈，三两步跨到她旁边，问道："你现在是要回宿舍吗？"

"嗯。"方循音不明所以，轻轻点头。

渠意枝笑起来，眉眼弯弯，顺手将手上那瓶旺仔牛奶塞到方循音手中，说："之前摘你眼镜的事，说好要请你喝奶茶，一直没有机会兑现。今天就借着这瓶旺仔，再次给你道歉，希望你不要放在心上。"

方循音摆了摆手，连忙答道："没关系的，我早就不记得了，这个……"

"你必须收下！要不然就是还不肯原谅我。"

对方语气斩钉截铁，似乎绝对不能容忍她推三阻四。

方循音只得垂下眸子，讷讷应声："那好吧，谢谢你。"

渠意枝总算是心满意足，又忍不住感叹了一句："说真的，你真的好可爱哦！"

话音刚一落下，她顺势拉住了方循音纤细的手腕，干脆提议道："反正离集合时间还早，要不然去我宿舍玩一会儿呗？"

"啊？"

"走吧走吧，我回去也是一个人，特别无聊。"

渠意枝这人素来想一出是一出，脾气和美艳外表截然相反，从上次升旗仪式就可窥见一斑。

方循音孤僻低调了，越发不擅长拒绝别人。来不及拒绝，人已经被跌跌撞撞地拉走。

好在两人的宿舍就在同一层，间隔不算太远，多走几步路而已。

这栋楼每间房间的格局都差不多，渠意枝床位就是最外面那个。此时，房间里没有其他同学在，异常安静，窗户半开，有若有似无的说话声从外头传进来。

渠意枝拉着方循音坐下，又从床底书包里摸了袋零食和糖果出来，放到方循音腿上，示意她随便吃。

事实上，两人交集也不过升旗仪式那次搭了几句话，实在算不上多么熟悉。渠意枝这样热情，叫方循音不自觉有点手足无措起来。她抿了抿唇，小声道："啊，不用客气的，我……"

渠意枝猜到她又要拒绝，眯着眼笑了起来，比了个手势，说："别推辞，我就是想找人陪着我，浪费你的休息时间，我才过意不去呢！吃吧吃吧，中午你还没感到这里的饭菜多朴素吗？先吃点零食垫垫嘛。"说完，她从枕头底下摸出一本书，翻到折页的那一处。

方循音轻轻扫了一眼。

书是黑色封皮，上头写了"数论导引"四个字，并不是教材，应当是奥数班的比赛用书。

倏忽间，方循音仿佛如梦初醒，在渠意枝身上品出一丝孤独意味来。

朱蜜曾经说过，渠意枝、陈伽漠他们，和普通学生就像是两个世界的人。他们每时每刻都在熠熠生辉，浑身都是天之骄子的桀骜不驯。

就像那天，她走在渠意枝和陈伽漠身后，听到陈伽漠那句"怎么可能"时一样。

她为此难受许久，却好像又觉得理所应当。

好像只有渠意枝这样的女生，才能配得上陈伽漠。

漂亮、精致、热烈、落落大方，没有人会不喜欢渠意枝。

但，如果真是这样，为什么渠意枝会拉自己来陪她做奥数题呢？像是很害怕寂寞。

方循音从小独来独往，早就习惯了一个人。一个人学习、一个人吃饭、一个人待在宿舍。没有人注意到她，她反而更舒服。

那渠意枝呢？

见方循音愣神，渠意枝拿起笔，在她眼前晃了一下，笑着问道："在想什么呢？是不是觉得我这个人还挺莫名其妙的？"

方循音摇摇头，低声作答："没有……我就是在想，怎么你还带了书出来看。"

渠意枝爽朗一笑，给她解释："当然是为一月份的比赛准备。这次比赛规格很高，如果拿一等奖的话，可能可以拿到清北保送名额。就算不行，自招也能占优。我不是陈伽漠那种天才学霸，想取得好成绩，就要花更多时间。"

"哦，哦，这样啊。"

"而且，这次比赛的名额全校只有两个，陈伽漠专注搞物理去了，名额全给了奥赛班。我们班没有考试，是学校按照过往成绩挑人去参赛。在八中这种学校，成绩就是生命，什么东西都要竞争一下。我知道，其实他们都不服气，不服气这个机会给了我。"

渠意枝用笔帽轻轻戳了戳书页，低声叹了口气，补充道："你看，我也没什么人可以说的，说给别人听，人家还觉得我得了便宜还卖乖呢。"

方循音愣了愣。明显没想到竟然是这种情况，实在叫人不知该如何回应。

渠意枝继续说："但是我也是靠一次一次考分拿到的机会，不是吗？就算再加试一次，他们就一定能考过我吗？如果真的那么不服气，那就去争取啊，月考、期中期末、大赛小赛，样样都可以。人喜欢什么东西、想要得到什么东西，不就应该拼命争取吗？整天像个怨妇一样自怨自艾，嫉妒别人天降机会，没用。"

喜欢什么，就要去争取吗？

方循音轻轻张了张嘴："是……是这样的。"

两人齐齐静默半晌。

渠意枝抬起手，轻轻捏了一下方循音的脸颊。动作很轻，搭配她满脸舒展的表情，不会让人有任何被冒犯的感觉，只觉得无比亲昵。

"说出来感觉好多了。方循音，谢谢你哦。"

方循音脸有点泛红："没有关系的，反正我也没什么事情。"

渠意枝正想说些什么，倏地，手机在床上振动起来。她拿起来看了一眼，冲着方循音说了句"稍等"，站起身，走到宿舍外面。

只能听到她对着电话喊了句"小叔"。

入夜，泛起丝丝凉意。

郊外空气好，夜晚也很漂亮，抬眼就能看到星空，好似能让人心情舒爽起来。

爱国教育持续两个小时，终于结束解散。教官安排所有人解散回房间，准备写军训日记，然后熄灯睡觉。

方循音轻手轻脚爬上床，拿出纸笔，开始苦思冥想。

这日记最后要上交，肯定不能是她惯常写的那种，大抵就是要写点今日活动，再配合一点正能量感悟之类，最后由教官和带队老师打分，计入每个人实践教育成绩。所以，虽说是走形式，但也得认真走。

她推了推眼镜，不自觉地蹙起眉头。

正此时，班长徐眠静敲了敲门，从外头走进来。

朱蜜第一个看到人，笑着问道："班长怎么来啦？来串门吗？"

徐眠静说："通知两件事，第一件是今天晚上会有野外求生活动，大家别急着脱衣服上床，反正准备着，听到哨声就到广场集合。"

"啊——"一时之间，哀鸿遍野。

白天训练已经够累了，晚上还要去喂蚊子，女生们自然是非常不愿意。

徐眠静做了个手势，安抚道："第二件事是最后一天晚上咱们有篝火晚会，每个班都可以出节目哈，应该挺好玩的，你们寝室有人报名吗？唱歌跳舞都行。"

没人出声。

"别害羞，年底还有跨年艺术节呢。这次就高一这么几个班看，规模很小的，等于是让大家放松一下。"

她话音落下，朱蜜第一个举起手："这里没有乐器吧？那单纯唱歌行吗？"

徐眠静点点头，在本子上记了一笔，应声："当然行啊，那给你报名了啊。趁着这两天练练，伴奏网上找就行，应该有音响。你们还有谁想报名节目的，今、明两天内来宿舍找我，或者发消息给我都行。"

说完，她转身离开。

朱蜜"噔噔噔"跑过去，紧紧关上宿舍门，再回过身来，同房间里的几个女生说："咱们一起好不好？我一个人还有点不好意思呢。咱们八中肯定是难得有篝火晚会这种活动的，错过就真的错过了呀！"

盛月自然赞同。

另外三个女孩子也有点心动，说要看看选曲擅长不擅长，再作决定。

　　最后，只剩下方循音。

　　所有人都看向她。

　　这个时间，她早已经换上了睡衣。众目睽睽之下，没有领子遮挡，目光集中过来，整个人就像是赤身裸体般彻底无所遁形。

　　她紧张得要命，垂着头，试图将脸埋进肩膀里。她用力摆手，结结巴巴地拒绝："我就不……不用了……"

　　见她这般，朱蜜赶紧出声解围："没事没事，音音就算了，咱们几个也够了。来来来，选歌选歌！"

　　几个女孩子没多想，"呼啦啦"围到一处，开始叽叽喳喳地聊起来。

　　方循音独自一人靠在墙角，继续与军训日记"搏斗"，但背景音嘈杂，注意力难以集中，思绪自然也跟着飘远。

　　事实上，方循音大概能猜到朱蜜为什么要报名节目表演。原因无他，多半是因为上次物理竞赛班门口陈伽漠说的那番话。

　　初中时一场钢琴独奏，让陈伽漠记住了她的名字。朱蜜少女玲珑心思，想再上一次舞台，趁着在外这种轻松气氛，叫陈伽漠彻底为之心动。

　　说实话，方循音非常羡慕朱蜜。

　　这种羡慕，甚至都无法演变成嫉妒。哪怕两人是在关注同一个男生。

　　因为她开不了口，未战先败、溃不成军。毕竟，这么多年来，她早就习惯当个懦夫。

　　方循音自嘲般弯了弯唇。

　　那头，盛月的声音抬高了一点："哎呀，你们听呀，这首歌真的很好听，很适合的啦。"

　　她摸出手机，开始外放。

　　手机扬声器里传来陈奕迅的一首老歌，叫《阴天快乐》。

　　"翻山越岭之后，爱却神出鬼没，你像一首唱到沙哑偏爱的情歌……"

　　方循音心念一动，趁着房间里气氛热火朝天，无人注意到这个方向，她从书包底层摸出自己的那本日记本，轻轻翻开。

　　落笔时，只需要随心而动，写得乱七八糟也不重要——

　　"今天，渠意枝说，喜欢什么东西，就应该去争取才能得到结果。

　　"朱蜜在争取，渠意枝也在争取。

"但是有些执念，比如得不到结果，为什么还要去让自己难堪呢？

"陈伽漠的名字，注定只能当作一首情歌。

"连唱都只敢一个人在心里唱。"

03

篝火晚会的消息一放下去，群情开始高涨起来。但在此之前，野外求生项目也逃不掉。

八中学生结束一天的训练后，累得东倒西歪，却不敢换衣服小憩，只能坐在宿舍里，安静等待集合哨声。

夜越来越深。

"集合！"

九点敲过，窗外总算响起动静。

女生楼开始行动起来。

"来了来了，咱们快点快点！"

"之前说了不能带手机是吗？"

"不是第一天就说手机只能在宿舍里用嘛！拿出去就没收……而且这套迷彩服哪有地方塞手机……快走吧，别琢磨了！"

"唉，这大晚上的瞎折腾……"

……

朱蜜还是一手拉一个，扯着方循音和盛月一起快步下楼。

没多久，四班在广场角落排队集合。

清朗夜色中，路灯将整个区域打得亮如白昼，合着旁边蝉鸣阵阵，很有氛围感。

教官扯着嗓子开始宣布规则："一会儿呢，我会领大家去野外求生项目的活动地点。到那边之后自由分组，三个人一组，每组一个手电筒，依次进入场地，每组找到两样野外求生必备物品就算完成任务，然后按照地图指示，再到出口集合。听明白了吗？"

"明白！"

"好，全体向右转，齐步走！"

步行十分钟左右，抵达目的地。

说是活动场地，其实也就是东方绿洲里的一小块，弄了些假山树林荒石之类，周围没有房屋，也没有路灯。此刻，附近一片漆黑，确实挺像荒野。

教官把手电筒和地图发下去。

方循音她们仨这组排在班级中间。

等了好一会儿，教官终于挥了挥手，示意她们进去："如果实在找不到任务物品，就直接沿着路出来，每条路的出口处都有教官在等你们。注意！安全第一，不要在林子里嬉戏打闹！"

三个小姑娘应了声，打起手电筒，快步走进去。

没想到，她们运气十分不错，不过几十步开外，盛月就在灌木丛里捡了一根长长的麻绳。

"麻绳，是必需品吗？"

"应该是吧，总之先带着。"

再往前走一段，朱蜜逐渐失去耐心，叹了口气，说："要不咱们走快点吧，我还想早点出去，找个角落练练歌呢。这里虫实在太多了，受不了。"

方循音和盛月自然没有异议。

三人对着地图找好路线，但第二样必需物品却迟迟没有现身。

空气凝滞半晌。

朱蜜和盛月不再执着这个活动，开始聊起节目细节，只剩方循音还在四下寻找。

许是因为各自都太过专注，不知道什么时候起，说话声已经消失无踪，前面两人也不见踪影。

方循音脚步一顿，整个人呆在原地。

朱蜜和盛月呢？难道是抛下她走了吗？还是不小心走丢了？

或者脚滑掉到旁边灌木里去了？

可是，也没有听到呼救声啊？

各种猜测浮上心头，一时之间，方循音不由得慌乱起来，目光直直往下，落在手电筒上。

每组只有一个手电筒，此时，虽然地图在她们俩手上，但手电筒在她这里，又没有手机，两人如何摸黑走出去呢？

方循音不知所措，干脆等在原地，希望两人发现她不见之后会回来找她。

等待许久，四周依旧没有动静。

方循音踟蹰数秒，决定先随便挑一条路跑出去，等找到老师和教官之后再想办法。毕竟，这场地说大不大，说小也不小，又是晚上，她对这里不熟悉，无头苍蝇一般，压根不可能找到人。

思及此，她抿着唇，打着手电筒，随便找了条小路出发，步子不自觉越来越快，逐渐小跑起来。

跑出去不过五六分钟，"嘭——"一声轻响。

昏暗光线中，方循音和人迎面撞上。

她本就瘦弱娇小，猝不及防被面前那人撞得后退两三步，轻轻"呀"了一声，条件反射地捂住额头。

显然，面前那人个子极高，居高临下地扫了她一眼，"啊"了一声，声音有些诧异："方循音？"

方循音整个人僵硬在原地，愣愣地仰起头，把手电筒调整了一下位置，终于看清了对方的模样。

"陈伽漠？"

陈伽漠有些无奈地问道："你们教官没跟你们讲，不要在这种地方跑吗？"

"……"

说是说了，但是事出紧急，也顾不上这么多。

只是，被陈伽漠这么一说，她有点尴尬，低下头避开对方的目光，低声道歉："对不起，对不起，我没有看到有人走在前面……实在不好意思。"

陈伽漠低笑了一声，说道："你先看看自己哪里撞伤了。"

方循音摇摇头，表情有些局促。

"没有的，但是……"她深吸一口气，"你怎么一个人在这里啊？"

而且，还不带手电筒。这场面，实在没法细想，好生瘆人。

陈伽漠眯了眯眼睛，声音里含着笑意："你猜呢？"

方循音讶然，有些失态地抬起头，与陈伽漠四目相对。

树影摇曳，手电筒光线不甚明亮。半明半暗中，他棱角分明，五官却模糊，竟然像是带着禅意，颇有点悲天悯人的意味。好似在他面前，什么秘密都能无所遁形。

霎时间，方循音方寸大乱。

人嘛，做贼难免就会心虚，明明知道不可能，但因为那点小私心，方循音也不可避免脑补了一些浪漫剧情，继而心跳加速。但如此这般，反倒衬得她越发卑劣无度。

方循音迟迟没说话，紧紧攥住拳头。

陈伽漠看不明白她那点自卑，但也没有让气氛僵持太久。他转过身，沿着去路方向慢吞吞迈开步子，顺口简单解释道："常哲屿他们偷偷拿外卖去了，派我一个人来找东西。"

方循音点点头："哦，哦。"

两个单音节字，自己听起来都觉得呆头呆脑。因为在面对陈伽漠时，除了时刻小心翼翼，她找不到任何更好的、能不露端倪的方式。

停顿半秒，陈伽漠沉沉一笑："那你呢，怎么一个人？你的队友呢？"

说话时，两人都没有停下脚步。

方循音落后他半步，轻声作答："我们走散了，我要快点出去找老师帮忙。"

"走丢了？"陈伽漠讶然。

"对……而且她们没有拿手电筒，只有地图，不知道会不会受伤……"方循音急得满头是汗，声音里也带着一丝微弱哭腔。

越说自己倒是越紧张，明明刚刚还算冷静。或许，正是因为陈伽漠出现，正是他礼貌又绅士的关心，叫人不自觉想去依赖，想让他帮忙出个主意。但事实上，真到了这时候，对好友的关心早已经战胜了一切杂念。无论是谁在旁边，都不会有什么差别。

方循音咬住下唇，吸了吸鼻子。

陈伽漠立刻安抚她道："你先别着急，我带你走最近的路出去。放心吧，这里毕竟不是真的野外，没什么危险因素。今天天气也不错，晚上能见度还是够的，不会有什么事。"

说完，他沉吟数秒，抬手指着某个方向，说："这条路的出口，大概再走十来分钟就能到。"

"谢……谢谢你……"

"客气什么？走吧，找人帮忙要紧。"

"嗯。"

后面这段路，两人加快步伐，再没有什么交谈。

方循音没有戴手表，只觉得路途实在漫长。

也不知道朱蜜和盛月怎么样了？

会不会很害怕？

会不会也在到处找她？

总算，遥遥的，已经能看到路灯光，像是海上灯塔的光穿透树叶氤氲而来。

陈伽漠人高腿长，长腿一跨，又扭头看了方循音一眼，比了个手势，示意他先过去。

方循音点点头，自己也跟着开始小跑起来。

这个出口的带队老师是奥赛班班主任，正和旁边的教官有一搭没一搭地闲聊。

见到陌生人，方循音总是改不了紧张，再加上心里慌乱，说话越发有些磕磕绊绊："老师，那个，我和队友走散了，她们在……"

老师肃起脸，问道："怎么了？你慢慢说。"

陈伽漠干脆接过话头："她和她同学走散了，她们有两个人，没有手电筒。我碰到她的位置在这里，她说当时距离她们走散大概有五六分钟。按照她的跑速，分开的地方可能是在这一圈位置。"

他眼睛很尖，看到后头架子上有地图，便抽了一张，指给老师和教官看。

虽然是实践教育活动，但学生安全还是最为重要的。听陈伽漠讲完，教官立刻摸出对讲机，与场地内的其他人联系。

"你同学叫什么？我先问问她们有没有从其他地方出来。"

"朱蜜、盛月。"

"好，你别着急，我们会负责找到人。不行的话，场地里面也有路灯，可以让他们开灯找。你们俩先跟着你们老师去任务终点和其他同学集合，免得你们班的老师找不到你们。"说完，那陌生教官不再废话，开始专注与对讲机沟通。

方循音抿了抿唇，转过身，和陈伽漠一起跟着奥赛班班主任离开。

陈伽漠在学校里是大名人，老师自然认得他。路上，两人一直在聊一月奥赛的事情。

习惯难改，没多久，方循音又悄悄落后了两人一截儿。直到这时候，她在担忧之余，才有工夫琢磨些闲事。

刚刚，陈伽漠压根没有拿地图，却能轻易找到最近的路，这么大一片区域，居然还能准确指出两人碰到的位置。

这世上怎么会有陈伽漠这样优秀的男孩子呢？

好像没有什么事是他做不到的。

如果说，桀骜不驯是天才的刻板印象，那陈伽漠则是温和柔软得叫人诧异。

是不是有些人生来就是让别人仰望着迷的？

方循音用力掐住掌心。

然而，对陈伽漠越心动、距离越近，反而越能让人感受到距离。

他只能是她求而不得的月光。

再挣扎，也徒留满心苦涩。

没过多久，三个人与终点大部队会合。

此时，绝大部分队伍都已经出来。毕竟只是校外实践活动，体验一下而已，也没有真的要让同学们怎么样，自然不会弄得很复杂。

每个班基本聚集在一起。

方循音想着两人会不会已经在班群里面，急急忙忙就想过去看看。还未来得及动，她脚步先是一顿，又转过身，轻声给陈伽漠和那老师道谢。

"谢谢老师，谢谢……陈伽漠，给你们添麻烦了。我去我们班那边看看……"

老师挥挥手："去吧，找到人了过来跟我说一声。"

"好。"

方循音走出去几步，陈伽漠也跟了上来。

他说："我跟你一起过去找找。"

"……"

或许他只是出于善始善终的想法，方循音却不由自主开始手足无措起来。

陈伽漠淡淡瞧她一眼，问道："怎么不走了？"

"哦……哦，走的。"她没有再多想，快步往四班所在方向跑。

此时，班上同学正三三两两聊着天。

借着灯光，方循音视线在所有人脸上游移。

没有。

没有在。

哪里都没有在。

朱蜜素来爱热闹，若是这种场合，她必然站在人群最中央和大家笑笑闹闹、聊个没完。由此可见，她们确实还没有回来。

方循音不甘心，又仔细找了一圈，依旧没有。她有些颓然，还有点自责，只好默默站到阴影处，耐心等待消息。

不知何时，陈伽漠走到她旁边站定。他语气淡漠，却十分柔和："方循音。"

"嗯。"

"不用太担心，我们是在基地里，走散不是什么大事，老师应该马上就能找到人了。"

方循音知道，他是在安慰她，却绝对不是因为她有什么特别，只是单纯因为他就是这样一个人。

她低声道谢："我知道，谢谢你。"

静默半晌，陈伽漠岔开话题："问你一个问题。"

"啊？"

"为什么把我微信删了？"

方循音："……"

十月的夜，晚风宜人，她却像是站在寒风之中，整个人都僵硬了。

他怎么发现的？

难道发消息给她了？

这下，她该怎么回答？

事实上，陈伽漠平素不会不依不饶，也会给所有人留面子，不会问这种尴尬问题，这次却实在是好奇。

一是好奇方循音为什么删他。

二也是想依此推测一下，她为什么看到自己这么害怕。

就算她是小兔子，难道他就这么像大灰狼吗？还是模样不像好人？

好奇得心痒难耐，这才这么一问。

但等了等，一直没等到方循音回答。

"抱歉，我不是想打听你的隐私……"他迟疑地说了半句，还是停下了。

陈伽漠想了想，觉得还是算了。他弯起眉，长指微动，在迷彩裤口袋里摸了几下。

他们男生和女生的迷彩服有点不同，女生的裤子没有口袋，但男生的有，只是不太大，放大屏手机不现实，塞点钱和小东西问题不大。

他从口袋里摸出一个迷你望远镜，动作漫不经心地递到方循音面前。

方循音瞪大了眼睛，不明所以地抬起头，望向他。隔着眼镜，好似对方的每个细微表情都清晰可见。

陈伽漠说："拿着。"

"这是……"

"迷你单筒望远镜。你不是担心嘛，站到台阶上去，用这个看，保证他们回来的第一时间就能知道。"

方循音眨了眨眼睛，依旧回不过神来。

陈伽漠已经失去了耐心，直接将小望远镜塞到她手中："送给你了，就当是刚刚在林子里没打电筒撞到你的赔礼。"

说完，他转过身，慢悠悠离开。

不过过去了两三分钟，方循音还在原地发呆。

突然，有人在后头喊了她一声："音音！"

方循音如梦初醒般，握紧了手中的望远镜，转过身去。

朱蜜和盛月就站在十几米之外。两人姿势一派悠闲，还一人拿了一根冰棍，只不过，表情却是各异。

朱蜜声音里有些难以置信："音音，你……你……刚刚那个，是陈伽漠吗？你们俩一起来的？"

方循音陡然一惊。

眼下这种情况实在是意想不到，足够出乎人意料。

只不过，方循音心下着急另一件事，一时半会儿顾不上为朱蜜答疑解惑。

她迈开步子，三两步跑到两人面前，仔仔细细将她们俩打量一番后才开口问道："你们怎么在这里呀？什么时候出来的？怎么走出来的？有没有受伤啊？"

盛月摇了摇头，嘴里还含着一口冰棍，声音十分含混不清："怎么会？我们发现你没跟上来，本来想回来找你的，但是又没手电筒，里面也不好找，只能在原地等了。后来遇上隔壁班的人，就跟着他们一起出来了。"

方循音愣住了。

乍一听，好像完全没有什么问题。但对比之下，她又觉得哪里都不是自己想象中的那样。

她迫不及待想问：那你们为什么没有跟老师说呀？为什么出来之后没看到我，还能悠闲地去买冷饮吃呢？就算我手里拿着手电……到底也是在陌生环境里啊。作为好朋友，难道就不值得被担心一下吗？

但方循音不敢问。

她从来都是一个人，因为有朱蜜主动靠近才拥有"朋友"这种新奇关系，难免受宠若惊，时时刻刻都担心自己哪里做得不好，让好友心生困扰，显得太过笨拙、太过纠结。

此刻，又怎么敢妄图什么呢。

现在这样已经够好，不能有不满足。

昏黄路灯下，方循音不自觉咬住下唇，脸色有些晦暗不明。但仅是须臾，便恢复惯常的模样。

她点点头，同朱蜜和盛月说："我怕你们没有手电筒走不出来，去找了老师和教官帮忙。既然你们已经出来了，我先去和老师说一声吧。"

说完，方循音默默转过身，大步往那老师所在的位置跑去。

夜色里，她的背影看着分外瘦弱，像是一阵风就能轻易把她卷走一样。

盛月盯着看了一会儿，蹙着眉，空出一只手，轻轻扯了下朱蜜的衣摆。

朱蜜不明所以："嗯？怎么了？"

"蜜蜜，你不觉得音音有点奇怪吗？感觉她在故意岔开话题。而且，你不是说陈伽漠是你的初中同学吗？她怎么看起来和陈伽漠更熟啊？"

盛月轻呼口气，压低了声音，又补充道："我不是故意想挑拨离间说什么哦。但是刚刚咱们走过来的时候，不是老远就看到他们俩站在一起了吗？而且明显陈伽漠有个给音音塞东西的动作呀……你说，会不会是情书啊？"

朱蜜愣住了，好半天才有些诧异地答道："啊？情……情书？月，你在开玩笑吧！"

就先不说陈伽漠是什么人。这种男生，在学校里只要勾勾手指头，有多少女孩子愿意前赴后继地为他违反校规，压根没有必要。

另一方，那可是见人就脸红的方循音啊。上辈子压根是属蜗牛的，恨不得钻在壳子里，一辈子闷不见人。

所以，怎么可能。

盛月漫不经心地"啧"了一声："送情书和还情书，动作不是一样吗？这都说不准的嘛！可别怪我多想，我初中的时候男闺密一大堆，各种套路都听说过啦！"

闻言，朱蜜瞪圆了眼睛。

生怕老师和教官浪费太多时间精力找人，得赶紧告诉他们现状。

方循音步伐匆匆，最后几米，脚步已经迈得极大，总算跑到老师面前。

她有点气喘，弯了一点点腰，捂住肚子，平复片刻，先喊了句"老师"，再将事情简单说出来。

其实也没什么具体内容要说，总之，就是人都出来了，都是她虚惊一场，弄得大家都紧张。

方循音实在觉得愧疚，声音压得很低："对不起……老师，给大家添麻烦了。"

老师说："这是什么话，同学不见了，当然要第一时间告诉老师，什么活动都是安全第一。你做得很好，没事的，我给教官打电话。你赶紧回自己班级队伍里去，别一会儿教官点名又少人。"

"好的，谢谢老师。"

方循音认真鞠了一躬，转过身，回到朱蜜和盛月那边。

短短这会儿工夫，朱蜜和盛月都已经把冷饮吃完，只剩一根木棍。附近没有垃圾桶，她们只得拿在手中，等解散回宿舍再扔。

见到方循音回来，朱蜜脸色变得奇怪起来，不似往日那般明媚，了无笑意不说，眼神里还有点微妙的意味。

"怎么了？"方循音不明所以。

朱蜜和盛月对视一眼，像是在互通什么暗号一样。

停顿半秒，朱蜜出声问道："音音，你没什么事瞒着我们吧？"

"啊？"不知为何，方循音心头一跳。

问完这句，朱蜜却沉默下来，只拿眼定定瞧她，似是想从她的表情中品出些许端倪。

方循音不习惯这种注视，哪怕是来自好友的目光，她依然觉得有些不适。她只能移开视线，微微侧了侧头，试图将胎记挡住。

眼见着马上要叫集合了，不好再继续僵持，盛月性子急，干脆主动代替朱蜜追问："就是陈伽漠嘛！音音，你知道的呀，蜜蜜从初中开始就欣赏陈伽漠，作为好姐妹，要是有什么情报，总得告诉她嘛！你刚刚和陈伽漠站在一起说话，他还给你东西了对吧？"

言下之意很明显——方循音应该赶紧把说话内容公开，才算不辜负"好姐妹"这个称呼。

果然是这样。

方循音叹了口气，在两人面前伸出手，掌心摊开。那个小望远镜被她捏了太久，浸了秋夜汗意，外壳有些微微濡湿起来。

方循音垂着眼，厚刘海乌压压地压住眉毛和一小半眼睛，也顺势挡住她所有的情绪。

"刚刚在路上碰到陈伽漠，听说我们走散之后，他带我去找了老师。这是陈伽漠的望远镜，他说站在这里用这个看，很远就能看到你们在哪里，就能知道你们有没有回来。"

对陈伽漠，她绝对不是问心无愧。相反，正是因为心中有美好念想，理智才教她越发要保持清醒。

删微信是这样，保持距离也是这样。

方循音自认对朱蜜已经尽力。可是，或许一开始喜欢上陈伽漠，就是一件不可饶恕的事情。

她根本不该，也没有资格对皎洁月光抱有妄念。

都是她的错。

这一切，都是她不对。

渠意枝说，人活着就要为自己争取。陈伽漠却是她永远无法争取，也求不得的人。

夜越来越深。宿舍一熄灯，整个世界就好像彻底安静下来。

倏地，底下传来一点点动静。

朱蜜蹑手蹑脚地爬到方循音床上，和她挤在一处。

这种单人床很小，不过刚刚一米二宽。两个小姑娘都是瘦小身材，人不动，倒也不算束手束脚，但姿势难免亲密。好像顷刻回到了不久之前的夏天，那间无人器材室里。

方循音眨了眨眼睛，低低"嗯"了一声。

宿舍还有其他人，不好出声打扰，两人虽然距离那么近，还是得摸出手机，用社交软件沟通。

朱蜜给她发了一条长长的消息。

"音音，今天的事情，我很抱歉。我们应该早点来找你的，但是因为想着要赶紧结束去练歌，你手上有手电筒，每条路都能走出来，你自己应该可以的，所以出来之后我们也没有多想。后来看到你和陈伽漠在一起，也不是误会哦！毕竟人家也不是我的什么人……当时我就是好奇，你们俩怎么会认识的，压根没想其他的事情。音音，你在生气吗？"

房间里一片漆黑，只有尘埃飘浮。

手机屏幕光线打在朱蜜脸上，五官也跟着变了形，一眼瞧去，宛如一张陌生面孔。

方循音一怔，垂下眼，敲字："放心吧，没有生气。"

朱蜜经常打字聊天，手速很快："没生气就好！我还怕你不理我了呢！"

方循音牵起嘴角，回道："怎么会。"

因为这几条消息，须臾间，她作了个决定。

那个望远镜，应该去还给陈伽漠才对。

04

时间过得飞快。虽然每天站军姿、练正步时，每一秒都仿佛被拉得无限漫长，但到了最后一晚，再回想起前几天来，好像不过是眨眼之间。

暮色四合时分，八中全体高一学生结束国防教育检阅。

篝火晚会场地也已经做好布置。最前头是个小型舞台，台下搭起几簇柴堆，只等天色一暗，点起火、就成了篝火。到时候学生按照班级围坐，想象这画面，还蛮有意境的。

只不过，方循音没机会参加这个活动。从下午起，她就有种小腹下坠感，像是月经来临的前兆，到傍晚，逐渐发展成剧痛。

从前没有这么痛过。

许是因为这几天一直很劳累，三餐都有些随意，若是当天菜不好吃，方循音就和朱蜜她们一起去小卖部买速食，再加上训练太热，还吃了不少冷饮、喝了冰水之类的，才引发这后果。

忍了好半天，她实在支撑不住，咬着唇，捂住腹部，静悄悄离开队伍，准备摸去医疗室开点止痛药。

这个点，同学们大部分在准备活动，剩下那些就是在休息，没有人关注到她。

这样更好。

走出好长一段路，医疗室那栋楼终于近在眼前。方循音松了口气，正欲鼓足力气继续往前，蓦地，身侧传来一声轻笑。

方循音整个人一僵。

陈伽漠双手插在口袋里，动作慢条斯理，从旁边那条小路穿过来，在她面前站定。

"怎么又在这种没人的地方碰到……方循音，你怎么了？"

见方循音脸色惨白，陈伽漠站直身体，打量她几眼，不自觉收起散漫，整个人都严肃起来："哪里受伤了？"

他伸出手，似是打算扶她。

万万没想到，方循音条件反射般往后重重退了一大步。

方循音这个动作，完全可以称得上"避如蛇蝎"，像是小兔子遇到了大灰狼，恨不得马上转过身去，准备溜之大吉。

陈伽漠忍不住细细回想一番，但实在想不起来自己有什么时候朝她露出过狠厉神色，至于将他视作洪水猛兽吗？

沉吟片刻，他默不作声地收回手，自上而下望向她，又问了一次："哪里不舒服？"

方循音本就肤色偏白，平时还小心翼翼不敢晒太阳，哪怕是在军训，防晒也从没松懈过。正是如此，这会儿不舒服，更显得脸上一点血色都没有，惨白得近乎病态，任凭谁来都能看出不对劲。

本来她大概还可以撑到走进医疗室，但被陈伽漠一打断，好像倏忽之间，身体里那股气就泄了，全身力气尽失，只剩下灭顶的疼痛感，像一阵风，将整个人卷进去。

方循音再也支撑不住，咬着下唇，当即捂住小腹，飞快蹲下身，整个人蜷缩成一团，试图缓解痛苦。

见状，陈伽漠当即蹙起眉头。

啧，好像有点麻烦。

这种时候，他顾不上思索方循音的"避嫌"态度，长腿一跨，一步迈到她身前，弯下腰、伸出手。

男生人高马大、身形颀长，力气又大，轻轻松松就将人打横抱起，快步往前面医疗室的方向走去。

这一连串动作发生得猝不及防。

只在眨眼间，两人的距离已经拉到最近，近到仿佛连呼吸节拍都逐渐趋于一致。

方循音彻底愣住了。

半晌，整个身体都开始不自觉僵硬起来。

陈伽漠这是在做什么？是在见义勇为吗？

很显然，陈伽漠走得坦坦荡荡，动作和神情中都不显什么亲昵之色，似乎臂弯中抱的是谁、是男是女，都无关紧要。

他好像单纯只是想把一个同学送进医疗室而已。

但方循音心中有鬼，自然做不到无动于衷，哪怕痛得脸上都浮出冷汗，依然会心跳如雷。

胸口像揣了一只小兔子，蹦蹦跳跳、活力四射，好像随时随地都要从心房里蹦出来，肆无忌惮地开始作乱。

方循音失神片刻，终于清醒过来，脸颊上后知后觉地沁出桃色，抹在苍白底子上，更是无比分明。

还好，还有眼镜遮挡，还不至于一览无余。

她用力咬住下唇，试图从男生怀抱中挣脱下地。

"陈伽漠，你放我下来，我自己能走。"

陈伽漠脚步未停，平静的眼神在她脸上游移半拍，慢声答道："马上就到。"

"我自己可以走！快放手！"为了遮掩那点小心思，方循音语气不自觉有些气急败坏起来。

陈伽漠没再应话。

又往前走了十来步，他侧过身，用手肘推开医疗室的玻璃门，抱着她进去。

"到了。"

说完，陈伽漠将她放在门口的塑料等候椅上，转过身，快步进去找医生。动作如行云流水，一秒都没耽搁。

等他周身气息逐渐远离，方循音垂下脑袋，将脸埋进脖子里，用力攥紧了拳头。

为什么？

为什么要再次朝她伸出手呢？

为什么要她如这般彻底无法自拔呢？

人性生来就满含贪欲。若是那月色只浅浅从她身上掠过，不做停留，她就不会这样为之疯狂，妄图亵渎神明，不是吗？

不过几分钟，陈伽漠带着医生从里间出来。他指了指方循音，表情沉静："这个就是我同学，医生，麻烦您了。"

这场景，好像回到了两人第一次见面那天，类似的对话、类似的场合。只不过，若是结合心境来看，却有种荒诞滑稽的味道。

方循音有点想笑，但浑身没有力气，好像牵一下嘴角都费劲，只得作罢。

医生问道："同学，你是哪里不舒服？"

方循音不好意思开口，只用余光轻轻碰了一下陈伽漠，贝齿轻轻咬了一下。

陈伽漠说："我看她一直捂着肚子，是不是急性肠胃炎之类的？"

还没等医生说话，方循音先一步摇头："不是……"

医生又问："那是哪里痛？同学，你要跟我讲啊。"

被两双眼睛齐齐注视，方循音脸颊的温度迟迟褪不下去，恨不得找个地洞埋下去。

好半天，她才小声憋出一句："陈伽漠，你要不先去篝火晚会吧？老师要找人了。"

陈伽漠没有问为什么，只耸了耸肩，说了句"好"，转身退出去。

没有男生在场，方循音终于松了口气。她嘴唇轻轻动了动，低声开口："医生，我没有生病，就是……那个来了肚子疼。麻烦您给我开点止痛药就好，谢谢您。"

在医疗室耽搁许久，方循音吃过药，喝了杯热水，又躺着缓了缓，总算感觉恢复过来。她抬起头，瞄了眼墙上的时钟。

再过不到十分钟，篝火晚会就要正式开始。

方循音抿了抿唇，同医生再次道谢，推门走出医疗室。

天色稍晚，霞光自天空尽头蔓延而来，间或带出一抹深蓝色，似是夜晚的引路色。

外头，路灯也已经亮了起来。

方循音往前走了几步，倏地瞪大了眼睛。

陈伽漠正站在几步之外，整个人懒洋洋地靠在树上，摆弄着手机。

见到方循音的表情，他挑了挑眉，不紧不慢地调侃道："倒是难得抬头看路啊。"

"……"

"感觉好点了吗？"

"嗯，已经好多了，谢谢你。"

陈伽漠慢条斯理地笑了一声："不用客气，举手之劳。"

方循音张了张嘴，又不知道该说什么，只得沉默。

气氛一点点凝结起来。

最终，还是方循音率先打破这种尴尬，低声问道："陈伽漠，你刚刚怎么会在这里？"

他也有哪里不舒服吗？

要不然，这医疗室离他们平时活动地点可以说十分遥远，周围又没什么东西，就算散步都不至于散到这里来。

方循音不想傻乎乎地揣度什么"巧合""缘分"，老天从来就不会给她这种机遇，自然更不会痴心妄想其他可能性。所以，这问题也算得上与他礼尚往来。

陈伽漠"唔"了一声，慢声答道："这条路是去观测台的必经之路。"

"观测台？"

"嗯，有天文望远镜……方循音，你想一起去看看吗？"

方循音愣了愣。

哦，对。

还有望远镜。

因为晚上是篝火晚会，今天展示结束之后，大家都已经洗过澡，换上了自带的衣物。

方循音外面穿了件带帽卫衣，离开宿舍时，也顺手把那个迷你望远镜揣进卫衣口袋，打算找时间还给陈伽漠，现在被他一提醒，终于想起来。

她在口袋里摸了摸，将望远镜拿出来，递到他面前："这个还没有还给你。"

陈伽漠讶然："不是说送给你了吗？"

方循音声音细细软软，说话时很有点乖巧的味道："我……不能收。"

陈伽漠点点头，将那望远镜接过："本来就是拿着玩的小玩意儿，你不要就算了。"

"……"

"那天文台呢？去不去？"

这一刻，方循音仿佛被恶魔附了体。

陈伽漠的声音明明和往常一样平静又淡漠，没有特别的起伏，但在她听来，却像是来自深渊一般引人深陷，无处可逃。

明明她很清楚，过不了多久，她的好朋友朱蜜就要上台，要唱一首歌给陈伽漠听。

甚至，方循音还记得那首歌。

不是《阴天快乐》。

她们重新选了一首，是 SHE 的 *Super Star*，歌词更是应景。

"我这颗小星球，就在你手中转动……我为你发了疯，你必须奖励我……"

方循音觉得自己已经开始发疯。

渠意枝的话和朱蜜的话像是双声道，在她左耳右耳边环绕，像是非要争个你死我活出来。

"喜欢的东西就自己去争取啊。"

"我欣赏陈伽漠……我不是误会你们的关系哦……"

终于，方循音败下阵来。

就这一次、就卑劣这一次，给这个难得的校外活动留一点点美好回忆，以后怀念起来，也算是不负一场情窦初开。

她抿了抿唇，说："我去。"

这世上一切事情好像都难不倒陈伽漠，他领着方循音绕过小道，熟门熟路地穿进另一栋楼。

这栋楼的二楼是天文博物馆，这个点早已经关门。三楼则是半露天设计，里面放了好几架天文望远镜，可以供游客观测、了解学习。

陈伽漠给保安交了 20 块钱买门票，顺利地带着方循音走了进去。

里头大大小小放了数十架天文望远镜，此刻，皆是对着夜空，看起来效果颇为壮观。

对方循音来说，则完全是踏入了一个新鲜领域。

陈伽漠心情十分不错，随手指了台白色大圆桶造型的望远镜，耐心地给她讲解道："这是博冠马卡，观测行星效果很好。你要不要去试试？"

方循音瞪大了眼睛："我吗？可是我不会……"

陈伽漠没说话，自己先凑上去看了几眼，然后他直起身，转过头看向她，说道："这里都是调好参数的，你直接看就行。"

方循音点点头，眯起一只眼，将另一只眼睛贴到目镜上。不过她这个厚底眼镜片有点碍事，还是得摘下来才能看得分明。

只一眼，她便惊叹地"哇"了一声。

目光所及之处，好像进入另一个时空——星星变得尤为清晰分明，宇宙绚丽而壮阔。

浩渺景色中，陈伽漠的声音在耳边沉沉响起："能看清吗？"

"可以。"

"认得出几个行星？"

方循音想了想："土星，有光环的那个？"

陈伽漠低低笑起来，点头。

"没错，但是位置一直在变，你找找。"

顿了下，他又问："还有呢？"

不消多久，方循音已经被陈伽漠科普了一脑袋天文学常识。

时间过得很快，又好似被拉得很长，被永远镌刻在心上。

回程的路上，天色黑得如墨一般。

路上没有旁人，只有他们一高一矮两个身影被路灯光线拉长，懒懒散散地缀在身后。距离好似也被这个夜拉近。

方循音捏着指尖，趁着这个气氛，忍不住问道："你很喜欢天文？"

陈伽漠说："是，比起竞赛，更喜欢天文一点吧。"不过物理和数学是一切科学类的起点，也没有什么好分个高下。

方循音很好奇："为什么？"

陈伽漠脚步微微一顿，似是想了想才答道："你知道冥王星吗？2006 年，国际天文联合会将冥王星排出九大行星行列，划为矮行星。

"初中的时候老师应该讲过，太阳系中，所有的行星都是围绕恒星太阳旋转的。冥王星曾经也有一颗一直围绕它旋转的卫星，叫作卡戎。直到它被开除行星行列，大家才开始渐渐意识到，卡戎并不属于冥王星，它们是双矮行星系统。

"方循音，你不觉得很神奇吗？每一颗星星的运转都有迹可循，只等待人类去观测、去发现。人类的认知在宇宙面前，永远是渺小的。"

夜色中，陈伽漠眼神在闪闪发光，比星光更为耀眼。

方循音鼓起勇气，与他对上视线。

当然神奇。

但比起这浩瀚宇宙更神奇的是——

阴错阳差下，陈伽漠竟然闯入了她一个人的世界。

她这样一个人，孤单地活着，没有星星会绕着她旋转。她比冥王星更孤寂，从来没有机会列入什么行列，也不会有卡戒相伴。

但是陈伽漠却像是恒星一样。

这样两个人都能产生交集，能在路灯下聊起这些事，这还不够神奇吗？

倏忽间，陈伽漠低下头，从口袋里摸出手机，看了一眼来电显示，将电话接起来："怎么了？"

周围太安静，常哲屿嗓门极大，声音穿透手机传出来："陈伽漠，你人呢？晚会开始了你怎么还不回来啊？大家都在等你上台表演节目呢！"

陈伽漠拧起眉，嗤笑一声："等我？等我们俩上去唱二人转吗？我什么时候说要去表演节目了？"

"哎呀，我这不是表达一下群众的呼声嘛！一点幽默细胞都没有……好了好了，不开玩笑了，你到底去哪里啦？什么时候来啊？"

陈伽漠没马上回答，似是无意轻轻看了方循音一眼，接着才笑起来，说道："急什么，马上就来。"

不知为何，方循音心跳更快了。

两人回到篝火晚会现场。

此时，距离开场已经过了挺长一段时间，前几个节目都已经结束表演。主持人正在带"幸运"同学做游戏，活跃气氛。

所有人都在看着舞台方向。趁此机会，方循音赶紧悄无声息地摸进自己班级的队伍中。

朱蜜和盛月她们几个的节目排在后半段，暂时还轮不到，所以她们都在底下坐着。

看到方循音曲着身小跑过来，朱蜜赶紧朝她招招手："音音，这里这里！"

方循音身体微微一顿，表情有些迟疑。

说实话，于她而言，完全不可能丝毫不愧疚。

哪怕现在朱蜜还不是陈伽漠的谁。

哪怕……在她对陈伽漠动心时，尚不知道朱蜜的心思。

哪怕暗恋这回事，压根不存在先来后到。

但没办法。

与唯一的好朋友喜欢上同一个男生，到底该怎么办才好？可能在这个年纪，没有女孩子能给出参考答案。

只不过在此刻，方循音觉得自己或许没有脸和好友说话。

朱蜜并不知道她内心的纠结，嫌她磨蹭，又喊了一声："快来呀！"

方循音无声地叹口气，走到朱蜜旁边，安安静静坐下。

周围，同学们都三三两两凑在一处聊天，再加上话筒音响，声音嘈杂。

朱蜜怕方循音听不清，不得不抬高声音问道："音音，你刚刚去哪里了呀？好长时间没看到你人。"

这话一出，盛月的视线从台上转开，也跟着看过来。

方循音垂下眼，乖巧作答："我有点不太舒服，去医疗室拿了药。"

闻言，朱蜜蹙起眉："不舒服？没事吧？"

"没事，已经好了。"

"那就好。"

倏地，盛月从旁边插嘴问道："音音，你今天没戴眼镜啊？"

方循音陡然一惊，立刻抬起手摸了下脸，发现鼻梁上空无一物，脸色当即变了。

眼镜怎么会不见了？

仔细想来，应该是刚刚看望远镜时，随手就摘下来放到一边，过后又在仔细听陈伽漠说话，也没把这回事想起来，便掉在了那处。

她近视度数本就不高，加上又是天黑，这一路上，竟然迟迟没有察觉。

这可怎么办才好？

方循音一直觉得自己就像个黑暗生物，必须要头发、眼镜、衣服，全副武装起来，才能有安全感。

因为那个胎记，因为童年那些经历……要让她以真面目坦坦荡荡示人，简直难如登天。

朱蜜曾经对她说过，没什么大不了，这种印子压根没有人会注意，更不会有什么异样目光。再说了，已经进入高中，同学又不是小孩子，哪有那么无聊。

可是，对方循音来说，外伤可愈，心上的疤痕又哪是那么容易可以简单克服的？怯懦和恐惧，从某一日起，就像是镌刻进了血液之中，再难拔除。

会被发现、会被注意。

会被……嘲笑。

思及此，方循音手脚开始冰凉。

她抬起手，有些无措地捂住脸颊，嘴唇动了动，艰难开口："眼镜……可能是丢了吧，我又觉得不太舒服，想先回宿舍去休息了。"

朱蜜愣了愣，"啊"了一声，颇有些失望地问道："不看我们的节目了吗？"

方循音勉强弯了下唇，有气无力地说："我实在不舒服，坐地上也有点冷。朱蜜，实在对不起啊，年底艺术节再看好不好？"

朱蜜钢琴十级，校艺术节肯定能报上节目。而且，今天这首歌明显就是有私心，她从来没掩饰过，只要那个该听的人听到，方循音在不在，其实也并没有那么重要。

朱蜜见方循音的脸色不对劲，了然地点点头，没有再强求。

"好好好，那你先回去吧，如果才哥问起来，我会帮你跟他讲的。"

方循音抿了抿唇，声音很轻："谢谢。"

她用手掌撑了下地板，飞快站起身，往宿舍楼方向小跑着。

远远望过去，她连背影都满是脆弱味道。

朱蜜将目光移回来。

台上，互动游戏结束，主持人开始给下一个节目报幕，将大部分注意力吸引过去。

倏地，盛月调换了一下姿势，整个人都倚到朱蜜身边，又将脑袋搭在她肩上，与她耳语："蜜蜜，我看音音平时一直戴着眼镜，今天把眼镜摘掉之后，发现她长得挺漂亮的啊。"

方循音并不是渠意枝那种惊艳美人。

她长相气质都偏秀气，骨架也纤瘦，还有尖下巴、高挺鼻，特别是那双眼睛又圆又亮，睫毛纤长卷翘，没有眼镜片遮挡时，似是含了一眸春水，眼波流转、欲说还休。

再搭配一副细声细气的好嗓子，衬得整个人都如秋波一样，柔软又清丽，好像轻轻巧巧便能将其吹皱，叫人不自觉心生喜欢。

朱蜜早就见过方循音那双眼睛，但她性格热烈，恨不得与所有人都打成一片，交友太忙，并没有仔细观察别人的模样。

况且，方循音为人低调，又生性寡淡，就算生得再漂亮，也很难让人关注到。自然，颜值就没有那么重要了。

朱蜜不以为意："是啊，音音是蛮好看的，就是她有点自卑，仪态差了点。没办法，我说过她了，她改不掉。"

盛月低低笑了一声，再次旧事重提："那你觉得陈伽漠为什么对她这么特别？宝贝，按照你说的，虽然陈伽漠脾气从初中开始一直挺好，但也不会给女生什么想象空间。你说说，你见他给哪个女生送过礼物了？那个望远镜，哪就那么巧？平白引人误会。说到底，还不是因为音音漂亮嘛。男生都是这样的，看到漂亮小姑娘就会对人家好。奥赛班那个渠意枝，是不是也跟陈伽漠关系挺好的？"

朱蜜眨了眨眼睛，慢慢沉默下来。

方循音避开视线，又去了趟天文馆，准备去找眼镜。

许是已经到闭馆时间，整栋楼都是黑黢黢一片，大门上还挂着把大锁。

方循音无可奈何，闷闷叹息一声，只得返回宿舍楼。

法国馆给了八中女生住，这会儿，所有人都在篝火晚会，整个万国馆区域安静得出奇。

她快步走进房间，反手轻轻关上门，也没有开顶灯，先趴到自己床上，将脸闷进枕头里。

再过一会儿，该轮到朱蜜她们上场了吧？

那首歌很好听，陈伽漠应该也会喜欢。

或者，比起听歌，他还是更喜欢看星星呢？

脑袋里乱七八糟的，方循音干脆爬起身，从书包里摸出日记本，"唰唰唰"翻到新的一页。

黑暗和独处给了她无尽安全感，所以也不必开灯。

她打开手机自带手电筒，放在一边，就着这点微弱光线也能落笔，肆意抒发情绪——

"陈伽漠跟我说了许多他的事，理应是拉近了我们俩的距离。

"但不知道为什么，我心里却觉得他离我越发遥远了。

"或许，从来没有靠近过，一切都只是我的臆想罢了。我只是在恰好的时间，恰好被他拉了一把，和小猫小狗没有什么分别。

"这样想来，实在叫人觉得难过。

"陈伽漠不是我的卡戎。

"他是太阳，能照亮这个星系所有的行星，也能照亮冥王星的世界。

　　"众生平等。

　　"我永远不会有卡戎的。"

第四章

矮行星

你每一次眨眼，都好似蝴蝶振翅，在我心中掀起滔天巨浪。

蝴蝶永远不会知道。

当然，你也不会。

——方循音日记

01

一周，发生的一切好像是大梦一场。

现在梦醒了，不用再每天站军姿、排队洗澡，也不用再穿迷彩服晒太阳。所有同学都得忘记那些自由与辛苦，回到紧张的学习之中。

期中考近在眼前。

在八中，期中考和月考的重要性压根不是一个等级。月考还能说是阶段小测，考砸一两次没关系。但期中考的分数就十分重要，涉及推优、保送以及各类奖项评比。

老师们耳提面命，让大家收心，顺便将考卷一沓一沓往下发。自然，难免也会引起些怨声载道。

方循音倒是没什么感觉。

她不是活泛分子，人本就无趣，除了写作业，每天似乎也无事可做。

十一月初，期中考在一片人心惶惶中悄无声息地结束。

方循音走出考场，外头正在下雨。

江城是南部沿海城市，春秋季节多雨。特别是即将入冬的这段时间，每一场雨下完，气温都能往下落个几摄氏度。此刻，还说不上太冷，只是阴湿湿的，湿意像是能穿透衣物、浸入骨头缝，让人感觉浑身难受，一不留神就容易感冒生病。

方循音没有带伞。

踟蹰片刻，她将校服外套脱下来，盖住头发和书包，接着，迈开步子往校门外奔去。

不远处有家罗森。

天气阴沉，便利店那灯光就显得温暖又炙热，像是某种召唤。

方循音跑进罗森，将外套拿下来，先抖掉些水珠，抱在身上，再去买了一杯关东煮，外加一把伞。

这个点，正是考试结束后的放学时间。罗森里那些椅子上坐满了八中学生，一眼望去，没有空位。

她拿起关东煮和伞，慢吞吞走出自动门，绕到另一边台阶上坐下。

这个方向背朝八中，不会有什么人经过，台阶位置又淋不到雨，十分惬意。

方循音将东西放到一边，拿起一串北极翅，垂着眼默默咬了一口。

倏地，旁边传来一声轻笑。

她吓了一跳，含着北极翅，抬头望去。

五六步之外，陈伽漠抱着手臂，懒懒散散地站在那里，正目不转睛地看着她。

方循音整个人都蒙了，吃也不是，吐也不是，顿时有些不知所措起来。

陈伽漠怎么会在这里？

他刚刚在笑什么？

是她吃东西的样子出糗了吗？

两人对峙良久，陈伽漠终于慢条斯理地开了口："方循音，你是属兔子的吗？"

方循音不明白他什么意思，只能呆呆地发出一个短促的单音节词："啊？"

陈伽漠的心情似乎不错，他挑了挑眉，给她解答："好像兔子在啃胡萝卜。"

他小时候就养过一只小兔子，给它喂菜叶子时，它便是方循音这种表情、这种眼神、这种动作，又可爱又好笑。

方循音接不上话，也不知道他是不是有言外之意，顿时有些如坐针毡起来。

陈伽漠早已习惯她这一脸惊恐的表情，长腿一迈，三两步走到她身边，又随意从包里抽了几张考卷出来，递给她。

"地上凉。"

方循音没接，轻轻咬了下唇。

有时候，人真的很容易贪心。

明明知道是妄想，总还是免不了偷偷奢望陈伽漠这份温柔体贴独属于自己一人。

停顿半秒，她敛下眼睑，将万千情绪悉心藏好，小声作答："没关系的。"

陈伽漠也不强求，将那几张考卷卷成桶状，握在手中，接着，人在方循音旁边坐下。

说是旁边，倒也没有那么近，大抵隔了半臂距离，但还是叫人心颤。

两人静默片刻，陈伽漠率先打破这气氛，开口问道："怎么一个人在这里？你那俩朋友呢？"

方循音将嘴里的北极翅胡乱咽下去，这才答道："我们不是一个考场，她们老师收卷快，先走了。"

八中每次分考场都按照上次考试排名来。方循音月考名次遥遥领先，在前三个考场考试。朱蜜和盛月成绩都比较中游，年级大排名一般，自然是被分散到后头去了。

话虽这么说，真相却也不尽然。

从东方绿洲回来之后，方循音敏锐地察觉到朱蜜变得有些奇怪。她虽然没有和其他小姑娘做过朋友，但因为胎记，从小心思就比常人更敏感一些，哪怕是一点点小细节，都会不自觉开始胡思乱想。

对陈伽漠是，对朱蜜自然也是。

不知为何，这些日子，朱蜜看她的眼神，总是带着一丝揣度。加上两人位置被调开，平日里，如果朱蜜不主动来找她，她基本不会离开座位。好似就这么潜移默化中，开始一点点疏远起来。

方循音猜，多半还是那个望远镜的事情。

可是她确实心怀鬼胎，连解释都开不了口，干脆彻底自暴自弃。

反正她就是这种人，渺小、卑劣、丑陋。

永远不会有人坚定地与她站在一起。

就算有人主动靠近，渐渐地，也会因为看清她的本质而选择离开她的世界。

注意到她的表情，陈伽漠低笑了一声，好似漫不经心地问道："吵架了？"

方循音诧异地抬头。

许是气质使然，哪怕是懒懒散散地坐在台阶上，陈伽漠身上依旧有种清冷如月、高不可攀的意味在。

他手掌撑地，目视前方，并没有看方循音，也没有等她的答案，只用低沉嗓音说："人和人的关系，合则来，不合则散，没有谁必须要依附谁、迁就谁的道理。"

方循音听出来他好像是误会了什么，所以，这几句话，应该是在安慰她。

陈伽漠是觉得，雨天她不回家，一个人躲在校外角落里，就是因为难受吗？

方循音脸颊飞起红晕，磕磕绊绊地答道："不……不是的，没有吵架……我只是想来买把伞，呃，然后又有点饿了……"

考了一天试，体力和心力悉数耗尽，需要补充点热量，所以才引起了误会。

陈伽漠勾了勾唇，"嗯哼"一声，点点头，又岔开话题："这次考得怎么样？物理考卷感觉难吗？"

方循音说："还可以，就正常发挥。"

闻言，陈伽漠随手打了个响指，动作很是桀骜的模样，说话倒是依旧不紧不慢的："下学期有重新分班、考竞赛班的机会，你不试试吗？"

方循音眨了眨眼，心不自觉揪紧。

他不是第一个问这个的人，李俊才也问过这件事，朱蜜、渠意枝，全都问过她。

但方循音对自我认知充分，她不够聪明，甚至也没有渠意枝那样勇敢又努力，再加上心理素质实在不好。

八中两个竞赛班，其竞争的激烈程度，仅仅从那日渠意枝三言两语中就能窥见一斑。就算侥幸考进去，真就能跟得上吗？万一在班级里吊车尾，每次考试后报成绩被旁人冷眼嘲笑，桩桩件件，岂不都是折磨？

方循音没有什么远大目标，只想随便考个普通大学，然后低调平顺地度过学生生涯。

但这次却是陈伽漠在问。

倏忽间，方循音蓦地想到，如果她能考进物理竞赛班，就和陈伽漠成了同班同学，每天朝夕相对。

一起早自习、一起上课、一起考试、一起做很多事。

不可否认，她心动了。

哪怕永远求而不得，永远只是甜蜜的折磨。

但暗恋，不就该是这种滋味吗？

只要能靠近对方一点点，都像是一种恩赐，值得反复品味。

这次，方循音抿了抿唇，含混不清地说："不知道能不能行……唔，到时候再看吧。"

陈伽漠低笑了一声，说道："竞赛班也不都是竞赛生。只是八中这种学校，最强的师资力量肯定都给了竞赛班。就像考试，每次除了和平行班考一样的试卷，还有另一套提高卷。能考进来的同学，对高考肯定也会更有信心一点。"

方循音点点头，表示知道，又鼓足勇气问他："陈伽漠，你怎么会在这里？"总不能是特地来找她的吧？

陈伽漠说："等常哲屿他们过来，一会儿去打球。"

"他们？"

"嗯，他们在那边。"陈伽漠指了指另一个方向。

位置就在罗森斜对角，几棵树围成了一个小角落，正好是来往视线盲区。

方循音乖巧地点头，表达自己已经了解。

顿了下，陈伽漠又说："如果你决定要考物理竞赛班的话，全科排名是重要，但物理的单项科目分数更重要。"

"啊，我知道了，谢谢你。"

"我还没说什么呢，有什么好谢的。"他挑了下眉，"可以报个补习班冲刺一下。下学期来不及的话，高二也来得及的。"

"嗯……好。"

陈伽漠习惯她这又乖又呆的表情，玩心瞬起，决定逗逗她。

他假意想了想，说："要是有物理题不懂，可以微信问我。哦！不对，方循音，你把我删了。"说完，他立刻盯着她的表情。

果真不出所料，顷刻间，小姑娘整张脸一下烧了起来。

只可惜眼镜底太厚，叫人看不分明。

陈伽漠勾了勾唇。

方循音完全不敢与他对上视线，垂着脑袋，结结巴巴地开口："抱……抱歉，我不是……不是我……"

"不是你？"

陈伽漠饶有兴致地问："男朋友查岗？"

方循音差点没跳起来，手忙脚乱，用那只空着的手疯狂摆手："不是！我没有男朋友！就……就是……一些意外……对不起啊。"

实在是又丢脸又没有礼貌。

她扁着嘴，尴尬得快要哭出来。

陈伽漠不以为意地说："这有什么好对不起的，加回来不就好了。说不定下学期就是同班同学了。"

这小兔子。

真是。

两人说话的工夫，雨势渐大。便利店屋檐虽然够宽，勉强能遮住这几级台阶，却无法挡住秋风夹杂着雨丝，从半空扑面袭来。

方循音手里一直端着装关东煮的那个纸杯，猝不及防，细细密密的雨丝顺着风飘进了杯中。

她抿了抿唇，抬起手，盖住纸杯口。

总不能浪费吧，只能等陈伽漠走了再继续吃。

陈伽漠注意到她的动作，眼里噙了些笑意，手臂发力，一撑地，轻松站起身来。接着，他从包里摸出雨伞，撑开，再伸长手臂，居高临下地将伞撑到方循音头顶。

"赶紧吃吧，一会儿凉了。都怪我，找你闲聊这么久。"他笑着说。

方循音愣愣地扬起头，愣愣地看向他。

雨天。

傍晚。

便利店后门的无人角落里。

少年风姿卓绝，撑起一把伞，为她手中的关东煮挡住满城风雨。

他伞下那片小天地，方循音此生都不愿遗忘。

天色彻底暗下来。

方循音回到家时，康文清和方为都在厨房。

听到开门的动静，康文清将抽油烟机关掉，朝外问了一声："回来了？"

方循音应道："嗯，我回来了。"

"下雨淋湿没有？早上没带伞出去吧？"

"没有，在学校外面买了把伞。"

便利店雨伞不便宜，质量也一般，康文清难免要唠叨几句。不过也不是真心，到底还是人没淋雨比较重要。

走程序一般地念叨完，再指挥方为将菜端出来，康文清擦了擦手，走出厨房，问道："今天是期中考最后一天了吧？你考得怎么样？"

"还可以。"

说完，方循音脚步一顿，似是想到什么一般，踌躇许久，到底还是鼓足勇气开口："妈，我能报两个补习班吗？"

康文清有些疑惑："补习班？怎么突然想到这个了？是在学校跟不上了吗？"

方循音摇摇头，指尖不自觉扣住掌心，声音有点打飘。

"英语是我的主科弱项，物理还需要加强一点。明年，我想试试考物理竞赛班……李老师说，我在平行班成绩很好，应该往上冲一冲。"说完，她才发现自己紧张得手心都有些濡湿起来。

倒不是害怕康文清，方循音只是单纯第一次为自己争取什么，总觉得心情很奇妙。

有点紧张，但又有点激动。

陈伽漠那么耀眼，又那么遥远。她低低仰望着他，却也受他影响，想为自己微不足道的未来努力一把。

康文清与方为对视一眼，爽快点头："没问题啊。你想学习，爸爸妈妈肯定支持你。只要你别整天想些有的没的就行……但是钱既然花了，那清华、北大总能期待一下吧？总不能白白打水漂，也得听个响，对吧？"

方循音没说话。

还是方为出来解围，他走过来，拍拍她的肩膀，安抚道："没事，你妈妈随便念叨的，肯定会给你报，去换衣服洗手吃饭吧。"

"谢谢爸、谢谢妈。"

要求顺利被满足，方循音抿出一个浅浅笑意，转过身，快步往房间走去。

虽然衣服上沾了水渍，她却没顾得立刻换掉衣服，而是先坐到桌前，打开搜索引擎，输入一串词。

刚刚，陈伽漠在给她撑伞时，低低哼了一首歌。

他的声音质感极佳，将那歌哼得无比动人，似是超过这世间任何歌手。

方循音想要知道这首歌的名字，迫不及待。

一秒、两秒……

页面跳出来，搜索引擎显示歌名叫《你听得到》，歌手还是周杰伦。

方循音先点击了播放，又在清脆的音乐声中扫了一眼歌词。

她的目光不自觉停驻在歌词某一行——

"本来讨厌下雨的天空，直到听见有人说爱我。"

02

周末，终于雨过天晴。

康非池给方循音发了条消息。

上学功课忙，姐弟俩已然有一阵没有联系。方循音当他有什么要紧事，比如又犯了什么错，或是考砸了被康文臻教训，需要她救场，赶紧放下考卷，点开信息，一眼扫过去。

"姐，这个链接，你帮忙给回复一下哈！"

"就回非常需要开放！就可以了。"

方循音顿了下，指尖轻触屏幕，点开那个链接，竟然是康非池他们学校贴吧的一个帖子。

她简单看了看，帖子内容很简单，就是讲他们学校每年一到期中、期末考期间，周末会将学校操场关闭。

大家觉得此举非常不利于德智体美劳全面发展，再加上体育成绩也会计入中考总分，一些学生为了提高长跑分数，周末也要去学校跑步练习。

总之一句话，同学们因为不满这件事，在贴吧进行号召，要大家回帖进行抗议。

方循音看得咋舌，想了想，她切回聊天界面，回复康非池："你搞出来的事情吗？康非池，你不怕小姨揍你吗？"

康非池直接发了段语音过来："怎么可能是我弄的，我还不差那几个去篮球场的钱好不好！总之就是帮别人一个忙而已啦！"

康非池虽然成绩不怎么样，但人很好，做事一贯讲义气，既然他这么说，多半没什么事。

方循音回道："我知道了，我写完这道题就去回复。"

方循音回复完康非池，顺手放下手机。然而，还没等她重新拿起笔，手机再次轻轻振了一下。

这次并不是新消息，而是新好友申请。

"Kuiper Belt 请求加您为好友。"

底下还有一行备注，写了"陈伽漠"三个字。

方循音盯着那行灰色备注，用力咬住下唇。

在认识陈伽漠之前，她从来没有想过，仅仅是几个中文字眼，像是蕴含了魔力，居然能叫人心情跌宕起伏、难以平静，似是要卷起澎澎风浪来。

这世界上竟然还有这种事。

前十六年里，前所未见。

沉思良久，方循音终于回过神来，深吸一口气，轻轻点击了"接受"。

两人再次成为好友。

她从聊天界面点进对方头像，他的头像还是原来那个，朋友圈也和之前一样，基本不发什么内容，就算转发，也只是寥寥数语，微信名字却从 ZzC 改成了 Kuiper Belt，不知道有什么深意。

那道数学题还剩下最后一小问，思路已经彻底断开连接。

方循音没顾得上其他，将这串英文字母复制下来，点开搜索框。

粘贴，搜索。

网页跳出解释："Kuiper Belt，释义为柯伊伯带，是太阳系在海王星轨道外黄道面附近、天体密集的中空圆盘状区域。并且，冥王星轨道就位于柯伊伯带区域里。"

词条介绍很长，对于门外汉来说，其中还有不少陌生词汇。但方循音依然看得十分仔细，一字一句，全数刻入脑中。

她揉了揉眼睛。

这个名字，倒是符合陈伽漠的个人爱好，也挺有神秘气质，不知道他是什么时候改的。

只不过，在他给方循音说完冥王星后，自然会让小姑娘产生一丝幻想情愫。

如果是真的，那就好了。

没过多久，康非池直接拨了个电话过来。

微信界面被来电占据，方循音吓了一跳。倏忽间，好像有种秘密被窥破的紧张感。

她赶紧手忙脚乱地接起来："喂？"

"姐，你在做什么世界未解之谜嘛！怎么还没有弄呀？我都答应帮人家啦！拜托你！"

方循音突然像是有点能理解康文臻的心情。

"帮别人忙你总归最积极。"说着，她用耳朵和肩膀夹住手机，空出手打开电脑，"再等几分钟，我注册一个账号。"

时下，各类社交软件层出不穷，贴吧好像已迈向穷途末路，再不见往日辉煌。但在方循音读初中那会儿还算流行，很多学生都会在学校贴吧里发帖交流。

那些人里却并不包括方循音。

无论是现实里，还是网络上，她都最低调不过，低眉敛目、悄无声息，压根不认识几个人，自然也对贴吧里那些八卦不感兴趣。

方循音握着鼠标，简单操作几步，网页跳出提示要输入用户名。

她微微愣神。

用户名……要叫什么好呢？这本该是件不甚重要的事情。

但，许是被鬼迷了心窍，瞬间，一个大胆又可怕的念头占据了她的心神。

她的手指不受大脑控制，在注册框里输入了一串字母——

Kuiper Belt's Y。

再敲击回车。

没有重名，注册成功。

心脏怦怦狂跳，连呼吸都乱了节拍。

方循音想，哪怕这个账号除了帮康非池做这桩无聊事，再也不会有机会登录，也不会有人发现这个秘密，可是，她还是很高兴。

这个账号，能永远存在在服务器里，直到网站关闭。所以，好像只要用了和陈伽漠一样的名字，就像是在宇宙哪个角落和他拉近了半寸距离。

欣赏一个人，竟然能叫人变得这样卑微。

电话那端，康非池已经有些等不及了："怎么样了啊，姐？"

方循音抿了抿唇，垂下眼帘："好了。"

"谢啦，改天我到你们学校来找你，请你吃东西啊。"

期中考结束没几天，学校就出了分数和排名。方循音依旧还是四班总分第一名，遥遥领先，班长徐眠静屈居第二。

两次考试，算是成功坐实她学霸的名头。再加上物理课代表职位，这下，就算她想低调，存在感也被迫日渐强烈起来。座位周围，不少同学都会趁着下课来找她问题目，甚至还有私下偷偷问她补课老师是谁。

没有人过多关注旁的事情，什么胎记之类的，根本连个眼风都没有给。

方循音觉得侥幸。

再加上又是秋末初冬时节，天气一天天凉下来，校服外套里穿高堆叠领打底也不奇怪。无论是环境，还是心理上，都能让她松口气，逐渐放松下来。

只不过，与朱蜜的关系却好像一日比一日更为疏远。朱蜜连检查室内操都不再喊她，只与盛月一道。

方循音想拯救这段年少的友谊，几次鼓起勇气，试图同朱蜜聊聊。

但显然，朱蜜完全拒绝沟通，只甜甜蜜蜜地回应她："真的没什么事啊，音音，你不要多想哦！我就是期中考没考好，又怕整天拉着你影响你的成绩啦！"笑眼一如往常。

方循音性子本就被动懦弱，口才也不怎么样，被这般软刀子顶回来，自是惴惴，再没有其他方法。

或许，很多东西，越是用力，越是握不住。

本就是她先对陈伽漠心生念想，不怪朱蜜这疏离态度。

思及此，方循音垂下眼帘，默默回到自己座位上。

周五临近放学时间，没有老师在，班上有点吵闹。

突然，门口的同学朝里面喊了一声："方循音，外面有人找！"

有人找？是谁？

方循音微微一怔，放下手中的作业，慌忙站起身来。步子迈出去几步，视线角度转变，她已经能看清教室外的情况。

此刻，渠意枝正斜斜靠在墙上，不紧不慢地冲她摇手。

方循音脚步顿了下，有些不明所以。

待走到跟前，两人面对面，渠意枝撩了撩刘海，先顺手往方循音手里塞了一盒旺仔牛奶，才问道："方循音，你这周日有时间吗？"

这问题问得突然，方循音轻轻张了张嘴，有些诧异："呃……有的。"

渠意枝笑起来，眉眼泛出艳色，声音也变得爽朗清脆，似是十分高兴。

她说："能不能拜托你一件事？我想去买点东西，你愿意陪我一起去吗？买完之后我请你吃饭。拜托你啦，好不好？"

方循音没法拒绝。

渠意枝这种女生，本就很难让人心生恶感。就算是朱蜜曾经因为她和陈伽漠被起哄而感到失落，也从来没有说过什么讨厌和诋毁她的话语。差距太大，反倒无法生起什么嫉妒和羡慕之情了。

她好像生来就叫人仰望。

而方循音在东方绿洲时又听渠意枝说过心里话，潜意识里觉得和她的距离拉近了许多。所以，方循音便点点头，低声答应："好。"

渠意枝笑盈于睫，心满意足地一拍手："那咱们加个联系方式约时间地点，以后有事我就给你发消息，行吗？"

"好的。"

这个时间点，群情涣散，也没老师管，两人各自摸出手机，加上好友。

渠意枝退出界面，看了一眼时间，说："我先走了啊，一会儿还有竞赛培训，不能迟到。"

她随手将手机放回口袋，又在口袋里摸了摸，摸出一把糖来，塞进方循音的掌心。

"方循音，我们周日见哦。"说完，她转过身，迈着大长腿，快步踏上楼梯。

剩下方循音一个人站在教室门外，一只手拿着一盒旺仔牛奶，另一只手抓了一把糖。

那玻璃糖纸十分漂亮，五颜六色的，灯光打下来，折射出璀璨玲珑的光。

方循音咬唇，端详许久才慢吞吞把糖塞进口袋。牛奶放不下，只能先拿在手上。

然而，刚一转身，方循音和朱蜜直愣愣地打上了照面。

四目相对时，距离也不过半臂远。

她不知道朱蜜是不是有事找她，还有点愣怔，小心翼翼地喊了句："朱蜜？"

朱蜜脸上没有笑意，拉住她的衣袖，扯着她往外走。

两人在走廊角落停下。

朱蜜憋着气，定定看向方循音的眼睛。

片刻后，她才假装平静地开口问道："音音，渠意枝来找你说什么呀？"

方循音说："没有什么特别的……"

"不特别的事就不能告诉我了吗？我们不是好朋友吗？"

既然朱蜜这么说，方循音抿了抿唇，也就觉得没什么不好说的了，便回道："就是约我周末去陪她买东西。"

朱蜜讶然："没有其他的了吗？"

方循音知道她想问什么，大抵就是想问渠意枝是不是和陈伽漠有关系。因为旁人看起来，渠意枝和方循音压根没有交集才对。

或许，在朱蜜心里，早已认定她做了什么。

方循音叹了口气："没有。"

气氛静默，朱蜜缓了口气，脸上漾出一点点笑意，又变回可爱开朗的模样。她拉起方循音的手，目光在那盒旺仔牛奶上停留半秒，说："音音，对不起啊，最近因为期中考成绩的事情，疏忽了你好多。你不会讨厌我了吧？"

方循音不知道该怎么回答，只能摇摇头："当然不会。"

倏地，一阵穿堂风迎面吹来，拂上两人的脸颊。

冬天终于掀出微末一角，连带着炙热心脏好似也跟着渐渐温凉下去。

她在心里叹了口气。

人和人之间，合则来，不合则散，没有谁必须要依附谁、迁就谁的道理。

陈伽漠说得一定对。

她坚信。

不消片刻，渠意枝回到奥赛班。

班主任已经宣布放学，班上的同学三三两两地离开教室，值日生也开始扫地。

她飞快收拾好东西，转去隔壁的小教室。

大赛将近，学校对这件事很重视，给奥赛班和物理竞赛班的几个尖子生都加了课，强迫他们放弃素质活动课来参加比赛培训。哪怕没有老师上课时，他们也要在小教室做考卷，以求保持手感。这种大事，自然不会有人怨声载道。

渠意枝推门进去时，几个熟悉的面孔都已经到位。

其中，最特立独行的就是陈伽漠。

他坐在最后一排，手里握着一支笔，整个人懒洋洋地靠在椅背上，神态动作都是一派轻松。哪怕那考卷难得叫人崩溃，对他来说，好似也能胸有成竹，实在是看得人生气。

渠意枝不想打扰前面那些同学做题，又走了几步，从教室后门进去，拉开陈伽漠前面的座位，坐下。

陈伽漠抬眼，漫不经心地笑了声，调侃道："难得看你来晚。"

要比"做题家"这个称号，谁也比不上渠意枝。她看着漂亮迷人、打扮精致，不像个好学生，但实际上比谁都努力。学校搞这种课外班，旁人可能敷衍，但她绝对不可能。

渠意枝点点头，随口应道："刚刚找方循音去了。"

去找小兔子了？陈伽漠坐直身体，蹙起眉，问道："她怎么了？"

渠意枝扭过头，冲着他挑了下眉，眼神中满是看穿一切的意味。

陈伽漠再次笑起来："渠意枝，别乱猜，没有。"

渠意枝慢吞吞"哦"了一声，嘴角一翘："那你问这么多做什么？多管闲事。"

陈伽漠："……"

周日，江城一扫前几日阴霾，开始放晴。阳光温柔地洒下来，驱散些许湿冷感。

方循音睁开眼。

此时，距离和渠意枝约定的时间还尚早。

方循音坐起身，揉了揉眼睛，简单洗漱过后，拉开衣柜，将睡衣换成高领线衫，再拿一件千鸟格大衣，套在外面。

康文清正在整理客厅，见方循音开门出来，她停下动作，上下打量几眼，问道："今天要出门吗？"

"嗯，约了同学。"方循音点点头，轻声作答。

康文清倒没有阻止，只习惯性絮絮叨叨起来："挺好，多和同学朋友一起说说话。看看你每天那样子，半死不活的，哪有点学生的朝气蓬勃哦……"

一阵噼里啪啦的教训，语速飞快。

方循音早就习以为常，乖乖听着，一句也不辩驳。

"当然，学习也不能落下！"念叨完，康文清蓦地反应过来，皱起眉盯着她，追问道，"今天和谁出去啊？男的女的？叫什么名字？"

不知为何，方循音有点想笑。

难道，她这样的人，还会被担心早恋吗？

方循音说："女生，叫渠意枝，是隔壁奥数竞赛班的。"

康文清放下心来："那就好，是该多和好学生一起玩，一起进步。正好，你不是也想考竞赛班吗？补课班和老师你爸都已经在打听着了。如果现在学习上有什么问题，可以问问人家。虚心求教一点，别整天紧张兮兮的表情，别人还以为你脾气古怪不好相处呢。方循音，你已经是大孩子了，再过两年都得成年了，总得学点为人处世吧，别整天三五不着调的，还觉得全世界都欠了你呢。"

因怕康文清再继续教训什么，方循音简单吃过早饭，便拿起包和手机匆匆离家。

见面地点约在正大广场。

时逢周末休息，又是难得风和日丽的天气，商场里人流量不小，三五成群地走在一起。再加上此处比邻本地知名旅游景点，来逛街的有周边居民，也有不少游客。各地方言和普通话交杂在一起，将空气都染出几分喧嚣烟火气味来，不经意驱散了初冬的凉意。

方循音来得太早，渠意枝还没到，她干脆一个人先去书店逛了逛。

既然决定要考竞赛班，目前这点水平肯定是不够用的。虽然在四班拿了两次第一，但年级排名还是被竞赛班同学甩下不少。毕竟，平行班有好几个，其他班的第一名也是一样被分班考试筛了下来，绝对不会比她差。这点，方循音心里十分清楚。

况且，听陈伽漠那意思，竞赛班和平行班会用两套不同的教材，进度完全不同不说，连考卷难度都会分开。除了找老师上补习班之外，平日里也得多刷点难题。

方循音在辅助教材书架处流连许久。

一阵精挑细选过后，她手中多了几本习题书。

正此时，身后，有人轻轻拍了拍她的肩膀。

方循音转过身去，猝不及防撞进一双含笑的眼里。

她瞪大双眼："陈……"

许是因为室内开着暖气，陈伽漠脱了外套，将大衣拎在手上，身上只穿了件深灰色毛衣，下半身搭黑色休闲裤，有种模糊年龄的气韵神采。再配上那张脸，他整个人好似都透着一股玉石般的色泽。

然而，开口说话时，却不见什么倨傲之气。

陈伽漠淡声问道："你怎么在这里？买书吗？"说完，视线在她手中停留片刻。

方循音有些不自在，垂下眼，动了动嘴唇，没作声。

虽说人在八中，大家都是挤破脑袋想往更高处走，但不可否认，她原本并没有想要上竞赛班的心思，只想安然低调地度过高中这三年，考个差不多的大学就算大功告成。

不知不觉走到今天，走到下定决心这步，究其根本，"陈伽漠"这三个字绝对占了大头。

正如陈伽漠在开学典礼时说的那番话，或许，她找到了想要更努力学习的意义。

那就是陈伽漠。

满腔欣赏，叫她实在无法满足现状，想靠他近一些，再近一些。而且，既然他说她可以，她就应该拼了命去做。

只不过，这些话注定只能放在心底，方循音甚至不敢让他看出一丝一毫端倪来。

沉默半晌，她终于整理好心情，说道："不……不是的，我在等渠意枝，正好就想来看看……"

陈伽漠"哦"了一声，也没有多问。

顿了下，他抬起手，从她手里抽掉两本书，目光在后头书柜上一转，将书放回去，又拣了另外一本，递给她。

"这个更好。"

方循音讶然，语气颇有些受宠若惊的意味："好……谢谢你。"

陈伽漠无可奈何地笑了一声。

说实话，挑个书也不过举手之劳。扪心自问，他前前后后也算帮过她几个小忙，听她说"谢谢"都听了好多遍了，为什么还是一副战战兢兢的语气？

莫非，他就有这么可怕？

还未来得及多说什么，不知何时，渠意枝已经迈着一双长腿站到两人跟前。

"陈伽漠？"

陈伽漠扭过头去，望了她一眼，点头"嗯"了一声。

渠意枝没说话，挑了挑眉，上上下下打量起两人，表情逐渐变得有点诡异。

方循音一直低着头，没注意到她的表情，自然没有多想，只不自觉往她的方向靠了靠："你来啦。"

渠意枝说了声"早上好"，又对着陈伽漠问道："你怎么在这里啊？你们俩一起来的？"

方循音吓了一跳，立刻拼命摆手："不是的！我们……"

陈伽漠淡淡地说："正巧碰到。"

渠意枝不信："江城这么大，不说别的，正大广场就这么多层了，哪有这么巧的事啊？"

陈伽漠捏了捏鼻梁，表情似是有点无语，慢声解释道："常哲屿就在不远处的球场。渠意枝，你要不要跟我一起去看看？"

言下之意，八中离正大广场不远，附近活动范围也就这么大。怎么在书店碰上方循音，就不能是巧合了呢？

四目相对，陈伽漠眼神平静淡然，渠意枝却总觉得不对。

但她今日还有要事在身，也不想挑破什么秘辛，搞得方循音尴尬，自然没有纠缠。

"我不跟你说了，还有事呢。陈伽漠，你还是赶紧打球去吧。"说完，渠意枝牵起方循音的手腕，将她往外拉了一把。

方循音也想快点离开陈伽漠的视线，防止他目光如炬，看破自己那点小心思。

她点点头，将那几本书抱紧了，冲着陈伽漠低声道："谢谢你帮我挑书，再见。"

陈伽漠牵起嘴角："明天见。"

方循音结完账，跟着渠意枝一同走出书店，再也找不到陈伽漠的身影，才总算是松了口气。

她将书塞进包里，侧过脸，觑了觑渠意枝的精致侧脸，又轻声问道："你想去逛哪里呀？"

渠意枝神秘地说："你跟我来。"

两人坐电梯，上楼，再七弯八拐绕进一家电玩城。

这个点，电玩城里十分热闹，背景音乐开得震天作响，每台机子前都是人。

方循音有些愕然："渠意枝，你……"是特地来玩的吗？

话未出口，她注意到渠意枝眼神在四处搜寻，便默默止住了声。

不过三五分钟，渠意枝好像发现了目标。她眼睛一亮，拉起方循音往跳舞机那边大步而去。

跳舞机上站了一个女孩，身材姣好，打扮精致，年龄看起来大约二十上下，应该还是大学生。

渠意枝并没有管她，直愣愣往旁边长凳方向走去，喊道："小叔！"

长凳上正坐了个男人。

听到这熟悉的称呼，他仰起头，眉头慢慢蹙起："枝枝？你怎么在这里？"

男人长相异常俊秀，一双桃花眼勾魂夺魄，眼神却锐利如鹰。他抬眼看向两个小姑娘时，气场无比强大，像是要将两人审讯一番。

方循音有点紧张，往渠意枝身后缩了一下。

渠意枝却丝毫不慌，盯着他，声音朗朗地解释："小叔，我和同学来这边玩，正好看到你啊。你怎么会来这种地方？是陪女朋友来的吗？"

男人没有说话，气氛便当场凝结，倒是跳舞机上的那个女孩走了过来，先冲着渠意枝笑了笑，再出声打破这份尴尬。

"你就是枝枝吧？我听盎津说起过你，好巧啊。"

渠意枝："……"

方循音一直站在渠意枝身后，蓦地发现她那纤瘦背脊竟然在微微颤抖。

方循音愣了愣，轻轻抬起手，抵住她的肩膀，似是想扶住她，声音也不自觉有些担忧起来："渠意枝，你没事吧？"

渠意枝很快冷静下来，先扭过头，冲着方循音摇摇头，示意自己没事，继而又看向那个女孩，开口道："是好巧，小叔，要不你们俩请我和同学吃饭吧？"

方循音跟着渠意枝蹭了顿饭，说是吃饭，场面却是十分尴尬。

事实上，就算是再迟钝，她也差不多看得出来情况。渠意枝就是故意来找他们俩的，所以才要拉着她，装成一场"偶遇"。却不知道渠意枝和这个小叔到底是什么关系。

方循音不敢往那方面乱猜，一是因为称呼，二也是因为男人虽然长相风姿卓绝，但看打扮也能看出年龄至少有二十五六岁了，和渠意枝的差距还是有点大。

更遑论那种强大气场，也绝不是小女孩可以攀染的。

良久，四个人结束午饭。

渠意枝擦擦嘴，不卑不亢地开了口："小叔，你能不能开车送我们回去啊？这里打车好麻烦。"

男人点点头，站起身，先去买了单，再对两个小女孩说："走吧。"

那个女孩很是体贴："盏津，那我就先走了，你先把两个小朋友送回去吧。"

"我送你一起。"

"不用麻烦，我散个步走过去也就五分钟，正好消消食。"

男人没有强求，说："路上小心，到了给我发消息。"

"知道啦，啰唆。"女孩最后这句话的语气十分亲昵，简直称得上旁若无人。

方循音抱着书包，余光轻轻一扫。

渠意枝皮肤白，这会儿，她的眼圈竟然泛出一片红，委屈的神色挡都挡不住。

与女孩告别后，男人领着她们俩下楼去停车库。走到车前，他又先替她们拉开后座车门。

"上车吧。"

方循音不说话，安安静静坐进去。

渠意枝却不肯动，非要坐副驾驶。

男人拗不过她，冷笑一声，沉沉开口："行，都随你，满意了吗？"

"不满意，小叔，你知道的，我永远不可能满意的。"

闻言，男人似是也上了火气，"嘭"一声重重拉上车门，完全顾不上还有方循音在场。

他咬牙切齿，语气十分凌厉："渠意枝，我看你就是欠收拾。"

夜幕降临，方循音洗过澡，回到房间。

手机里有个未接来电，来自渠意枝。

她没有多想，将电话回拨过去。

只响了一声，那头便飞快接起。

方循音问道："渠意枝？怎么了？找我有什么事吗？"

渠意枝一直没有说话，也没有将电话挂断，就这样静静沉默着。

许久，她才开口："方循音，你有没有喜欢过谁？"声音似是带上了哭腔。

方循音一愣，还未来得及说话，脑中闪过一个念头，整张脸瞬间烧了起来。

难道，渠意枝看出了什么吗？

怎么办？这下该怎么办？

她还未想出个子丑寅卯来，接着，就听到听筒里渠意枝哽咽着说："千万别随便喜欢谁，还是等别人来喜欢你吧。要不然，就会像我一样的。"

03

体育馆里灯火通明，亮如白昼，能让人忘记时间。终于，最后一个三分球丢进篮筐，宣告今日活动结束。

场上几个男生做鸟兽状。

陈伽漠同他们击掌作别后，去观众席座位下拿了矿泉水，一仰头，倒下去大半瓶。

常哲屿擦着汗，从旁边走过来，喊道："陈伽漠，吃烤肉去吗？你爸爸我请客。"

陈伽漠给他肩膀上来了一拳，先骂了句"滚"，这才平静答道："烤肉就免了，等下要去外公家。"

"老爷子？怎么？你爸回来了？"

常哲屿和陈伽漠自小相识，几乎算得上是一起长大的。但那也是因为两家人住得近，要说长辈之间，却是没什么交情。

常家世代从商，生意做得很大，几代人都是江城知名企业家。

而陈伽漠家却不然。

按照老派说法，他是正宗书香门第出身。父母两边老一辈都是老知识分子，底蕴深厚，沾不上丝毫铜臭味，行事低调内敛，也无意结交什么权贵。到陈伽漠父母这一代，倒没继续走家里的老路。

　　之前学校里也传出来过一些风声。毕竟，八中学生里卧虎藏龙，各自家里门路不少，知道得多些正常，但并不是完全属实。

　　陈伽漠的父亲并不是同学口中的什么外交官，准确来讲，那个职位叫驻外公使。

　　他母亲则是音乐剧演员，并不是旁人想象中的那种娱乐圈人士，是正儿八经能带上"艺术家"前缀的。

　　父亲在异国外派，母亲也忙于工作，夫妻俩常年分隔两地，陈伽漠也不常能见到两人。故而，常哲屿才会有这一问。

　　灯光下，陈伽漠随手拍了几下裤子，面不改色地摇头："没有。"

　　常哲屿有些疑惑："那怎么突然要去老爷子家了？该不会又要让你写书法去了吧？"

　　陈伽漠睨他一眼，叹气："常哲屿，你真是够闲的，哪来的那么多乱七八糟的想法？"

　　顿了下，陈伽漠还是决定告诉好友真相。

　　他平静地说："我外公今儿去看中医了，家里阿姨请假，人手不够，我妈让我抓了药送过去。"

　　那中医馆就开在正大广场里头，从中医馆走出来，转个弯，隔壁就是书店。

　　那排教辅书架正对着落地玻璃，他从外头经过，一抬眼，当即认出那个背影。

　　小姑娘骨瘦伶仃，还披散着一头长发，整个人更显得羸弱，叫人不自觉就想走上前去打破她通身孤寂。

　　所以，还真是巧合，且不掺水的凑巧。

　　只不过，和方循音之间的巧合未免实在多了些。就算是陈伽漠本人，细细回想一番，都觉得有些好笑。

　　拿上外套和水瓶，陈伽漠和常哲屿并肩往体育场外走去。

　　常哲屿顺着话题，继续往下问："那你爸呢？陈叔叔什么时候回来？我也好上门拜访一下，都好久没见了。兄弟，说实话哈，你家里头啊，你爸要是不在，我连路过都嫌紧张。"

　　陈伽漠漫笑一声，调侃道："我妈这么恐怖吗？居然能让你常哲屿紧张，我得去找她赐教一下。"

　　常哲屿摆摆手，不知道该怎么说。

沉吟片刻，他总算想出了解释："不是，不是恐怖，主要是……怎么说呢，阿姨身上有一种很冷淡的气质，眼神像冰块似的，她看我一眼，我心里就一个咯噔，总觉得她在鄙视我来着。可能，这就是艺术家的杀伤力吧？或者，是因为我爸发家致富得不够高雅？"

简直是一通胡言乱语。

陈伽漠懒得理会他，漫不经心挥了下手，算作道别，然后迈开步子，快步离去，顾长身影渐渐没入夜色中。

凌晨两点，窗外依旧是乌压压一片漆黑。

方循音翻来覆去难以入眠，干脆翻坐而起，伸长手臂，拉开床边写字台的抽屉，在里面摸了几下，将熟悉的日记本拎出来。

懒得起床开灯，她打开手机的手电筒，翻开一页，开始下笔——

"如果说有哪三个字比'我爱你'更动听，那一定是'明天见'。

"明天见，就好像一个未完的约定，将故事从今天无限拉长，带进下一个开始、下一个春日，叫一切妄念永远都能是未完待续。

"只可惜，陈伽漠肯定没有那个意思。"

愣怔数秒，方循音咬住下唇，继续写——

"晚上，渠意枝还打了电话来。

"她说得对，只要喜欢上一个人，就已经彻底一败涂地。

"可是，人就是无法轻易停止执迷不悟。"

她长长叹了口气。

无论是渠意枝的小叔也好，还是陈伽漠也好，从本质上来讲，没有什么分别。对她和渠意枝来说，都是午夜梦回里的意难平。

她一点都不怪渠意枝今天拉她去挡枪。

因为，没有哪一刻会比今天更让方循音觉得不孤单了。

她们俩，因为同一个处境，变成了两个同病相怜的幽魂，在试图互相依偎、互相做伴。

唯一不同是，渠意枝勇敢又倔强，不会躲躲藏藏，也不介意将心意公之于众，叫那人一同纠结辗转。

而方循音，却注定只能停留在黑暗中，做那无边月色的忠实信徒。

"方循音！"

倏地，门口传来一声厉喝。

方循音吓了一跳，第一反应是手忙脚乱先将日记本合上，塞到枕头下面。

"啪嗒"一声轻响，康文清打开房间顶灯，一脸怒气地看向她。

"方循音，你看看现在几点了！还有几个小时就要去上学了，你还在玩什么呢？要不是我出来上厕所听到声音，过来看一下，你是准备通宵了吗？明天上课的时候再睡觉？手上什么东西！还不拿出来？"

光线会让一切秘密无所遁形。

方循音有些无措，但为了防止康文清怀疑，只得坐起身，将手机放到她掌心。

康文清拿起手机，冷哼了一声，斥责道："在玩什么东西？上周还说要考竞赛班，现在玩手机玩得连觉都不想睡了！"

方循音垂下眼帘，不敢作答。

康文清又说了几句，突然好像想到了什么事一般，声音停顿半秒，继而竟扯开嗓子吼起来："方循音，这大半夜的，你是在和别人聊天吗？！你谈恋爱了？！"

动静太大，引得方为也从走廊里过来。但他没有直接进方循音的房间，只站在门外头，先睡眼蒙眬地打了个哈欠，然后问道："怎么回事啊？这么晚了还吵架，邻居要有意见了。"

康文清当即转移炮火，厉喝："方为！你看看你女儿做的好事！"

"什么好事？"

"半夜玩手机，问她在干什么，又是三棍子打不出个屁来。小姑娘家家心思那么多，肯定是心野了……"

许是因为康文清说得太不好听，也许是夜深人静害怕邻居议论，方为皱起眉头，难得当一回和事佬。

"怎么能这样说孩子呢？有什么事好好问啊。音音，你自己来说说。"

方循音垂下眼，心里也知道不能这样下去。

终于，她在两道锐利目光中小声开口："别人推荐了一本小说，蛮好看的，我睡不着，就想在手机上偷偷看一会儿。"

康文清追问："什么小说？叫什么名字？"

方循音不自觉攥紧了拳头，小声说："《丰饶之海》，作者是三岛由纪夫。"

话音落下，房间内气氛凝结。

最终，还是方为打破这份窒息。他伸长手臂，拍了拍康文清的肩膀，说："好了好了，音音已经够乖的了，难得看会儿课外书放松，没什么大事。就是注意别熬夜了啊，上课要是睡觉的话，才是对不起爸妈给你花的学费了。"

方循音讷讷地点点头："知道，下次不会了。"

"行了，早点睡吧，马上天亮了。"

康文清抬手关了灯，和方为一同转身退出去，顺手合上门。

闹剧总算收场，又将安静归还于世。

方循音的手机已经被收走，也没有心思再做什么，摸索着枕头位置，轻轻躺下去。

枕头很软，越发凸显得底下那硬皮本有些硌人，但她迟迟不敢拿出来。

今日，虽是胡乱猜测了一番，但康文清有句话倒是说得没错，她确实是心野了。原本该是无波无澜的高中生涯，仅仅过去大半个学期，好像已然出现了点跌宕起伏的势头。

方循音转了个身，背对着门。

她床正上方就有窗户，睡觉就拉上窗帘。

但许是因为刚刚乱动一气，将那窗帘扯开了缝隙来。此刻，月光正顺着那缝隙若隐若现地溜进来，氤氲出一丝微凉气息，叫人心潮逐渐平静。

方循音想到刚刚应付康文清时，随口说了三岛由纪夫的作品。

三岛由纪夫在《青春的倦怠》里写过一句话——

"所谓青春，就是尚未得到某种东西的状态，就是渴望的状态，憧憬的状态，也是具有可能性的状态。"

那时不觉得有什么特别，而今想来，就算是她这样一个人，也逃不过这种状态。

清晨，天光乍破。

方循音匆匆睡了几个小时，迷迷糊糊睁开眼，看眼时间，爬起身。

第一件事自然是将日记本塞进书包里，把拉链拉紧。

虽然康文清和方为不似其他家长，从来没有翻过她房间。但经过昨天晚上这么一闹，心里总觉得不踏实。

她确实没有早恋，却不代表日记本上那些话可以被人看到。还是得放在身边才能安心。

好在见方循音走出房间，康文清还是和往常一样，给她准备早餐，催促她快点去学校，态度完全像是无事发生。

方循音咬了口面包，低下头，心里不自觉松了口气，说道："我去学校了。"

"嗯，路上小心。上课不许睡觉，实在困就去买杯咖啡喝，知道了吗？"

"知道了。"答完，方循音换上鞋，手背到身后，摸了下书包底部。

里面压着硬硬一块，日记本还在。

她眉目舒展开来，转过身，轻轻踏出家门。

还未到日升高空时分，天色已经有点阴下来。整座城市像是被雾霭笼罩，透着某种不祥的预兆。

方循音悄无声息地走进教室，先在位置上坐下，放下书包，摸出作业和课本，又习惯性回头看了看。

高一（4）班教室后墙挂着一个时钟。此时，指针已经转到七点十五，早自习即将开始。

没过两三分钟，李俊才提前走进教室，清了清嗓子，开始宣布消息。

"大家应该都听说了，我们学校惯例每年跨年夜都会有艺术节活动，每个班都要出集体节目，有才艺的同学也可以积极报名个人项目。这件事就交给班长和文艺委员来安排吧。注意，节目排练的前提是不能影响学习。"

话音才落下，同学们瞬间兴奋起来。

"艺术节？"

"还是跨年夜吗？那就是说可以在学校里跨年不用回家？"

"你想多了吧，我听学姐说，前几年都是下午开始，到晚上八点出头就结束了，只是时间定在 12 月 31 日这天而已。"

"那至少下午可以不用上课了吧？"

……

渐渐地，议论声越来越热烈。

李俊才拍拍桌子，赶紧开口控制班级气氛："停停停！有什么问题下课讨论！现在是早自习时间，都拿书出来背！不要交头接耳！不差这点时间商量哈！"

顿了下，他又叹了口气，小声嘟囔起来："你们别嫌老师啰唆，学校这么多活动，没多久之前还刚去了军训，一个文艺会演你们又开始激动，这样还怎么安心学习哦！看看期中考的成绩，还不自己长点心！"

全程，方循音头也没有抬一下，自顾自拿着错题本，默默写写画画。

她没有什么才艺，又是班上的边缘人物、不爱出风头。这种集体活动向来与她无关，自然也不值得太过关心什么。

升旗仪式结束，方循音跟着班级队伍回到教室，一言不发地趴到桌上，开始闭目养神。

她昨天晚上压根没睡几个小时，再加上心思不自觉沉重，这会儿，脑袋里昏昏沉沉一片，精神十分不济。

不消片刻，邻桌同学也回到座位，低声问道："方循音，你睡着了吗？"

方循音睁开眼，冲着对方小幅度摇了摇头，哑着嗓子问："没有，有什么事吗？"

邻桌说："上周不是物理随堂测了嘛，卷子上有道题，我家教教的解法和老师在上课的时候说的不一样，我怕考试的时候扣分，你能不能帮忙看一下？"

方循音一下子坐起身来，先揉了揉眼睛，问道："好，哪一题？"

邻桌将笔记本递给她，伸出食指指了个位置。

方循音先简单读了一下题干。

这是一道简谐运动的综合题。对方笔记本上有两种字迹，分别对应两种解法，乍一看过程都没有什么问题。

她轻轻蹙起眉，想了一会儿，正欲开口，又担心讲错，便停顿下来。

"你稍等一下。"

方循音将本子放下，从侧面拎起书包，在里头翻找起来，打算将那张小测卷翻出来，先看看自己当时的解法。

倏忽间，背后传来一个呼声："音音！"

下一秒，朱蜜从背后扑过来，压到她肩膀上。

方循音猝不及防，"啪"一声轻响，书包脱开手，整个掉到地上。拉链开着，里头的东西跟着尽数滑出来。

朱蜜吓了一跳，赶紧蹲下身，一边帮她捡书和考卷，一边飞快地解释道："对不起对不起，音音，我没注意到你在做别的事情……"

说完，朱蜜手忙脚乱地将书和本子一股脑儿塞回去，再将她的包抱住，站起身。

日记本封面颜色瞩目，从朱蜜指间一晃而过。

方循音脑袋里"嗡"的一声，脸色也跟着变得惨白。

不可以。

那些秘密，不可以给任何人看到。

特别是朱蜜。

甚至，方循音都没来得及多想，当即伸出手，将书包从朱蜜手中一把抢了回来，抱在胸前，一派严防死守的姿态。

这个动作一出，两人皆愣了愣。

朱蜜表情有些讶异，不自觉瞪大了眼睛，似是对她这般举动十分不解。

"音音？你怎么啦？是我把什么东西弄坏了吗？对不起，真的不好意思啊。刚刚我只是想过来对你说，我挑了一首钢琴曲，想请你中午陪我一起去琴房听听看怎么样，参谋一下……可能我有点太兴奋了，没注意到……"

方循音低垂着头，不敢看她的表情，只能磕磕绊绊应声："没……没有关系的。那个……呃，我是怕书包脏了，被我妈说……"

说到一半，好像已经没法继续圆下去。

怀中抱着个"炸弹"，如果引线被点燃，就能将她彻底炸个粉身碎骨，打入十八层地狱永世不得超生。

这种情况下，还要继续面无表情地解释自己反常举动，对方循音这种性子来说，着实太难。

好在，朱蜜素来善解人意，"哦"了一声，没有再多问什么，只笑起来，眉眼弯弯的模样很亲切可爱。

好似之前那些疏远从来没有存在过。

她说："那你先忙哦，中午记得！我来喊你。"

方循音松了口气，点点头，说："好，我会记得。"

然而，直到朱蜜离开，她找出那张小测卷开始给邻桌讲题，也没有重新放下书包。

就如刚刚这般，一直紧紧压在腿上。

朱蜜回到座位后，却收起笑意，沉吟起来。

此时，还没有打上课铃，盛月正闷着头在桌子底下玩手机。

余光扫到朱蜜表情凝重，她锁了屏幕，把手机塞进台板最深处，撑着脖子问道："蜜，怎么了？"

朱蜜抿了抿唇，低声开口："我总觉得音音有点怪怪的。"

"她不是一直古怪嘛，也不是一天两天了。"盛月漫不经心嗤笑一声。

朱蜜摇摇头："不是的，她脾气挺好的。我这几天想想，就觉得之前我们可能是有点过分。她虽然平时不怎么说话，但不是会做那种事的女生。我一早就说过陈伽漠……那个，她一直和我一起，从来没有做过什么。"

盛月没接话，心里却十分不屑。

女生之间的友谊正是这般，压根不存在什么三人行，永远只有偏爱的一方，以及被忽视的另一方。

盛月一贯大大咧咧，初中时候就在男生堆里玩得开，算得上众星捧月式人物。相比之下，她和班上女生关系都泛泛。

自从朱蜜换到旁边之后，她总算有了个可以无话不谈的闺蜜。

平心而论，盛月本就看不惯方循音这种唯唯诺诺的女生。

整天可怜兮兮的，却又生得好看。总觉得她很会装模作样，装得柔弱又怯懦，故意在招人怜惜。

偏偏朱蜜做什么都带着她。

盛月不高兴。

然而，还没等盛月整理好措辞开口。

朱蜜已经压低了声音，开始分析起来："反正以前的事先不谈，今天我本来就是想找个理由跟音音和好的。但是我刚刚帮她收了一下书包，感觉她好紧张啊，从来没有这么紧张过，好像整个人都绷紧了一样。月，你说，音音是不是遇到什么难事了啊？是被人在路上打劫了吗？所以书包里带了很多钱，不能让别人知道？"

盛月笑了一声："亲爱的，这里是江城，还是市中心，你也不想想治安有多好，学校周围哪儿来的小混混打劫她呀？"

朱蜜更疑惑了："那是为什么？她书包里有什么东西是不能给别人看的吗？"

闻言，盛月蹙起了眉，转头将目光移到斜前方的方循音身上。

女生梳着高马尾，衣服穿得整整齐齐，拉链拉到最上头，连背影看着都又乖又软，人畜无害模样。

"叩、叩。"

盛月曲起手指，指尖在桌上轻轻敲了两下。

正午时分，太阳依旧躲在云层后，不见丝毫踪影。

刚一吃过午饭，方循音就被朱蜜拉着去了音乐教室。

八中毕竟是私立名校，校内一切设施都透露着有钱二字，连音乐教室都是这般。不仅钢琴是顶级名牌，教室旁边还林林总总放着不少乐器。甚至可能等积上厚厚一层灰，都不见得有人去用，学校却也全数准备齐全。

朱蜜坐到钢琴凳上，捏了捏手指，掀开琴盖。

她问道："我觉得要是弹古典乐什么的，同学们肯定觉得很没有意思，所以我准备弹一曲动漫的插曲。音音，你说怎么样？"

方循音牵了牵嘴角，表情有些尴尬："对不起啊，朱蜜，我没有了解过这些……"

她听歌倒是听得不少，但是因为怕被康文清说"玩物丧志"，动漫之类的确实没有接触过。

朱蜜一摆手："没事儿，你就听听看这个歌好听不好听就行，到时候我还要让月月再听一次的。"

"盛月呢？怎么没有一起来？"

"哦，她刚刚说她有什么事，好像是要重默吧，中午要去老师那里，来不了。"说完，朱蜜在黑白琴键上敲下几个键，"我要开始弹了哦，你好好听。"

"好。"

不知不觉，方循音陪着朱蜜在琴房折腾掉一整个午休。

事实上，她也有不少事要做。昨天没睡好，本想着趁着中午补个觉，休息一会儿，或者把昨天买的那几本书拿出来做做。但因为朱蜜，其他事都好像显得不太重要起来。

这样，应该就算"恢复邦交"了吧？

方循音捏着指尖，偷偷笑了一下。

午自习开始前十分钟，两人回到四班教室。

方循音心思敏感，踏入教室的那一瞬间就觉得班上的气氛有点不对劲。她目光轻轻一扫，发现不少人围在盛月桌前。

方循音脚步一顿，心飞快跳动起来。

说不出是什么感觉，像是某种动物的直觉。

她偏过头，与徐眠静对上视线。

徐眠静是班长，素来稳重。两人虽然交情不深，但平日里也算是正常同学关系。然而，此刻徐眠静看她的眼神却有些奇怪，不似往常。

另一头，盛月那圈人里爆发出一声爽朗的笑声："这都什么啊！她是在写小说吗？"

方循音浑身僵硬。

朱蜜最爱凑热闹，加之她座位就在盛月旁边，早已迫不及待地大步上前，试图挤入他们之中，非常好奇地问："什么啊？你们在说什么？"

盛月不答反问："音音呢？她没跟你一起回来吗？"

"回来了啊。"朱蜜不明所以，指了指教室门口的方向。

一瞬间，所有人的视线都转过来，叫人无所遁形。

方循音只觉得胎记久违地又开始泛出热意，手掌盖上去，好似一整片都在发烫，自内而外，要将皮肤灼烧殆尽。

但身上其他地方却冷得要命，像是被人推进了冰凉的湖水之中。

她已经看到了盛月手上拿着的东西。

是她的日记本。

盛月的声音好似从无边天际中传来，若隐若现。

她在说："音音，我和朱蜜不是你最好的朋友吗？有什么事不能告诉我们吗？为什么要骗我们呢？你明明知道蜜蜜她……你怎么能这样呢？"

倏忽间，方循音觉得有点想笑。这画面看着实在荒诞，却叫人都不知道从何笑起。

果然，什么关系终于缓和都是错觉，不过镜花水月一场。她这种人，注定留不住任何感情。

甚至，连撕裂时都要肆无忌惮地把皮肉一同扯下，遍体鳞伤、血流如注，将整个世界摧毁至断壁残垣才会罢休。

"而且，蜜蜜对你这么好，什么事都想着你，结果你还好几次偷偷接近她欣赏的男生。你这样做是不是有点太白眼儿狼了啊？！"

盛月语气抑扬顿挫，很有感染力，成功引得班上所有人都开始看热闹。

方循音默默垂下脑袋，一言不发。

"陈伽漠，你不会是为了十二月这个市级比赛，推掉了奥林匹克杯吧？这俩可不是一个档次的大赛。"

一楼走廊，渠意枝走在陈伽漠和常哲屿旁边，说话时表情有些诧异。

三人是同一个方向，都是要朝补课的小教室去，自然得聊上几句。

比赛、成绩，这都是竞赛班学生最常聊的话题。

听到渠意枝问这个事，陈伽漠面不改色，慢声答道："这次奥林匹克又没有物理竞赛，我一个搞物理的，挤去奥数赛区做什么？"

这话当然是敷衍之词。渠意枝和常哲屿都很清楚，陈伽漠从小就搞奥数竞赛，大大小小拿了不少奖，进八中后才转到物理。但他脑子好，加上做题比赛早已得心应手，奥数这块绝对不会比奥赛班的同学差。入学时，本就是两个班随他挑选的，压根不存在什么跨行参赛。

渠意枝叹了口气，调侃道："陈伽漠，我可羡慕你说这话时的状态了，有种睥睨天下的傲气。"

陈伽漠还未来得及说话。

旁边，常哲屿先抖了抖胳膊，调侃道："渠意枝同学，这是什么霸道总裁的雷剧台词吗？还是你这次打算破釜沉舟一举夺金，拿不到就转去学文，所以先提前学几个成语习惯习惯？"

渠意枝懒得搭理他，默默翻了个白眼。

说话的工夫，三人转上楼梯。

喧闹声从侧面传来，隔了一段距离，都显得清晰入耳。

因为还没有打上课铃，属于休息时间，高一年级课业不比高二、高三，活泼吵闹一些也属正常，并不十分奇怪。

常哲屹和渠意枝还在拌嘴，完全没有注意到什么。唯独陈伽漠，他动作微微一顿，倏地停下脚步。

常哲屹已经往楼梯上走了两级，注意到他的动作才扭过身来。

"陈伽漠，你怎么了？什么东西丢了？难道……魂丢在楼下没跟上来？"

陈伽漠眉头紧蹙，不接常哲屹的打趣，只定定侧耳细听着。

不知为何，他好像听到一个熟悉名字。

半晌，陈伽漠掉转方向，没有上楼，往这层教室的方向走去。

常哲屹忙问："怎么了？"

陈伽漠人高腿长，步子迈得很大，三两步，人已经站在高一（4）班教室外。

里头闹哄哄一片。

陈伽漠自小记忆力极佳，听过一次的名字基本就不会忘记。此刻，方循音那个好朋友盛月，正在众目睽睽之下，拿着一本本子念句子。

"胎记是恶魔的咒语……"她笑了一声，"写得蛮好。"

说完，她又顺手将那本子递给旁边的朱蜜。

朱蜜脸色苍白，人有点摇摇欲坠，接过那本子，一目十行地翻阅起来。

陈伽漠盯着这场景看了会儿，视线又去找方循音。

果然，方循音也在教室里。人小小一只，穿着宽松校服也挡不住那骨瘦伶仃的模样。

她站在人群之外，低垂着脑袋，整个人像是早已灵魂出窍，徒留躯壳停驻，只需一阵秋风就能将她吹成粉末，四下飘散开来。

下一刻，渠意枝从后头拍了陈伽漠肩膀一下，成功打断他的思索。

"看什么呢？咦，这不是音音他们教室吗？这是在玩什么？艺术节排节目吗？"

问了几句，却没得到答案，她开始在门边探头探脑。

教室里，剧情已经发展到失控程度。

哪怕方循音迟迟没抬头，也能听清那些动静。

朱蜜在翻她那日记本，纸张"哗哗"作响。

她的大脑在叫嚣着，要冲过去、要抢下来。她的秘密、她的世界、她的一切妄念与绝望，是背着壳的蜗牛、是蜷缩一团的蛇，绝不能给任何人看。

但方循音却没有办法这么做。

大脑无法掌控身体，注视和光线都足以将她钉在原地，慢慢杀死她。

那头，朱蜜已经飞快浏览完了日记。她拿着日记本，穿越看热闹的同学，走到方循音面前。

明明是矮小个子，偏偏好像能爆发出巨大力量。

朱蜜咬牙切齿地问："音音，这是你写的吗？"

方循音没作声。

"陈伽漠是你的光，所以你就算知道不可以，也要欣赏他？为什么呢，音音？难道我不重要吗？我没有朝你走近吗？是谁都好，为什么……你明明知道……还偏偏是陈伽漠呢？"

方循音答不上来。

说实话，感情这种事，本就是造化弄人，又哪来那么多为什么呢？

许是因为这种漠视态度，越发容易叫人伤心委屈，朱蜜开始抽抽噎噎，甚至落下泪来。

"蜜蜜？怎么了啊，别哭呀！"

"蜜蜜，别哭别哭。"

……

她不似方循音这般孤僻，在班上人缘很好，和谁都玩得来。本来，旁边那些同学都只是被盛月引来看热闹，并不知道具体发生了什么，但见朱蜜哭得伤心，自然是一窝蜂围住她，出声安慰起来。

方循音依旧没有动，只是不由自主地攥紧了拳头。

不消片刻，朱蜜情绪逐渐稳定。

盛月这才走到方循音面前，冷哼一声。

她拎起那本日记本，手臂发力——

纸张到底是脆弱，三两下就被她撕得粉碎。她再一扬手，洋洋洒洒飘落到方循音身上、旁边地面上，四散而去，逐渐布满教室角落。

做完这一切，盛月复又伸出手指，点了点方循音脖子的位置，语气比往日凌厉许多倍。

"方循音，你脖子上有个胎记，所以从开学第一天起，就一直穿高领，宁可中暑都不敢脱掉外套。蜜蜜从来没有嫌弃过你，也没有把这件事跟别人说过，我还是看了你的日记才知道的。她把什么都告诉你，你却是这样对待她的。"

盛月挑了挑眉，抱着手臂，居高临下地看向方循音，继续说道："你这样卑鄙的女生……怎么不照照镜子看看自己，你也配？"

方循音还是缄默，只不过，指甲早已死死掐住掌心，手心疼得让人想要尖叫。

盛月还想再说什么，倏忽间，从教室门口闯进一道身影，横插到两人面前。

渠意枝气势凌人，直视着盛月，嗤笑一声后开口："我倒是要来看看，哪儿来的这么不要脸的人，像苍蝇一样嗡嗡乱叫，原来是长这样啊。"

盛月愣了愣："渠意枝？"

渠意枝在八中基本也算得上无人不知，就算盛月与她毫无交集，自然也认识。

渠意枝勾了勾嘴角，五官慢慢舒展开，自有一番风情韵味。

"是我，不过我叫什么不重要，重要的是你叫什么？八中校规里有没有写过，偷同学东西是要记大过的？同学，你说说你，偷点钱我还能看在你家穷没人教养的分儿上，算了。你偷人日记本算是怎么回事？偷窥癖吗？我看你还是赶紧自己报个名字，我好快点去给教导主任打小报告。要不然，我可要找人问了。"

盛月脸色一僵，抬高了声音争辩："你可别血口喷人，我什么时候偷了？是她书包掉在地上，我还顺手帮她理了一下东西呢。"

渠意枝故意将声音拉长："哦？"

八中每个教室都有监控，不过曾经有家长投诉过这个问题，所以，如果不是考试期间，高一教室一般不会开监控。

盛月这说法，自然是死无对证。

渠意枝也没有办法，只能冷笑："你帮人理东西，还翻人本子，还传阅隐私。世上的好心人要都做成你这样，秦始皇都要连夜来找你借脸皮修长城了。"

不过，客观来说，如果班上同学不在，翻阅一下人家桌上的错题本，确实也会发生这种情况。

朱蜜曾经找方循音拿过笔记，当时，方循音急着去拿物理作业，便直接让她去翻了包。

谁承想今天这么赶巧。

若不是昨天晚上那件事，若不是害怕爸妈翻她抽屉，方循音也不会把这种东西带在包里。

一切都是巧合。

巧合要让她皮开肉绽，要揭开卑劣表象，让她彻底无所遁形。

方循音眼睛发酸，强行抑制住眼泪，又伸出手拉了拉渠意枝的衣摆，示意她不要再纠缠。

渠意枝扭过头，眼神充满了担忧："方循音……"

方循音一声不吭，垂着眼，蹲下身去捡地上那些日记残页碎片。

一片、两片……

每一张纸，都好像有千斤重。

她小心翼翼地拾起，不敢看上面的字迹。

周围一圈捡完，再挪去另一边。

"嗒、嗒……"

脚步声几不可闻地响起，一双球鞋停在方循音面前。

她指尖微顿。

几秒时间被拉到无限长。

她红着眼抬头，猝不及防撞进陈伽漠的眸光之中。

少年就站在一步之外，表情淡漠，眼神却清澈真诚，定定注视着她，没有一丝嘲笑，也没有任何调侃之意。

他说："方循音，你当然配，我也没有什么了不起。"

声音朗朗，还有点桀骜不驯的气势。倏忽间，将四班整个教室压得鸦雀无声。

这一刻，方循音试图相信，今夏那道光，或许成功越过时空，再次点亮了这个世界、这个初冬。

她的卡戎。

她的神明。

她这一生里永不磨灭的渴望。

就名叫陈伽漠。

04

盛月站在原地，表情有些愣怔。良久，她终于想起扭过头，望了朱蜜一眼。

.124.

朱蜜脸颊苍白，咬着唇，正看着方循音和陈伽漠两人，欲言又止的模样。

陈伽漠却没有再说什么，只默默蹲下身，帮着方循音一起捡那些日记残页。

两人离得很近。

方循音心中百转千回，直至此刻才终于回过神来。这画面叫她手足无措，甚至觉得羞愤欲死，恨不得立刻找个地洞钻下去，再不见人。

那些话，陈伽漠都听到了吧？

现在，他也知道自己在暗恋他了吧？

陈伽漠这人好像一直是温柔又有气度，刚刚那句"你当然配"，应该单纯只是为了帮她解围而已。

所以他心里怎么想？

是不是也觉得自己这点小心思十分可笑？

比起在大庭广众之下被嘲讽，把她在陈伽漠面前揭穿才更叫人心生绝望。

从来没有想过的尴尬场景，居然就这般轻易发生。

方循音不敢再猜，眼睫毛飞快扇动几下，低着头，将泪意全数咽进心底。

身边，平静已然不再，窃窃私语声开始变得肆意。

"那不是竞赛班的陈伽漠和渠意枝吗？这是什么剧情？"

"所以说……方循音和陈伽漠是在谈恋爱了吗？要不然他为什么要跑进来说那种话啊？"

"难道是正巧路过进来见义勇为？"

"要我说，还是盛月有点过分了。"

"这种日记本方循音为什么带到学校里来啊？难道是故意的？"

"啧啧，咱们这个物理课代表，平时看着默不作声的，倒是还挺厉害。"

"一会儿才哥来了怎么办？听说咱们学校的校规严得很，要是谈恋爱被发现……是不是要吃处分啊？"

"……"

当事人意外出现，特别是对方还是校内风云人物，好像这场戏一下子就变得有趣起来。

只可惜，热闹没能看多久。倏地，一阵悦耳的音乐声从喇叭传出来，回荡在整个八中校园，仿佛是在催促学生们赶紧投入下一轮学习。

上课铃姗姗来迟，午休终于结束。

周围几个站着的同学"哗啦啦"散开，各自回到自己座位，只留余光若有似无地注视着这个方向。

方循音身体一僵，手上动作加快。

有渠意枝和陈伽漠帮忙，那些纸片很快被捡完，全数放进她怀中。

陈伽漠站起身，抿了抿唇，侧过身，用手掌轻拍了下方循音的肩膀，似是无声安慰。

方循音心里滑过一道暖流，声音很低："谢谢……"

陈伽漠没有再说什么。

倒是渠意枝，颇有些担忧地望着她，小声问道："方循音，你没事吧？要不要请个假？我陪你去医务室好不好？"

方循音垂着眼，视线牢牢钉在地板上，轻轻摇头。

"没事的，今天……你们赶紧去上课吧，谢谢你们。"她说话时有些气若游丝。

说完，她抱起那七零八落的日记本，慢吞吞转身，迈开步子。

渠意枝还想再说什么，陈伽漠却一把拽住她的手臂，朝她面无表情地摇摇头，示意不要再说。接着，手上发力，直接将人拉出了四班教室。

这会儿，常哲屿还站在教室外头等待。

见两人走出去，他看热闹不嫌事大，"啪啪"鼓了两下手掌，又一边往楼梯方向走，一边顺口感叹起来："你们俩太猛了。特别是我陈伽漠大哥，这出戏，简直是英雄救美的典范啊！我要是小白兔，这会儿心里应该已经恨不得以身相许了。"

渠意枝看不惯他这种玩笑语气，眼睛狠狠一瞪，艳丽五官顷刻变得凌厉。

她说："常哲屿，看热闹看得高兴吗？你不是说方循音和你有一球之缘吗？怎么就站在外面看着她被人欺负？"

常哲屿摊摊手，叹气："你们真的觉得，这种场面，小白兔希望被这么多人看到吗？"

渠意枝一愣。

"闹得越大，她越难堪，所以我才没进去好吗！而且我进去能干吗？帮她把那几个起哄的同学打一顿吗？"

渠意枝气呼呼地翻了个白眼，用神态表示拒绝继续和他对话。

然而，作为话题中心，陈伽漠全程一句话都没有说。

从回到走廊那刻起，他便从口袋里摸出手机，一路都低着头，指尖飞快地敲敲打打。

走路不专心，自然落后了点距离。

常哲屿余光往后一扫，有点纳闷，停下脚步，将脑袋凑过去，问："你在干什么呢？现在都是上课时间了，小心被教导主任抓到玩手机。"

陈伽漠"嗯"了一声，没有回答，只锁掉屏幕，漫不经心地将手机收回口袋。

顿了下，他平静地开口嘱咐道："今天这件事，你们俩谁都别提起。无论是对别人还是方循音，都不要再说了，就当从来没有发生过，可以吗？"

这一整日，方循音都处于浑浑噩噩、神游天外的状态，听不进课，整个人一直坐在位置上，也没有动弹一下。

身侧每一道目光、每一个投向这个方向的眼神，都像是利刃一样，一刀一刀，刺得她鲜血淋漓。

她心里知道，或许只是自己想得太多。毕竟，下午这段时间里，连朱蜜和盛月都没有再找过来同她说什么，其他同学完全是看热闹，更加不会过度关注她什么了。

但她就是矫情，就是敏感软弱，就是克制不了胡思乱想。

好像又回到了小时候同学指着她脖子说脏的场景。

这是方循音这辈子挥之不去的梦魇。

现在，噩梦又多了一个。

盛月的声音好像一直盘旋在耳边。

"你也配？"

"照照镜子去吧。"

……

胎记位置的皮肤又起了灼烧感，从午休那会儿一直到现在，还未消散，像是身体在代替她委屈。

方循音抿起唇，人趴倒在桌上，将整张脸都深深埋进了臂弯之中。

转眼，一天课业结束，放学时间到。

班级里，喧嚣吵闹一如往常，没什么变化，又似乎哪里都改变了，在潜移默化地扭曲、失控。

方循音迟迟没有站起身，直到大部分同学离开教室。

周围变得安静。

徐眠静和劳动委员一起检查好卫生，收拾完东西，才轻轻喊了一声："方循音。"

方循音抬起头，定定望向她。

徐眠静站在门边，表情有些尴尬："那个……你还不走吗？时间蛮晚了，要关灯锁门了。"

方循音讷讷地"哦"了一声。

"马上……抱歉，耽误你们时间了。"

徐眠静连忙摆手，说道："没有没有，不耽误的。那要不我们就先回去？你走的时候关掉灯，拉上教室的门就好，它一拉就能上锁。"

方循音心下十分感激，点点头，郑重地同她道谢："谢谢。"

"没事的，那再见啦。"

"嗯，再见。"

徐眠静转过身，走出门外，教室瞬间变得空荡荡的。

方循音揉了揉通红的眼眶，将作业和书本尽数塞进书包，自然还有那些日记本残余，也要一同放进去。

"啪嗒"一声轻响。

动作有点走神，手机不小心被带出来。

她将手机拿起来，解锁。微信图标上出现数字小红点，提示有新消息。

方循音心情郁沉，也没有仔细思索，随手将微信点开。

万万没想到，新信息竟然全部来自陈伽漠，时间正是午休刚刚结束那会儿。

她瞪大了眼睛，拉到聊天框最上方，从第一条开始一个字一个字读。

陈伽漠："方循音，胎记并不是恶魔的咒语，那是星星的吻。"

陈伽漠："你知道月亮的形状吗？满月新月弦月这类。你仔细观察过吗，你脖子上的胎记就是上弦月的形状。宇宙里，星星会游荡在任何一个角落，比如，月亮的旁边。"

陈伽漠："它们还会乘人不备，偷偷地去亲吻月亮，再留下一些印记，表达自己曾经来过。"

陈伽漠："如果你是因为这样一个痕迹而觉得自卑难过，我认为完全没有必要，因为那真的一点都不丑陋。"

陈伽漠："[摸猫猫头.jpg]"

他说了很多，却没有一个字与那心照不宣的暗恋心思有关，实在叫人觉得松了口气。

方循音打开之前那一瞬，曾经有个念头一闪而过，以为陈伽漠是发微信给她，想同她撇清关系，让她不要多想，也不要继续白日做梦。

还好，并不是。

他并没有挑破那件事。

方循音不知道陈伽漠为什么会突然给她发这些。

或许，是听到了盛月读她日记里的话？

大抵他是听到了那些矫情话语吧？

但无论如何，哪怕仅仅是这一刻，她觉得整个人身上的弦都被松开了。

脖颈处皮肤的温度也逐渐降下来，渐渐变得平静。

她蹙起眉头，退出微信，打开手机前置摄像头，而后小心翼翼地拉开校服拉链，对着胎记位置照了照。

现在已经近冬天，平日晒不到烈日，那处颜色早就淡下来，只显出微微一点黑色，好似雪白衣物上的一片污渍，半个手掌大小。

形状……仔细看的话，确实像个月牙。

方循音抿了抿唇，甚至不知道陈伽漠是什么时候观察得这么清楚的。她只能叹了口气，重新回到对话框界面。

陈伽漠是个理科生，明明只是刻意找了个说辞来安慰她，说法一点都没有什么文学性艺术性。

偏偏，在方循音眼里，短短几行字，却是无尽浪漫。

方循音拿着手机踌躇良久，最终还是什么都没有回复。

她从来不是什么月亮或是星星。

只是小小宇宙里，一抹追逐月光的孤魂罢了。

第五章
握不住的苦月光

在一场单恋中，对方每个与众不同的细节，都可以作为自己继续深陷下去的证据。

——方循音日记

01

江城是临海城市，凛冬湿冷、寒风刺骨，年年皆是如此。

进入十二月后，体育课上得越发艰难。没有女生愿意再去小树林吹着风偷玩手机。只待体育老师一喊解散，学生几乎全数回到教室。

教室里也热闹。

距离跨年文艺会演还有不到一个月，四班定下集体节目，说是演个《罗密欧与朱丽叶》的反串话剧。另外，几个女生又要再报一个群舞，由朱蜜和班上另一个男生用钢琴搭配电吉他伴奏。

体育课正是排练的绝佳时间。

然而，这一切热闹基本都与方循音无关。

自从上次午休那场闹剧过后，她又回到了独行状态，尽量独来独往，尽可能降低存在感。孤独这件事，她遵循了十多年，早已习以为常。

一个人回到教室，再拿上作业，方循音悄无声息地摸出去，慢吞吞下楼，去一楼找了个没有锁门的空教室。

空教室没有办法开空调，关上门窗，还是会有微凉寒意沁进来。这样反倒更好，困顿会消失殆尽。

方循音拢了拢外套，沉下心来，捏着笔，开始计算给化学方程式配平。

"方循音？"

倏地，有人在门外喊她名字。继而，敲门声"叩叩"响起。

方循音愣了愣，抬头，从门上那块玻璃处看出去。

玻璃外面站着个熟悉的身影，正在冲她摇手。

"渠意枝？"方循音赶紧起身，走过去拉开门。

门外，渠意枝穿着一身卡其色大衣外套，肩上背个大铆钉包，头发像是刚刚被风吹乱，鬓角歪七扭八，还未来得及整理，满身皆是风尘仆仆的味道。

她朝着方循音笑，说话声音悦耳又清脆："音音！真的是你啊？我刚刚路过的时候还以为看错了，特地倒回来确认。你怎么在这个教室呢？你们这节体育课，你是偷溜出来的？"

女生们逃体育课已经成为八中定例，并非四班独有，自然也不是什么秘密。

方循音点点头，"嗯"一声算作承认。接着，她便有些诧异地问道："渠意枝，你怎么没去上课啊？"

这个点是上课时间，她却明显是刚来学校。

渠意枝解释："我刚到学校啊，上午的课请假了。"

"怎么了？你哪里不舒服吗？"

"没有没有，我上一对一补课去了，奥林匹克命题名师到江城出差，马上要回南城，只有今天上午有两个小时空闲，我就跟学校请假了过去。你懂的嘛，学霸总是有点特权，而且学校也对一月份那个奥赛杯成绩很看重，就放行了呗。"说着，渠意枝看了眼时间，笑问，"离下课还有好久呢，我在这里玩会儿再上去，行吗？"

方循音张了张嘴，明显踌躇半秒，到底是没有拒绝，默不作声地点点头。

事实上，她心里有点紧张。

上次那个热闹，渠意枝也看了十成，甚至还帮她出了头，但除了感激之外，她难免又要担心渠意枝会如何想她。

会不会也觉得她心怀鬼胎得可笑？会不会只是单纯出于修养，才没有与盛月她们一样表露出来？

毕竟，两人也算不上十分熟悉，只是关系还可以的隔壁班同学，或者说是普通朋友。

但，就连日日在一起的朱蜜和盛月都……

方循音从前就没有什么朋友，为了保护自己，一时之间，自然会对这个词的信任感降到谷底。

　　好在，渠意枝素来大大咧咧又坦坦荡荡，并未接收到方循音那点矫情心情，甚至压根没往那方面想。

　　她跟在方循音后面挤进教室，反手合上门，目光四处一扫，将书包随手搁在空桌上，再挑了方循音前面那个座位背着身坐下，与方循音面对面，一派热情洋溢的模样。

　　"你在做什么？化学作业？"

　　渠意枝探过头，瞄了眼桌上的课本。

　　方循音拿起笔，轻轻"嗯"了一声。

　　蓦地，渠意枝拍了下手掌，想到什么一般。

　　"宝贝，之前咱们在书店的时候，你是不是跟我讲过要找物理补课班啊？你找到合适的了吗？我这边倒是认识个老师，是江大的高才生，以前也是八中竞赛班毕业的。你要不要试试？"

　　"啊……"

　　方循音愣了一下。

　　渠意枝还当她是不放心，赶紧补充道："你放心，不会坑你的，是我小叔的直系学弟，常哲屿也认识，这个老师以前还辅导过常哲屿物理呢！我到时候拜托一下我小叔，你可以先去听两节课试试，免费试课，不合适就算了。你说怎么样？"

　　方循音连忙摆手，低声解释："不是不放心，就是……这么麻烦，好像不太好……"

　　渠意枝的小叔……不就是上次那个冷峻的男人吗？

　　然而，听渠意枝此刻口气，却好像那日尴尬场面从未发生一样。还能肆意去麻烦他、拜托他，介绍他朋友给别人。

　　为什么？难道不是求而不得的人吗？

　　想到自己，哪怕只是让陈伽漠听到只言片语，哪怕心照不宣地没有挑破，她都觉得喘不过气来，无法再面对他。

　　为什么渠意枝却那么淡定？

　　方循音不明白。

　　这次，渠意枝猜到了方循音的心思，随意摆摆手，笑起来："你是不是在想我跟我小叔的事情？音音，我不是说过嘛，这个世界上所有我喜欢的东西，我都会拼了命去争取，怎么可能因为吵个架，或者对方有个女朋友而放弃呢？更别说上次那个姐姐压根就不是他女朋友。只要我还喜欢小叔一天，我永远不会让自己沉浸在尴尬中，而错失相处的宝贵时间的。"

顿了下，她轻咳一声，表情严肃起来。

"不过，我的这个提议绝对不是拿你做桥哦！和小叔完全没关系，那个学长真的很厉害。方循音，我很喜欢你这个朋友，希望你能高兴，能做自己高兴的事情，快点考到我们班或者陈伽漠他们班去，不要再郁郁寡欢。而且，竞赛班还有冬令营和夏令营的提高集训，你要是考进来，后面的假期咱们都能一起玩了呢。"

方循音瞪大眼睛，后面那些都没听清，就听清了前头那句"我很喜欢你这个朋友"。

从来没有人对她说过这么直接的话。

顷刻间，她苍白的脸颊上浮现出一抹殷红颜色，透过厚重眼镜片，若隐若现地浸出来。

见状，渠意枝挑了挑眉："方循音，你真的很可爱。"确实很像只怯怯的小兔子。

陈伽漠眼睛够毒，描述也太过精准，叫人不得不赞叹。

渠意枝说："反正，有需要的话就给我发消息。"

她站起身，将书包随意地甩到肩上，葱白手指在方循音的试卷上轻轻一点。

"这里配平错了。"

到放学时间，天色已经擦黑，外头寒风凛冽。

方循音缩起脖子，将半张脸埋进围巾里，踩着月光，悄无声息地回到家。

时间比平时晚了些，康文清和方为都已经坐在餐桌前等她。

"回来了？快点去洗手吃饭，菜都要凉了。"

方循音闷闷地"哦"了一声，抿了抿唇，脚步轻滞。

片刻，她深吸一口气，将今天渠意枝的提议同康文清说起。

康文清一惊："免费试课？那当然好啊，去呗，又不用花钱！再说了，我和你爸都不懂你们现在那些题，肯定要你自己看好不好才行啊！而且，你同学介绍的，补课费应该能便宜点吧？你到时候仔细问问她。"

"嗯。"

这件事就此确定下来。

渠意枝效率极高，周五放学前，她已经将地址和时间发到方循音的手机上。

试课时间就定在明天下午。

周六，江城又迎来了一个阴沉沉的休息日，不见一丝阳光。

吃过午饭后，方循音套上外套，用手机导航了老师家的地址，背起书包，独自出发。

按照渠意枝所说，这老师是她小叔的朋友，家境十分不错，但很有自食其力的优良品德，从考上江大开始就在给人当家教，以防他那有钱老爸停卡威胁。

"其实这也就是说说而已。以我对他的了解吧，估计就是一种恶趣味，喜欢看学生被试题折磨，吃饱了撑的。有钱人都这样，怪癖一大堆。"

想到渠意枝那语气，方循音忍不住弯了弯嘴角，不自觉抿出一个笑来。

下一秒，一个声音传来："方循音？"

声音太过耳熟，叫她整个人浑身一僵。

还未等她扭过头去，便听到后面喊她那人快步走过来。

陈伽漠长腿一跨，轻松几步，已然在她面前站定。

几周不见，少年还是意气风发、俊朗无双的模样。

他脸上带着若有似无的笑意，仿佛什么都没有发生过一般，慢条斯理地问道："好巧，你怎么在这里？"

方循音攥紧拳头，完全不敢抬头。

好像，无论何时、无论做过多少次心理建设，只要看陈伽漠一眼，她依旧还是会心跳如雷。

这个反应，实在叫人无可奈何。

方循音人不自觉往后退了半步。

虽然她很清楚，无论自己做什么都只是无用功，无法抑制自己那点少女情感，但下意识也想离他远些，尽可能保持距离。

陈伽漠目光一扫，表情八风不动，轻轻挑了挑眉，似乎什么都没有看出来，只安然等待一个答案。

方循音深吸一口气，抿了抿唇，这才讷讷开口道："那个……渠意枝介绍了一个老师，住在这个小区，我过来这边补课。"

说完，她蓦地意识到，当时下定决心要考物理竞赛班，很大原因是因为有陈伽漠在。

生怕一停顿，他有时间也顺着联想猜测起来，方循音立马反问道："你呢？"

陈伽漠倒是很平静，仿佛没有看穿任何端倪。

他抬起手，漫不经心地往前指了指，说道："我家就住这里。"

方循音顺着他指尖的方向望去，眼神微微一愣。

此刻，她人已经站在老师家小区里，按照门牌号，大概再拐个弯就能到目的地。

所以，陈伽漠是也住这个小区吗？

这么巧？

事实上，江城八中地处市区中心的位置，比邻江城地标景区和中央商务区，位置优越。沿着八中门口那条大路再往外一些，就是居民区。

自然，居民区也被这繁华区域一分为二，竟然分出点三六九等的味道来。

江城普通人家，类似方循音家这种条件，大多住在老旧居民楼里，整个小区几乎都是江城本地人，一户人家里可能住过几代人，楼房年代久远，偏安一隅。而仅仅是一条马路之隔，便是富人区，新建高层楼幢幢林立、错落有致，静静矗立在这座城市中心，居高临下、目空一切。

甚至，有些小区还会设计几排小别墅，以供那些富豪来选择。均价基本是对面老房子的两三倍，完全称得上寸土寸金。

很显然，陈伽漠家这个小区就属于这种情况。

而他手指的方向依稀能看清高楼后面的底层别墅轮廓。

方循音从朱蜜那里听说过，陈伽漠家条件非常好。无论从什么角度来看，他都属于"天之骄子"行列。

这会儿，总算有了更切实感觉，好像倏忽间，两人的距离也变得越发遥远起来。

思及此，她在心底喟叹一声，却也不知道该回些什么，只点点头，低声客套："这么巧。"

陈伽漠轻笑一声："真的挺巧，而且不是一次了吧？"

学校里或者学校活动不算，上次在正大广场那个书店也是。

巧合太多，不可不谓有点缘分。

"不过，渠意枝介绍的什么老师啊？叫什么名字？一对一还是一对多？你有好好问过吗？"说着，陈伽漠收了笑意，蹙起眉头，"一个女孩子单独去陌生老师家上课，还是需要注意安全的。"

虽说是关心之词，但按照陈伽漠本身的性格来讲，倒也不显得什么特别或突兀。

他一直就是这么一个男生，要不然，也不会有这么多女生欣赏他了。

方循音手指不自觉攥紧，讪讪笑了笑，点了点头，说："说了，老师是渠意枝小叔叔的朋友，姓徐。"

陈伽漠沉吟半秒："徐兆学长？"

方循音瞪大眼睛，表情十分诧异："你也认识？"

陈伽漠"嗯"了一声："常哲屿的爸妈和徐兆学长关系挺好的，初二的时候，徐兆给常哲屿补了一阵课，我去听过。"

他们这群人，出身富贵，不少都是少年相识，又住在一个小区，抬头不见低头见，自然是认识。

解释完，陈伽漠一顿，手指轻轻捻了捻，似是作了什么决定。

他说道："我跟你一起吧，好久没有见到徐兆学长了，正好上去打个招呼。"

两人本该是交错路线，因为简单一句话，而成为同路人。

陈伽漠率先往徐兆家方向迈开脚步。

方循音有点手足无措，迟疑半秒，然后轻手轻脚跟在他斜后方，与高个少年相隔大半步距离。

气氛蓦地凝滞。

好在距离也不远，不过两三分钟，已经到达徐兆家楼下。

徐兆住在高层，并非别墅区。

这里安保非常严密，从进入小区开始就要刷卡，或者由保安亭打电话给住户，确认身份后才能放行。像这一整排高层楼也是，电梯刷卡入户不说，底楼大门还要再开一道。

方循音在对讲机上输入门牌号。

"咔哒！"金属门锁弹起一声轻响。

对讲机里，对方问都没问，直接给他们开了门。

这个点没有人出入，两人一前一后踏进电梯。

电梯门慢慢合上，顿时，方循音觉得有些拘谨起来。

旁边，陈伽漠似是感知到她紧张，闷闷笑了一声。

不知道他在笑什么，但方循音心虚，脸颊"唰"一下变得飞红。

陈伽漠说："方循音，我还以为咱们已经有点熟了呢。你缩成这样，我总觉得自己很像一个坏人啊。"

方循音一愣，接着，手忙脚乱的，拼命摇头摆手，试图解释："不是不是！不是的！我是……呃……我是因为……那个……"

陈伽漠挑挑眉，打断她："别紧张，只是开个玩笑。"

"……"

"啊，已经到了。"

方循音循声望去，电梯已经稳稳停下。

门打开，陈伽漠长腿一迈，朝着前方随意摆了下手，招呼道："徐兆学长，好久不见。"

徐兆不过二十出头，整个人斜斜靠在门边，看起来比陈伽漠要矮半个头。许是因为在家，他只穿了一套灰色休闲装，头发很长，乱七八糟地盖在脑袋上，落下来那部分密密实实地遮住了眉毛和一半眼睛，让他看起来十分懒散，还有些无精打采。

总之，很有学霸那种"狂放不羁"的气质。

他瞄了陈伽漠一眼："陈伽漠？你怎么来了？"

说话间，方循音跟着也踏出电梯。

她深吸一口气，小心翼翼地朝着徐兆打招呼："徐老师，您好。那个……我是渠意枝介绍来的，跟您联系过，我叫方循音……"

徐兆如有所悟，长长"哦"了一句，右手大拇指反转，往方循音身上指了指。

"我知道，渠盏津说过。所以说，陈伽漠，你是陪女朋友来听课的吗？那还要给我赚钱干吗，你自己教啊。"

方循音一惊，正欲开口，陈伽漠已然出声否认："别瞎说，我和渠意枝一个学校，方循音也是我同学。正好在小区里碰到她，就跟着一起上来给学长打个招呼。不过，你打算让我们俩一直站在这儿吹冷风吗？"

徐兆挠了挠头，让开一个身位，示意他们俩进去，随口说："那进来吧，不用换鞋，一会儿有阿姨会来打扫，你们随意就行。"他说话声音也有些提不起精神，和通身气质完全一模一样。

方循音有点走神，反应慢了半拍："谢谢徐老师。"

她脸色泛白，动作也不自觉僵硬。

刚刚，陈伽漠那句"别瞎说"，是不是同她说的呢？

上次日记那件事，在方循音看来，就像个定时炸弹，不知道什么时候就会引爆。

但陈伽漠一直没有表现出什么异样来。就算是今天意外碰到，他也装作什么都没有发生一样，自然地同她说话、对她微笑。

他越是这样，越叫方循音害怕。

陈伽漠是聪明人，又温柔绅士，或许对徐兆的否认，正是侧面在暗示她。

他们什么都不可能，不要痴心妄想。

当作无事发生才能让大家都不尴尬。

蓦地，方循音想起来，曾几何时，他也是这般斩钉截铁地同渠意枝否认的，像是迫不及待就要划清界限。

确实，他们俩不在同一个世界。

陈伽漠这样暗示，虽然不可否认让她心底十分难受，却也确实叫她觉得轻松不少，像是松了口气一样。

这样更好。

方循音抿唇，安安静静跟着徐兆走进客厅。

徐兆这套房子，客厅面积足够大，整个空间几乎没什么遮挡物。冬日阳光从阳台洒进来，光线甚好。

徐兆指了指餐桌，说："桌上有几道题，都是平行班试卷的最后一道大题的难度。你拿去做一下，我先看看你的水平，限时20分钟。"

说完，他趿拉着拖鞋，去厨房倒来两杯饮料，一杯放到方循音面前，另一杯拿给陈伽漠。

方循音低声道谢，从书包里拿出笔和草稿纸，坐到餐桌前，沉下心来，开始读题。

陈伽漠则是坐在沙发上，同徐兆说话。

两人虽然算不得很熟，但有常哲屿这层关系在，也能聊些家常。

徐兆问道："最近陈公使回国了没？"

陈伽漠笑一声："还没有。"

"嘉老师呢？最近还好吗？"

"学长，你这寒暄真的很敷衍啊。"

……

方循音听了几句，基本听不懂，考卷上那几道题又有些难，渐渐地，她便将所有心思都沉浸到题目里去了。

不知何时，陈伽漠已经离开，徐兆正坐在地毯上摆弄着电脑。

少了一个人，偌大房间里，空气都显得有些静默沉寂，让人心情低落下去。

方循音放下笔，无声苦笑了一下。

或许，她永远都学不会不露声色，因为暗恋这件事从开始那一刻起，就会让人变得满身破绽、漏洞百出。

她在心里叹了口气，清了清嗓子，开口打破这份低落："徐老师，我写完了。"

徐兆抬起头，看了一眼墙上的挂钟。

"嗯，十八分钟，不错，拿过来给我看看。"停顿片刻，他又懒懒散散地开始嘟嘟囔囔，"不过，说真的，你真不是陈伽漠的小女朋友吗？他什么时候还能特意想到来跟我说话了，真是稀奇。"

能得渠意枝推荐，徐兆自是颇有些实力，拿到答卷，他随意一扫就基本能确定方循音的水平。

"你以前没接触过物理竞赛吧？"

方循音轻轻点头："嗯，没有。"

徐兆从茶几上捡了支笔，随意圈了几个解题步骤，慢声道："按部就班的好学生，思路基本没有什么灵活变通，现在想走竞赛保送的路，有点迟了。但是如果只是想考个八中的竞赛班，也用不着多厉害，会做题就够了。"

一针见血。

方循音被他说得脸红，有些慌乱，手指不自觉胡乱搅到一起。

顿了下，她结结巴巴地开口："徐老师……那个……我……"

徐兆大手一挥，示意她不用过多纠结，明明姿势看起来颇有些慵懒，说话却干脆利落。

"这两道题没解出来，你拿草稿纸过来，我给你讲一次。我不是按部就班的补课老师，基础题不讲，要是来补课，我只讲卷子上的难点。全部吸收掌握的话，差不多就是八中物理竞赛班中游水平，但是和陈伽漠他们也没法比。"

方循音点点头，表示了解。

徐兆又说："还有，我很贵，每小时跟那些教育机构的小班名师一个价。你可以回去和父母商量一下，再作决定。"

补课这件事，第二天就干脆利落地确定下来。

徐兆自己早已保研成功，学分也全数修完，基本不用去学校，时间还算宽裕。但他还在教一个高三学生，目前正处于冲刺刷题阶段，只能将方循音的课安排在周五和周日晚上，一周两次。

再加上方为给她报了个小班补习英语，方循音的课余时间被排得满满当当。

高考的紧迫感提前彻底拉到满格。

02

不知不觉，十二月悄然进入中下旬，一年又走到尽头。

好几天，新闻里都是各地降雪消息。好似是因为新年即将到来，以"瑞雪兆丰年"来预示新希望。

但江城属于南方城市，极少有下雪天。哪怕是下雪，那雪花还未来得及落地就融化了。虽是戏称一句"雨夹雪"，实际上还是雨，素来如此。

今年却是例外。

圣诞节前夕，天气预报一连三天播报说平安夜那天江城将会迎来今年第一场雪。

正值课间休息时间，教室里的说话声此起彼伏。

"平安夜是周五呢，蜜蜜，要不要一起去玩啊？我看天气预报说那天要下雪，还能拍拍照呢！"

听到盛月的声音，方循音眨了眨眼睛，手上动作微微一顿。

月考以后，班上又换过位置。

朱蜜和盛月被换开了，但朱蜜往前进了两排，和方循音直线距离拉得很近。偶尔，盛月找朱蜜聊天，方循音哪怕不抬头，基本都能听清两人的对话内容。

话音刚一落下，朱蜜便笑吟吟地答道："好啊，周五正好不是艺术节彩排嘛，彩排之后一起走呀。"

按照八中惯例，跨年晚会那些节目会在圣诞节前后进行最终彩排。这次，四班两个节目全都入选，没有被筛掉，基本算得上尘埃落定。最终彩排也就试试服饰妆容，再简单走一下位，确认灯光和舞台效果。

班上活跃分子不少，前前后后都蛮兴奋。

身后，盛月和朱蜜还在继续说话。

"就我们俩，还是再叫其他人一起？"

"多喊点人吧，人多热闹嘛。"

"好呀好呀，下雪天干脆大家一起去吃火锅怎么样？"

……

两个女生窸窸窣窣地聊着，连尾音里都好像透出满腔笑意，一问一答间，皆是青春肆意。

方循音没有继续听，从台板里翻出蓝牙耳机，默默塞进耳中，将风都屏蔽在外。

耳机里，潺潺乐声慢慢流淌，依旧是上次陈伽漠随口哼的那首《你听得到》，方循音已经循环很久。

"站在屋顶只对风说，不想被左右……"

她撑着下巴，有些走神。

什么平安夜、圣诞节、新年的，都与她无关，她只是单纯好奇，这些节日，陈伽漠会和谁过，在什么地方过呢？

许是呼朋唤友、众星拱月，打篮球、唱K、吃饭等活动都可以安排。毕竟，那么多人愿意和他在一起。

总之，定然不会如自己这般，孑然一身才是。

方循音微微弯起嘴角，自嘲地笑了笑。

若不是因为两人天差地别般的距离，她也不会被陈伽漠吸引，也不会一头栽进去。

就不会哪怕是丢了这么大人，哪怕是午夜梦回里，自卑情绪拼命作祟侵袭，叫人时时刻刻心生绝望，却依旧还是难以自拔。

平安夜那日，清早。

窗外天色还算敞亮，没有要下雨的迹象。既然没有雨，更加难下雪。

出门时间太早，方循音慢吞吞走进教室时，里头还没有几个同学。

她放下书包，第一件事是将手机静音，再摸出试题笔记本。

晚上要去徐兆那里上课。徐兆留的作业，她还有一题没解出来，想自己再试试。

沉思片刻，倏地，教室门口有人在喊她的名字："方循音——"

方循音愣了愣，抬起头，猝不及防撞进渠意枝璀璨的笑意里。

渠意枝正在招手，她没有穿校服，弄了一身红绿搭配，深红长裙加上墨绿色厚外套，头上再别一个鹿角发卡，圣诞元素满满。

不过，因为渠意枝五官艳丽精致，身形又修长纤细，这样穿竟然完全不显得滑稽搞笑，还颇有点时尚杂志模特的味道。

方循音赶紧放下笔，走到教室外面，同渠意枝面对面，问道："怎么啦？"

渠意枝笑容明媚，变魔术一样从外套口袋里摸了个同款鹿角发夹出来，长指轻轻一掰，将发夹卡到方循音的长发上。

这一连串动作叫方循音有点愣怔，不由自主抬起手，摸了摸自己头发位置。

渠意枝提醒："别弄别弄，小心掉了。"

说着，她又从手中口袋里拿个苹果出来，放到方循音手中。

"祝方循音同学，平安夜平平安安、开开心心哦。"

"……"

从来没有人给她送过苹果。

不，准确来说，从小到大，除了家里人，几乎没有人给她送过任何礼物。

方循音心头涌起一阵暖流，不自觉捏紧了那个红苹果，眼睛有点酸胀，连忙低下头。

她抿唇，舌尖抵了抵牙齿，用力将哽咽吞回去后才小声说："谢谢你，渠意枝。可是，我没有准备什么礼物……"

渠意枝捏了捏方循音的手腕，笑道："用不着哈，只是个应景的彩头而已，哪至于扯到什么礼物。宝贝儿，你看看你的表情，答应我，可千万不要有心理负担哦。"

她将手中的塑料袋拿给方循音看，一整袋都是红苹果，看起来很有批量派发的意味。

"如果实在感谢我的话，改天请我喝可乐，可以吧？"

方循音用力点点头，像是在承诺什么誓言一样。

渠意枝被她这副认真模样逗笑，顿了下才说："好啦好啦，赶紧回去吧。我还要去给我们班的同学发一下苹果。这个苹果还蛮好吃的，我从我小叔那里顺了一箱来，你吃之前记得洗洗哈。"

方循音小声说："好。"

"走啦。"

渠意枝朝她挥挥手，转过身，往楼梯方向走去。

方循音静静望着渠意枝的背影，脑子里一片乱七八糟的。

先是想渠意枝这个好友，要怎么样才能走下去，会不会沦落到自己和朱蜜那种鸡飞狗跳的境地。

人嘛，就是这样，受过一次挫折，潜意识里就会开始趋利避害。但她还想再试一次。

继而，又想到其他人身上。

比如陈伽漠。

平安夜，有没有人给陈伽漠送苹果呢？

肯定会有的，毕竟那么多女生喜欢他。

那自己呢？

方循音低下头，视线落在手中的那个苹果上。

如果，她也偷偷送一个……不被他发现，这样可不可以？

只是想祝他平安而已，只是想在这可能下雪的日子里，将满腔不可说的爱慕，全部付诸到苹果里。

就算无人知晓，好像也足够浪漫。

方循音眨了眨眼睛，心念微动。

周一。

陈伽漠懒洋洋走进教室，长腿一迈，三两步，人已经站在自己座位边。

倏忽间，他目光转了转，轻轻叹了口气："这么多。"

课桌台板里，被苹果塞得满满当当。入目处几乎是一片红色，红得刺眼。

陈伽漠同桌也是个男生，见状忍不住调侃道："都是上周五的时候女生们偷偷塞的。兄弟，我帮你观察过了，大部分都挺漂亮的哈，艳福不浅。"

陈伽漠坐下，慢吞吞瞥了他一眼，语气轻描淡写的："行了，别说这种话。"

同桌知道陈伽漠的风格，自己开得起玩笑，但对女生一贯是有分寸，礼貌却又无尽疏离。客观来说，这种男生最难追，偏偏还有人前赴后继。

同桌在心里腹诽几句，耸耸肩，岔开话题。

"不过，说真的，她们不调查一下你的动向吗？上周你不是周三就没来了？难道没打听过你去比赛了吗？还好周六下雪了，天气冷，要不然这苹果放一个周末，都得放烂了。"

陈伽漠随口"唔"了一声，算作应答。蓦地，他好似想到什么般，动作顿了下。

下一秒，他将那堆苹果拿出来，再慢条斯理地放到课桌上，目光似是审视，再一个一个仔细地打量过去。

同桌表情有点惊讶："怎么了？谁给你下毒了？"

陈伽漠淡淡地回道："没有，随便看看。"

他就是突然想到，上周五的时候，小兔子会不会也塞了苹果进来？她会吗？

时间不知不觉步入年终。

次日就是跨年夜，江城八中今天中午就停课，开始准备跨年文艺会演。后面按照法定假日，再接三天元旦小长假。对高中生来说，几乎相当于连续休息四天。

这一天，兴奋感就已经在八中校园里飞速弥漫开来。

"今天好想请假啊……请到明天中午，然后直接来看艺术节成吗？"

"你去找才哥，看看他会不会抓着你教育两小时。"

"哎呀，还不能做梦了吗？"

"感觉还是别想得太美，按照咱们老师的套路，后面三天小长假，作业至少得发二十张考卷。我一点都不期待。"

"说得你好像会自己做一样。"

……

下课时分，走廊里到处都是各种窃窃私语，此起彼伏。

方循音垂着头，小心翼翼地穿过人群，往老师办公室的方向走。

今年农历新年比较早，连带寒假也放得早。元旦过后，用不了多久就得期末考试。这一阵，各科老师都在安排各种随堂考试。

物理就刚刚结束一个小测，李俊才喊方循音帮忙誊分数。

不消片刻，方循音已经走到目的地，抬起手，轻轻敲门。

"报告。"

"进来吧。"

推开门，办公室只有李俊才一个老师在。

看到方循音，他连忙招招手，把一沓考卷和记分册拿出来，再嘱咐道："每一个部分的小分也抄一下，直线运动、力学写在总分后面。这次我们班的计算题做得一塌糊涂！变速直线运动是都不懂吗？拿分的就没几个……"

方循音讷讷的，不知道该说什么才好。

李俊才倒也不是说她，只是习惯性念叨几句而已。见得意门生脸色僵硬，他连忙补充："但是你做得很好，分数很好，计算题也写得很完整。我早就说过，每一场考试都能看得出你们的学习状态。方循音，你很努力，老师们都看得出来。"

"谢谢老师。"

"应该要谢谢你自己的努力，分数是最好的回报。"李俊才摆摆手，没有再继续，拿上课本，站起身，离开办公室。

顿时，整个办公室变得空空荡荡，安静无比。

方循音握着笔，低低苦笑了一声。

哪有李俊才说得这么大义凛然。

她本来就是个普通学生，算不上多努力多勤奋，对于日复一日做题难免厌烦。只是，平日无事可干，只能用学习来让自己看起来不那么孤独寂寞。对于考什么大学，也没有什么具体追求，看起来差不多就可以。

现在，则因为下定决心想离陈伽漠近一点，便日渐发奋起来。

分数誊到一半，手机在口袋里轻轻振动了一下。

方循音动作微顿，余光四下望了一圈，确定办公室里只有她一个人，才轻手轻脚地将手机摸出来。

康非池："姐，上次帮我朋友顶楼的时候，我不是说了要请你吃饭嘛。明天怎么样？吃完饭，咱们还能一起去外滩跨个年。"

方循音扫了一眼，有些踌躇，想了想，才给他回复："晚上不回家不太好吧？"

或许是因为午休时间，康非池回得很快："有什么不好的，有我在呢，还能让你被人拐了啊？"

方循音啼笑皆非，手指在屏幕上迟疑几秒，继续敲字："但是，明天不是周五嘛，我有个补课，要很晚才能结束了。要不寒假再见吧，跨年夜外滩人肯定多。"

方循音素来不喜欢人多的地方，康非池比谁都明白，自然也不再为难她。

康非池："行，那提前祝我姐元旦快乐。"

康非池："新的一年，希望我姐发大财，想做什么手术就做什么手术，想用钱砸死谁就用钱砸死谁。"

康非池："[熊猫头快乐 .jpg]"

方循音没忍住，扑哧一笑。

正此时，微信又跳出来一条新信息，竟然是来自徐兆。

方循音手忙脚乱地点开。

徐兆："我有事，所以明天的补课时间调整到 1 月 3 日下午，没问题吧？"

方循音："好的，徐老师，我没有问题。"

次日午后，八中全体学生齐聚学校大礼堂。

灯光暗下去，两位主持人缓缓走上台，齐声说道："各位领导、各位老师、各位同学，大家下午好……"

这次，主持人都来自高二，并没有让高一的学生上。

方循音推了下眼镜，有些失望地将视线从台上移开，转而悄悄四下张望起来。

这种活动，座位都是随便坐，不会按照班级分。但就算她努力找遍全场，也没有找到陈伽漠的身影。

不仅仅是陈伽漠，连渠意枝都不在。

她皱了皱眉头，不免有些失落，却也无可奈何，只能叹口气，默默靠回椅背上。

几个小时过去，万众期待的跨年艺术节终于结束。

外头，天色已经彻底沉下来，天空一片雾霭沉沉，云层很厚，遮挡了月光和星光，像是随时就要下起雨来。

方循音独自回到家，坐到桌前，拧开台灯。

上次，那本日记本被盛月当众撕烂，方循音用玻璃胶带小心翼翼粘了起来，再把纸页拆下来，装进带锁的厚封皮中。

只是，也已经不能再用。

她改不了写日记缓解情绪这个习惯，又买了新本子。现在，新本子只用了寥寥数页。

方循音翻开一页，没有着急下笔，先拿出手机给渠意枝发消息。

方循音："渠意枝，刚刚在大礼堂没有看到你，只能发消息给你。祝你元旦快乐，比赛拿到好成绩。"

接着，她才拆开笔帽，开始写字。

"Kuiper Belt，新年快乐。"

不敢给他发消息，那样太过于明目张胆，方循音只能用这种方法。

小长假第二天，江城开始下雪。不同于圣诞节时的那种微弱雨夹雪，这次，雪下得极大，虽然到不了北方鹅毛大雪的程度，却也能看清雪花形状，算得上江城几年难遇的盛况。

一晚上过去，地上积起厚厚一层雪，窗外一片银白。

天气自然也冷。

方循音在被窝里赖了一会儿床，到将近中午，终于抖抖索索地爬起来。

吃过午饭，她套上羽绒服、围上围巾、戴上手套和耳罩，全副武装好才离开家，去徐兆家上课。

天色渐迟，方循音走出那个高档小区，不自觉缩了缩脖子。

一天过去，人行道上的积雪基本已经化光，只剩绿化带里还能看到几抹白色。

她目光微微一顿，脚步停下来。

不远处的花坛边缘放着一个小纸箱，里头传来一点点微弱动静，像是某种动物的叫声。

方循音迟疑片刻，到底是往那个方向迈了两步。

这下，纸箱内一览无余——里面竟然放了一只小奶猫。

那猫不过巴掌点大，毛非常稀疏，看起来骨瘦伶仃，还在微微发抖，十分可怜模样，也不知道是谁丢在这里的。

天寒地冻，这种刚出生的小猫，应该是活不了多久吧？

方循音手指轻轻捻了捻，咬住下唇。

倒不是她爱心过甚，只是单纯矫情心理发作，总觉得那小猫跟自己尤为相似——一样瘦弱，一样无人在意。

但是，若是她将小猫带回去养，必然要引发家庭大战。

康文清对所有的小动物都秉持同一种态度，那就是只可远观。如果带进家门，依照康文清的脾气，应该是鸡飞狗跳，甚至最后还是会被丢出去，倒不如干脆不要给它希望。

这般想着，方循音却怎么都迈不动步子。

僵持不过几分钟，倏地，旁边传来一个声音："方循音？"

方循音猝然扭过头去。

五步之外，陈伽漠只穿了一件单衣，手上拎着袋零食，像是从家里溜达出来买了些东西。

此刻，他的目光有些疑惑："方循音，你怎么了？站在这里做什么？"

方循音总觉得自己那点小心思不堪入目。

陈伽漠这么聪明，从这些细枝末节里一定能看穿，继而发现她骨子里那种自卑、懦弱、敏感，发现她有多奇怪。

方循音耳尖不由自主地泛红，避开他的眼神，连忙摆手。

她结结巴巴地答道："没……没有什么……我……那个，我刚刚上完课……就看到……呃……"

没等她说完，陈伽漠往她这边靠了几步。他个子高，一抬眼，轻轻松松就能看到她背后。

"小猫？"陈伽漠蹙起眉，"有人丢在这里的吗？"

方循音点头。

情况确实一目了然。

陈伽漠没有再说什么，绕过她，走到纸箱旁边，低下头静静观察着那只小猫。

"好像快要死了……方循音，你喜欢猫吗？"

这问题问得实在突然。

方循音张了张嘴，很快明白过来，低声解释道："还可以……就是觉得它蛮可怜的。"

俗话说，下雪不冷化雪冷。昨天下了一夜雪，这会儿正是最冷的时候。方循音从徐兆亲走出来，没几秒钟，整个人就好像冻成了一座冰雕一样，更遑论一只小奶猫。

孱弱、伶仃、楚楚可怜，却被抛弃、被遗忘，眼见这种悲惨境地，实在叫她忍不住怜悯。

陈伽漠并没有多想，点点头，直起身，又慢条斯理地问了句："丢在这里确实挺可怜，你想养它吗？"

方循音有些为难，迟迟没有作声。

静默良久，她仰起头，不经意与陈伽漠对视一眼，当即又转开视线。

"我家养不了宠物的，那……"

话音未落，纸箱中的小猫轻轻呜咽了一声，仿佛某种动物求生本能作祟。

顷刻间，方循音心软得一塌糊涂，咬着唇，脸上抑制不住露出了一丝不舍之色。

看到她这副表情，陈伽漠不自觉扬了扬眉。

他把手中的塑料袋放到花坛边，再双手将那纸盒整个抱起来，右手食指轻轻一勾，塑料袋重新挂到指间，轻轻晃荡。

许是气质使然，哪怕双手都不得空闲，他通身却也毫无拘束之气，姿势一派淡然磊落。

方循音有些诧异，不明所以，只能默默看着他的动作。

陈伽漠抱着纸箱平静开口："我带回家吧。"

"……"

"家里有牛奶，应该还能活。"

方循音愣了愣，连忙摆手道："不好不好！这样实在太麻烦了。"

毕竟是她先发现了猫，又驻足停留。陈伽漠只是路过，就让他平白带个累赘回去，麻烦他，别的不说，到时候，他父母也该不乐意了。

顿了下，方循音小声提了个建议："要不，还是送救助中心吧。"

虽然她也不清楚哪里有渠道可以送养猫狗，但……大不了上网搜搜，总比自己"见义勇为"却还要麻烦别人来得好。

陈伽漠低声笑起来，垂下眸子，淡淡看向她，轻声说："没关系，我家以前也养过动物，不麻烦，你放心吧。"

看不出来，他居然还这么有爱心。

无论从什么方面来说，在方循音心中，陈伽漠都完美得不似凡人，但好像又十分确切，始终如一。

他永远是一抹冷月光，对任何人、对这世界上任何事物，都没有分别。

方循音抿了抿唇。

认识这么些日子来，陈伽漠对小兔子性格算是有些了解，大概也能猜到她在犹豫纠结什么，便又顺口解释了一句："今天就算你不在这里，我路过看到它也不会不管的。"

"那先谢谢你。如果小猫有什么需要的食物用品之类，我可以给你钱……"

方循音语气战战兢兢的，似乎不知道该如何表达。

陈伽漠有点想笑，忍不住弯了弯嘴角。

为了寄养一只小猫，小兔子要去拿一大堆萝卜给他，这想象的画面实在过于好玩。

"不用，家里什么都有。方循音，天马上要黑了，赶紧回家去吧。"陈伽漠慢条斯理地开口，"你要是什么时候想来看它，可以给我发消息。反正你在徐兆学长那边上课，一个小区，很方便。"

他朝方循音点点头，丢下一句"走了，路上小心"，接着，便抱着纸箱转身，慢吞吞往小区大门方向走去，徒留方循音一个人站在原地呆滞。

刚刚，陈伽漠那个话是什么意思？

是在邀请她去他家里看猫吗？

这样也可以吗？

陈伽漠从来没有嫌弃过她、鄙视过她什么，甚至也不会因为她那点小心思而疏远她、试图和她划清界限，还愿意对她客气。为了让她能放心，还不介意她去他家里。哪怕是因为小猫，也足够了。

他永远光风霁月。

永远令人心动。

天色渐渐暗下去，气温越来越低。

寒风拂面，从每一个细枝末节的角落里钻进衣服，触碰皮肤，叫人通体生寒。

可是，胸口却是温热，甚至还有沸腾起来的趋势。

血液从四肢百骸汇聚到一处，再流向全身。

"怦、怦、怦……"

心脏跳动，连带着鼓膜都随着频率振动着。

方循音抬起手，轻轻捂住胸口。

明明心里比谁都清楚，陈伽漠只是习惯了温柔，与她这个人是谁的关系并不大。但偏偏，因为自己那点旖旎心情，只消对方轻轻一句话，就能让她满心雀跃。

唉。

暗恋这件事，难免叫人变得越来越卑微。

夜幕降临。

方循音回到家，第一件事是迫不及待去房间打开日记本。

难得能笑着写日记，好似连字迹都明媚起来——

"我和 Kuiper Belt 有了一只小猫。它生得很小很瘦，但是眼睛很漂亮。我特别高兴，哪怕只是我发现了它，而它有幸被 Kuiper Belt 带回家去，也足够能让人高兴了。因为在名义上，或许，它应该属于我们两个人。

"'我们'这个人称代词，我真的很喜欢。

"感谢神明。"

许是因为这只小猫，后面一阵，方循音都觉得干劲十足。

然而，元旦小长假结束，用不了太久，八中魔鬼期末考即将降临。

这是高一学生进入八中的第一个学期，算是新生的第一个期末考。按照惯例，考试过后，平行班和竞赛班都会有微调。比如，竞赛班里成绩跟不上的学生，有一定可能下调到平行班去。但能进竞赛班的学生大多水平已定，往年极少会有大幅度调整。所以，期中、期末考最重要的意义，还是未来的保送、推优名额。

八中给名额一贯是三年考试分数累积制，每一场大考都显得极为重要，考砸一次，很多事就基本再无缘分。

李俊才整天宣扬这种紧迫感，成功弄得班上人心惶惶。

"完了完了，考完就是家长会，要是考砸，我爸妈不会打死我吧？"

"没关系，我已给我爸妈打了半年的预防针了，咱们学校人才济济，就算是排名难看，那拿去别的学校也是前几名的水平哦！我就甘当凤尾吧，挺好。"

"说得也是。"

……

每逢下课，都是哀鸿遍野。

唯独方循音不动如山，专心致志做模拟卷。

或许是上帝给她留了一扇窗，从小到大，她和人相处会紧张敏感、小心翼翼，但面对考试时，素来心态稳定，连中考都能超常发挥。

再加上方循音最近几次考试成绩稳定，徐兆和各科老师也说她考试状态很好，问题不大。自然，没过多久，期末考顺利度过，顺理成章。

最后一科考试结束，便是宣告高中生涯的第一个寒假正式开始。

说是寒假，但作业一大堆，每周还有补习，大抵轻松不了太久。

毕竟方循音也不知道自己这次能不能顺利调入物理竞赛班。就算调进去，开学还有跨班名额考，不达标还是不行。总归是难以松懈。

这般盘算着，方循音叹了口气，慢慢走出教学楼。

"方循音！"

蓦地，她听到一声呼喊从老远传来，当即停下脚步，扭头去找。

渠意枝从操场那头大步朝方循音走来，眼睛闪闪发光，像是缀了满目星河："宝贝，考得怎么样？"

方循音被她这种情绪感染，轻轻笑起来，思索半秒，推了推眼镜，才认真答道："还可以，题目不是特别偏，数理化前面的基础题都挺简单的。"

渠意枝点点头："那挺好的啊。"说着，她走到方循音旁边，一起往校门方向而去。

路上，她顺口问道："徐兆那边怎么样？是不是还挺好？"

"对，徐老师很厉害，谢谢你。"

渠意枝大大咧咧地拍了拍她的肩膀，笑道："客气什么啊？那你寒假有什么计划吗？"

方循音抿了抿唇，小声作答："没有吧，就在家做做作业什么的，过年再走走亲戚。"

寒假并不算太长，一晃眼差不多就过去了。

但走亲戚这遭事，于方循音而言，确实是个麻烦。

家中亲戚都很爱拿她这个胎记说事，有怜悯，也有调侃打趣。那种氛围，叫她每年都觉得浑身难受。

说出来肯定会被康文清说矫情，所以她只能咬着牙忍下来。只有和康非池待在一起，才勉强好一些。

一路说说笑笑，转眼的工夫，两人已经走出八中校园。

渠意枝停下脚步，目光在车道上一扫而过，霎时间，整个人都轻松下来。她回过头，说："我要走啦，要不要送你回去？"

方循音摇摇头，轻轻笑一声："你小叔来了？"

"嗯！"渠意枝用力点头，满腔喜悦溢于言表。

陷入爱恋的女孩子，好像只要能得到对方一点点回馈，世界都会明亮起来。

方循音为她高兴，赶紧摆摆手，说道："那不打扰你了，我自己回去就好。再见啦，渠意枝。"

"那好，等我从冬令营回来，再联系你出来玩哦。"

"好呀。"

03

方循音的寒假依旧过得悄无声息、毫无波澜，直到小年夜那日。

那是方循音农历新年前的最后一节课，她从徐兆家出来时，已将近晚上七点。

天空像是一汪深潭，墨不见底。一眼望去，家家户户亮起灯，衬得这钢筋水泥筑成的高楼都颇有些烟火气来。

按照江城本地风俗，小年夜是除夕的前一天，虽然没有北方那般隆重，但毕竟次日便是一年里国人最重视的节日，很多事情提前一天就要开始准备起来，自是热闹非凡。

方循音搓搓手，慢吞吞往车站走。倏地，手机在口袋里振动起来。

她停下脚步，站在路灯光影里，摘掉手套，摸出手机，解锁。

竟然是陈伽漠发来的消息。

陈伽漠："明天是宠物医院今年开门的最后一天，我准备带小猫去打疫苗。方循音，你明天有事吗？要不要一起来看？"

陈伽漠："它还在等你给它取名字。"

紧接着，他又发来一张照片。

方循音点开、放大。

图片里，小猫正窝成一团，傻乎乎地瞪着镜头。一个月过去，它长大了不少，褪去了那种孱弱易碎感，呈现出一种健康的状态，很是精神。它几乎通身都是白色的毛，只有耳朵和尾巴上点缀了几缕灰色，眼珠像琉璃一样漂亮。

方循音盯着小猫的照片看了好久，默默深吸了一口气，鼓足勇气，一个字一个字地往输入栏里敲。

她回道："好，如果不麻烦的话。"

陈伽漠："当然不麻烦，明早十点。"

后头附带一串地址。

应该是宠物医院，就在正大广场旁边，离两人的家都不算很远。

方循音咬住下唇，忍不住笑起来。

约会……

算是约会吗？

对陈伽漠来说，必然不是，或许只是出于好心喊了她一句，让她能去看看猫。

但对于方循音来说，这一声邀请，却能使人心潮起伏。

无论什么缘由，她都觉得欢喜，总觉得这一年收尾收得十分好，连带新年都让人期待起来。

手指在屏幕上游移片刻，方循音回了一条消息过去。

"好的，我会准时到。"

另一边，陈伽漠则明显是心无杂念，回得很快："明天见。"

没想到，这个"明天见"却好像成了一句魔咒。

次日一早，九点半刚过没多久，方循音已经拿着关东煮等在宠物医院门口。

从天亮一直等到日落。

到方家年夜饭开始，到康文清打了好几个电话来催她、让她赶紧回家。

这么久这么久……

陈伽漠一直都没有出现。

整个新年里，方循音都有些心神不宁。

除夕那天，陈伽漠到底怎么了？

出什么事了吗？

为什么会爽约呢？

若是说单纯只是捉弄她……按照陈伽漠素来脾气，理应不会做出这种事来。

方循音给他发了微信，还鼓足勇气打了几个微信电话，全数石沉大海。

她又去旁敲侧击地问了渠意枝。

可惜，渠意枝一整个寒假都泡在奥数竞赛题里，忙得脚不沾地，连之前说好要约饭都迟迟没能约成，自然更加不清楚陈伽漠的情况。

方循音不想影响她，只能颓丧地打开微信。

陈伽漠给她的最后一条消息是"明天见"，然后就彻底消失不见。

偏偏，此时还是寒假，不用上学，就没有办法找到他人确认情况。

方循音猜测许多，整天整夜忍不住胡思乱想，甚至走亲戚时，家里人那些玩笑话都第一次能直接从耳边略过，压根留不下丝毫痕迹，也无法转移她的心神。

日记本被写得很满。

每一页都是破绽——

"到底出什么事了？为什么没有来，也没有回消息呢？难道一切都只是一个玩笑吗？

"陈伽漠、Kuiper Belt、猫、冥王星、月光。

"都是我的一场梦吗？

"是梦醒了吗？"

放下笔，方循音只觉得满嘴苦涩，仿佛顷刻间再也抑制不住情绪，将脸埋进手臂里，低声抽噎起来。

初六，方循音还是得继续去徐兆家上课。

过个年，徐兆吃胖了点，看起来气色好了不少，只是神态还是懒懒散散，似乎提不起劲儿来。

方循音盯着他的脸若有所思，不自觉开始走神。

"叩、叩。"

徐兆眼皮都没有抬，支起手臂，用水笔重重敲了两下桌面，再随口问道："方循音，你家是有很多钱吗？"

方循音被他问得一愣，傻傻地"啊"了一声。半晌，她终于反应过来，连忙摇头。

"我的课不便宜，你不听，就是浪费你爸妈的钱，跟我压根没什么关系。咱们钱货两讫，我可没兴趣给你讲什么大道理。"

方循音被他三言两语说得脸颊泛红，整个人尴尬得要命。

"对不起，徐老师，我……"

徐兆摆摆手，示意她不必多说。

"读题。"

方循音讷讷地低下头："好……"

眨眼间，两个小时补课结束。

徐兆捏了捏鼻梁，靠着沙发，在地毯上坐下，抿了口橙汁，这才懒洋洋地开了口："你是有什么事想问我吗？"

方循音正整理书包，闻言，动作一僵。她垂着眸子，面露些许难色。

实在不知道该如何开口，这太为难她了。

徐兆说："你要是这样扭扭捏捏，那干脆别问了啊，回家吧，后天再见。"

这下，方循音倒是下定了决心。她深吸一口气，直起身，小心翼翼地看向徐兆，声音还是很细很软，很有点江城女生的软糯味道。

"徐老师，那个……您知不知道陈伽漠他去哪里了呀？因为之前他给我发消息，然后就联络不上了。"

话音颤颤巍巍地落下。

徐兆颇为狐疑地看了她一眼，说："我怎么会知道？"

方循音捻了捻指腹，轻轻"哦"了一声："抱歉，我……"

"但是你不认识常哲屿吗？他们俩不是一个班的吗？你去问问常哲屿吧。"徐兆发了个号码给她，"这是常哲屿的手机号。"

顿时，方循音眼睛一亮，连忙对徐兆道谢："谢谢徐老师！"

入夜。

冬日寒冷，天一黑，万物都显得寂静。

常哲屿躺在篮球场的地板上，浑身上下一点力气都没了。

"哥，你是真不嫌累啊！来休息一会儿吧！"实在憋不下去，他朝着场内喊了一嗓子，却无人响应。

"咚、咚、咚……"

一声一声，都是篮球触地的动静。

场中，陈伽漠像个机器人一样，似乎完全不知疲倦，他冷着脸起跳、投篮，肆意发泄着。

"好吧好吧，随便你。"常哲屿叹了口气，嘀嘀咕咕。

倏忽间，手机铃声从旁边响起来。

因为是室内篮球场，又只有他们俩在，这铃声显得尤为清晰，在空旷的场地中回响着。

常哲屿赶紧起身，去观众席拿包，摸手机。

屏幕上显示一个陌生号码。

他也没有多想，随手接起来："喂？哪位？"

电话那头，女生柔软的声线低低响起，甚至听起来好像还有点微妙的颤抖。

"是常哲屿吗？不好意思打扰了，我是四班的方循音……"

常哲屿一惊，差点咬到舌头："小兔……哦，不是不是，那什么，方循音，你好你好！怎么了？突然打电话来是有什么事吗？"

方循音颤颤巍巍地将心内疑惑问出来。

听她说完，常哲屿握紧手机，收敛起表情，余光瞟了陈伽漠一眼，有些迟疑。

"这个……"他想了想，又叹口气，压低声音快速说道，"陈伽漠没事，和我在一起呢。至于别的事，你去百度一下这个名字就知道了。"

他报了个名字给方循音，而后干脆利落地切断电话。

球场内，陈伽漠已经停止机械投篮动作，走到场边拿了瓶水，也不顾天气有多冷，直愣愣往自己头上浇。

常哲屿看不下去，劝道："大哥，你这种时候要是生病了，问题就很大你知道吧……"

"今晚我去你家住。"陈伽漠冷冷打断他。

两人对视一眼。

常哲屿注意到陈伽漠眼中的红血丝，当然说不出什么拒绝之词。

"没问题啊，我家房子多得是，你想住哪套随便挑。如果想和本帅哥睡一张床的话，也不是不可以。"

"常哲屿，我实在没有心情开玩笑。"

常哲屿耸耸肩："我知道，可是怎么办，总得继续下去啊，总得节哀顺变吧。你这样，陈叔叔会高兴吗？"

气氛凝滞。

陈伽漠整个人都似大树一般，彻底枯败下去，好像再没了天之骄子顶天立地的精气神。

良久，他问："常哲屿，没了爸，又没了妈，到底是什么感觉？你以前有想象过吗？"

他从来没想过。

夜深人静，方循音打开电脑，把常哲屿说的那个名字输入搜索引擎。

页面跳转速度很快，几乎眨眼之间，词条已经跳出来。

第一条新闻来自一周之前。

"驻××大使馆一行人在××公干途中发生重大交通事故，全车四人不幸身亡，其中还有驻××大使馆陈××公使也不幸遇难……"

出了新年，这个寒假就算是走到尽头，江城八中进入开学倒计时。

返校前，方循音和渠意枝见了一面。

此刻，渠意枝也已经听说了陈伽漠家的事。

毕竟江城圈子就那么点大，又是同一个私立学校的同学，这么大一个消息，难免会被好事家长传开，再加上还有她小叔渠盎津在。

正大广场八楼，麦当劳最里头的座位。

渠意枝抿了一口麦炫酷，叹气："说实话，我也算和陈伽漠认识好多年了，之前还是竞赛对手，这还是我第一次觉得他好可怜，唉！"

方循音无言以对。

可怜？这个词，怎么能和陈伽漠扯上关系呢？

她连想都未曾想过。

可是，他这境遇，叹一句"可怜"，完全无可厚非。

渠意枝没注意到方循音的表情，接着说："而且，我小叔说他们家好像还出了点别的事情。"

"什么事？"方循音愣了愣。

渠意枝耸肩，回道："这我们这种外人怎么能知道呀，书香门第，讲究的就是一个家丑不外扬啦。听话听音，也只能猜猜，好像说是闹翻了什么的。不过也是，陈公使本来就长年累月在国外，很少回国，陈伽漠和他妈妈却是一直在国内的，没有跟着一起，有点什么隐情也正常。"

什么隐情呢？不可否认，方循音很想知道。

百爪挠心一样地想知道。

她无法隐藏自己那点不堪的念头，恨不能将心上人的事情桩桩件件全数知晓。

这样，好像就能离他近一些，再近一些了。

返校那日，阳光正好，像是一个好兆头。

方循音到李俊才那里拿了高一第一学期的总成绩单，再填写了一份物理竞赛班申请表。

大半个月过去，李俊才的头顶好像更秃了一些，他捧起茶杯，在旁边笑眯眯看向方循音。

他慢吞吞地开口："方循音，你看，老师说你很优秀吧，不会骗你的。你是个读书的好苗子，努力又认真，不骄不躁的，我的课代表当得也很好，老师很舍不得你走啊。不过呢，物理竞赛班的学习进度和难度都要比平行班高一些，教学上更偏重物理这科，到高二下学期选科的时候，优势就比其他平行班大多了，这样更好。"

方循音抿了抿唇，不知道该如何回答，最后只能小声说："谢谢老师。"

"谢什么啊，全靠你自己努力，应该要谢谢自己才是。你知道吧，咱们学校每一届学生里头，能从平行班跳到竞赛班的，平均不超过两个。方循音，你可是给我长了脸了。老师得谢谢你才对，哈哈！苟富贵，勿相忘啦！"

李俊才这人，虽然班上同学都觉得他讲话啰唆，人还烦，但确实是个好老师，讲课讲得很好，大部分时候都足够平易近人，所以大家愿意亲切地喊他一声"才哥"。

甚至，他还愿意让她做课代表。

方循音心里很清楚，李俊才是看出来她性格有缺陷，为了不让她成为班级的边缘人才会指定她当课代表的。

虽然最后她还是走到了尴尬境地，但心里，总归对他报以感激之情。

笔尖停顿在纸上，方循音踌躇良久，总觉得该说些什么。

"李老师，我……"

李俊才拍拍她的肩膀，说："什么都不用说啦，赶紧填好表，抓紧时间准备准备，下午跟着物理竞赛班参加摸底考。不要紧张，就正常发挥，你一定可以的。"

"嗯。"

话音刚落，有其他人推开门，走进办公室。

方循音和李俊才一同看过去。

朱蜜和徐眠静站在门口，两人手上都捧了一大沓试卷。

徐眠静率先开口："才哥，作业都收上来了，还有没交的，名单是……"

李俊才挥挥手，说："没事，先不要念，你自己记着就行。正式开学那天再问他们要一次，交不上来的话，报给各科老师就行了。作业放在这里，你们也赶紧回教室准备摸底考吧。"

"好的。"

半晌，文件全部填写完成，方循音慢慢走出办公室。

没想到，朱蜜还靠在墙边静静等着她。

两人对上视线，满目皆是尴尬。

朱蜜还是天生笑眼，哪怕五官放松，眼睛也会有点弯曲的弧度，衬得一张娃娃脸极为可爱。

只不过，方循音永远忘不掉那天朱蜜红着眼睛翻日记本的模样。

那种被目光凌迟的感觉，仿佛已经刻入骨髓，让她一想到就觉浑身战栗。

方循音默默往后挪了一小步，不自觉攥紧拳头。

沉默片刻，朱蜜率先开口："方循音，你这个学期就要转去物理竞赛班了吗？"

为什么发生这么多事情之后，朱蜜还能如此自若地与她话家常，方循音不明白，却也无法掉头就走。

她抿了抿唇，稳住语气，小声答道："还有摸底资格考。"

朱蜜点点头，启唇微微一笑。

"这下你如意了吧，终于有希望和陈伽漠一个班了。我们都不是你的救赎，只有陈伽漠才是你的神，对吧？终于能和他靠近一点了，恭喜你，有志者，事竟成。"

方循音扪心自问，除了悄悄和朱蜜欣赏同一个男生之外，自己没有做过任何对不起好友的事。

她本就不是大胆的人，也从来不曾试图主动靠近陈伽漠什么。

或许，这心思本身就足够不堪，但已经无数次对自己说"不可以"，面对本心，却也丝毫没有办法。

如果朱蜜仔细翻看她那本日记，就能明白，午夜梦回里，方循音到底是挣扎了多久，久到完全把自己置于尘埃之中。

她太累了，已经不想再听这些车轱辘话。

方循音叹了口气："我先走了。"说完，飞快转过身，脚步没有丝毫迟疑。

身后，朱蜜冷笑一声，一字一顿地开口："方循音，我诅咒你，诅咒你永远得不到你想要的东西，诅咒你注定要竹篮打水一场空。"

闻言，方循音自嘲地牵了牵嘴角。

压根无须别人诅咒，她本就没有指望过得到什么结果。

伸手摘月这种事，从来只是童话。

中午十二点多，日头高悬。

第一道考试准备铃响彻教学楼。

方循音手里攥着笔袋，先在门外反复做了几个深呼吸，鼓起勇气迈开步子，走进物理竞赛班。

教室里很安静，里头的同学睡觉的睡觉，翻书的翻书，各自忙碌。总之，气氛和四班完全不同。

因为要做摸底考场地，每张桌子右上角都贴了考生的姓名。

方循音在最后一排找到自己的名字，先坐下身，而后眼神仔仔细细掠过整个教室。

她找到了几个熟面孔，大多是上过学校升旗仪式或是受过表彰的同学，还有常哲屿，却唯独没有看到陈伽漠。

他还没有来吗？

还有十分钟就要开考了。

他还会来吗？

然而，直到摸底考全部结束，方循音终于能确定，陈伽漠根本没有来。

他弃考了所有科目。

与此同时，陈伽漠正坐在客厅，与嘉赫无声对峙着。

从出生起，他就一直住在这套别墅里。哪怕十几年间屋内装修过好几次，风格也换过几种，但这里的一切对于陈伽漠而言，依旧是早已熟稔于心。

客厅里放了架钢琴，年岁很老，是外公的爸爸留下的，嘉赫偶尔会去弹一曲。在靠近花园阳台位置架着一张红木书桌，小时候，外公带他在这里练毛笔字，借着江城的明媚阳光，举着手臂，写废一张又一张，终于练就一手漂亮字迹。

外公告诉他，字如其人，人要做得漂亮，字就必须写得漂亮。

偶尔，嘉赫没有工作时，也会过来看看一老一少。

她不是明媚张扬的性格，为人比较严肃，却也常笑，站在沙发边，好似通身泛着暖意。

"陈伽漠，你是不是又偷懒了？外公怎么说的？怎么能这样握笔？"

自小，陈伽漠记忆力极好，桩桩件件，几乎不用思考，都能清晰回忆起来。

可是，任凭他百般聪颖、识人猜心，却怎么也想不到，父亲因祸离世之后，这个家一夜改变。

家不是他的家，嘉赫竟然也不是他的母亲了。

好像一切都变得陌生起来。

思及此，陈伽漠目光如炬，定定望向对面。

嘉赫还是稳稳坐在沙发上，连表情都没有丝毫变化："陈伽漠，你今天要上学吧？你还在这里做什么？你爸死了，你也不准备活了？"

陈伽漠拳头捏得死紧，眼下一片青痕，衬得人有些憔悴，却也无损他的容貌。纵使如此，他的声音却足够平静。

"您今天不是休息吗？我想再听一次那件事，希望您能亲口告诉我。"

嘉赫轻轻笑起来。

她眉眼生得极为漂亮，五官几乎找不到什么缺陷。纵然已经上了年岁，好似也没有受到时光摧残。只是，与陈伽漠却是截然不同。

"陈伽漠，你想要听我说什么呢？说我根本不是你妈，你只是你爸的私生子，你妈早就病死了？还是想听听你爸当年是怎么骗我的？骗我说你妈已经把孩子打了，等我们领了证之后，再把你抱回来，逼得我没有办法，只能养着你呢？"

陈伽漠："……"

嘉赫捏了捏太阳穴，叹了口气，继续说道："我还以为我爸已经说得很明白了。我们本来就是打算等你十八岁告诉你的，现在因为你爸出了意外，只能提前。不过你也快要十七岁了，算是小大人了，这时候告诉你，你应该也能接受才对。"

不，他不能接受。

怎么可能轻易接受这种事呢？又不是狗血八点档电视剧。

陈伽漠本想翘起嘴角，但终是徒劳无功，只能勉强抬了下眉。

沙发对面，嘉赫还在继续说：

"其实，也没有三言两语说得那么不堪。很多事，我早就不介意了，所以才把你当亲儿子一样带大。如果你非要执着知道的话……

"啧，当时，你亲生母亲和你爸其实已经分手，分手时，他们都不知道已经有了你。后来你爸和我谈恋爱，也是真心实意。等到你亲妈查出来怀孕的时候，她已经打不了胎了，因为她患有比较严重的心脏病，不好打，医生建议还是生试试。

"未婚先孕这种事毕竟有些丢人，你爸爸他也不知情。后来我和你爸开始谈婚论嫁，到领证前夕他才知道这件事，却瞒了我，可能是怕我不乐意吧？其实也没什么不乐意的，你妈妈那种情况，难道我就能眼睁睁看着她为了流产死掉吗？不可能的。

"后面的事，也不用我说了，你自然猜得到。

"陈伽漠，这些年来，我自认对你足够好，你外公也非常喜欢你。我和你爸分居两地，早在一年前就开始商量离婚事宜，但为了不影响你，打算拖到你高考后再办。

"现在……这种意外情况谁也不想看到。

"儿子，对不起了，我无私了十六年，这次，妈妈想自私一回。"

听嘉赫这样说，最终，陈伽漠还是忍不住嗤笑了一声："所以……一刻都等不了了吗？"

嘉赫站起身，拍了拍真丝长裙上那些并不存在的褶皱，点头道："是，一刻都等不了。他已经等了我太久，再等下去我们都要老了。"

陈伽漠蹙起眉头，似乎已经预感到她后面要说什么内容。

"房子留给你，家里阿姨什么都有，我不担心。你好好的，有什么事可以找外公帮忙，想我的话就给我打电话。陈伽漠，说实话，你能好好地长大，妈妈真的很高兴。听话。"

说完，她转过身，毫不留恋地离开别墅。

顷刻间，整个房间变得空空荡荡，陷入死一般的寂静，只剩陈伽漠一个人定定坐在沙发上，垂着眼，面色凝结。

此时，仍不过二月底，初春微风依旧料峭。

别墅前些年重新装修时，嘉赫给全屋都做了地暖。哪怕是融雪时分，屋内依旧温暖如春，完全可以赤着脚在地上行走。偏偏，陈伽漠感知不到一丝暖意。

十六岁这年，他总算知道了真相。

陈是父亲的姓，伽是嘉的同音字。

漠是漠然的漠。

这个名字，自打他出生那一刻起，就预示了这个家最终会分道扬镳、走向陌路的结局。

第六章
陷落月光

月光或许会短暂地被乌云挡住，但一定不会轻易陷落。

——方循音日记

01

新学期伊始，方循音拿着摸底成绩单，顺顺当当转入物理竞赛班，成为八中重点班的一分子。

新班级气氛和原先四班可以说是大相径庭。物理竞赛班里这些同学，大多都是从小拿着各类奖项升上来的。

对于功课，轻轻松松、手到擒来，只需要专注搞竞赛即可。要不然就是家里非富即贵，直接等着毕业出国，压根不在乎排名成绩，上学上得无比肆意潇洒。

总之，这里每个人都有些特立独行。

方循音那点古怪疏离就显得没有那么奇特，自然也不会引起任何人的关注。

这种浑不在意，让她觉得尤为轻松。

物理竞赛班班主任姓赵，戴眼镜，四十来岁，也是个教物理的男老师，和李俊才关系一向不错。或许是受到李俊才嘱托，他对方循音态度算得上十分亲切。

"我看看……小姑娘叫方循音是吧？咱们班位置都是同学自己挑

的,你刚刚来,可能还没有什么熟悉的同学,就先坐靠窗那个空位置吧。那个座位原来也是个女生,不过决定之后要读历史,所以这学期转去平行班了。你可要加油啊。"

方循音点点头,声音很轻:"好的,谢谢老师。"

"去吧。"

方循音低着头快步走过去,在空位上坐下。她还未来得及做什么,蓦地,马尾好像被后座那人轻轻扯了一下。

她扭过头,表情一瞬间变得有些惊讶:"常哲屿?"

常哲屿笑起来:"嘿!好巧啊。看来咱们果然是非常有缘,继一球之缘之后,还成了前后座,这简直是命中注定的缘分。"

方循音被他说得十分尴尬,脸颊飞出一抹红晕。

常哲屿虽然没什么眼力见儿,不过还算懂分寸,调侃几句过后,及时住口。

顿了下,他又随口嘟囔一句:"说起来,陈伽漠那家伙,开学第一天都不来啊。"

闻言,方循音背脊一僵。

刚刚进班级,她还不好意思四顾找人,但听常哲屿这么说,心立刻揪了起来。

没有来参加摸底考就算了,连开学第一天都不来上学……

他还好吗?

越想越觉得心神不宁,但方循音不敢在别人面前露出一丝一毫端倪来。

上次打给常哲屿的那个电话,好像暂时花光了她所有的勇气。要再迈出下一步,可能还需要蓄力一会儿才行。

周四,上午第一节课结束。

消失了三天的陈伽漠终于来学校了。

只是,他人才走到教室外,就直接被闻风而来的赵老师截住。

隔着门,方循音都能听到斥责声自走廊传进来。

"陈伽漠!你这几天做什么去了?为什么不来上学?我给你打电话、给你妈打电话,为什么不接?你以为发个消息说不来就可以不来了吗?理由呢?说不出来,按照校规属于旷课!旷课三天,是严重违纪!你赶紧给我好好说说!"

赵老师是班主任,班上有同学无故旷课,还三天联系不上,难免心急如焚。克制不住情绪,他语气有些气急败坏。

教室内,方循音停下动作,虎口紧紧压着水笔,耳朵伸得老长,生怕错过一个标点。

没多久，就听到陈伽漠慢条斯理地开口答道："那就算我旷课吧。"语气懒洋洋的，似乎对那些威胁毫不在意。

"陈伽漠！你别给我说这些有的没的！你是不是以为拿个冠军，就可以在学校里随心所欲了啊？什么时候开始也学得无组织无纪律？你之前可不是这样的！上学期那个比赛含金量还不够你无法无天的呢！"

陈伽漠明显是笑了一声："老师，我确实没有什么事，只是不想来而已，短信里跟您说得很明白啊。"

他这种无所谓的态度让赵老师痛心疾首。

很显然，从陈伽漠被保送进入八中那一刻起，就是当作好苗子来培养的。第一个学期，他虽然为人有些桀骜不驯，在开学典礼上就搞了惊世骇俗那一套，但总体来说，还算是循规蹈矩，没有什么大差错。再加上他确实也足够聪明，十二月那个大赛还轻轻松松给学校拿了个冠军来，让学校领导高兴了很久。

赵老师本不想太过苛责他，哪怕三天没来，就让他写份检讨，再找个理由混过去。

只可惜，陈伽漠好像不能体会到老师这良苦用心。

沉默半晌，他说："老师，我以后不会再参加任何物理竞赛了。麻烦以后无论什么比赛，都不要替我报名，谢谢老师。"

"为什么？"赵老师微怔。

陈伽漠轻描淡写地说："没有为什么。"

这件事，当即掀起狂风暴雨。一直到午自习开始，陈伽漠才重新回到教室。

赵老师还是怒气冲冲，随手一指："回你的座位去！给我好好反省反省！"

陈伽漠面无表情地点点头，慢吞吞迈开步子，回到自己的位置，干脆利落地趴下身。

不远处，方循音侧着脸，偷偷看向他，目不转睛。

两人座位当中隔了三排，细细算来，也不过几米之遥。从来没有想过，她居然能离陈伽漠这么近。

只是，此时，他的状态、气质、神态，都是无比陌生，不似从前。

陈伽漠到底是怎么了？

方循音蹙起眉，沉吟着猜测起来。

因为心里有事，虽然什么都没有做，午自习还是过得很快。

仿佛眨眼间，下课铃就响了。

"呼啦啦——"

瞬间，一群人围到陈伽漠身边，将他的座位挡得严严实实。

"陈伽漠，你也太猛了吧，摸底考都不来！"

"你没看刚刚老赵脸都绿了。"

"那现在怎么说？警告处分还是当众检讨？"

"陈伽漠，寒假那件事，你……"

方循音偷偷听到这里，心脏重重一跳。

好在常哲屿没让那同学继续说下去，大手一挥，打断他："好了好了，兄弟们散了吧，啊，一群大男人怎么这么八卦！啧！"

陈伽漠全程头也没抬一下，仿佛无知无觉。

等人散开，常哲屿拉开他前头那个座位，正对着他坐下，轻声说了句什么。

方循音听不清。

继而，就见陈伽漠撑着脖子坐起来，眉目间有丝不耐烦的神色。

下一秒，两人一起站起身，往教室后门方向走去，看样子似乎是要出去。

身体行动比脑子快，方循音竟然"唰"一下站起来，紧随他们的脚步而去。

这时候，她尚不知道自己想做什么。

只知道她想对陈伽漠说些什么。哪怕不是安慰，只是单纯说几句话呢。

就像那个下雨天，在便利店门口，陈伽漠坐在她旁边不厌其烦地同她说话，一点都没有因为她状态不佳、不善言辞，而嫌弃她。

明明没有什么特别，却能让人心安。

走到楼梯口，陈伽漠率先停下脚步，扭过头回看了一眼。

常哲屿走在他前头，没注意到后面的情况，感觉到他停顿，问道："怎么了？"

陈伽漠没有回答，定定看着方循音瘦弱的身影。

"你跟着我们有什么事？"他语气十分平静，平静到近乎没有温度。

方循音整个人一僵。

虽然刚刚设想得很好，但真到了面对面时，总归还是胆小怯懦，失了点勇敢。

可是……可是她不能就这样放弃。

在陈伽漠淡淡的表情中，方循音深吸一口气，攥住手心，用力在心底给自己打气。

终于，她结结巴巴开了口："那……那个，陈伽漠，上次……上次，你说那个猫的名字，我已经想好了……"

陈伽漠随口"哦"了一声，完全没有给她借着这个话题继续说下去的机会。

他打断道："反正小猫也听不懂，叫什么都一样，能活着就行了。"

方循音愣住了。

千思万想，没有想到这个答案。

好像仅仅是那么零点几秒内，她所有心理建设在陈伽漠淡淡的眸光中全数坍塌。

眼睛发酸，眼眶中也好似有泪意闪过。

方循音垂下眼睑，怯怯地咬了下唇，低声道歉："对不起……"说完，她转过身快步离开。

动作很匆忙，好像身后有什么恶鬼在追逐一样，只给陈伽漠他们留了个背影。

陈伽漠一直没动，在原地静静驻足。

良久，他才回过头，冷着脸继续下楼。

旁边，常哲屿看不下去，忍不住为方循音打抱不平："干什么要这样嘛，你都把人小兔子吓坏了。"

陈伽漠嗤笑一声，满不在乎的模样："我哪里说错了吗？"

连自己都安排不好，哪还有心思纠结一只猫的名字呢？

考虑到目前的情况，常哲屿懒得和他争论，叹了口气，干脆利落地转开话题。

"说起来，你脑袋还好吗？脑震荡有没有后遗症啊？会不会一天天变成智障啊？"

陈伽漠薄唇亲启，淡定地吐出一个字："滚。"

常哲屿顿了下，上下打量他几眼，难得没有抬杠，只嘟嘟囔囔道："最近这都叫什么事啊，唉……你也不早点告诉我，还是不是兄弟了？"

"没事，一点小意外而已。"

"就算你出事，阿姨还是走了？啧啧，女人，好狠的心啊。那以后你家那大别墅岂不是就你一个人了？保姆阿姨和司机他们呢？阿姨有没有安排？总不能饿死你吧？实在不行，要不住我家去？反正我家老爷子最喜欢你，肯定非常乐意。"

陈伽漠没说话，眸深似海，将万千情绪悉数藏得严严实实。

这短短半个月，在他身上可以说是发生了天翻地覆的巨变。

意外接踵而至，一桩一件，想来都叫人觉得啼笑皆非。除了感叹一句"世事无常"之外，竟然找不到其他心情描述。

静默良久，陈伽漠终于沉沉开口："这个学期我住校，房子里用不着留人。至于其他事，就别再提了。"语气带了一丝阴郁。

常哲屿瞪大眼睛："……"

江城八中是私立学校，自然有给学生提供住宿，同班主任申请即可。

只不过，对于学校里大批有钱孩子来说，宿舍条件再怎么好、设施再怎么完善，肯定比不上自己家里。像陈伽漠、常哲屿他们，家本就在学校附近，自小活动范围也在周围，每天上下学都花不了多久，压根没考虑过住校。

现在，听陈伽漠如此一说，让常哲屿不知该如何安慰兄弟才好。

对陈伽漠这样一个骄傲的人来说，任何怜悯之词好像都是一种侮辱。

常哲屿轻叹一声，如往常那般大力地拍了拍他肩膀，说："有什么需要帮忙的尽管开口。陈伽漠同学，你知道的，爸……爷爷爱你。"

陈伽漠被拍得闷哼一声，蹙起眉，随手将常哲屿的手臂挥开，继续一言不发地往前走去。

初春，气温尚未完全回暖，教室依旧每天开着空调。

刚刚开学没多久，还没有安排调换位置，方循音还是坐在靠窗那排。偶尔，她会将窗户打开一条缝隙，稍微换换气。

清冷微风轻拂过窗帘，再抚上她的脸颊，好似一双冰凉柔软的手，顷刻间，让人头脑清醒，心情也平和下来。

方循音摊开错题本，先抄上冗长枯燥的题干。倏地，想到什么般，她笔尖微顿。

她侧过视线，状似无意地往陈伽漠座位方向张望了一下。

自那天之后，不知为何，陈伽漠又连续好几天没来学校。再算上周末，差不多已经有七八天没能见到他了。

可是，赵老师没说原因，方循音也没有勇气再给陈伽漠发消息。

微信对话框被反复打开，再关掉，锁定屏幕。

方循音长长叹了口气。

愣怔时，她的后背被人用笔帽轻轻戳了戳。

她"噌"地直起身，转过去看向常哲屿。

常哲屿脸上挂着混不吝笑意，朝她扬起眉，问道："前桌，你在看哪里呢？都发呆好久了。"

方循音脸颊"唰"一下烧起来，声音磕磕巴巴的："没……没有啊……我在……在想题目……"

常哲屿懒洋洋往后一靠。

上学期，小兔子在四班闹出动静那天，他虽然没和陈伽漠、渠意枝一同进他们教室，却也是在门外听得清清楚楚。只不过他答应了陈伽漠，不会把这件事拿出来说而已。再加上寒假时那个电话，有些事，无须言明，但并不代表不存在。

只是，方循音这般乖乖巧巧又战战兢兢，时不时看一眼陈伽漠座位的方向。她还是一副瘦不拉几模样，确实有些可怜兮兮的。

看在"一球之缘"的分上，常哲屿决定帮她一把。

他慢声说："陈伽漠这几天身体不好，请假在家休息，明天……明天应该就会来上学了。"

方循音没有说话，垂着头，脑袋快要埋进桌面里。

果然，常哲屿肯定是看出来了，看出了她那点小心思、那点妄念、那点非分之想。

她什么都藏不住。

陈伽漠身体不好？哪里不舒服？他怎么了？

一时之间，担忧在脑海中稳稳占据上风。方循音攥住手指，打算再不经意地试探一下常哲屿的口风。

身后，男生明显已经被转开注意力，从椅子底下掏出个篮球，站起身，呼朋唤友地离开了教室。

一整晚，方循音都有些心神不宁、辗转难眠。

这次，她没有再躲在被窝里做什么，干脆起身，披上毯子，再去拧开台灯，翻开日记本，装作在写笔记那样磊落坦荡，免得康文清又搞突然袭击——

"什么隐情、什么意外、为什么请假、为什么不舒服……林林总总，我好像有一百个问题，关于 Kuiper Belt。

"因为欣赏，他的每件事，我都很想知道。

"但是这只是我的一厢情愿，事实上，哪怕我用尽力气考进物理竞赛班，和他能在同一个班级上课，我们之间的距离还是宛如天堑。他的生活，我没有办法参与；他的喜怒哀乐，都与我无关。

"看似很近，实则很远。

"不过是咫尺天涯。"

方循音放下笔，作了个决定——

哪怕只是一厢情愿，她也想更关注陈伽漠一点点。

次日一早，天光乍破。

这个时节，江城天亮得不算很早。拉开窗帘往外看去，天色依旧有些灰蒙蒙的，只有天际露出一抹橙黄色霞光，昭示着日出即将来临。

方循音睁开蒙眬的双眼，看一眼时间，赶紧轻手轻脚起了床，洗漱完再换校服。

康文清还没有起来，方为先去楼下买了早点，回来拉开门，同方循音的视线撞上。

他有点讶异，问道："音音今天怎么起这么早？是学校里有什么事情吗？"

此刻，仍不过刚刚六点出头，距离七点二十分的早自习还有将近一个多小时。

方循音有点慌神，手足无措地抿了抿唇，试图解释："那个……我们今天有听写，昨天作业多，没来得及看，我想……早点去学校背单词。"

越说到后面，声音越发低下去，渐渐地，尾音消失无踪。

方为"哦"了一声，倒是没再问什么。他拿了一袋小笼包和一杯豆奶出来，顺手递给她，又嘱咐道："路上注意安全，到学校先把早饭吃了。"

方循音不自觉松了口气，扯出一点微弱的笑意，点点头，说："谢谢爸，那我先走了。"

"去吧。"

方循音顺利走出家门。

外头，天气还是冷，加上时间尚早，还没有完全出太阳，风一吹，冻得人忍不住缩脖子。

她勾着早餐袋，呵了口气，轻轻搓了搓掌心，乘上去往徐兆家方向的公交车。

没多久，汽车在小区门口停下。

方循音来了很多次，对这一块早已熟门熟路。她沿着公交站牌往前走一段，在小花坛边坐下。

不知道陈伽漠会怎么去上学。

骑车？私家车？

或者是打车？还是坐公交？

不管怎么样，等在这里，只要陈伽漠出小区，都能确保她第一眼就能看到。

方循音没有什么特别的想法，只是单纯有些担心陈伽漠而已。提前一个小时过来，她也只是为了能悄悄看他一眼、跟在他后面一起走一段，能让自己安下心来。

思及此，她忍不住自嘲地笑了笑。

人果然是这样，一点点情窦初开，以前没有想象过的任何事情，都变得有可能发生。

方循音从来没想过，有朝一日，自己竟然会为了一个男生早起一个多小时，等在凛冽寒风中，只为了看一眼，确定他还好。

既然常哲屿说他今天会来上学，那应该是会来吧？

她抿起唇，轻轻眨了眨眼。

因为欣赏，等待的每一分、每一秒，竟然都不觉得浪费。

转眼的工夫，手机屏幕上，时钟从"06"跳到"07"。

方循音从目光专注，渐渐变得有些焦急起来。

这段时间里，小区来来往往的行人，她全都确认过一遍。还出来不少私家车，她也眯着眼仔细确认了，其中都没有陈伽漠。

按照身形，陈伽漠应该十分突出显眼，不至于会看错才对。但是到这个点，他再不出来，就会迟到。

难道他今天还是不去学校吗？

为什么？

还是不舒服吗？

方循音吸了口气，心绪有些烦乱。

到七点零五分，她已经不能再继续等下去，只得乘上公交车，独自往学校而去。

果然，这一日，陈伽漠依旧没有来。

赵老师也没有说什么，想必还是正常请假流程。

之后，一连好几天，方循音每天都会提前一个多小时出门，去陈伽漠家小区门口悄悄守候，哪怕无功而返，也不在乎。

因为对方是陈伽漠，这点坎坷，她一点都不觉得委屈，只觉得那一个多小时过得好快，快到让人觉得心脏难受。

直到周五那日。

江城江边的复古钟"噔、噔"响了七下，声音隔得远，仿佛是从天际传来的。

陈伽漠的身影出现，身形颀长消瘦，走路不紧不慢、不慌不忙。他路过门卫处，走出小区，往公交站这边靠近。

方循音愣怔半秒，颇有些难以置信。

多日不见，陈伽漠好像整个人都清瘦了一些，脸颊尤甚，却完全无损优越容貌，倒是衬得五官更加分明精致，如同女娲之手的精心雕琢。只消一眼，就能叫人视线忍不住停留。

偏偏，少年表情十分淡漠，有种拒人于千里之外的清冷感。

方循音定定凝望几秒，蓦地站起身，匆匆绕去另一边，以站牌为屏风，阻挡住视线。

她垂眸，心下惴惴，只好默默挪动着位置，确保自己能不被看到。

还好，陈伽漠并没有东张西望。

他两手插在口袋里，安安静静站在车站前。

两人之间隔了不到十步路，还横着一个公交站牌。

一个站，一个望。

这样就够了。

方循音捏住书包带子，轻轻牵起嘴角。

陈伽漠这次回到学校，倒是安稳下来，没再出什么其他事，也没有再请假缺课。

方循音偷偷观察了几天，放下心来。

事实上，她明明很清楚，少年丧父这种伤痕，并不会那么轻易就被抚平，明确表现就是陈伽漠变得日渐疏离起来。

从前，方循音这般孤僻胆小、默默无闻，他都愿意向她伸出手，愿意同她说话，给她的世界带来一点点温暖。

不仅仅是对她，对所有人，他都是这般淡漠却温柔。

就是这样一个少年，现在已经变得几乎不与旁人搭话。

除了和常哲屿还是形影不离之外，陈伽漠整个人变得疏离许多。哪怕坐在教室里，往往也只懒洋洋靠在桌上，玩手机或者闭目养神，仿佛迟迟无法与世界和解。

方循音只能旁观这种改变，什么都做不了。

数学课，老师在黑板上讲几何函数。

竞赛班教学进度很快，基本在高二下学期之前就会学完高中所有知识点，然后开始进入复习阶段。甚至很多同学早就在课外补习班学完了所有课程，到学校课堂只是来重温一下而已。

毕竟，竞赛班很多人都是奔着参赛而来，从小就浸淫着各类难题怪题，和普通高中生不是一个水平。

方循音刚刚转进来，落下不少课程，自然是跟得非常吃力。

结果，万万没想到。

下一秒，讲台上，数学老师点了她的名字："方循音，这道题你上黑板来解一下，很基础的，求 ab 截距。"

方循音愣住了。

"函数几何在考试里基本都是以 12 分大题的形式出现，还会和其他知识点放在一起出综合题，所以，这个知识点非常重要。你们也拿草稿纸出来算一下看看。"

一时之间，底下传来各种窸窸窣窣的纸张摩擦声。

方循音颤颤巍巍站起身，先习惯性理了理衣领，试图将脖子挡得严实一些，这才慢吞吞走到黑板前。

她抬起眼，开始审题。

思索时，随手捡了一小截粉笔，先写上一行公式，继而停下，将粉笔攥在掌心，眉峰渐渐聚拢。

她没有上课外补习，又刚考进物理竞赛班没多久，教材进度就落下一截。

这题虽说是基础题，但第一小问就有综合知识点。

方循音没学过那个知识点，停滞良久，依旧找不到思路。

终于，数学老师失去耐心，用三角尺教具敲了敲讲台，严厉地问道："不会做？"

方循音紧紧抿着唇，脸颊不受控制地泛出红晕来。

实在太尴尬了。

对于方循音来说，从小到大，数学一直都是她的强项科目，在黑板前这般出糗，还是第一次。

更何况，以前她在班上不声不响，又没什么存在感，不是差生，但也算不上模范生，很少有机会被老师点上讲台。

所以，现在该怎么办？

一想到身后，除了班上几十个同学之外，还有陈伽漠可能也在看着这一幕。顿时，方循音只觉得如芒在背，恨不能立刻找个地洞钻下去。

老师没再继续与她僵持，挥了挥手，示意她回座位去，又重新点了个名字："陈伽漠，你上来做。"

方循音脚步停滞一瞬，整个人都有些僵硬，余光不自觉轻轻扫了一下，注意到陈伽漠从座位上坐起来，抓了把头发，面沉如水。

两人在第一排位置擦肩而过。

这种场景、这种对比，实在让人觉得不太好受。

方循音咬住唇，加快脚步，飞快坐回位置上。

她抬眼时，陈伽漠已经站在黑板前。

他刚刚好像压根没有在听讲，也不知道老师在布置什么题目，明显是先看了一遍题干。接着，他拿起粉笔，也没有擦掉方循音那行公式，直接接在后面往下写解题步骤。

方循音盯着黑板愣神。

陈伽漠的字很漂亮，并非龙飞凤舞，也不是一板一眼，每一个笔画都落得很潇洒，笔锋凌厉，几个数字和字母都写出了写意风流的行楷味道，果真字如其人。

这般，反倒衬得方循音最上面那行公式，还有那个"解"字，有些小家子气了。虽说是工工整整，到底失了些感觉。

方循音轻轻推了下眼镜，心尖血液微妙活泛涌动。

字迹对比再明显，但也是排在一起。

想来，和心上人在黑板上同写一道题，怎么也称得上一句浪漫才是。

少女心思向来就是这么不讲道理。

很快，陈伽漠写完最后一个字，随手一抛，那个粉笔头被精准丢进粉笔盒中。

他拍了拍手，漫不经心地说："好了。"

数学老师对了一下答案，点点头，出乎意料地将他的动作喝止："陈伽漠，你给我站在这里。"

陈伽漠停下脚步，扭过头。

数学老师没他个子高，但黑板到讲台有一级台阶，一上一下，勉强能平视相对，气场也能借此拉满。

"既然上来了，你就来给同学们说说，为什么一周不交数学作业？怎么？拿了个奖就觉得自己了不起了，看不上学校的作业了吗？陈伽漠，你虽然出色，但这个班里哪个同学手上拿过那么一二三四个奖杯的？也没见他们不交作业啊！温故而知新，没学过吗？而且，既然还是学生，在学校上学，随便你是什么情况，都要按照学校和老师的规矩来！"说到最后，数学老师的态度已经变得严厉，明显是忍了他很久。

班级气氛为之一肃。

没想到，陈伽漠只淡淡地答了一声："哦，知道了。

"那我能下去了吗？"

底下有不怕死的男生笑了两声。

数学老师被陈伽漠这油盐不进模样气坏了，指着他"你"了半天，却没说出什么话来。

毕竟是得意门生，家逢巨变，还搞得尽人皆知，就算是老师，大抵也不知道该如何对待他才好。

讲台上，陈伽漠面无表情地同老师对视着。

台下，方循音悄悄盯着他的侧脸，不错眼地瞧，似是要看进他心里去。

曾几何时，她一直觉得，正是陈伽漠身上那种高不可攀却又温柔待人的气质，吸引了自己敏感的灵魂，成功将她从黑暗中救赎出来。

他实在太耀眼，像神明一样，无所不能，满怀慈悲，是她永远无法成为也无法企及的渴盼。

所以她陷入了这个深渊，开始一场无声狂恋。

然而到此刻，他已经不再浩瀚无垠，而是脆弱彷徨，好像一块玉石，上头的划痕星罗棋布，只要指尖轻轻去触碰一下，就会瞬间四分五裂、支离破碎。

纵然如此，陈伽漠站在黑板前，模样却依旧还是傲气。那是从小养成的、从骨子里透出来的倨傲与锐利。

这种截然相反的矛盾感，在他身上拧成一道，混合着耀眼春意，勾得人挪不开目光。

方循音不得不承认，哪怕是这样的陈伽漠，她还是欣赏。

无论是温柔也好，锋利也罢。

单单是"陈伽漠"这三个字，就已经足够让她沦陷深潭。

02

时间悄悄溜走，在江城气温日渐回暖中，进入三月中。

按照惯例，八中马上就要召开一年一度的校运动会。

虽然江城八中一贯以高学费、高升学率闻名本城，但作为私立学校，又有不少学生有点家庭背景，很容易受到各界关注，所以不能太过越线。江城素质教育推广了许多年，八中也算是私立名校中的模范试点。

这就代表学校重升学率，但各种学生活动也不能落下，甚至还要比其他普通高中更丰富、规模更大。

跨年艺术节是如此，校运会更是。

每届校运会都要办周四、周五两天，各种项目都有，以保证每个学生都能参与进来。

提前两周，每个班就开始报项目，由体育委员统计上报。

物理竞赛班虽是竞赛班，但倒也不如各类电视剧里描述那样，全都是书呆子。除了极端情况，大部分同学发展还是比较全面。因此，无须赵老师多动员，几个热门项目很快报满。

剩下一些老大难，比如女子铅球、长跑、沙坑跳远之类的，体育委员怎么说都没有人愿意上。

赵老师大手一挥，直接做出安排："班上没有报过项目的同学，体育委员直接填名字。总之，输赢无所谓，重在参与，跑五分钟也没事，把人头凑上就行，体育精神很重要。"

方循音生得瘦弱，铅球之类肯定没希望，直接被安排进八百米长跑。

背后，常哲屿小声问她："方循音，你能跑吗？跑不了我让体育委员给你换个项目吧？咱们哥俩关系还不错，这点还是能操作一下的。"

两人前后座大半个月，离得近，方循音架不住常哲屿热情又自来熟，还有渠意枝经常过来找她。三个人话一对上，关系自然拉近许多。

虽然有陈伽漠这层关系，但常哲屿从来没借此调笑过什么，倒是叫方循音放下心来，渐渐地，她也能同这个后座说上几句。

闻言，方循音摇摇头，小声道："没事，我能跑。"

江城中考有三十分的体育成绩加分，当时，她也是拿到满分，顺顺当当进了八中。八百米虽然说不上跑多快去拿名次，完整跑下来肯定没问题。

常哲屿"哦"了一声，笑起来："也是，兔子能跳，耐力肯定好。"

"什么兔子？"

"没什么啊。"他摇摇头，站起身，"打球去了，要是有发什么考卷，你记得给我留一份。"

方循音有些摸不着头脑，但也没有深究。

她点点头，小心翼翼地抿了下唇，悄悄侧过脸，目送常哲屿走到陈伽漠身边，两人一起离开教室。

背影消失在走廊，再看不见。

3月23日，八中运动会第一天。

天气晴朗、春光烂漫，很适合学生在操场上跑跑跳跳。

上午，入场式结束，班级全数解散。同学们可以在操场上自由活动，可以观赛或是休息，也可以偷偷坐在树荫下写作业。

八百米安排在下午，是今天最后一个项目。

方循音无所事事，又不想在人堆里闲逛，干脆在主席台旁边找了个角落独自坐下，摸出手机开始背单词。

没多久，面前的光线被挡住，她仰起头。

渠意枝正站在半步之外，好整以暇地低着头看她。

方循音松了口气，轻轻笑了笑："枝枝啊。"

"音啊，你怎么躲这里啦？不去给你们班同学加油吗？"

方循音有些尴尬，推了推眼镜，小声答道："那个……有点晒。"

对于她来说，防晒是重中之重，一年四季都不能落下。特别是运动会这种活动，高领内搭加防晒喷雾早就全数备齐，绝对不能被太阳晒到脖子，让胎记变深。所以，这也只是句托词罢了。

渠意枝点点头，倒是没有追问，干脆在她身边坐下。

角落位置不够宽敞，两个姑娘只能挤成一团，姿势亲密无间。

方循音微微一顿，表情有些恍惚。

渠意枝没发现什么端倪，只是叹了口气，趁这个机会同她小声咬耳朵："音，我给你说个八卦，关于陈伽漠的，听吗？"

方循音不自觉屏住呼吸，声音越发低了："听。"

渠意枝捋着鬓角，低声开口："我听我小叔说，陈伽漠的爸爸出事之后，他妈妈也丢下他去国外了。他这学期申请了住校，应该是真的。"

方循音愣住了，自己不知道这事。

自从上次那件事过后，方循音再没有勇气同陈伽漠说话，哪怕两人在一个班上课。

确定他安好后，她早上也没再去那个小区等过他，只有去徐兆家补课的路上，会忍不住四处打量看看，但一次都没有再偶遇过。

况且，每天放学之后，班上几个男生都会一起走，她也没机会观察陈伽漠往哪里去。

渠意枝明显不需要她呼应，继续说道："陈伽漠的外公很有名的，比他爸还有名，所以他妈妈这件事在他们那个圈子里闹得蛮大的，风言风语很多。我看陈伽漠这个学期状态很差，估计就是因为这件事。唉，父母都……叛逆期该姗姗来迟了。"

方循音垂下眼，闷闷地"啊"了一声，算作听到。

渠意枝偷偷觑了她一眼，心中思量片刻，决定打住话题。

"不说这个了……音，你下午要跑八百米是吗？我写点那个什么发言词，给你加油吧？到时候你一跑，就拿去主持人那边，让他读。什么'你像天使插上翅膀，飞奔在塑胶跑道。方循音，你就是跑道上最闪耀的星星'这种，怎么样？"

说完，渠意枝掏出了纸笔。

午后，阳光渐渐变得炙热起来。

方循音脱掉外套，仔仔细细补上防晒，再去裁判那里登记了标号，站到起跑线，开始做简单的热身运动。

长跑没有预赛，每个班出两个选手，然后全年级一起跑。

渐渐地，起跑线上，人越聚越多，比赛快要开始了。

方循音捏了捏手腕，目光不自觉偏移。

八中操场四百米一圈，八百米正好两圈。渠意枝就站在起点线旁等待，见她看过来，冲着她摇摇手，模样十分明媚。

方循音也冲渠意枝笑了笑，又慢慢看向别处，不经意四下搜寻起来，却不知道陈伽漠在哪里，也不知道他今天有没有观赛。

陈伽漠和常哲屿都是校队成员，明天有年级篮球赛，他们应该都会参加。至于其他个人项目，常哲屿报了个跳高，陈伽漠什么都没有报。说不定，这会儿，人都已经走了。

方循音叹了口气，没再多想。

"准备！"

"砰——"一声，发令枪响。

所有人一拥而上，顺着跑道往前狂奔而去。

方循音则是跟在大部队后面。

长跑靠耐力，前期没有必要冲刺。

前半圈，她一直保持着不紧不慢的节奏，到后面半圈，才渐渐跑进大部队中段。

第一圈四百米结束，不少女生已经有些跟不上。

第二圈刚一开始，方循音慢慢跑进前五，但步调也开始减慢。

太阳越来越晒，明明是三月天，可对于长跑的人来说，偏偏有种酷暑的炎热感。

倏忽间，她恍然一愣神，仿佛听到广播里传来了熟悉的声线。

"飞跃的是青春，奔跑的是热情。现在正在进行的是女子八百米耐力跑，祝女生们跑出青春，跑出热烈，加油。"大提琴般低沉的声音从广播里传出来，稍微有点杂音，却也无损动人。语气漫不经心，甚至还颇有些懒洋洋的味道。

方循音不自觉偏过头，往主席台方向张望了一眼。

果然，不知何时，陈伽漠已经悄然出现，正靠在主席台边，手里拿着话筒，慢条斯理地念那些尴尬的鼓励词。

"你是跑道上最美的云彩，你的汗水，是运动精神的寄托，是……"

你是我的月光。

是我的精神寄托。

方循音在心里补全句子。

这般想着，她好像全身又重新充满了动力。

她开始加快脚步。

距离终点不过十几米远，前两名选手已经顺利冲线。

方循音位居第三。

然而，耳边充斥着陈伽漠淡漠的声音，她想着要跑快一点，至少拿个名次，让他看到自己，渐渐地，便走了下神。

"咔嗒"一声脆响，倏忽间，脚踝处传来一阵剧痛。

方循音表情变了变，勉强控制着身体，不让自己在众目睽睽之下摔倒在地，引得人注目。

几步之外，终点线上站了不少人，有同学、有老师，视线都看着跑道这个方向。

主席台就在终点线侧边，陈伽漠一直站在台阶上，或许，只消他轻轻抬眼，就能看到这里。

方循音深吸一口气，撑着刺痛勉强往前挪。

她想：好歹先跑完再说，不能在跑道上摔倒。

短短三两步路，刘海底下已经开始浮起冷汗，混合着挣扎，叫人觉得有些痛苦难耐。

几秒钟，好像拉得比一万年还长。

终于，鞋尖碰到线。

第四名。

虽然不计入奖状，但作为充班级人头的项目，总算完成得也还算可以。

跑完还有老师看着，不能马上就地坐下休息，必须得慢慢走一段，方循音拖着腿，又往前挪了一段，平缓呼吸。

渠意枝从旁边一步蹦过来，顺手给她递了瓶水，感叹道："宝贝，你好厉害！"

闻言，方循音仰起头看向渠意枝，脸色惨白如纸。

渠意枝一惊："方循音，你怎么了？"

方循音摆摆手，整个人往草坪上头一坐，掌心压住脚踝的位置，这才皱着眉、气若游丝地答道："脚崴了。"

渠意枝赶紧跟着蹲下身，长指一勾，将她校裤裤腿往上拉了一截，露出纤细莹白的脚腕。

此刻，她的脚踝处已经有些肿胀起来。

许是因为方循音人太瘦，一点点肿都看得十分明显，手指轻轻一碰，她就疼得倒抽凉气。

"咝——"

渠意枝没遇上过这种情况，有些手足无措。停顿片刻，她立即站起身去找裁判老师。

因为八百米项目凑数选手很多，不少女生还没有跑完，在缓缓腾挪，老师自然依旧留在终点线处，手握秒表，静静等待，距离她们俩的位置也不远。

渠意枝飞快找过去。

老师往方循音的方向看了一眼，表情严肃地问道："脚崴了？还能动吗？"

"动是能动的，就是她好像很疼。"

"能动应该没骨折。找俩男生送医务室去冰敷一下，让校医看看。"说完，老师随手往旁边一指，喊住路过的男生："那个同学！等一下！过来帮老师一个忙！"

那男生停下脚步。

渠意枝顺势转头，眯起眼睛，"嘿"了一声："陈伽漠？正好正好，方循音脚崴了，我弄不动她，快来帮忙！"

裁判老师还在计分，见有人过线，眼疾手快地按下秒表，在记分册上写上了分数。

顿了下，他嘱咐陈伽漠道："男生过去帮个忙吧。"

陈伽漠面无表情地应了一声，转过身，脚步往方循音的方向迈去。

面前，男生身形瘦长，正在大步靠近自己。

方循音不自觉瞪大了眼睛。

万万没有料到，渠意枝说找人帮忙，居然找来了陈伽漠。

他不是在主席台念那些广播稿吗？怎么突然过来了？

她不敢问。

很显然，陈伽漠也没有打算同她多说什么，漠然蹲下身，伸出手，捏了一下她脚腕的位置。

"没骨折。"他干脆地下结论。

方循音压根没听清他说什么，只感觉到他的指尖温润如玉，碰到自己皮肤之后，似是能引起浑身战栗。

明知道这压根不算什么亲昵举动，就像上次在东方绿洲时，她生理痛，他抱她去医务室一样，只是出于一种温柔和绅士本性。

偏偏，每一次，少女心思都会因此在灵魂里沸腾、叫嚣，胡乱作祟，与上次一模一样。

顷刻间，她的脸颊"唰"一下透出殷红色泽。

还好，还有眼镜片做遮挡，掩饰掉几分心思，才显得不那么明目张胆。

陈伽漠的注意力不在她脸上，压根没发现什么端倪。确认情况之后，他扭过头，平静地同渠意枝说："去医务室冰敷就行了。"

渠意枝点头，脸上担忧之色减缓些许："那拜托你了。"

陈伽漠没应声，只默默垂下眼，伸长手臂，穿过方循音膝盖后方和背部，动作熟门熟路，似是要将她打横抱起。

然而，不过一瞬间他便止住动作。

他改变主意，原地转身，改为背对方循音，再将她手臂拉起来，拽住一用力，轻轻松松让她伏到自己背上。

陈伽漠背着她站起身。

一时之间，方循音只觉得四面八方的目光都汇聚到两人身上。

无论何时何地，陈伽漠好像都是众人焦点。

她不安地动了动身体，声音极轻："放我下来吧，我可以自己走……"

陈伽漠步伐未停，手掌紧了紧，控住她的小腿，防止她滑下去。

他开口道："等你走到医务室，脚能肿得穿不上鞋。"

"……"

"行了，别动。"

方循音"哦"了一声，又低声道谢。

两人走出去好一段。

隔着衣服，方循音也能感受到陈伽漠宽阔的背脊。

她耳尖无法自制地冒出绯红之色。

这是第三次了吧？

好像自从认识陈伽漠之后，她和医务室总有着不解之缘，而且次次都得他陪伴。

或许是老天酷爱这种老套的英雄救美戏码，偏要叫她在各种巧合与意外中深陷，才算是不负这一出出老土剧本。

她没法逆天改命，只能顺应而为。

静谧气氛之中，陈伽漠脚步越发急促，呼吸也开始加快，却并非是因为背不动。

事实上，小姑娘看着就瘦弱，体重自然是极轻。对于陈伽漠来说，连单靠两条手臂来公主抱都轻松，更遑论背着走一段路。按照道理，连喘都喘不上几下。

只是，方循音刚刚在太阳底下跑完八百米，满身皆是温热的感觉，鼻息也是。

甚至就徘徊在他耳边，一起一伏。

那股子热气像是能透过衣料、穿过耳郭和脖颈，传递到他身上，涌进心里。

倏忽间，陈伽漠有些后悔。刚刚就不该因为考虑旁人的眼光而选择背她走。抱起来可能更好，呼吸也能离得远些。

但事已至此，也没法再改，只能走得快一些，早点抵达才好。

方循音满心满意都是乱七八糟的念头，没注意到他这点异样。

气氛实在尴尬。

转到物理竞赛班这么久，她好不容易才同陈伽漠说上话，虽然场景不合适，是不是也应该抓紧说点什么？

踌躇许久，眼见着医务室那栋大楼已经近在眼前，方循音终于鼓起勇气，磕磕绊绊地开了口："陈……陈伽漠。"

陈伽漠微微一僵。

良久，他侧过脸，沉沉"嗯"了一声，算作应答。

方循音咬了咬下唇，语气有点打飘："那个，听常哲屿说，你们明天有篮球赛？"

"嗯。"

"加油。"

"好。"

方循音心头一喜，脑海里开始炸烟花，再接再厉："小猫……还好吗？"

"还活着。"

最后十米，医务室即将到达。这短暂零距离相处也将宣告终结。

方循音深吸了一口气，匆匆同他说了最后一句话。

"小猫也应该有一个名字，如果你不把它丢掉的话，它会一直陪着你，直到它生命的最后一刻。"

就算世界抛弃你。

它不会。

我也不会。

"可以的话，就叫卡戎吧。"

陈伽漠点点头，示意她自己敲门。

等听到医务室老师在里面喊"请进"后，他才慢条斯理地清了清嗓子，答道："知道了。"

03

入夜，江城灯火迷离。

方循音扭伤未愈，只能打车回家。

运动会结束得比平时放学早，到家时间也尚早，康文清和方为都还没有下班到家。她只能自己一蹦一跳地上了楼，靠在墙边，开始摸房门钥匙。

蓦地，手机剧烈振动起来。

方循音顿了下，将书包放到地上，拿出手机。

屏幕显示语音通话，来自渠意枝。

她赶紧接通："喂？枝枝？"

渠意枝声音有点着急，语速飞快："音音宝贝，你到家了吗？"

还未等方循音回答，听筒里传来一个男声，距离有点远。

"渠意枝，好好说话，人坐正一点。"

渠意枝小声嘟囔了一句"烦人"，继续跟方循音讲："学校贴吧里有人发了张你和陈伽漠的照片，同学群里都传遍了，你赶紧看看！可别闹出什么事啊。"

方循音心头一跳："你等等……我找一下钥匙。"说着，又赶紧去翻书包。

越急越难找。

好半天，总算摸到金属质感的一串东西。

她抿着唇，手忙脚乱地打开家门，鞋不方便脱，就直接穿着跳进客厅，再回到自己房间，开机，打开网页。

学校贴吧她从来没有浏览过，甚至连贴吧账号都是上次帮康非池忙才注册的。此刻，本该冷冷清清、无人问津的社交平台，已经因为一个帖子热闹起来。

帖子就飘在第一行。

"劲爆！高一两个学生在学校里当众接吻，是当八中的校规不存在吗？！"

方循音点进去。

第一楼就是一张照片，应该是远距离偷拍，放大之后，人的轮廓边缘看起来有点糊。

图里，陈伽漠正背着方循音，侧过头。方循音被他挡住，露出半张侧脸。明明他们只是在正常说话，拍照那人找了个极佳时机和角度，这样看起来，两人竟然像是在接吻一般。

方循音愣住了。

手机里，渠意枝还在"喂喂"地呼唤她："到底是怎么回事啊？我记得那时候我就跟在你们后面来着。哦，中途好像被老师叫住，比你们晚到一点……中间你们俩干啥了？"

方循音拿着手机，嘴唇有些颤抖，声音很低："什么都没干，就是拍照的角度。"

渠意枝轻轻"啧"了一声，叹气："你看看底下的回帖。"

方循音依言往下看。

"这么劲爆？今天不是校运会吗？就在操场上……万一被抓住……"

"这个男生是陈伽漠吧？就是高一新生代表，上过好几次台的那个。听说是高一物理竞赛班的第一名，上学期刚拿了一等奖。"

"好学生就不用遵守校规了吗？凭什么？"

"别这样说，人家家里很有背景的，校规是什么？压根不放在眼里好吧！不过，倒是这个女生，看不出来是谁，学校会不会开除女生啊？"

……

最后一楼回复时间在五分钟前，来自楼主。

"女生叫方循音，也是高一物理竞赛班的，两人上学期就勾搭上了。有陈伽漠做保，能有什么事？看个热闹得了吧，还指望学校会处理？"

渠意枝说："现在不仅是贴吧，学校几个大群里都在说这件事，肯定很快就会传到老师那边的。音音，你怎么想？要不要今晚先和陈伽漠对对口供？"

方循音叹了口气。

她能怎么想？完全是无中生有的事情。因为毫无真实性，甚至连说什么对口供，都像是显得心虚。

"枝枝，谢谢你，但是我也不知道该怎么和陈伽漠说。"

毕竟，人家是帮忙送她去医务室，结果平白惹一身话题不说，可能还得面临校领导谈话、同学非议，后患无穷。怎么想，都觉得是自己对不住他。

方循音内心歉疚，手指无意识地搅着衣服下摆，神情有些愣怔。

渠意枝又说："校际处分对后面的推优保送都会有影响，你们俩总归想想办法……帖子那边，我已经去联系吧主了，看看能不能删帖。不过你知道的，现在用贴吧的人很少，吧主应该也是很多年前的学长学姐了，能不能联系上还是问题，音音……"

方循音再次郑重道谢。

这时，电话那头，男人的声音再次响起，语气里已经有了些许不耐烦："渠意枝。"

渠意枝捂住手机话筒，匆匆说了句"知道啦"，再同方循音解释道："对不起哦，音音，我要和小叔去一个地方，时间要来不及了……"

两人简单道别后，语音被切断。

窗外，已至暮色四合时分。

电脑屏幕还停留在那个帖子页面。

方循音郁郁地趴倒在桌上，懊丧地叹了口气。

这下，陈伽漠估计要烦死她了。

他本就情绪不好，好心帮个忙，居然还遇到这种事，心情肯定更糟。

她侧过脸，手指动了动，将手机拎过来，打开聊天框。

和陈伽漠上一次发消息，已经是很久很久之前的事了。

方循音迟疑地输入几个字。

"那个，学校贴吧里……"

又删掉。

"对不起，又给你添麻烦了……我明天会去给老师解释清楚的。"

顿了下，还是觉得不行。

不知道是不是每个女生对待偷偷喜欢的人，都是这么辗转游移又小心翼翼。但至少，方循音一定是。

跨踌良久，眼见着天色越来越暗。

夜色微凉，康文清和方为前后下班回到家。厨房里，菜刀刃敲着砧板，"哆哆哆"声此起彼伏。继而，抽油烟机声音轰轰响起，满室皆是人间烟火气。

"方循音！出来洗手吃饭！"

方循音遥遥"哦"了一声，干脆放下手机。

反正，麻烦已经造成，说什么都显得苍白无力，她也不善言辞，还是明天一早就去找赵老师解释吧。

总归，不能让陈伽漠为此受什么委屈。

夜深，晚上九点出头。

此刻，已临近八中学生宿舍锁门的时间，不少同学都在匆匆忙忙往宿舍楼方向走。

陈伽漠倒是不急不缓，依旧笔直地站在树荫底下，垂着眼，握紧手机，同人打电话。

路灯明亮，人影与树影几乎混为一体，表情自然看不分明。

"能想办法吗？"他慢条斯理地问道。

电话那头，常哲屿叹了口气，絮絮叨叨地说："要我说嘛，这种人就是闲得多嘴，何必跟他们计较呢，白白惹得自己生气。"

陈伽漠嗤笑一声，又问了一次："匿名就没办法知道，对吗？"

事实上，常哲屿这种校园百事通、人际交往小天才，潜伏在各个群，收消息速度完全不比渠意枝慢。贴吧那张照片一出，他们篮球群就有人把帖子转出来了。

常哲屿把截图拿给陈伽漠看过。

说实话，陈伽漠本就问心无愧，再加上性格所致，压根就不在乎别人怎么非议。若不是如此，他也不会在开学典礼上发出惊世骇俗的言论了。

从小到大，他就是活在光环里，是人群中心的人。无论什么眼光投向他，早就能淡然处之。

他平静地将手机还给常哲屿，说道："随便他们说吧。"

常哲屿笑了一声："万一真闹大了，到时候学校迫于群众压力处分你，影响保送。"

"那就不保送。"

好像所有人都觉得八中保送和推优名额有多么重要，在陈伽漠想来，却是完全不在乎。

难道，顺风顺水地免于高考、进入一所好学校，这一生就能简单顺遂了吗？若真是这样……他的父亲、母亲的人生，又为什么会弄得一团糟呢？

不该是自己的东西，就算抢，也抢不来。

常哲屿也算了解陈伽漠这个人，知道他因为之前家里那些事，正处于叛逆、厌世、深度愤世嫉俗的状态，便不再同他多说，免得勾起他更深的逆反心理。

略过这个话题，两人在篮球场分别。

一个回家，一个回学校宿舍。

晚上，陈伽漠突然给常哲屿发了一张截图。

截图是某个群的聊天界面，群里开了匿名，很多人披着匿名都在说这件事。

其中有几条消息尤为显眼，皆来自同一个匿名马甲。

许是因为用词太过下流，群管理很快便将那人禁言。

常哲屿简单扫了一眼，咂舌。

这样开一个女生的玩笑，还恶意揣测别人。

他能想象到陈伽漠此刻有多生气。

果不其然，陈伽漠竟然打电话连问两遍："能不能知道说话的人是谁？"

常哲屿叹口气，躺在床上，答道："哥，这种匿名系统要是不走法律程序，怎么可能知道别人匿名后头的资料呢？就算有信息泄露的 BUG（故障、漏洞），一时半会儿也弄不到嘛，不仅花钱还要费些功夫呢，哪有那么容易。这样，你把群号发给我，我来想法子试探试探。"

他别的不行，就歪门邪道一大堆。

陈伽漠"嗯"了一声。

很快，电话挂断，一串号码出现在手机屏幕上。

常哲屿飞快地注册个小号，再申请加群。

这是八中一个闲聊群，许是因为今、明两天运动会，没有平日那种争分夺秒的紧张气氛，群管理也悉数在线，飞快通过了常哲屿的申请。

次日，即八中校运会第二日。因为没有早自习，学校只要求同学们八点之前到校即可。

七点半刚过，方循音人已经站在老师办公室门口。她靠着墙，神色怯怯，却攥紧了拳头，似是在耐心等待。

不消片刻，赵老师的身影出现在走廊尽头。他旁边还有一人，似是李俊才。

两人手上各拎了一只透明茶杯，面上含笑，走姿惬意自在，很有点老干部清晨散步的味道，倒是不太像高中班主任那般紧迫。

见到来人，方循音立刻站直身体，深吸一口气，垂下眸子，打招呼："李老师、赵老师。"

赵老师肃起脸："方循音？正好，我正要找人去找你呢，进来吧。"他打开办公室门，示意她进去。

李俊才拍了拍方循音的肩膀，也跟着一块儿走进去，随口问道："我们班送到你们班的好苗子，怎么了？犯什么错惹得你生气了？"

赵老师没有理他，只定定看向方循音。

"这么早过来，你有什么话想要先跟老师说的吗？想清楚。"

这话意思不言而喻，那张图，赵老师也看过了。

确实，早恋是大问题。

贴吧里有人猜测学校对家境优越、成绩又好的陈伽漠会轻拿轻放，但一定会处置方循音。

赵老师拉了个凳子给李俊才，两人一起看向方循音，颇有点三堂会审的架势。

"来，说说吧，是怎么回事？"

方循音抿了抿唇，一字一顿地将具体情况悉数告知，最后说道："就是这样，照片是角度问题，根本没有怎么样，不知道为什么会被拍成那样。"

说完，她将裤腿往上拉了一点。

一夜过去，脚踝那处虽然已经差不多消肿，但许是因为皮肤白，还是留下了一点瘀青痕迹在上头。

这样看起来，有些可怖，完全无法作假。

赵老师神色渐渐放松："那也就是说，你和陈伽漠没有任何过线行为，是吗？"

"是。"

赵老师点点头："好，听你这样说，老师就放心了。你在这里等一会儿，我让人把陈伽漠叫过来，我再问问他，一会儿带你们俩去教导主任那边解释清楚。"

方循音应了一声"是"，不自觉长长松了口气。顿时，整个人都有些松垮下来。

赵老师起身去外头叫人，剩下李俊才还坐在方循音对面。

李俊才上上下下打量了方循音一番，摸了摸自己半秃的脑袋，笑起来："方循音胆子倒是比之前大了一点，这种事都已经敢主动来找老师解释了，还蛮好的。"

方循音抿了抿唇，小声说："因为，陈伽漠同学也是为了帮助我，总不能害得人家被冤枉。"

心里话却是——我怎么能不勇敢呢？

为了让陈伽漠好好的，就算赴汤蹈火，她也会去做。

没多久，赵老师回到办公室。

他说："已经让同学去找他了，一会儿人来我们就去找教导主任，速战速决，别影响篮球赛。"

方循音小声开口："谢谢赵老师。"

赵老师摆摆手："没什么好谢的，同学互帮互助是应该的。你们俩都是好同学，别被这种事影响成绩了。"说着，他又指了指旁边的空位子，示意她去那边坐着等。

方循音再次道谢，脚步蹒跚，慢慢挪过去，坐到角落。

八点十五分，办公室门被敲响。

陈伽漠推开门，从外头走进来。

方循音闻声抬起头，瞟了一眼，表情霎时间变得愕然。

此时，陈伽漠整个人都有些凌乱，校服领口歪歪扭扭不说，连头发也有些乱七八糟的，嘴角还有细伤。称不上多狼狈，至少是平日难得一见的模样。远远望去，少了些端方清隽，多了些傲慢与坏痞的味道，很是惹人注目。

方循音却忍不住瞪大了眼睛。

怎么回事？怎么还受伤了？

下一秒，赵老师代替她讶异出声："怎么回事？陈伽漠！你和谁打架去了？"

陈伽漠抬手，指腹浅浅擦过嘴角，漫不经心地"啧"了一声。

"打球的时候摔了。"

这说辞实在太过敷衍，别说赵老师，连方循音都没法相信。

赵老师一巴掌重重地拍在桌子上，痛心疾首地说："你以为你在打 NBA 啊，能摔成这个样子？！陈伽漠，你知不知道现在是什么情况？"

"不知道。"陈伽漠懒洋洋地勾了勾唇，随手整理了衣服和头发。

很快，整个人恢复了往日齐整俊俏的模样，如金似玉。接着，他才颇有些漫不经心地继续说道："打就打了，没人告状，那就是同学之间的玩笑打闹。学校连同学怎么相处都要管吗？"

赵老师一愣。

陈伽漠问道："赵老师，找我来有什么事？"

赵老师叹了口气，终于决定睁一只眼闭一只眼，不再纠结这些事，转回正题。

问题差不多，只是对着陈伽漠重新再问一次。

一时之间，方循音在办公室角落坐立难安，脸颊不自觉泛红。

被拍到那种照片之后，独自面对老师与和陈伽漠一起面对老师，这两种场景，心理上感觉完全不同。

总觉得，陈伽漠不在时，她坦坦荡荡，一心只想为他解决麻烦。但若是陈伽漠在场，就好像做贼心虚了一样，总忍不住猜测他会怎么想自己。

方循音不知道该怎么描述，只好默默垂下眼，五指握成拳，暗暗用力，试图强迫心跳稳定下来。

斜前方，陈伽漠听完提问，视线偏转，轻轻扫了方循音一眼。

他挑了下眉，语气没什么波动："只是抓拍的角度。"

赵老师盯着他："真的？"

陈伽漠淡淡笑起来，眼神流光溢彩："赵老师，我要是真谈恋爱，肯定第一个告诉你。"

中考前，为了将他招进八中，学校确实费了不少力，不仅仅是免考保送之类优惠政策，甚至还给了大笔奖学金诱惑。

赵老师有些尴尬，觑了觑方循音，没再多说什么。

"行，那你们俩跟我来，一起去找教导主任解释一下。陈伽漠，你态度好点，别让事情再闹大了。"

不出意外，教导主任看到方循音的脚伤，大大松了口气，象征性地说了几句，干脆利落地放他们离开。

赵老师还有其他事，留在办公室里。陈伽漠和方循音两人一前一后沉默无言地走出政教处。

方循音扭伤未愈，步子不敢迈太大，自然走不快，渐渐地，落后陈伽漠一大段。

然而，两人却一直保持着这个距离，没有再拉开。

离操场越来越近，几乎已经能听到人声鼎沸的动静。

再过不久，第一场篮球赛就要开始。

事实上，方循音还从没见过陈伽漠打球赛。虽然两人第一次见面，就是他和常哲屿在打篮球，但大多是玩乐兴致，比赛却是没机会见到。

不知道他在球场是什么样？

激进？还是依然游刃有余？

方循音不懂篮球，连规则都不大明白。只不过，因为陈伽漠喜欢，她偷偷查过一点资料。

就像周杰伦和那些天文常识一样，既然他热爱，她就会去了解、去爱。

更何况，两人还是因为一个球才有幸相识。

这般一想，不免叫人遐想。

片刻，等到方循音回过神，抬起头，猛然间意识到陈伽漠还站在前方不远不近处。

莫非……是在等她吗？

哪怕只有零点零一的可能性，这个猜想，也不免叫人内心沸腾。

方循音咬了咬唇，深吸一口气，终于扬起声，朝前面喊了一句："陈伽漠！"

陈伽漠顿了下，扭头来看向她，表情有些讶异。

在少年清澈的眸光中，方循音声音不自觉又降下去："那个……你脸上的伤，没事吧？"

陈伽漠"哦"了一声："没事。"

她蹙着眉，不敢同他对视："应该不是摔的吧？"

陈伽漠没作声，只低低嗤笑了一声。

但仅仅半秒不到，他好似又想到什么般，收敛起笑意。

是不是摔的？

也不知道高二那个学长听到这话，内心会不会愤慨起来。

半个小时前，陈伽漠成功将昨天那个匿名"正义学长"的人堵在罗森后面。

学长认得他这张脸，很快猜到，昨天在群里附和他观点那个小号多半是来套话的。

"学弟，只是随便开个玩笑而已，没必要上纲上线吧？"

对方个子比陈伽漠矮了大半个头，横向长度却比他宽上不少，好似真能势均力敌一样。

他垂眼看去，学长明明还是少年人模样，但魑着脸笑时，嘴脸显出些许猥琐之气。

陈伽漠没作声，眼睛里悄悄氤氲着风暴。

那学长显然未觉，只当他被自己说服，"嘿嘿"笑了一声："大家都是这个年纪过来的男生嘛，很正常啊，要不是学校规矩多，也用不着藏着掖着……"

话音未落，拳头携着风迎面扑向学长的正脸。

学长一惊，整个人条件反射往后仰，试图避开。

只是，到底是动作不如陈伽漠来得快。

"嘭——"

结结实实一拳砸上去，将学长直接打翻在地。

学长捂住脸颊，瞪大眼睛，表情似乎有些难以置信——陈伽漠竟然真敢动手。

这还是在学校外面，距离学校大门不过二十米！

实在太过肆无忌惮。

他晃晃悠悠地站起身，指着陈伽漠，张口就骂。

陈伽漠勾起唇，浑然不在意，甚至还松了松手腕，扭了下脖子，似乎已经做好一切准备。

他这才慢条斯理地开口："嘴巴这么脏，我就替你爸妈教教你，饭可以乱吃，话不能乱讲。"

正好，谁让他最近心情一直不好，竟然送上门来。

话虽然这么说，但方循音实在想象不出，陈伽漠这种翩翩公子同人打架是什么画面。

见他也没有要说的意思，只得作罢。

两人遥遥相对。

气氛就此沉默下来。

最终，还是陈伽漠率先打破沉默："照片那件事，别放在心上。随便别人去编，没什么大不了的。"

方循音低低"嗯"了一声，思绪却百转千回。

这是在撇清关系吧？

是在暗示她不要想不该想的事情吗？

反正，两人之间那点关系，也都只是好事者恶意编出来的不实之言，完全不值得细究。

上学期，那本日记本被盛月公之于众，便好像再也没有秘密。

陈伽漠会这么说也是理所应当。

趋利避害嘛，也免得给自己惹麻烦。

方循音不自觉叹气。

没办法，她早就习惯了东想西想、习惯了敏感矫情。或许，也是因为对方是陈伽漠，是她欣赏的人，每一处细节都会被小心翼翼对待。哪怕是简单一句话，都能解读出八百个意思来。

篮球赛被安排在今天第二场。

常哲屿老早进场热完身，正无所事事地绕来绕去，没事东聊一句、西撩一下。

球场外，观众不少。男生女生都席地而坐，不甚整齐地喊着口号，给自己班同学加油。

阳光正好，场面称得上一句青春洋溢。

方循音不喜欢晒太阳，再加上昨天那个帖叫人心神不宁，她不想太过惹人注目，便拣了最外圈的位置，避开观众包围圈，安安静静坐在树荫底下。

她推了下眼镜，远远望去。

场中，少年人的长相也显得不太清晰起来。

这样距离刚刚好。

刚刚好是渺小的凡人仰望月光的距离。

方循音抿起唇。

不知何时，渠意枝走到她旁边，手掌一撑地，坐下来，动作十分漂亮。

方循音冲渠意枝笑起来："枝枝，你怎么过来了？"

渠意枝点头，侧过脸，同她咬耳朵："你看到常哲屿了吗？我实在受不了他了，太不要脸了！刚刚我一走过去，就被他拉住，说什么让我给他拍照，记录下他在球场上英姿飒爽的样子，都差点给我整吐了。

"哈哈哈……

"然后我就好心劝他，人就一张脸，让他省着点丢。结果他还觉得我在羞辱他！天哪！怎么会有这种人啊！"

.193.

方循音被她夸张的语气逗乐，顿了下，顺口替后桌辩解道："常哲屿还是蛮好的啦，人很好。"

渠意枝摆了摆手，摇头："不行，虽然人是不坏，但是我对这种调皮小男生过敏。"

……

两人低声说笑几句。总归，旁边也没有别人在，无须顾忌什么。

没过多久，场中裁判吹响口哨。

球赛正式开始。

两队男生各自跑动起来。

他们这个位置看不太清楚，渠意枝便拉着方循音站起身来。

"高一加油！"

"陈伽漠！啊啊啊，好帅！！"

……

尖叫声此起彼伏。

方循音用力握紧拳头，努力踮起脚尖，目光搜寻着那道身影。

一种名为"爱慕"的心情，如同泄了洪的流水一般，滔滔不绝地涌出来。

无论陈伽漠对她是什么感觉，她好像、大概、或许……

能永远喜欢这个给她带来光的少年。

江城八中热闹两天，校运会最后一场比赛结束，终于顺利收官。

紧跟着两天是周末。

校门打开，学生们三五成群地结伴回家。

陈伽漠拒绝常哲屿的邀约，独自回宿舍洗了个澡，换掉衣服。

走出宿舍楼时，外头已是暮色四合。

他顺着住校生回家的人流慢吞吞往外走，脚步不紧不慢，看着颇有些惬意。再随着下班晚高峰，回到那别墅，输入指纹、开门。

毕竟小区地处江城市中心区域，寸土寸金，别墅面积算不上太大，但许是因上上下下房间都没开灯，从外看去就是一片凄凉味道，走进去，也觉得太过空旷了些。

陈伽漠打开灯，放下书包，弯腰换鞋。

一个细微声音由远及近，渐渐来到身边。

他弯了弯眉，伸手摸了下绕在他脚边撒娇的小猫，喊道："卡戎，饿了吗？"

"喵——"

卡戎不会说话，只是亲昵地蹭了蹭他的掌心。

陈伽漠干脆将它抱起来，带着它上了二楼。

二楼本是他爸爸和嘉赫的房间。

在陈伽漠很小的时候，他爸爸就开始外派，每年很少回家。嘉赫嫌反复收拾太过麻烦，干脆将两人房间分开，各用二楼一间。

意外发生之后，除了打扫阿姨，他爸爸的房间再没有人动过。

陈伽漠推开那扇门。

黑暗中，房间气息还是一尘不染，似乎并没有因为失去主人而起什么变化，只是冰冰凉凉，没有生息。

他垂下眼，紧紧抱着卡戎，沿着墙慢慢坐下来。

"爸，我今天打人了。

"不仅打人，还威胁了他不准说出去。

"小时候你带我去学跆拳道，还特地教我，君子动口不动手，更不能仗势欺人。看来，我终归不是君子，抱歉。"

不过才低声说了几句，陈伽漠就讲不下去了，抿住唇，手掌轻轻抚着卡戎，试图缓解情绪。

混沌夜色中，传来中年男人温厚的嗓音。

"陈伽漠，你已经是个大男孩了。爸爸相信你，无论你做什么，都一定有自己的原因。"

"真的吗？"

"当然是真的。"

一字一句清晰入耳，回荡在清冷如墨般的卧室里。

陈伽漠低笑了一声："谢谢爸。"

"儿子，你跟爸还说什么谢，真是的。"

04

周一，江城春意渐深，阳光热烈。

江城八中七点二十分会打早自习预备铃，乐声很响，回荡在校园的每个角落，似是在提醒全校学生，该收拾好春困之意，立刻进入学习状态。

高一物理竞赛班，陈伽漠惯例最后一个踏进教室，拎着包，懒洋洋地坐下。

方循音拿笔的指尖微微停顿，余光轻轻往后扫了一眼，仿佛不经意地幽幽转过男生脸上。

他嘴角那个小伤口几乎看不见痕迹，过了个周末，应该是已经恢复。

方循音不自觉松了口气，肩膀跟着塌下来。

常哲屿用笔帽轻轻戳了一下她的背脊，语带调笑地喊道："方循音。"声音很轻，大半气流音只有两人能听到。

"嗯？"方循音浑身一僵，还以为是自己刚刚那一个侧眼被常哲屿看出端倪来。

其实压根无须仔细观察，她这样小心翼翼，但依旧满身都是破绽，难以潜藏。只是小姑娘做贼心虚，妄图掩耳盗铃罢了。

常哲屿将笔架在大拇指和食指之间，轻轻一转，状似无意地说："这周五是陈伽漠的生日。前桌，你快帮我分析分析，要给我儿子送点什么好呢？"

方循音讶异地张了张嘴。

第一反应，先在心里算了下时间。这周五……3月27日？

她心念微动，指尖无意识地捏紧了笔杆。

"方循音？"

"嗯？啊，我不知道……"她小声喃喃，又细声细气地反问常哲屿，"你们不是好朋友吗？怎么问我呢？"

然而，话音未落，方循音自己先立马后悔起来，生怕常哲屿干脆利落地挑开这块遮羞布，让大家都尴尬。

都怪她自己，说话的时候心思浮动，注意力不集中，这才不小心把心里话问出来。

好在常哲屿只是笑道："哎呀，认识太多年了，能送的东西都送遍了。你不是咱们刚认识的朋友嘛，想看看你有什么新创意呀！"

方循音默不作声地舒口气，半晌，又低声道："唔，我真的没什么好主意，不能帮到你，抱歉。"

她从小到大都没什么朋友，几乎没有给同龄人送过礼，哪又能有什么新颖想法呢？

闻言，常哲屿笑了一声，整个人往后一靠，随口碎碎念："这么好玩……干脆今晚吃兔肉吧。"

"啊？"

"啧，没什么。"

因为意外得知陈伽漠生日这件事，这一整周，方循音都有些坐立难安、心神不宁。

犹豫来犹豫去，距离周五还剩最后一天。

夜越来越深，房间里，台灯光线明亮。

方循音抵着下巴，看着日记本，静静出神。

沉默半晌，她咬着下唇，提笔——

"要给他送礼物吗？想送，但是担心找不到立场。如果说只是朋友之间……骗得了别人吗？骗得了自己吗？"

笔尖一顿。

收笔处，水笔印蜿蜒划开。

蓦地，她反倒下定决心。

"可是，我也不想让自己后悔。反正之前平安夜不也偷偷塞苹果了吗？这次也悄悄给好了。

"所以……送什么比较好呢？毫无头绪。"

明天是周四，放学去挑还来得及。

方循音搁下笔，合上日记本，打开电脑，想上网搜搜参考一下。

网页还停留在上次的浏览界面，是八中校贴吧。

不知道是渠意枝找到了吧主出面删帖，还是其他什么原因，那条帖子上周日已经被删掉，什么"遗迹"都没有留下。再加上本来就少有学生玩贴吧，没了热闹看，首页好似彻底恢复了往日寂寥，几天都刷不出一个新帖。

即便如此，方循音还是每天都会登录一次，确定没有人再重新开帖。

她正想切到搜索页面，眼神习惯性扫过首页，手指倏地顿在原地。

此刻，第一条便是新帖，来自今天放学时间——大概五点出头。

标题还是上次那种震惊体。

"震惊！CJM家到底是什么后台啊？删帖之后没有处理结果，早恋那件事就这么过去了？咱们普通学生交这么多学费上学，还要被校规弄得束手束脚。这世道真是不公平！"

到这会儿，帖子差不多已经发酵了五个小时。

她立刻点开。

主楼洋洋洒洒写了小一千字，皆是春秋笔法，大多在控诉学校这种不公平行径——

"江城八中这种私立学校从来便是如此，满口说着升学率、培养素质人才，内里就用这种不公平手段束缚那些没背景的学生，再将有钱人家的孩子都平平安安送进好学校，造出升学神话，圈下一届有钱人家的钱。

"CJM 是竞赛尖子生吧？听说以前就经常拿奖。虽然我也知道，人家有家庭背景，也不差这些锦上添花的荣誉，想去什么学校还不是随随便便。但按照这次事件来看，真的不得不怀疑那些奖的公平性。听说他家在学术圈也有点势力，指不定怎么操控比赛的呢。对于咱们这种普通学生来说，也只能发个帖，羡慕嫉妒恨一下了！"

方循音将网页下滑，脸色变得苍白，又因为太过气愤，呼吸渐渐急促起来。

满口胡言！

这纯属诬蔑。

像陈伽漠这种天才，还需要操控什么奖吗？

曾经同为竞争对手的渠意枝就说过，陈伽漠存在在这个世上，就是为了让人感叹老天不公。哪怕撇开家世容貌，只说成绩，他也是轻轻松松就能取得优异表现。

渠意枝之前还说过，"可能这就是基因吧。天才嘛，普通人羡慕不来的"。

方循音深以为然。

他生来就叫人仰望，任何龌龊猜测，仿佛都是一种亵渎。

所以，这个帖子看了叫人生气。

方循音几乎想都没想，直接拖到页面最底下，点击回复框，手指在键盘上飞快打字。

"楼主，这种恶意揣测就很过分。陈伽漠参加的比赛最低也是市级竞赛，这种比赛能随意透题操控吗？你也说了八中不少有钱人，这么多同学，靠奖项保送的也不少，你不怀疑别人，就怀疑他，很难不让人怀疑你是不是和他有什么仇，所以故意泼脏水混淆视听、煽动大家的情绪。"

噼里啪啦一段打完，她冷静下来。

方循音从小就不善言辞、少言寡语，落到纸上也不过尔尔。

虽然日记写了一大堆，但多是少女敏感细腻心思，正经和人辩驳时，什么经验都用不上，打出来的字句也是干瘪的，没什么说服力。

删删减减，前后踟蹰。

结果，还没改到完全满意，指腹不小心擦到键帽，碰到了快捷键。

"回复成功，经验 +1"

页面自动刷新，直接跳到最后回帖。

方循音看到那个账号——"Kuiper Belt's Y"，彻底愣住了。

她竟然忘了，注册时自己随手将陈伽漠的微信名打进去，还想着，反正也不会有什么机会用上，所以干脆满足一下自己那点暗恋小浪漫。

Kuiper Belt's Y。

Kuiper Belt's YIN。

柯伊伯带的方循音。

虽见不得人，但自己悄悄做梦，都会觉得甜蜜。

这下好了。

方循音不太熟悉贴吧操作，手忙脚乱想去找删除键，但又找不到，简直欲哭无泪。

最后，她只得赶紧打开搜索页面，输入"怎么删除自己的贴吧回帖记录"，再跟着教程一步一步操作。

无论如何，她这种暗不见光的举动不能给任何人发现。

特别是陈伽漠。

与此同时，陈伽漠正躺在操场月光下，举着手臂，漫无目的地玩手机。

路灯光线打在他脸上，将脸颊弧度雕塑得十分锋利。少年人青涩之气被掩盖，竟然呈现出一种异样的慵懒性感。

常哲屿坐在旁边，一边抄他作业，一边啧啧感叹道："陈伽漠，你可真够悠闲的。大晚上的晒月亮，也不怕掉头发。"

"嗯？那你不抄的话，我回去了。"

"哎！别别别！还差最后一点点。"

常哲屿赶紧拦住他，笔杆子飞速地晃动着，说话却也没耽搁一心二用。

他说："我看你就是被人盯上了，要不然怎么能连续被黑两次，又是偷拍又是开帖嘲讽的。你说说，你最近惹上谁了？那个学长？"

陈伽漠没作答，还在刷那个帖子。

事实上，他本身对这种议论和八卦没什么兴致，楼主那些说辞他也完全不在意。只是单纯因为上次看到那些污言秽语，才想着要看看这次有没有人说什么。

翻到最后，指尖微微一顿。

陈伽漠蹙起眉，盯着那个账号名为"Kuiper Belt's Y"的用户看了许久。

常哲屿还在旁边碎碎念："跟你说话你怎么不理人呢？陈伽漠同学，都是我没有教好你，毕竟，子不教，父之过……"

"闭嘴。"

"哦。"

耳边终于清静。

陈伽漠点进那个用户主页。看注册时间是个新号，头像也是空白的。

Kuiper Belt 不是常用单词，对方叫这个名字，还那么巧帮他说话……

他摸了摸下巴，沉吟片刻。

然而，再切回去，那条回复已经消失不见。

常哲屿终于抄完，放下笔，见他眉峰拢起、眼神锐利，随口问道："怎么了？又有人骂你了？"

"没事。"陈伽漠淡淡应了一声，锁上屏幕，坐起身，没再多想。

常哲屿也没有追问，岔开话题，问道："你今年生日怎么安排？要不要找点朋友一起出去吃一顿？或者唱歌呢？"

"没兴趣。"

常哲屿苦口婆心地说："哥，别这么厌世嘛。马上十七岁了，正是花一样的年华……"

陈伽漠没搭理他，手臂一撑地，轻轻松松站起身。

"走了。"

转眼，周五即至。

大清早，陈伽漠睁开眼，拿起手机，第一眼就看到了新信息，来自嘉赫。

嘉赫："儿子，生日快乐哦。礼物寄到你外公那里了，还有你叔叔的。"

这个叔叔，自然是指嘉赫的新男友。

消息接收时间是凌晨，应该是那边和国内有时差。

陈伽漠嗤笑一声，眼神晦暗不明。顿了下，他一个字没有回，干脆利落地将手机摔到一边。

生日生日，不就是庆祝来到这世间吗？

可是，自始至终，压根就没有人对他的到来感到欣喜，又何来庆祝的必要呢？

亲生母亲为生他而死，父亲完全不知情。

嘉赫则是他到来的受害者。

从呱呱坠地的第一天起，他就是所有人的累赘。

陈伽漠抓了把头发，在镜中看到了自己冷漠的表情。

没什么值得快乐。

他随手将书包甩到肩上，转过身，往学校走去。

盛况如同平安夜那天一样，陈伽漠的桌上、台板里，甚至座位边都放满了各色礼盒。多是精心包装，系着漂亮绸带，仿佛静置于那处就能诉说出送礼者的心意。

见到陈伽漠走进教室，周围一圈男生开始起哄。

"哇哦，我们的寿星来了！"

"陈伽漠，你也太受欢迎了吧！一早上后门那边就没停过，都是女生！"

"生日快乐！哥，快拆礼物，看看有什么好东西！"

陈伽漠面无表情地走过去，手臂轻轻一挥。

"啪嗒"一声，那些精美礼盒悉数被扫到地上。

他毫无怜惜之情地坐下，垂着眼，淡然开口道："碍事，都扔了吧。"

不远处，方循音没有转头去看陈伽漠那个方向，却也清楚听到了这句话。

她涩然地弯了弯嘴角。

整整一天，陈伽漠肉眼可见的心情极差。

虽然他的表情还是一如既往淡漠、平静，周身气压却低得人不敢靠近，好像每一寸都在簌簌冒着冷气，更别说有什么闲情逸致来慢慢拆礼物了。

这生日过得比平常还难受。

临近放学时间，窗外，天色依旧明亮。

按照惯例，江城八中每周五下午都只上三节课，最后一节还是班会。由于教职工要开会，后面也不会再给学生加课。

下课铃声打响，赵老师走进教室，用力地拍了拍黑板，开口："安静安静！大家赶紧记一下作业，收拾好东西，课本别落教室。好，放学。"

话音落下，班级里顿时闹哄起来。

角落里，方循音经过一天，终于调整好情绪。

礼物只是个土星吊坠，球体不过指甲盖大小，外面斜斜绕了一圈土星环，吊在一根银色细链子上，看着秀气，没有男款女款之分。

昨天，她走进精品店，一眼就挑中这条，总觉得很适合陈伽漠，脑袋一热就直接付钱买下来，又拜托店主精心包装。

但事实上，若是真戴出去，倒是显得和陈伽漠那种少年矜贵气质不太相符。

本来也没有多贵重。

她又没立场送什么贵重礼物。

没拆也没什么关系，丢了就丢了吧。

比起自己那份心意，方循音更希望，她喜欢的少年不受世俗庸扰，时刻快乐，时刻像太阳一样散发灼目光芒。

永远、永远，只做他愿意做的事。

陈伽漠在街上晃荡好一会儿。

转眼，时间已至晚上八点多。

江城这条江两岸建筑，每到周五、周六、周日这三天晚上会亮起全部彩灯，给所有游客炫耀这不夜城的魅力，霓虹灯光将夜色吻得迷离喧嚣。

他眯了眯眼，拐进自家小区，脚步又倏地顿住。

如果没记错，方循音每周五都要在徐兆这里补课，这个点……应该下课了吧？

好像从寒假之后，两人就没再碰到过。之前那些巧合与缘分，仿佛在随着时间推移渐渐消散。

总不能每一天都不顺心吧？

今天不是他生日吗？

有些期待，不需要太过言明。

陈伽漠将书包随手甩到旁边，长腿一架，沿着花坛边缘坐下。

不远处就是公交车站。下班晚高峰尚未过去，此刻，行人来来往往，皆是步伐匆匆，像是急不可待要奔向那一盏名为"家"的灯。

除了他。

陈伽漠自嘲般沉沉笑了笑，从口袋里摸出手机，漫无目的地打开网页，随意浏览着。他的余光倒是一直落在不远处，好似在随心所欲地观察着行人。

这般坐了大半个小时，夜空渐渐变得墨一样沉。

陈伽漠站起身来，退出界面，仔细看了看时间，面色难得露出一抹焦急。好像也顾不上什么机缘巧合、什么闲情逸致，只快步往自己家走去。

不过三五分钟，陈伽漠已经站在自家门前。

他鞋也没顾上换，抱起跑出来的小卡戎，直奔二楼，又抬起手，推开那个房间，深吸了一口气。

黑暗之中，陈伽漠的语气里带着一股微妙的笑意：

"爸，我没迟到吧？

"每年我生日的这个时候，你都会准时打电话来的，今年我差点忘了。"

中年男人也笑起来，声音若隐若现："男孩子嘛，是该出去多和朋友玩玩。爸肯定会等你的，你不用着急。"

"爸，我……"

话音未落，"啪嗒"一声脆响，走廊亮起灯。

许是因为太过着急，刚刚陈伽漠竟然忘了将房门关牢。此刻，光线顺着门缝透进来，将整个房间照得分外清晰。

一尘不染的家具、空荡的衣柜，还有偌大一块空地。

只不过，整个房间里，除了陈伽漠和卡戎，再无其他活物的影子了。

陈伽漠微微一僵，扭过头，同嘉老先生严肃的目光对上。

老人已经上了年纪，但看起来依旧精神矍铄。逆着光，他眼神凌厉，似是要刺穿皮肤，直指人心。

"陈伽漠，你在和谁说话？"

卡戎十分敏锐，似是感觉到气氛不对劲，有些害怕，"喵"了一声，直愣愣地从陈伽漠手掌中溜出去，沿着墙根悄无声息地跑开。

"外公……"

"你跟我出来。"

一锤定音。

深夜，十一点二十八分。

方循音做完徐兆留的作业，捏了捏鼻梁，又长长舒了口气。

在物理竞赛班第一次月考已经结束，她分数还可以，但排名属于班级中下游，离倒数也就一步之遥。

物理基本没落下分，主要是英语和数学失分。

英语一贯是她老大难科目。

方循音平日就不爱说话，更别说英语，口语差、语感不强，语法和听力就差，单靠单词量很难弥补。哪怕上了这么久的补习班，收效也甚微，只是从一百来分提到百十来分，勉勉强强摸到一百二。

在八中这种名校里，强者如云，英语达不到一百三十分基本告别年级排名前列。

数学也一样。

月考不是全区统考，由学校自主命题。两个竞赛班考卷难度和平行班完全不一样。

进班时间太短，方循音还有些跟不上进度，再加上最近还有陈伽漠在转移她的注意力，整个人更是有些浑浑噩噩起来。

想到陈伽漠，方循音长长叹口气，又抬手用力敲了敲自己的脑袋，试图让自己清醒一点。

确实，因为陈伽漠，她才下定决心发奋考进物理竞赛班，只为了离自己心里的月光近一点，再近一点。

现在怎么就懈怠了呢？

总不能只待一学期就被退回去吧？

方循音苦笑一声，重新翻开课本。

十一点五十五分，这一天就快要结束。

方循音在错题本上写完最后一个字，抬眼瞄了瞄闹钟。

今天还没有和陈伽漠说生日快乐。

虽然礼物没有送出去，但这一句话总不能少才是。

这是礼貌啊。

对，并没有其他意思，只是同学之间必要的礼节，不存在什么非分之想的意味。大家都会说这句话，自然也不会被看出什么端倪。

她捏紧拳头，鼓足勇气，没有给自己胡思乱想的机会，直接拿起手机，点开输入框，开始飞快打字。

方循音："陈伽漠，今天晚上天气很好，你说这种天气适合观测宇宙星空，可惜没有设备，只能肉眼观测，但也不妨碍它的美。卡戎它还好吗？有没有什么缺的和需要的？还有，听常哲屿说今天是你生日，祝你生日快乐。"

到底是心虚，为这条微信找了一万个借口，噼里啪啦地写了一长串。

她闭上眼，点击发送。

然而，这一条消息最终还是石沉大海。

一直到凌晨，陈伽漠依旧没有回复。

方循音困得快要睁不开眼睛，只得躺到床上，闭上眼。

她想：没关系。

没关系的。

第七章
孤单心事

能和你相处的每一个日夜，好似都短得叫我难过。

————方循音日记

01

光阴荏苒，时间就在这般忐忑心情和一张张考卷中飞快溜走。

方循音默默无闻地将陈伽漠藏在心里。

暗恋这件事，本不需要任何人知道。

这一憋，就憋足了整整高中三年。

好像只要她心灰意冷时，抬起头看向夜空中那一轮皎洁的明月，或是揽镜自照，手指抚上脖颈处那一块胎记，想到陈伽漠描述的"上弦月"，就能叫她重新鼓足勇气，继续悄无声息地追逐他。

转眼，进入高三。

八中两个竞赛班开始不同程度少人。

一种学生是跟不上竞赛班高难度节奏，比赛又没有做出什么名堂，压力过大，干脆调回平行班去，重点院校一样稳稳当当。还有就是不参加国内高考，直接筹备出国的学生，大多提前申请离校，去机构刷雅思托福分数，准备留学考试。

剩下寥寥无几的那批人，通过竞赛成绩，早已经被名校录取，也无须再备考。

比如渠意枝就是。

但八中有规定，哪怕学生已经被提前录取，防止在外头发生什么意外，或是影响其他应考生的情绪，也必须随本届高三生一起上学。直到三月份江城全市自主招生结束，才可以随大流一起放假。

午休时间，渠意枝拿了杯关东煮，晃晃悠悠、熟门熟路地从后门溜进物理竞赛班。

方循音座位在靠窗那排。这会儿，人正缩在那儿，手背抵着下巴，闭眼默背单词。远远望去，整个都小小一只，存在感十分单薄。

渠意枝笑了一声，两三步迈过去，在她前头的空位上坐下。

"喏。"渠意枝将关东煮放在方循音面前的桌上。

方循音明显一惊，倏地睁开眼，睫毛像是蝴蝶翅膀一般用力振动几下。见到是渠意枝，她才放松下来。

"枝枝，你怎么过来了？"

此时，正值二月中下旬，严寒未尽。物理竞赛班每天都把空调温度开得很高，整个教室弄得像个蒸笼，窗外四季轮转被尽数阻隔。

渠意枝外面穿了军绿色外套，没坐几秒钟，就热得不行。

听到方循音问，她一边脱衣服，一边随口笑道："给你送吃的来呗，慰问高考生。怎么？不乐意见到我啊？"

"没有没有。"

方循音连忙摆手，表情认真地说："谢谢你。"

渠意枝将外套放在腿上，抬起手，食指微曲，飞快刮了下她的脸颊。

"怎么每次逗你都这么好玩啊，哈哈……说正经事，你们马上要做第一次志愿咨询了吧？你想好要考什么学校了吗？"

方循音抿了抿唇，轻轻摇头。

虽然整个高中生涯一直没松懈下来，补课也陆陆续续在增加，但是成绩却没有什么显著提升，只能稳定在班里中游、年级前五十的水准。

方循音自己很清楚，她并不够聪明，能稳定成绩，还是靠努力和信念，憋着一口气拼出来的结果。

甚至，没什么具体目标，只是想和陈伽漠去一个地方上学，最好还能是同一所学校。

就这么一个信念而已。

十六岁那年，陈伽漠逆着光，向一个孤寂的灵魂伸出手，走近她，照亮她的世界。

十八岁，方循音想做他的卡戎，像影子一样偷偷陪伴他。

但这件事，谁也不能说，就算是最好的朋友渠意枝，也不能告诉。

渠意枝一贯大大咧咧，没从她眼神里看出什么端倪，见她摇头，只长长叹了口气，说："唉，那你要不和我报一个学校吧，咱们继续做伴。"

渠意枝保送的是江城大学数学系。

江城作为一线城市，名校云集，本地学生不太喜欢外考，大多会留在本地。江大就是江城毫无悬念的一流院校，特别是理工科，放眼全国，都算得上遥遥领先。

高二那年，渠意枝成功拿下奥林匹克全国二等奖。

原本是可以再考其他赛事，搏一搏清北的，但她几乎没有犹豫，直接和江大签约。

理由也坦坦荡荡。

"我不可能去北城的，我要和我小叔在一起。"

当时方循音便十分羡慕。羡慕她这种坦然与坚定，也羡慕她学业顺遂。

现在，终于临到自己做抉择。

方循音垂下眼，低低开口："我……我一点想法都没有，可能还得再考虑一下。"

因为，她不知道陈伽漠是打算留在江城，还是去考清北。

江城和北城相隔万里，实在不容有失。

正此时，后门处热闹起来。

常哲屿喊了一声："陈伽漠！"

方循音和渠意枝齐齐扭头，目光转向那处。

下一秒，陈伽漠跟在几个男生后面，慢条斯理地走进教室。

无论何时，他好像都是这般芝兰玉树的模样。主要还是长得好，眉目俊朗，再加上天之骄子一般矜贵味道，自然衬得他的气质也如玉灼灼。

渠意枝只看了一眼就转过头来，轻轻地叹了口气："哎，看到陈伽漠，我心里就有点说不出的滋味。"

方循音讶然："啊，为什么？"

"你想啊，我们俩从小就开始竞争。结果呢，他家出了意外，他放弃搞竞赛，没有竞赛加分，也没有拿到校内保送名额。这样显得我多胜之不武啊，而且还有点说不上的孤单。有点高处不胜寒？反正你体会一下那个意思。"

方循音体会不到。

她不是渠意枝，没有资格和陈伽漠做竞争对手，只能一直保持着仰望的姿态。

立场不同，心态自然难以互通。

渠意枝也没强求她共情自己，继续低叹道："不过也没什么好感慨的。陈伽漠这种天才，裸分上清华那不是随随便便。像我们这种凡人，还是不要替人家可惜了，啧。"

"嗯……嗯。"

清华啊。

方循音轻轻推了下眼镜，拿起一串关东煮，无意识地咬住木签顶端，齿尖轻轻磨蹭了几下。

教室人声鼎沸，唯独她，带着许多难言之隐，悄无声息地陷入沉思之中。

周五放学前夕，方循音接到了徐兆的电话。

电话那端十分嘈杂，听起来像是发生了什么事，但徐兆的声音倒是依旧不紧不慢："方循音，抱歉，我有事，今天晚上的课上不了了。"

方循音点点头，轻轻"哦"了一声，又礼貌地问了一句："徐老师有什么事，我可以帮忙吗？"

徐兆笑了笑："你这小孩……没什么事。你管好自己，回家复习去吧。"

电话挂断，方循音在原地踟蹰半秒，掉转方向，往学校旁边那家罗森迈步。

正是放学时间，再加上周五每个年级都没有补课，八中校门周围十分热闹。

"天哪，算算时间又要月考了，真烦！"

"不是才刚开学没几天吗！心理上我还在过寒假呢！"

"喂，你听说没有，高二那个……"

"一会儿去打球吗？"

"不行，今天要上补课班，再逃课，我爸非拿皮带抽死我不可！"

"不就是一顿竹笋烤肉嘛，哎呀，没事的。"

……

各种窃窃私语，或轻或重，此起彼伏，交会到一处。

然而，这些都与方循音没什么关系。

她戴上耳机，慢吞吞走进罗森，买了一盒旺仔牛奶，再拿一盒布丁，结账。

休息区惯常是不会有空位的。

方循音走出去绕了一圈，绕到罗森后头，拣了熟悉的台阶坐下。

自从开始参加补课，好像已经很久没有来过这里。平时放学要赶着回家写作业，周五要赶着去徐兆家补课。总之，忙忙碌碌。

追溯到上一次，好像还是一个雨天，清隽少年给她撑起一把伞，慢条斯理地对她说，试试吧。

试试到更好的班级，不要为别人而折磨自己。

和陈伽漠在一起时的每一个细节，都像是一部老旧电影，印在胶片底上，随时随地都可以翻出来重温。

方循音牵了牵嘴角，低头挖了勺布丁。

刚一放进嘴里，蓦地，她目光微微凝滞，先是心头重重一跳，接着不自觉蹙起了眉。

十几米之外，五六个男生站在一处。陈伽漠也在其中，整个人懒洋洋地靠在树干上，神情淡漠，仿佛漫不经心地在说着什么话。

这并不像他一贯光风霁月的风格。

所以，为什么？

如同心灵感应一般，倏忽间，陈伽漠感知到了视线，抬起头，眯了眯眼睛，望向她这处。

四目相对，方循音结结实实一愣，接着，立刻手忙脚乱地垂下眼，尴尬得手脚都不知道该放在哪里才好。

现在该怎么办？

她胡思乱想良久。

再抬眼，陈伽漠已经不在原地。

那棵大树下空无一人，刚才那一幕，宛若一场碎裂梦境。

方循音视线四下转了一圈，没找到人。

她也再没心思吃东西，布丁三两口塞进嘴里，拉开书包拉链，将旺仔牛奶放进去。

她正欲站起身，不过是眨眼间，陈伽漠高大身影已经挡在她身前，将初春午后的温柔光线悉数遮挡。

他低下头，淡淡看向方循音，喊道："方循音。"

方循音张了张嘴，却不知道该说什么。

陈伽漠低笑了一声："又在这里思考人生吗？"

"没有……"

他点点头："那就好，要不然，我也没法做人生导师了。"

"陈伽漠……"方循音不忍听这种话，声音里有一丝微妙的祈求意味。

"什么？"

"……"

没听到她回答，他又问了一次："想问什么？"

想问什么？

方循音轻轻咬了下唇，脑子里惊涛骇浪。

事实上，她有很多想问的事情，比如说为什么会走过来同她说话，是不是有什么事找她。

如果问题再大一些，她想问他，准备考什么学校、志愿怎么填，会留在江城吗？

然而，一切的一切，在方循音心中打了个旋儿，又在陈伽漠微凉目光中，被她牢牢压回去、湮灭。

她最终还是只问出了一句话，足够小心翼翼。

"卡戎还好吗？"

陈伽漠"嗯"了一声，说："改天抱出来给你看。"

方循音低声道谢。

之前，陈伽漠也有趁着她去徐兆家补课时，把卡戎抱出来过。

两年过去，卡戎也长成了一只大猫。

陈伽漠把它养得很好，很亲人，毛色也鲜亮，十分漂亮可爱。

方循音虽然不知道嘉赫的具体情况，但也从常哲屿那里听说，陈伽漠的母亲早已离开国内，只留下他一个人。

卡戎能陪着他，这样很好。

听起来好像命运安排一样。

两人之间，气氛兀自沉默下来。

良久，陈伽漠抬了抬眉，慢声开口问道："今天没穿外套吗？"

方循音愣了愣，条件反射地往身上扫了一眼。

康文清讲究养生，遵循春捂秋冻的老话。今天是阴天，温度不高，出门时，康文清特地在她校服外面套了件薄款羽绒服，只是因为教室太热，方循音脱掉外套之后随手放在旁边，放学忘了穿回去。

本来还没觉得有什么，被陈伽漠一提醒，她总觉得有风吹过，周身都开始冷起来，还忍不住缩了下脖子。

见状，陈伽漠一言不发，拉开拉链，将自己身上的卫衣脱下，再一扬手，扔到她身上。

衣服上柔软剂的清香扑鼻而来，像是能叫人彻底沉醉。

陈伽漠说："穿着吧。"

接着，他也没有再同她闲聊什么，转过身，扬长而去。

方循音看着他修长的背影，有些愣怔。

或许是错觉吧。

她的夏天，在这个初春二月，短暂地回来了。

那天，方循音一晚上没有睡好。

陈伽漠的外套被她藏在衣柜深处。

那个柜子一贯只放床单被套，还有一些换季衣物，平日里，康文清几乎从来不会打开，自然也发现不了什么。只不过，于方循音来说，咫尺之遥处，好像埋了个炸弹，完全不可见人不说，甚至还能将心绪搅到天翻地覆。

方循音从枕头底下摸出手机，按亮屏幕。

想了想，她点开搜索框，打字输入"男生把外套给女生代表什么意思"。

点击搜索。

这种无聊提问，搜索引擎里竟然还有不少网页答案。

其中，排在第一条的回答就足够简单粗暴。

"这代表他喜欢你。"

方循音眼皮一跳。

再过几个小时，江城即将天亮，这会儿，正是破晓前的至暗时刻。

手机屏幕的光斜斜打到她脸上，只照亮眼睛那一块位置，远远看起来，形似鬼魅，更是模糊了表情。

连方循音自己也搞不懂，到底是为什么要做这种无聊揣测。

陈伽漠是什么样的一个男生，她还能不明白吗？

绅士又温柔，璞玉浑金一般。

只不过，因为意外得到了欣赏的男生的外套，才叫她这颗未满十八岁的心在胸腔里激烈起舞。

她控制不住，也丝毫没有办法。

与此同时，陈伽漠也没有睡。

窗外，路灯光线昏暗，但因为没拉窗帘，透进房间的光便也好似颇有些分量起来。

他翻过身，背对窗户，却依旧了无睡意。

陌生又熟悉的房间。

陌生又熟悉的床。

再加上明天……

好像一切都显得不合时宜。

黑暗中，陈伽漠轻轻拧起眉头，好似想了很多，又什么都没有想。

眨眼的工夫，天已经亮了。

嘉老爷子上了年纪，少眠，不过早上五点出头，外头已经传来老爷子和保姆阿姨的说话声。

陈伽漠也干脆掀了被子，揉了揉太阳穴，直接坐起身。

他走到客厅。

嘉老爷子在打太极拳，见到陈伽漠，动作没停，只出声问道："醒了？"

陈伽漠点点头，说："外公，早。"

"早，是没睡好吗？也不是第一次去见医生了，怎么还是这样呢？"

这问题太过赤裸裸了，陈伽漠握紧拳头，实在不知道该答什么才好。

嘉老爷子轻叹了口气。

陈伽漠是他看着长大的，与他在一起的时间比陈伽漠的父母还要多。从牙牙学语到如今这高瘦俊朗少年。陈伽漠在想什么，没有人会比他这个外公更清楚。

这些年，老爷子的头发已经花白，气质因而越发显得儒雅，再看不出曾经的雷厉风行与杀伐决断。

倒是嘉赫身上，依稀还残存了些许。

当年，就是他劝说嘉赫将陈伽漠留下，也是他亲手带着这个孩子，教他识书写字、教他做人的道理。

说心里话，两人虽然没有血缘关系，他对陈伽漠却像对亲外孙一样。

陈伽漠变成现在这样，他心里很难受，却没有表现出来。

老爷子做完太极最后一式，调节了一会儿呼吸。

顿了下，他才温声说道："先吃早饭，等问过医生，看看医生怎么说吧。"

话虽然这么说，但实际上，早从陈伽漠第一次被发现异常起，就一直在看心理医生。两年过去，大抵也不会有什么改变。

"……严重创伤后应激障碍引发的臆想症状……病患年纪比较小，心理上在抗拒沟通……还需要继续调节。这也不是三五天就可以解决的问题，可能要长期治疗，家长也要好好督促才行。

"我翻了一下病历，陈伽漠每周的心理咨询经常不来，这样断断续续的，也很难展开治疗啊。

"就算是高考生，也应该有轻重缓急吧！这毕竟是一辈子的事情，是吧？"

……

门外，陈伽漠面无表情，平静地玩着手机。

里面断断续续有对话声传出来。明明事关于他，本人却完全无动于衷、置身事外。

半晌，一切归于寂静，管家扶着嘉老爷子走出来。

陈伽漠站起身，主动扶住外公另一边。

老爷子脸上没什么不虞之色，只呵呵笑了笑："好孩子。"

顿了下，他又说："在外公家住两天吧，周一直接让司机送你去学校。正好，你妈前几天打电话来，说有事要和你商量。明天我们视频一下，开个家庭会议。"

"好。"

陈伽漠自然没有异议。

这个周末，方循音在家也免不了胆战心惊。

因为，她思前想后，趁着大家都睡着后，偷偷洗掉了陈伽漠给她的那件外套。

人家只说给她穿，也没说送给她，还是洗干净还回去比较好。

夜深人静时分，烘干机在"嗡嗡"作响。

方循音不敢回房间，干脆拿了本书守在旁边，以防万一。

还好，康文清和方为都睡得很熟，并没有被这动静吵醒。

迷迷糊糊中，"嘀嘀"两声，机器停下运作。

方循音捏了捏脖子，起身，轻手轻脚地靠近，拉开门，将外套拿出来，用掌心蹭了一下。

这卫衣里有加绒，烘完还有点隐隐约约的泛潮感，只能再挂起来吹吹。

她将衣服晾到衣架上，再定第二天凌晨的闹钟，好赶在父母起床前去拿下来。

天光乍亮。

手机在枕头底下振动，成功把人振醒。

方循音悄无声息地爬起床。

没有人发现，一切都很顺利。

然而，她经过主卧门边时，却意外听到里面传来说话声，心里有鬼，脚步免不了迟疑。

她想听听里面在说什么，是不是和她有关系。

方为的声音低沉："周一去吧，我已经请好假了，周一有专家门诊。"

康文清"嗯"了一声，难得没有反驳。

方为又说："音音那边……"

康文清打断他："又不是什么要紧事，别影响她，还有几个月就高考了。什么情况都不确定呢，到时候再说。再说了，她个小孩，懂什么哦，又帮不上什么忙，只能添乱嘛不是。"

"行，我知道了。"

这般遮遮掩掩，实在听不出什么所以然。

是谁生病了吗？

方循音眉头不自觉蹙起，抬起手臂，手指曲起，似是想要叩门进去，问个清楚。但犹豫许久，她到底是放弃了这个念头。

她几乎可以想象，进去之后，必然会被盘问。甚至，按照康文清那个脾气，得不到答案不说，多半还得大发雷霆，把她臭骂一顿。

况且，不是说明天再去医院吗，现在估计也不知道什么情况，还是等他们回来之后再私下偷偷问问爸爸吧。

方循音抿了抿唇，慢吞吞走回自己房间。

周一，晨光熹微。

方循音手上拎了个纸袋，早早来到学校。

教室里还没什么人到，只有几个学霸的座位上放了包，人却不在，应该是去没人的地方背单词、背课文了。

她放下东西，手指紧紧攥着纸袋，眼神轻轻往陈伽漠座位那边瞟了一下。想着，如果偷偷塞进他台板里，就没有人会发现什么端倪，很好。

她正欲上前，侧了侧头，又停下动作。一瞬间，她像想到什么般，从草稿纸上撕了一张白纸，拿起笔，又摸出手机，开始上网搜索。

一边搜，一边飞快地记录。

由于是司机送，他外公又是个讲究规矩的老派人，最讨厌别人磨磨蹭蹭。因此，陈伽漠难得没能踩点进班级，被迫提前许多。

此刻，教室里还不甚安静。

他坐下身，眼神定定地落在台板里。

八中桌椅都是定制的，每个教室全部一样。台板一贯不是很宽敞，一般都会被塞满书和考卷，放不下的只能压在桌上。

陈伽漠从来不是刷题党，自从不参加竞赛之后，也不搞题海战术，自然轻轻松松，没那么多东西要放。

此刻，里面塞了个陌生纸袋。

他疑心又是什么女生送来了礼物，蹙起眉，指尖轻轻一挑，将纸袋拉开一个小口。

里头躺了一件外套，看起来很是眼熟。

陈伽漠抬起头，往方循音的方向望了一眼，神情很是漫不经心，眼神却有些乌沉沉的不明意味。

下一秒，"啪嗒"一声轻响，有什么东西从纸袋口滑出来，落到地上。

他挑了挑眉，弯腰将那小纸片捡起来，展开。

20××年各大院校天文学专业排名：

1. 南城大学

2. 江城科技大学

3. 北京大学

……

最后是一行很小很小的字，字迹十分秀气。

陈伽漠练过书法，自然眼神要比其他人好些。

方循音每个字收尾处的笔画都有些抖，仿佛小兔子那种小心翼翼的心情已经跃然纸上。

她写："陈伽漠，你打算报哪个？"

还蛮可爱的，陈伽漠低笑了一声。但只一声，他又想到了昨天的事，当即收敛起笑意，面色沉下来。

嘉赫的话言犹在耳。

"陈伽漠，你还准备这样自暴自弃到什么时候？我不管你有什么意见，只要你还认我这个妈，必须到我这里来治病！我来看着你！我跟你说，我只能容忍你到高考结束，不然我就亲自回来带你走了。

"等你什么时候彻底变成神经病了，那我们家才是解脱了呢！陈伽漠你别当我不知道你在想什么！你想想，因为你这个毛病，你外公多大年纪了，还要天天为你操心。你倒好，就想着怨天尤人，浪费钱还不去医院。真当自己是林妹妹啊！

"之前你不是嫌我丢下你走得太干脆吗？那你就来跟我们一起生活，学校和医生我都会给你安排好。

"就这样，我不想听任何否定意见，挂了。"

陈伽漠嗤笑了一声，垂下眸子。

还有什么好打算的？

他的打算，就是没有打算，随波逐流就好了。

他这么一个……神经病，还有什么值得人小心翼翼对待的？

陈伽漠重重站起身，疾步离开教室。

字条虽是已经给出去，但方循音一直没有收到回复。

几天过去，她好像全身上下都泄了气，忍不住开始疑心是不是陈伽漠压根没有打开那个纸袋。毕竟，确实也没见他再穿那件卫衣。

但要方循音再去当面问一次，好像又太过于为难她，只得作罢。

02

转眼，江城进入春分时节。保送学生先行结束高中生涯，离开学校，其余高三准考生则开始进行二模。

时间就像流水一样，眨眼间已从指缝中潺潺流过，捉不住丝毫踪迹。

江城高考和其他地方不同，高考前盲填志愿，而非高考后拿到分数再选。所以，差不多四月份，志愿表就会集体上交。

一般来说，八中会用一模和二模的成绩综合考量，给学生估分，再由班主任帮助大家填报志愿。

方循音两次考试发挥得差不多，勉勉强强摸个重点大学分数线门槛。如果高考没有超常发挥十几分，清北基本不用想。

但相对来说，江城本地高校对本地考生有录取优惠，她这个成绩，如果留在江城，且愿意服从调剂，按照前几届分数线，大概率可以擦边进江城大学。

其实压根无须考虑，以江大作为第一志愿，再合理不过。

然而，方循音却迟迟无法下定决心。

讲台上，赵老师进行最后一次提醒：

"我再说一次，志愿表必须家长签字确认。高考是影响你们一辈子的大事，考进什么学校，几乎就是你人生的分水岭了，不能自己瞎填，想一出是一出啊！知道吗？一定要和父母商量！

"志愿参考手册都给我好好看！什么学校什么专业、分数线、录取要求，上面都写得很明白！看不懂就来问我！

"周五之前，最迟周五，最终确认的志愿表班长收齐放到我桌上。"

台下，方循音咬住唇、垂下眼，指尖无意识地攥紧了那张志愿表。

这件事，还没有和家里商量。

其实可想而知，康文清一定会说让她自己作决定。她的决定，应该会和陈伽漠息息相关。

但直到现在，她依旧完全不知道对方到底是怎么想的。

到底该怎么办？

这般，硬生生一直拖到周四晚上，次日就是最后期限。

方循音无可奈何，轻声在饭桌上讲起这件事。

"成绩大概就是这样，清北的话，希望不大，但我有点想去北城其他学校，或者去南城……嗯，但是几所学校综合来看，可能江大会更好一些。爸、妈，你们怎么看？"

康文清和方为对视一眼，表情都有点奇怪。

良久，还是康文清率先打破沉默，雷厉风行地说道："我们有什么好说的，上学是你的事，当然是看你自己选择。总之，国内的公立学校学费都差不多吧？不管你去哪里，上学还是供得起你的，你自己看着填就行。"

方为似是有话想说，喊了一句："文清……"

下一秒，康文清毫不犹豫地打断他："我就一句话，你对得起自己的努力，对得起爸妈给你花的钱就行了。"

果然不出所料。

方循音讷讷，低低应了一声。

十二点多，已是子夜时分。

窗外，夜凉如水，整座城市好似变得万籁俱寂，只剩一抹台灯光线，影影绰绰。

方循音结束今日复习，第无数次将志愿表摊开，上面依旧一片空白。

"叩叩。"

倏地，响起敲门声。

她心里乱，不免有点紧张，赶紧将志愿表翻过来，背面朝上，深吸了一口气，这才急忙应了一声："在的。"

方为推开门，慢悠悠地走进来。

"爸？"方循音有点惊讶。

事实上，自从她长大一些起，因为胎记，还有自身敏感性格作祟，在家里极少说话，自然和父母都不是很亲。

相比之下，康文清性格强势，也比较啰唆，肯定会和她多些交流。方为则比较寡言，加之还是爸爸，女儿长大了，总不好太过亲密。时间一长，他与方循音之间难免疏离。

这般深夜敲门进来，倒是极为少见。

方为朝她笑了笑，反手轻轻合上房门，又从角落拉来一把椅子，放到方循音写字台旁边，落座。

这架势，像是要促膝长谈。

方循音不知道有什么事，免不了严肃起来，放下笔，转过身，与方为面对面。

方为清咳一声，慢声细语道："音音，你放松点，爸爸不是来批评你的。主要是，有件事，我想了想，觉得还是得跟你说。"

方循音点点头，表示在听。

"上个月，你不是偷偷问过我，妈妈为什么去医院吗？当时我觉得没必要跟你说，怕影响你学习，所以就说是身体检查。不过……唉——"

他轻轻叹了口气。

方循音的神经被吊起来，心里闪过很多不好的猜测。台灯光线下，她的脸色看起来有些苍白。

她一字一顿地问："妈妈她怎么了？"

方为屈起手指，轻轻叩了下桌面，似是在琢磨要如何表达才好。

半晌，他开了口："过年那阵，你妈妈就说眼睛前面有黑点，当时我们都以为是飞蚊症，没放在心上。但是吧，那天她突然一下看不见了，我就陪她去眼科医院检查。医生说，是视网膜脱落，需要做手术。"

闻言，方循音瞪大了眼睛。

方为继续说："音音，爸爸不是想干扰你什么。刚刚你妈在，我怕她生气，也不好跟你说。但是呢，你妈这个情况，手术之后，不能劳累、不能做重力活，也不能生气，需要长期休养，保持良好情绪。

不然，手术之后也会再次脱落。我作为爸爸，还是希望你能留在江城，考江大。"

方循音有点蒙了。

"你已经是大人了，爸妈也不是说要求你分担家事或者怎么样。只是你自己也说了，去南城或者去北城，念的学校都不太可能会比江大更好。所以，留下来，经常能回家陪陪你妈，你看这样好不好？"

很多事，冥冥之中或许早有预兆。

方循音在心底苦笑一声。

这下好了，没有什么好纠结的了。作为子女，父母身体不好，叫她如何能为一份得不到结果的暗恋而远走家乡？无论如何她都不能如此。

见方循音垂着头，一直没有说话，方为开始踌躇起来，想了想，到底是心疼女儿，又补充道："不过，如果你有其他更喜欢的专业，或者有很详尽的计划，爸爸肯定还是支持你……"

"没有的。"方循音赶紧打断他。

停顿几秒，她又轻轻弯弯唇，语气平静地说道："我会努力考上江大的。爸，你别担心，我心里有数。"

她的暗恋。

她的月光。

从陈伽漠出现的那一刻起，便注定了无望。

再怎么样都只能徒留满腔苦涩。

五月，江城进入初夏时节。

江城八中安排了拍摄毕业照，要求高三所有人全部到校。无论是艺术生、保送生还是留学生，都必须参加。

时间定在上午，早操结束就开始，先拍年级大合照，再给每个班拍集体照。

八点，阳光正好。

操场渐渐开始热闹起来。

老远，方循音看到渠意枝在冲她挥手，立刻招招手回应她。

两人走到一处。

渠意枝从包里摸出一瓶旺仔牛奶，交到方循音手中。

一入手，便是冰冰凉凉，缓解初夏热意，方循音冲她笑起来："谢谢。"

"说什么谢不谢的，你赶紧过来给我写寄语。"

"什么寄语？"方循音不明所以。

渠意枝见她懵懂，叹了口气，解释道："就是类似同学录一样的东西嘛，也不知道是谁想出来的花招。我看啊，多半是哪个痴男怨女，想趁这个机会表白，所以找了个这么老土的办法。"

这年头，网络发达，各类通信软件层出不穷。纸质同学录早就被取代，好像只存在于记忆之中。

方循音小学毕业时，班上还是很流行写同学录。本子的外壳或硬制或软制，大小不一、五颜六色，内里纸张也各有不同，里头一条条信息，从联系方式到个人爱好，样样齐全，看起来颇有点"填完就老死不相往来"的架势。

到初中毕业，也还是会有些女生比较讲究仪式感，给班上同学填同学录。

但现在，基本不会有。

结果，也不知道从什么时候起，高三刮起一阵风，流行让同学给写毕业寄语。

网络数据有概率会弄丢，但纸张若是好好保存，就绝对不会丢。甚至以后回忆起来，还能有点历史怀旧感。

渠意枝素来活跃，自然不会错过这类活动。只不过，她和班上同学的关系不好，也没有什么特别多同学可以写，必须一个算一个。

"多写点多写点，到时候我还能拍个照发朋友圈。"

方循音笑了笑，蹲在操场边，拿着笔，给渠意枝写了满满一页字。

大多是祝福，还有些夸赞之词。

渠意枝十分满意，拿起那页纸，对着光凝视许久，手指轻轻一弹，移开，顺手捏了下方循音的脸颊，开口笑道："宝贝儿，最爱你了。"

方循音手里捏着水笔，脸颊泛出微红，对于渠意枝这种隔三岔五的"表白"，依旧十分腼腆。

"谢谢。"

顿了下，她脑中突然闪过一个念头。

她动作微僵，心脏跳得飞快。最终，到底是无法抑制那点渴望，抬起手，朝渠意枝背包位置指了一下。

"枝枝……那个寄语纸，能不能给我一张？"

渠意枝讶然数秒，失笑道："当然可以，多给你几张，你也拿去让大家写好啦。"

没多久，操场上的台阶顺利搭好，老师开始指挥所有人排队。

因为人多，年级大合照拍得比较费劲，男生三排，女生三排，各自站好，连高矮也没有太讲究。只有照相师在前头把几个突出位置稍作调整，接着便飞快拍完。

再轮到班级合照。

先是几个平行班拍，两个竞赛班都排在最后。

等平行班拍完，学生被班主任喊回班级，人群才算渐渐散去。

树荫里，方循音推了推眼镜，目光不自觉搜寻。

此刻，陈伽漠和常哲屿，还有班上另外几个男生，都靠在主席台下面，似乎在闲聊等等待。

远远望去，陈伽漠表情很淡，看着不太平易近人，甚至因为风姿卓绝，还有点高不可攀的意味，叫人忍不住将视线牢牢停留在他身上。

只不过，方循音只偷偷看了他几眼，就没有再看。

鞋尖在地上轻蹭。

她长长叹息。

时间过得可真快。两人第一次见面的场景仿佛还近在昨日，历历在目。

三年。

三年过去了。

她竟然都已经偷偷欣赏喜欢了陈伽漠这么久。

不，其实都不能叫偷偷。

陈伽漠那么聪明，或许，在日记事件还没有发生时，早已有所猜测。再加上日记……他一定什么都知道。只不过，为了照顾她那点自尊心、那点面子，所以一直装作不知情罢了。

或者，因为喜欢他的女生太多，所以他也不觉得这是什么大事吧？只是微不足道的一点细节而已。

但对于方循音来说，却好像并不是什么细节。

那是一个少女完整的一个青春。

终于，一切都快要结束。

方循音心里乱七八糟的，连拍毕业照时都有些心不在焉，频频望向陈伽漠的方向。

"咔嚓。"

第一张拍完。

照相师检查了一下照片，朝着他们摇摇头，大喊道："有同学表情不好，重新来一张！"

折腾半天，总算才弄好。一圈人"呼啦啦"跑过去，将照相师团团围住，迫不及待地要看照片。

因为物理竞赛班是最后一个班级，后面没有其他同学在等，照相师也没有为难他们，乐呵呵地将相片调出来，按着相机翻了几下，又顺口解释："一共拍了五张，到时候你们班主任会全部发给你们的，你们挑一张最好的打出来。"

没有人仔细听，大多都在感叹自己的表情。

"救命，我好丑啊！"

"啊啊啊，这张我眨眼了——"

"刘海怎么回事？"

……

方循音站在人群最外面，紧张地握住手。

她刚刚……是不是……

放学时，班长在班级群发了照片。方循音点开第一张，细细扫过，立刻红着脸保存下来。

只有那一张，她侧着身，望向陈伽漠的方向。

就像人类在遥遥望着月亮。

这一刻被定格下来。

哪怕再也没有然后，她也想永远怀念。

既然是发在班级群里的，陈伽漠自然也看到了这几张照片。

点开，将照片放大。

他拧起眉，视线扫过每一张熟悉面孔，最终落到方循音的脸上。

小兔子还是原来那副模样，厚刘海、大框眼镜、巴掌大的脸、皮肤莹白，看着有一点点病态。头发则是按照校规束起，高高垂在脑后。夏季校服没有衣领，但她没有在外头套外套，而是露出一截纤细的脖颈。

相片十分高清，所以，在她贴近耳朵位置，依稀能看到一块乌色胎记，月牙形状。像是一张白纸，被沾了墨水的狼毫轻轻扫过一笔。

陈伽漠细细想了一会儿，一时之间，竟然有些想不起，小兔子究竟是从什么时候开始，不再大热天穿长袖外套，也开始不再遮遮掩掩的。

他病得太久了，可能，脑子也已经不清醒了。

嘉赫说得没错，他就是个神经病。

陈伽漠勾了勾嘴角，眸中扯出一抹自嘲的神色。

没有再想，他长指轻点屏幕，随手往前头划，一连翻过三张图，直至最后。

前几张照片每个人几乎只有细微表情差别，但这张，只要扫一眼，就能发现区别。

许是因为第一张拍摄，很多同学都没有做好准备，有的人站姿有点歪，有的是两人之间间隔参差不齐，各种情况皆有。比起另外几张来说，这张图上，每个人的神态都更为放松一些。

尤其是方循音。

她甚至都没有看镜头，整个人侧向一边，眼神也不知道落在何处。

陈伽漠轻笑了一声，顺着她目光角度，将照片往旁边拉了拉。

那一刻，小白兔是在看什么呢？

阳光、树木、云朵？还是矗立在校门口的那气派辉煌的校标？

抑或是……在找他吗？

最后这个猜测，叫人心颤无奈。

总归不会有结果的，不是吗？

她是胆怯却孤勇的小兔，笑吟吟地蹦跳在月辉之下，静待着绽放出万丈光芒的那天。而自己却是无法掌控人生的失败者，被挫折打败、被现实压垮、被逆境击溃。

最终，要踏进地狱里去。

甚至不用说其他，若是他发疯的模样被方循音看到……她还会用那样的眼神看向自己吗？还会去寻找他吗？

不会的。

所有人都会害怕得逃走。

没有例外。

陈伽漠敛起笑意。

没过多久，高三最后一次模拟考试结束。按照教导主任的说法，所有演习都已经结束，下一次就是真真正正在高考战场相见。

差不多这时，方循音也意外得知陈伽漠的志愿。

自然，并非他主动告知，而是常哲屿说了出来。

"陈伽漠肯定填了清华啦，你不知道，他家满门清华哦，从爷爷那一辈开始就是清华的啦。陈伽漠肯定要'继承衣钵'对吧？家族传统嘛。我估计他就填了那么一个学校吧。学霸就是爽，想去什么学校闭着眼睛都能考上。说不定，咱们班还要出个江城状元呢，啧啧。"

方循音讷讷地："啊，这样……"

北城和江城，一南一北，相隔千里。

确定是没有然后了吧？

见她神色有异，常哲屿笑了起来，顺手轻拍了下她的脑袋，问道："在想什么呢？"

方循音敛起眉眼，摇摇头，又想了想，从包里翻出几张纸，给了常哲屿一张。

那纸张很漂亮，浅色底，上面绘了漂亮的花纹。甚至还有不知名花卉的清香扑鼻而来。

之前，常哲屿也受过渠意枝的"荼毒"，不用方循音多说，已是了然。

他点点头，随手接过，笑着说："寄语是吧？没有问题。看在咱们俩前后桌这么久的分上，肯定给你写个比渠意枝还漂亮的彩虹屁。"

方循音低声道过谢，冲着他感恩地轻笑了一下。接着，她干脆一鼓作气，站起身，大步走到陈伽漠桌边。

陈伽漠正懒洋洋地靠在椅背上，撑着下巴，在随手翻着一本杂志。整个人看起来颇为散漫，和班上的备考气氛颇有些格格不入。

方循音站在旁边，位置稍高一些，视野自然广阔。加上陈伽漠桌上没有其他东西，也没有又高又厚的习题卷阻碍，她只消轻轻一瞟，就能看到杂志内页。

只看插图，应该是科幻相关类的杂志。

不过几秒的工夫，陈伽漠很快注意到方循音。他仰起头，淡淡地看向她，眼神中无波无澜，仿佛万分疏离，问道："找我？"

方循音不免忐忑，垂下眼，将那寄语纸放到他面前，手指无意识地搅作一团。

陈伽漠翻了一下，眉眼勾出一点点笑意："知道了，晚点写。"

"可以多写几句吗？"

方循音发誓，这句话绝对是脱口而出，完全没有经过大脑。

只是单纯因为她看了渠意枝的朋友圈，一大叠寄语里头，陈伽漠那一手字非常突出显眼，且只写了简单的一句话："祝未来一切顺利。"

所以，她潜意识里希望他能多写几句，也算是留个纪念。没想到，竟然不小心把心里话说了出来。

在话音落下的那一刻，方循音自己先怔住了。

这辈子都没这么勇敢过。

霎时间，她手足无措、方寸大乱，结结巴巴地解释道："不是！那个……我是……嗯……觉得你的字很好看……想学一下……"

这都什么乱七八糟的。

神啊。

如果这世界上真的有神明，麻烦立刻来一道闪电劈死她吧！

不出所料，下一秒，陈伽漠眼神微变。

在他的目光中，方循音的脸渐渐烧了起来，温度越来越高。

好像整个人都快要爆炸，恨不得掉头逃之夭夭。但腿又好像有千斤重，怎么都迈不开步子。

这一逃，岂不是更显得心虚？

她连逃跑的勇气都没有了。

两人就这般对峙片刻。

最终，陈伽漠点点头，慢吞吞地应了一声："我知道了。"

夕阳斜垂，暮色四合，终于到了放学时间。

陈伽漠悄无声息地站起身，走到方循音旁边，将寄语纸还给她。

"学吧。"他语气淡漠。

没等方循音反应过来，他已经转过身离开了教室，只留给她一个瘦长的背影。

方循音抿了抿唇，深吸一口气。

将寄语纸翻个面，上面果真写得满满当当，一张 A4 纸被黑色水笔印覆满，一点空白都没留下。

心怦怦狂跳，胸腔里那个小人快要蹦跶出来。

她再次深呼吸，低下头，开始仔细阅读内容。

陈伽漠笔锋如刀，每个字写得都好像能裱起来一样，十分漂亮。然而，第一行内容却不太对劲。

"本词汇手册是根据江城中小学课程教材……"

这是什么？

方循音愣了愣，颇有些摸不着头脑。

再往下，还是一串很官方的句子。

她努力在其中挑出一个书名号——

《高中英语词汇手册》。

这是英语"蓝皮书"的全称。

方循音瞬间就明白了，当即将"蓝皮书"从书包里翻出来，打开第一页。

果真，陈伽漠是将单词手册的序言抄了下来，抄了满满一张纸，这实在叫人觉得啼笑皆非。

因为她说想练字，所以他也懒得费力想，直接抄一段序言给她吗？

说敷衍也够敷衍。

说不敷衍，毕竟也确实写满一整页。

方循音不知道该作何心情，目光从那满满笔迹中下移，一直到最后一行。

终于，陈伽漠在最后写了一句自己的寄语。

"高考加油，祝一切顺遂。"

依旧是一句话，和渠意枝没有什么分别。

方循音从来都清楚，对于陈伽漠来说，她与其他人，从本质上来说都没有什么分别。只是自己在心里放大一切细节，妄图寻找些暗恋的反馈罢了。

她自嘲地牵起嘴角，指尖微顿。

想了想，心里到底还是舍不得，只得将那张寄语纸妥帖收好。

夜深人静时分。

方循音独自躲在房间里，偷偷用手机软件剪裁之前保存下来的毕业照。

照片里，她和陈伽漠没有站在同一列，也不是同一排，斜过来数，当中还隔着五六个同学。

但那些都无关紧要。

她将旁边的人全部裁掉，照片构图被改变。

这下，除了他们俩，图里也就剩了当中那几张微笑的面孔。

初夏的阳光从高处打下来，连空气都仿佛洋溢着温柔缱绻的意味。

方循音将图片保存，指尖轻轻触上屏幕，宛如正轻抚着陈伽漠的脸颊。

次日，方循音去打印店，将裁剪好的照片打出来，再连同寄语纸一起，仔细夹进日记本里。

高考将至，好像已经没有什么时间可以写日记，必须分秒必争。

最新那一页，她只写了三行字——

"我看着你的时候，不需要你转过头来。

"陈伽漠，无论你是什么样，我从来不后悔喜欢你。

"但是好像……已经没有办法继续在你旁边，偷偷仰望你了。"

喜欢你这件事。

天知道，地知道，江城夏日的风也知晓。

哪怕间隔万水千山，注定无法相伴，也挡不住我追寻你的目光。

但这样已经足够好。

她想。

03

六月初，芒种时节。

江城的梅雨季尚未到来，提前一步进入高温天。连续几天，最高气温都在 34 摄氏度左右。

艳阳高照，晒得人心浮气躁。

对于高考生来说，这可不是什么好事情。毕竟，天气一热，注意力就会难以集中，再加上考场氛围紧张，人更加不舒服。

但好像没有什么办法。天公不作美，也只能忍受。

开考前一天晚上，康文清再三叮嘱方循音，让她一定要反复检查证件和文具。

方循音本来没有那么紧张，被康文清这样反复念叨，心里那根弦也不由自主地拉紧了，只得赶紧回到房间，一个人待着。

写字桌上，错题本摊开，翻到某一页。上头那些黑色水笔字被台灯光线扫得光怪陆离，像是来自某个陌生时空。

方循音抿了抿唇，坐下后，毫不犹豫地将错题本合上，接着，从旁边捞过手机。

许是因为明天就高考，今天晚上，所有聊天软件悉数沸腾起来，大多是同学群，颇有点"末日狂欢"或是"提前解放"的意味。

方循音扫了一眼，渠意枝和康非池都发来了祝福微信。她各自回复感谢，再然后，咬住下唇，指尖微颤，点开了久违的对话框。

自从陈伽漠爸爸发生意外后，两年多过去，他一直没有再改微信昵称，甚至连朋友圈也没有再发过一条，好像整个人都彻底沉寂下来，将踪迹湮没在浩瀚宇宙中，不给任何人肆意窥探的机会。

踌躇良久，方循音终于蓄足了勇气，试图再一次勇敢起来。

她慢慢往输入框里打字："陈伽漠，祝你明天考试顺利！加油！"

点击发送后，她又生怕影响明天高考的情绪，干脆利落地关掉手机，爬到床上，早早休息。

两天考试，好似幻梦一场。

走出考场时，正值午后，阳光慵懒地洒落到这座城市的每个角落。

方循音眼睛有点发酸，只得扬起头，用力眯了眯眼。这次考卷题目并不简单，但她答得挺得心应手，分数应该不会太差。

这漫长少年时光，到这一刻，也算是拼尽全力了。

小时候，因为一块胎记，方循音自尊心受挫，怯怯地缩回试探世界的脚步，逐渐成为一个边缘人物。

长大一些，她遇到了她的月光，开始长达三年的卑微暗恋。

这十八年人生，甚至连回想起来，偶尔都会觉得委屈不甘。

为什么只有她脖子上长了胎记？

为什么只有她不讨人喜欢？

为什么她这么平庸？

……

桩桩件件，似乎都是血泪。

但遑论过程如何，结局就是她考进了八中、考进了八中最好的竞赛班。

或许，也能考进一所不错的大学。

方循音觉得，似乎已经没有什么可以叫人心生不甘的了。

她用力握了握拳，迈开步子，一身轻松地往车站走去。

从高考结束到出分，要小半个月。所以按照惯例，八中毕业典礼会安排在六月末。

康文清的手术时间则在六月中旬，正处于这段空白时间内。

方为要上班，正好方循音没有什么事，天天去医院陪床。

康文清眼睛看不见，什么事都需要人搭手。自然，为了打发惶惶情绪，她越发爱唠叨起来。

"音音，你仔细说说，考得怎么样？还可以？什么叫还可以？重点大学稳吗？

"那你的同学呢？你们班上同学考得怎么样？有没有感觉不错的？我上次开家长会，你赵老师说，你们班清北可能能上五六个呢。"

听到清北，方循音的情绪有些低落。

但康文清毕竟是病患，她不好掉头就走，只能忍耐。

抛开唠叨话不说，病房里，场面很有点温情味道。

这般下来，时间也过得足够快，仿佛只是转眼，康文清拆了纱布，准备出院。

方循音也到了查分的日子。

江城出分时间定在傍晚五点。

四点出头，渠意枝打电话过来，声音急促："音音，快要出分了！你紧张吗？"

方循音抿了抿唇，无声叹了口气，回道："其实还好。"

反正，整张志愿表都是江城几所大学。落榜不太可能，那剩下的，好像也没什么值得人心潮澎湃。

渠意枝轻轻"啧"了一声，笑起来："紧张一点嘛，江大分数不低的，我都给你祈祷了好几天了。祈祷你一定要上第一志愿，来跟我做同学啊！"

"好，我尽量。"

事实上，尘埃已定，除了祈祷，其实没有什么好尽量。

江城高考卷满分六百分，方循音拿了五百零四分，按照往年分数线，预估差不多擦边进江大。而要是想上清华，还要多拿整整十五分才行。

这十五分就是她和陈伽漠的距离。

这距离和对父母的责任一起，像两根绳索，阻隔了天与地。

方循音长长叹口气。

与此同时，常哲屿躺在陈伽漠家的真皮沙发上，整个人一派懒洋洋模样，幽幽叹气。

"陈伽漠，你真要走了啊？"他双眼紧紧盯着陈伽漠。

陈伽漠随口"嗯"了一声，眼皮都没抬一下，继续往行李箱里放东西。

常哲屿又问："为什么啊？为什么突然出国啊？阿姨让你去的？怎么一点预兆都没有？"

事实上，预兆早就有了，只不过陈伽漠谁也没有告诉，连好兄弟都一直瞒着。

他这性格，就不会将伤疤揭给别人看，时时刻刻都是光风霁月、耀眼无双。

顿了下，陈伽漠蹙起眉，淡声答道："去国外不好吗？我们班出国的也不少。"

"喵——"

说话的工夫，卡戎从房间里跑出来。

常哲屿将卡戎抱起来，放在自己腿上，轻轻摸了几下，这才摇摇头，继续说："可是你家不是世代清华嘛。干什么要去国外啦？你要说说，你要是去北城，兄弟还能时不时去找你打球。你这跑去大洋彼岸，一趟飞十几小时，来回就三十个钟头，我可没那耐心。"

陈伽漠沉沉笑了一声："我又不是你女朋友，有什么好经常见面的。恶心。"

"嘤嘤嘤，你也太狠心了……"

插科打诨几句，气氛渐渐凝固下来。

常哲屿收起玩闹的神色，难得严肃，看向陈伽漠。

"如果你已经下定决心，作为兄弟也没什么好说的，只能支持。"

陈伽漠直起身，朝他点头："谢了。"

"这件事你跟别人说了没？"

"没有。"

常哲屿忍不住叹口气："小兔子呢？也没跟她说？现在高考完了，我总算能问了……陈伽漠，你跟方循音到底是个什么说法？她一直暗恋你，咱们都知道啊。你呢？要是你没想法，为什么一直养着卡戎啊？"

陈伽漠兀自沉默下来。

什么说法？这问题问的，竟然让人忍不住有点想笑。

陈伽漠自己都无法否认，高中这三年，他对方循音，确实与对别人不一样。

从第一次砸到她，看到她那一身反季装扮，还有摘下眼镜后不知所措的模样起，他就忍不住对她心生怜悯。

那时候，陈伽漠没经历过任何挫折，还是一派天之骄子的模样，面对一个胆小、瑟缩、怯懦的女生，自然，很容易泛起恻隐之心。

从始至终，方循音就像一只小兔子一样，看到他就跑、逗一下就跳，可爱又特别，实在叫人很想揪住她的一对兔耳朵，看看她会作何反应。

就算只是陈伽漠突然起意的恶趣味，那也不同于旁人。

况且，很多感情，从怜悯开始延伸扩展，完全符合言情套路。

他带受伤小兔去看医生、和孤单小兔做朋友、照顾落单小兔、鼓励小兔、安慰小兔……桩桩件件，虽是好玩，但也没有超出任何界限。

直到那场闹剧被撞见、那本日记出现。

陈伽漠听力不赖、眼神又好，将内容听了几耳朵，捡纸时又瞟了几眼，心中大抵有了答案。

小兔喜欢他。

或者说，把他当作溺水浮木。

怎么样都好。

可是，他何德何能？他只是个有心理障碍的神经病而已。

没有人要他。

他配不上做方循音的月亮，也配不上她的喜欢。

现在，马上要出发去国外，前途一片惘然，更别谈什么未来，又怎么能自私地去圈养一只小兔呢？

小兔的世界，应该是一片草坪、一片森林，抑或是广阔无垠的天地。

而他……或许从出生那天起就注定，他这辈子永远只能耽误别人。

不能再耽误方循音。

陈伽漠垂下眼帘，轻轻牵起嘴角，说道："别瞎想，养只猫而已，要什么说法？按你这么说，流浪猫收养中心才应该是大众情人？"

"可是……"

陈伽漠慢条斯理地打断常哲屿："哪有什么可是？常哲屿，我看你是想做红娘吧？你要是实在太闲的话就去给你爸打工。"

常哲屿耸耸肩，随手将卡戎放到地上。

他空出手，从口袋里摸出一样东西，对着陈伽漠方向晃了晃，调侃道："既然你这么说，这玩意儿我就丢了？"

"这是什么？"陈伽漠瞟了一眼，随口问道。

"方循音给你的生日礼物，应该是……高一那会儿吧？时间太久，有点记不清了。"

闻言，陈伽漠放下手中的东西，站起身，大步走过来。

因为时间流逝，氧化过度，那个小吊坠表面已经不再光亮。金属光泽消散，吊坠主体呈现出一种暗淡的色泽来。

但只需一眼，陈伽漠就知道常哲屿没有骗人。

除了听他说过很多心里话的小兔，谁会想到要送他一条土星吊坠？

他从常哲屿手中捞过链子，细细打量几眼，刻意不紧不慢且无所谓地开口追问道："为什么会在你手里？"

"你不记得了吗？那年陈叔叔出事，你情绪低落好几个月。结果到生日那天，把女生们送你的所有礼物全都丢了，拆都没拆。"

说着，常哲屿笑了一声。

事实上，他坐在方循音后排，自然知道她给陈伽漠准备了礼物。那一整天，小姑娘都很郁郁寡欢，脸上的情绪藏也藏不住。

说不上是什么想法，或许，只是单纯出于怜悯，他去那堆礼物里，找到了唯一没署名的一份。

很显然，只有小兔子才会这么小心翼翼，藏匿真心。

常哲屿摆摆手，说："反正你也没那个想法，看来是我多此一举了。要不要我帮你丢了？"

陈伽漠牢牢攥紧了那个小吊坠，薄唇抿得死紧。

良久，他闷声开口："不必了。"

两人对视一眼。

常哲屿将话题绕了回去："必须要走吗？"

"嗯。"

"那以后，就由我来照顾一只小兔咯？陈伽漠，你不介意吧？"

陈伽漠别开眼，一声不吭。唯独心脏位置，不知道为什么，竟然反常地浮起一抹酸涩。

那天，直到常哲屿离开他家，陈伽漠依然没有回答那个问题。

六月底，结束了连续的阴雨天，江城也仿佛一夜之间就进入了盛夏。

江城八中就在这般艳阳天中，召开本届毕业班最后一次高中集体活动——毕业典礼。

因为八中是私立学校，学费贵，学校资金就充沛。再加上这种活动完全就是长脸，利于口碑招生，自然举办得万分隆重。白天典礼，家长皆可入校参加，热闹非凡。

地点还是那个熟悉的大礼堂。

渠意枝和方循音坐在一起，她们两边则分别是渠盏津和方为。

许是因为重视这个活动，渠盏津不同于那次在游戏城遇见那样随意，而是穿了一身休闲西服，手上戴着一只腕表，面无表情，神情一派深不可测的模样。

总归，气质和相貌，在一众家长中，一骑绝尘，颇有点高不可攀的意味，完全不似普通人。

方为倒是十分随和。不过，他下午还要去公司，穿得也还算正式。

几个人端坐在一排，听着舞台上八中校长慷慨激昂地发言。

没过多久，渠意枝没了耐心。她干脆转过头同方循音偷偷闲聊起来。

"音音，你说他还要讲多久啊？"

方循音笑了一声："不知道，不过枝枝，一会儿你不是还要上台发言吗？不用准备吗？"

渠意枝叹气："有什么好准备的，念稿子就行了。再说，我也不想上……不过也没办法了。"

开学典礼就是她作为新生代表发言，现在毕业典礼再发言，也算得上有始有终。

不消片刻，校长结束前情提要，开始进入正题。

"本届毕业生中，一本上线率百分之四十五，本科上线率百分之九十六。其中，共有十名同学已经收到了来自清华大学和北京大学的录取通知书，剩下的八十七名同学分别进入江城大学、江城科技大学、南城大学等著名高校。在座所有同学，你们都是八中的骄傲，全校老师、家长都为你们感到自豪！恭喜你们，从今天起，结束了艰苦又难忘的高中生涯，正式进入人生的新阶段！"

因着这一段很像是收尾的发言，顿时，礼堂里掌声如雷。

渠意枝拍了几下手，接着便收到老师在斜前方的召唤。

她朝方循音夸张地叹了口气，站起身，跟着老师去后台准备。

方循音深吸一口气，坐直了身体，眼神微微偏移，不自觉落到渠盏津身上。

渠盏津还是面无表情，但明显认真起来。男人目光如炬，牢牢盯着台上，似是在等待着什么。

她牵了牵嘴角，在心底为好友高兴起来。

不过五六分钟，就轮到了学生代表发言。

三年过去，渠意枝还是如同初见时那样，美得艳光四射，漂亮得实在不像话。

她朝着台下明媚一笑，声音洪亮：

"各位同学，大家好，又见面了，我是学生代表渠意枝。

"前几天，学校邀请我在毕业典礼上进行一段发言，之后我就一直在想，我应该要说些什么。一直到昨天晚上，我终于确定了发言稿。我这个人从始至终一直是实干派，不爱讲些大道理，觉得没意思。但是今天，我觉得理应说一些大道理……

"最后，我想引用张纯如女士曾经写过的一段话，送给在座的所有同学。

"请你务必、务必、务必相信一个人的力量。一个人可以令世界大为改观。一个人——事实上，一个想法——可以发动一场战争，或是结束一场战争，或是颠覆整个权力结构。一个发现可以治愈一种疾病，一种新的技术可以造福或毁灭人类。你是一个人，你可以改变数百万人的生活。志存高远，不要限制住你的眼光，永远不要放弃你的梦想或理念。

"愿我们所有人，永远追逐理想，永远年轻，永远热血，永远勇往直前。

"谢谢大家，愿我们将来有缘再见。"

渠意枝放下发言稿，眼神在偌大礼堂中，精确找到了方循音的位置。

她笑起来，向方循音用力眨了眨眼睛，仿佛某种暗示与鼓励。

毕业典礼全部流程结束，已是将近正午时分。

之前为了康文清动手术，方为请完了所有年假，这会儿要急着回公司，便同方循音说："爸爸先去上班了，你们同学之间还有什么活动吗？"

方循音有些心不在焉，半天才反应过来，小声答道："班上应该有活动……"

但她没打算参加。

她早就和渠意枝约好要出去喝酒。

毕竟已经成人，总得做些大人才能做的事。既然毕业了，放纵一回，应该也没关系才是。但说给家长听，总觉得有些奇怪，只能含混过去。

方为没有起疑，点点头，说："行，那你注意安全，早点回家。钱够不够花啊？"

"够的。"

"好，那不够的话微信跟我说，爸爸转给你，先走了。"

待方为离开，方循音回到教室。

此刻，班上同学零零散散的，都在座位上撕考卷和书本，整个教室吵得不像话。

方循音站在门边，目光转过一圈，没找到陈伽漠。

她咬住唇，又转过身，往外走去。

最后一天。

这是她和陈伽漠做同学的最后一天。

好像今天结束，他们俩就会彻底分道扬镳、形同陌路。

不能就这样结束。

不应该就这样结束。

有些事，这会儿再不做，可能这辈子都没有机会了。

方循音懦弱了十几年，第一次，内心鼓起了万丈勇气，仿佛彻底被内心深处那个跃跃欲试的灵魂操控。

她要去找陈伽漠。

哪怕他去北城上学也没关系，只要他知道……知道就够了。

暗恋这件事，好像不需要什么完美结局，只要一场无憾。

八中校园实在太大，方循音小跑着绕了一圈，也没有找到人。

难道陈伽漠已经回去了？

踟蹰半秒，她将手机摸出来，飞快地给常哲屿发消息。

方循音："常哲屿，不好意思，你知道陈伽漠在哪里吗？"

常哲屿回消息速度飞快，直接发来一个定位——他们在学校大门外。

方循音蹙了蹙眉，掉转方向，没多久便顺利找到人。

此刻，陈伽漠正和常哲屿，还有班上其他几个男生站在一块儿。

远远看过去，他就像一棵树，定定立在远处，沉默不语，眉眼凌厉。任凭周围多么热闹，依旧没有人能靠近他。

就算堕落，也像个堕落公子。

方循音驻足凝望片刻，心里那股气好似一点一滴地泄下去。

她该说什么？她要说什么？

难道要对陈伽漠说，感谢他的温柔，她很早就开始卑劣地觊觎月光吗？

她真的可以亵渎月光吗？

然而，还没等她想清楚，那头，陈伽漠同常哲屿他们说了句什么，独自一个人走开。

方循音顾不上思索，脚步先跟了上去。

不知道陈伽漠要去什么地方。

方循音跟在他身后十几步之遥的位置，一直走了很长很长一段路。

盛夏，太阳很大，天气也很热。加上正值正午时分，整座城市就像一个蒸笼一般，路上连行人都少有。

阳光透过树叶间隙稀稀拉拉地洒下来。

不知不觉，方循音脸上挂满汗珠，模糊了眼镜片。

这种天气，哪怕她已经不再穿长袖高领、披散长发，依然能热得难受心慌。

她干脆将眼镜摘下来，放进口袋。霎时间，露出秀气眉眼，眼神如同小鹿一样。

但陈伽漠一直背对着她，并没有发现。

两人一前一后，不紧不慢地走出三条马路。

直到快要走到正大广场时，陈伽漠终于停下脚步，转过身来，正对向她。

方循音倏地十指蜷缩到一处，连手脚都不知道该放在哪里才好。她怯怯开口："陈伽漠，对不起，我不是故意跟着你……"

少年眉眼间带着一丝高不可攀的倨傲，平静地截断了方循音所有的念头。

"方循音，你别继续喜欢我了，我们没可能的。"

闻言，方循音一蒙。

"你也别再跟着我了。"

方循音的盛夏，只不过几秒，便终止在陈伽漠冷淡的眸色中。

说完，陈伽漠转身欲走。

她不甘心。

方循音握紧了拳头，控制着眼睛里的酸意，大喊了一声："陈伽漠！"

陈伽漠微微一顿。

她声音克制不住地有点颤抖，结结巴巴、磕磕绊绊地做垂死挣扎："我们的卡戎呢？"

他一直养着她捡到的猫，为什么却连听她说话的机会都不给？

方循音不甘心。

她明明没有什么妄念，只是想亲口说出来，然后拒绝也好……怎么样都好，她不会怨怼，也不会妄想。

但是，为什么要将她开口的机会都抹杀掉呢？

陈伽漠长长叹了口气，慢声细语道："一只猫而已，如果给了你什么错觉，是我的问题。今天我会把它丢掉，如果你还想要的话，可以去原来那个地方捡，抱歉。"

方循音失魂落魄地回到学校。

此时，整个操场漫天飞舞着各类试卷、习题，都是同学们从楼上撕碎了扔下来的。

每年毕业生都会有这么一个仪式，仿佛一场白色狂欢。

方循音脚步微微一顿，一步一步走上楼梯。

她走进教室，来到自己桌边。

或许是早有预感，又或许是害怕康文清在家，方循音今天出门时，再次带上了日记本。

她将日记本从包里翻出来，红着眼睛，慢吞吞地一页一页全数撕碎。

然后混进试卷和习题册中，走到窗台，一扬手——

"哗啦啦……"

纸张和碎片漫无目的地四散开去。

入夜，月上柳梢，渠意枝领着方循音去了一家清吧。

"这是我小叔的朋友开的，安全，就算咱们喝醉也有人送咱们回家。来宝贝，一起放纵！"

方循音没有说话，坐到卡座里，开了一瓶啤酒。

她从来没有喝过酒，这是十八年来头一遭。哪怕是啤酒，也觉得有一股辛辣味冲天而上，在嗓子眼炸开。

但这样正好。

她沉默不语，喝得飞快。

渠意枝被她这架势吓到，觑了她好几眼，劝道："喝慢点，喝慢点！音音，你怎么了呀？发生什么事了吗？"

两瓶啤酒下肚，方循音脸颊已然浮起红晕。

她哑着嗓子，靠在渠意枝肩膀，低声喃喃道："枝枝……"

"嗯。"

"枝枝。"

"我在呢，你说。"

方循音声音闷闷的："枝枝，你知道吗？我真的好喜欢陈伽漠啊……"

话一出口，霎时间，泪流满面。

她真的好喜欢陈伽漠啊。

喜欢了三年。

是连开口都不敢的那种喜欢。

暗恋折磨得她辗转反侧、满心苦涩，所以，连一点点细微剧情都反复咀嚼，试图品出一丝甜蜜来。

可是，这一刻，没有人比方循音更清楚。

她的三年，终究还是终结在这个酷暑开端里。

"我的月光，落了。"

第八章
月亮给兔子的梦

遇见你这件事本身，好像已经花光了我一生的运气。

——方循音日记

01

小时候，语文老师教学生写作文，会教许多好词好句，比如"时间如同白驹过隙"。

对于方循音来说，时间好像只是一个衡量生命的维度。许是因为日复一日，每天都过得过于平静，所以并没有很明确的快慢速的感觉。

转眼之间，四年光阴悄然而过，又是一个崭新夏日。

清早，渠意枝打电话来，将方循音从睡梦之中吵醒。

"宝贝音音！生日快乐！我的航班已经落地啦，要先回去补个觉。我们晚点还是老地方见吗？"

方循音迷迷糊糊应了一声，揉了揉眼睛，撑着坐起身，往台历方向扫一眼。

今天是 8 月 16 日。

她又老了一岁。

时间过得可真快。

这种时候，好像总算有了实感。

十八岁还历历在目，转眼间，自己竟然都已经 22 岁了。

方循音渐渐清醒过来，将手机拿得近一些，清了清嗓子，认真开口道："谢谢你，枝枝。"

渠意枝笑声朗朗，"是该谢谢我，这么大老远的还坐'红眼航班'赶回来给你过生日。不过，谁让你是我的大宝贝呢，我心甘情愿的啊。"

这么多年过去，方循音依旧还是接不上这种话，只能低笑。

渠意枝又说："好了，我要下机了，先不跟你说了啊，晚点微信联系。"

"好，晚点见。"

电话被挂断。

方循音玩了会儿手机，起床洗漱。

工作日，方为和康文清都在上班，家里没有其他人在，安静得不像话。

时间还尚早，方循音给自己煮了点面条做早饭。接着，她端起碗，回到写字台前，打开电脑，准备开始工作。

两个月前，方循音已经正式从江大工程力学专业毕业，而渠意枝则是保研成功，继续攻读数学。

方循音高考那会儿，估分没有出现任何失误，踩着江大录取线入学，没能上那几个热门专业，只得服从调剂，进入工程力学专业。

江大虽是以理工科见长，但这个专业绝对属于冷门类。班上压根没几个女生不说，大部分还都是调剂而来。

她勤勤恳恳学了几年，成绩是不差，但苦于性格所限，实在是不适合，实习时就露出些许端倪。

最终，方循音放弃考研继续深造，选择了另一条与专业完全没有关系的就业之路。

她面试上了一家杂志的编辑岗位。

但杂志是公司新项目，还在筹备期，签过就业合同之后，要她九月再到岗。她干脆趁着这几个月空闲，兼职写些软文小说挣钱。

有多年写矫情日记的经历打底，方循音文笔不差。加之小姑娘心思又细腻敏感，写出来的那些文字很能戳中小读者的内心。兼职之路也算一帆风顺，渐渐地，约稿越来越多。

关键是这工作不用和人打交道，挺好。

这会儿，她就接了个稿，要给一本少女杂志写卷首语。

本期主题是初恋。

坐在电脑前，方循音手捧面碗，目光低垂，表情略微有些凝滞。

初恋？

她从来没有谈过恋爱。

如果说暗恋也算初恋，那这个卷首语基调定然悲伤，和杂志的少女风格不相符了。

出于各方面因素，她一直拖到现在，迟迟没有动笔，甚至可以说是毫无头绪。

方循音长长叹了口气，慢吞吞地将面条吃完，再去洗碗。

不知不觉，日升半空。

再等一会儿，快递就要来了。

他们这个小区的快递一直都是那几个固定的快递员送，每天上门时间基本差不多，不会有很大偏差。

所以，今年还会有吗？

九点半，门铃准时响起。

"嘟——"

方循音站起身，去给快递开门。

"方循音？"

"是我。"

那快递小哥皮肤黝黑，朝她笑了笑："麻烦您在这边签个名。"

方循音心头一跳，肃起脸色，上下打量几眼那个包裹，也没急着签名，而是轻声问道："能看到这个件是谁寄给我的吗？"

小哥对着单号纸看了看，表情有些尴尬："不好意思啊，发件人和地址写的都是英文，我看不懂。要不您稍等一下，我打电话回公司问问？"

方循音摆摆手，连忙道："没关系没关系。"

不愿给小哥添麻烦，她干脆利落地签过名，将人送走。

事实上，不用查她也能猜到结局。

从方循音高三毕业那年起，每年生日这天，都会收到来自国外的快递。而且，每次寄件地址都不同，甚至连发件人、发件国家都不同，明显是不想被人知道信息。

今年已经是第四年。

方循音去房间里拿来刀片，将快递包装拆开。

果然，里面还是如之前一般——一沓风景明信片，再加上写了简单几句话的手写信。

她将信纸展开。

前面一段是"国王峡谷"威庇欧山谷的手写介绍，字迹不算特别漂亮，只能说工整。但于方循音而言，却十分陌生。无论如何回忆，她都应该是从未见过这笔迹。

信纸最后是一句话：

"最近还好吗？祝平安顺遂。"

结尾处还手绘了一个黄色卡通月牙。

并且，每次都是这句话，这个月牙图案也一直没有改变。

方循音曾经疑心是不是对方寄错地址，但又觉得好像未免太巧了一些。

刚刚好，就在她生日这天送达吗？

国际快递不比国内，中途运输时间难测。再加上每年发件所在地不同，要正好卡到 8 月 16 日到她手上，定然得算好时间发出。

可是，如果不是寄错，她又是哪来这样一个"神秘朋友"呢？

大二暑假那年，再次收到快递时，方循音脑子里出现一个念头。

很像是某种求而不得后的异想天开。

她翻箱倒柜，将一张寄语纸从抽屉最深处找出来，拿到灯下，仔仔细细地与这信纸比对字迹。

但不得不说，完全是多此一举。

方循音与陈伽漠同班三年，时时刻刻都在悄悄关注他，哪怕不需要这张寄语纸，她都能清晰回忆出陈伽漠的笔迹。

横竖撇捺，每一笔会怎么走、怎么转，停顿与笔锋。

没有人比她更熟稔于心。

信纸上那字迹，就算陈伽漠刻意写得规整，但习惯难改。

小细节全然不同。

况且，那个夏日，他绝了方循音所有念想，又怎么会多此一举再做这种事呢？

方循音自嘲地笑了笑，自此，不再痴心妄想，只把这未解之谜当成一个插曲。既然每年记着她生日，还寄来礼物，定然会有出现的那一天。

思及此，她将明信片和信纸一起随手放进抽屉中，没有再纠结什么。

方循音坐在屏幕前敲敲打打，眨眼间，已近日落时分。

正是夏日，江城日照时间长，直到晚上七点，天色还没有完全黑透，泛着一丝若有似无的暮色光芒。

六点十分，康文清和方为各自拎着熟食和蛋糕，前后脚回到家。

人刚到门口，康文清扯着嗓子喊道："音音，来吃饭了！"

"嗯，来了。"方循音赶紧应了一声，站起身，趿拉着拖鞋，拉开房门。

见到爸妈，她快步走过去，顺手接过康文清手上的袋子。

自从康文清做完视网膜手术后，家中家务大多由方为承担，方循音回到家也会做。

江大虽然地处江城郊区，到底是一个市里，有地铁可以到达。

工程力学专业的女生少，方循音住的是混寝，和其他专业的同学同住。

她性格低调腼腆，又比较被动，很难和室友打成一片。再加上入校时间一长，室友们也有自己的事，社团、考试、学生会、兼职打工或是谈恋爱之类，更是不怎么凑到一起。因此，方循音每周基本只有三天住在学校，剩下时间都会回家帮忙，做些简餐、买菜、打扫房间等。

总之，尽可能让康文清不动手，保持良好心情，让康文清每年还能抽空和康文臻出去旅游散散心。

这样几年下来，方家家庭关系倒是和睦不少。

康文清见到方循音，习惯性唠叨起来："又坐了一整天？再这样下去，你小心变成一个大胖子！我跟你爸说买点健康的东西，他非说你喜欢吃辣的，给你买了一大袋夫妻肺片。算了算了，既然生日，我就不说你什么了。"

方循音垂下眸子，随意笑了一声，没有放在心上。

或许，随着年纪增长，很多事情都会逐渐释然。

若是放在少年时期，康文清念叨她几句，她敏感心思作祟，难免郁郁寡欢，总觉得自己这样一个丑陋女生，活该连爸妈都不把她放在心上，看她不顺眼。

长大之后再回想，只觉得自己还有些可笑。

没几分钟，康文清和方为各自换好衣服，走进餐厅，坐下身。

开了瓶红酒，一家三口简单碰个杯。

方为从包里摸出红包，放到方循音面前，低声道："今年不是大生日，就不大办了，咱们简单吃个饭。音音，爸爸妈妈祝你生日快乐，之后工作顺利。"

方循音抿了抿唇，点点头："谢谢爸妈。"

康文清在旁边插嘴补充："还有，你下个月就要去公司上班了吧？也是个大人了，心心念念了十几年的手术去做了吧。你小姨认识个九院的医生，你爸已经去帮你打好招呼了。"

方循音微微一愣，无意识地抬手，指尖轻轻抚过下颌线，缓缓下落，落到脖颈上。

那处，有一块黑色胎记，月牙形状，与生俱来。到今天，正好陪伴了她 22 年。

因为常年注意防晒，再加上粉底液功效强大，此刻，若不是仔细盯着她看，便很难发现什么端倪。

它像是从来没有出现过。

又像是从来没有消失。

至少，自卑怯懦和敏感因子早已深入骨髓。作为始作俑者，这块胎记难辞其咎。

"怎么了？又不想去了？我说吧，你胆子这么小，还整天想去动手术，激光多疼啊！到底也就是口头说说而已。你这小姑娘，我还能不知道你！"康文清没得到答案，还在继续念叨。

饭桌气氛沉默一瞬。

方循音仰起头，轻轻牵起嘴角。

她平静地说："妈，我不想去弄了。"

"现在想想，也没有很丑。你不觉得很像上弦月的形状吗？人家还当是文身呢，很时髦。"

是夜，华灯初上。

方循音在家里吃完生日蛋糕、洗过碗，再换衣服出门，和朋友们见面。

地点还是渠意枝小叔朋友开的那家清吧。

她走进酒吧大门，隔了老远，已经能看到渠意枝在冲她招手，渠意枝旁边还坐着另一张熟悉的面孔。

方循音笑了笑，快步走过去，喊道："枝枝。"顿了下，又侧过脸，"常哲屿，好久不见。"

常哲屿摆摆手，从座位底下拖起一个大礼盒，重重放到她怀中。

他还是一如从前，十分不着调，拉长声调答道："好久什么啊，不就几个月吗？而且，我这还是特地去给你买生日礼物了。兔子，说说看，爱我吗？"

方循音讪讪一笑。

还没等她想出如何作答，旁边，渠意枝已经一手肘砸在常哲屿肩膀上，引得他惊声呼痛。

渠意枝没好气地说："常哲屿，你恶不恶心啊？年年参加我们的姐妹聚会就算了，还说这么油的话。"

"今天是兔子生日，我不跟你抬杠。"

说完，常哲屿继续看向方循音，目光炯炯，似是在等待她拆礼物。

方循音抱着礼盒，表情不自觉有点尴尬。

常哲屿高考考进江城光科大学金融专业，算是光科王牌专业之一。用他自己的话来说，就是时时刻刻做好继承家业的准备。

江城光科和江大校区就相隔两条马路，离得很近，非常利于交流同学感情。三个人玩成一团，仿佛理所应当。

从始至终，方循音一直感激渠意枝和常哲屿，感恩他们的出现，感恩他们能与她做朋友，将她从形单影只的人生中拯救出来。

但差不多去年那会儿，她渐渐觉得常哲屿有点不太对劲。

那种不对劲很难描述，好像并没有什么具体事件，只是单纯第六感在作祟，叫她不知道该如何是好。

正常来说，没有人会比常哲屿更清楚她高中时的那些小心思。

两人前后座，他又是陈伽漠的至交好友。她那些破绽百出的藏匿，现在想来，在常哲屿看来，应该像个笑话一样无所遁形吧。

如果这样……不应该才是。

方循音用力甩甩脑袋，将胡思乱想的念头甩开。

她抿了抿唇，说："谢谢你，常哲屿，那我打开了？"

"开呀。"

方循音将礼盒打开。

出乎意料，里面竟然躺了一把键盘。商标刻在旁边，十分清晰，像是在昭显着它四位数的价值。

渠意枝翻了个白眼，有些无语："大哥，你还能更神经一点吗？音音是女生呢，又不打游戏，过生日你送把键盘是什么意思啊？"

常哲屿不以为意地说："音音不是要写东西吗？好的键盘，打字的时候手指才会舒服，不会得腱鞘炎！渠意枝，你到底懂不懂啊？常识太差了哈，啧啧。"

眼见着两人又要开始拌嘴，方循音连忙出声制止："那个，礼物我很喜欢。常哲屿，谢谢你。"

常哲屿慢吞吞笑了一声。

清吧光线昏暗迷离，从身后打来，将光与影划分明确，衬得他的轮廓也分明起来。

倏忽间，常哲屿好像已经不仅仅只是那个与她们打闹玩笑斗嘴的少年人，一举一动时，多了许多锐利气质。

时光将他的模样模糊，这般仔细打量，才叫人愣怔。

静了静，常哲屿说："兔子，喝酒之前，我有两件事要跟你说。"

方循音如有所感，浑身僵硬起来。

"第一件事是……陈伽漠回来了。"

话音刚落，在场两个女生皆是愣怔起来。

对于方循音而言，完全是一句意料之外的台词，和一切揣测都大不相同。

陈伽漠……

说实话，这三个字，已经有整整四年没有听到。自从毕业典礼那日之后，方循音再没见过他，也再没提起过这个名字。

因为胆小、因为害怕、因为懦弱，她甚至连八中贴出来的那张红榜都没有去看。

生怕第一行就是陈伽漠，而后勾起酸涩情绪，难以平复。

方循音干脆不去看，也不去想，掩耳盗铃一般，装作什么都没有发生，缩在龟壳里，将往事全数尘封。

当然，可能是为了照顾她的情绪，渠意枝和常哲屿十分默契，自此之后也再没说起过陈伽漠。

转眼，四年一晃而过。

乍然听到这些字眼，往事翻滚，免不了让人心潮起伏。

渠意枝率先反应过来，重重敲了常哲屿一下，低声骂了句，又说："音音生日，怎么说起别人了？常哲屿同学，不想和我们一起庆祝就赶紧走人。"

常哲屿难得没有回嘴，也没有插科打诨缓解这尴尬气氛。他只是牢牢盯着方循音，眼神如刀，像是要将她整个人剖开、分崩离析，把她所有想法一一甄别。

方循音早已不戴眼镜，也扛不住这种视线。

她眼睛眨了眨，睫毛如蝴蝶翅膀飞快上下扇动几下。继而，她垂下眼帘，试图掩饰真实情绪。

"啊，嗯，知道了……第二件事呢？"她刻意将语气放得平缓，不见丝毫起伏。

常哲屿轻轻"啧"了一声，似是叹了口气，接着慢声开口答道："第二件事是，小兔子这个称呼，是咱们高一的时候，陈伽漠偷偷给你取的，尊重原创。"

两个女生有点蒙。

顿了下，他笑起来："好了，没了，切蛋糕吧？我刚刚都看到意枝拿蛋糕给服务生了。恭喜我们的小兔又长大一岁，求职顺利，成为大兔子了。"

这件事，好像只是一段小插曲，简单掠过。至于何人心头泛起几分涟漪，单看涉事几分。

许是因为人生得太瘦弱，方循音素来酒量不好，喝几瓶啤酒都会萌生醉意，更遑论早些时候她已经在家抿过半杯红酒。若是各种酒混在一起喝，今夜必然要再次出糗。

她脸上挂着一抹笑，干脆点了杯无酒精的鸡尾酒，坐在渠意枝和常哲屿中间，有一搭没一搭地听两人说话。

不知不觉，夜越来越深。

桌上，渠意枝手机铃声响起。

她多喝了几杯，面色泛出潮红，甚至都没仔细看来电显示，直愣愣地接了起来："喂？"

电话那头说了些什么。

下一秒，渠意枝立刻清醒过来，语调也乖巧许多："小叔，对不起，我错了，我马上回家。"

方循音低笑了一声，成功惹来常哲屿的侧目。

她马上敛了笑意，不自觉抿了抿唇。

不多久，渠意枝挂断电话，用力捏了捏太阳穴，叹息道："虽然是我主动追的渠盏津……但我还是要偷偷给你们吐槽一句，老男人真的很烦。"

常哲屿挑了挑眉，习惯性慢声抬杠："你这是站着说话不腰疼，要是真给你换个年轻男朋友，你肯定还是会嫌人家不成熟、不关心你。啧，女人，就是口是心非。"

渠意枝哼笑一声："就你能说，就你懂。也是，毕竟是大学换了几十个女朋友的情场浪子。"

"诽谤是要负法律责任的，好吗？"

眼见着两人又要吵起来，方循音连忙站起身，拉了拉渠意枝的衣袖，轻声开口："时间差不多了，枝枝，渠小叔不是也催你了吗？要不散了吧？谢谢你们来给我庆祝生日。"

寿星发话，夜生活宣布告一段落。

常哲屿本是自己开车过来的，但因为喝了酒，也没法自己开回去，干脆把车丢下，厚着脸皮去蹭渠家的车。

司机是渠小叔安排的，按照渠意枝指示，他将三个人各自送回家。

四年里，渠意枝和常哲屿都搬了家，只有方循音还住在八中附近，距离这家清吧最近，所以最先送她。

不过十来分钟，方循音怀中抱键盘礼盒，手里提着渠意枝送的包，艰难地下了车。

车窗玻璃降下，她闷声轻笑。

"枝枝、常哲屿，先再见啦。"

路灯光从她身后洒过来，整个人逆着光，衬得她眉眼如画，颇有些唇红齿白、顾盼生辉的味道。

副驾上，常哲屿微微愣怔片刻。

汽车再次启动。

渐渐地，方循音的身影消失在后视镜中。而常哲屿依旧保持着原本姿势，视线一直看向窗外。

后排，渠意枝将头靠在椅背上，眼睛都没有睁开，慢声开口："别看了，人已经走了。"

常哲屿没有搭话，低下头，状似随意地笑了一声。

渠意枝说："常哲屿，这么多年过去了，你还没有看明白吗？音音她还是喜欢陈伽漠，一直在喜欢陈伽漠。哪怕他们俩成不了，将来，她也不可能和任何与陈伽漠有关系的人在一起，比如说——你。"

众所周知，常哲屿是陈伽漠最好的兄弟。

两人一起长大，形影不离数十年。陈伽漠回到江城，也是常哲屿第一个知道，交情无须多言。

渠意枝自小心思通透，看得比谁都清楚。

倒是常哲屿，自称是妇女之友，实际上身入其中，依旧无法看穿。

渠意枝轻轻叹了口气，自言自语一般喃喃问道："这些你高中的时候不就知道了吗？"

常哲屿迟迟没有说话，单手抵住脑袋，靠在车窗上。

窗外，灯火迷离。地处城市的中心区域，就算是深夜，依旧车来车往，将江城"不夜城"这个称呼诠释得很好。

常哲屿脸上不见丝毫往日那种玩世不恭的笑意，光线明明灭灭，让他整个人看起来都忧郁沉静了几分。

静默良久，他叹了口气，低声作答："哪有什么为什么啊，就觉得挺可爱的呗。陈伽漠能喜欢她，我就不能吗？我和陈伽漠一起长大，爱好和口味一致，不是很正常？"

渠意枝叹了口气，继续说："常哲屿，你有没有想过，或许，你压根就不是喜欢音音。你只是爱上了一种感觉，一种她在追逐陈伽漠的过程中，表现出来的感觉。"

如果用矫情点的说法，大概可以形容为"爱上了她的爱情"。

"要不然，我实在理解不了，你这样的性格，看到她一直在喜欢你的好兄弟，还能喜欢她，这太不像你了。"她漫不经心地笑了笑，接着说，"还好你今天什么都没说，要不然，我都怕我尴尬。常哲屿，你要是真喜欢音音，就要打败陈伽漠。但是你最好想清楚，你是真的喜欢音音吗？如果她和你在一起之后，你会不会渐渐就觉得她和那些喜欢你的女生也没什么不同了？"

常哲屿拧起眉，不以为意地说："渠意枝，你还是操心操心自己的事，少揣测别人的想法，还真当自己是什么恋爱大师啊。"

"我只是给你打预防针。音音是什么性格我们都清楚，软绵绵的，绝对扛不住第二个陈伽漠。你要是会伤害她，就别靠近她。要不然，别怪我对你不客气。"

方循音回到家时，康文清和方为都已经入睡，只给她留了走廊一盏小灯，免得摔跤。

她轻手轻脚换了衣服、洗漱，再回到自己房间，合上门，躺到床上。

生日礼物放在墙角，但注意力早已不在此处。

忙了一天，方循音没有丝毫睡意，眼睛瞪得老大，愣愣望向天花板。

陈伽漠回来了？

确实，都已经本科毕业，他家人在江城，总得回来。

但他没有留在清华继续深造吗？

她咬住下唇，眉头不自觉蹙起。

有些事，不是刻意不去想，就能当作不存在。甚至，只要翻阅起记忆，就宛如发生在昨天一样，历历在目。

比如说那个夏日的深夜，她清醒过后，去陈伽漠家小区门口，看到在纸盒里喵喵叫的卡戎。

他竟然真的把卡戎丢了出来，还随手丢在那种地方，绝情得令人绝望。

桩桩件件，数也数不尽。

方循音一骨碌坐起身，拉开抽屉，将那张照片翻出来。

照片里，她还是十八岁，满脸胆怯，姿势别扭地拧着脖子，用力望向另一处。

另一头，少年模样如金似玉，仿佛天生一张主角脸。然而，他并没有同她对上视线。

无论何时何地，只有她一直在仰望他。

倏忽间，方循音灵感迸发，立刻打开电脑。

创建了一个新文档后，她开始飞快打字——

"初恋是一场永不落幕的仰望。从喜欢上一个人的那一刻开始，好像就已经将自己置于最低的位置。

"无论他是不是也喜欢自己，几乎没有什么分别。

"如果他愿意回头，那就是初恋。

"如果他一直不回头，大抵，就是苦不堪言的暗恋……"

很不幸，方循音是后者。

02

九月，小区楼下，金桂飘香。

方循音正式入职杂志社。

在这个实体杂志和书籍集体没落的时代，这家杂志社旗下还有三本现行月刊杂志，每月稳定出刊，自然完全可以称得上十分成功。

但老板很有危机意识，早就跟上了大潮流，开始运营网络杂志以及各种自媒体平台。为了能拓展业务，又开设新部门，做社科方向的刊目。

方循音就是进入了这个社科部门。

社科杂志具体方向是天文学和中国航空，旨在做成一款科普类杂志，面向青少年销售。

她在看到招聘平台介绍时，心重重一跳，几乎没有丝毫犹豫就给公司人事经理发送简历。

没什么理由，就是想做。

总算让她面试成功，顺利入职。

办公室地点在世纪大道附近，距离她家四五站地铁，十分方便。

一切都是刚刚好。

入职第一天，主编给几个新员工安排任务。

"大家尽快去找一些能写社科稿子的写手，主要是写简单科普或者相关的小故事，都可以。杂志社这里也会有，但是方向不同，主要做采访类的篇目，每期都会有采访，偶尔需要你们带着出外勤，你们准备好。还有，必要的时候，你们也要会写一些，这个入职的时候就讲过吧？总之做好心理准备，新杂志初期，整个部门都会很忙的。第一期杂志十月就上，具体分工我已经发到各位邮箱了，记得查收。

"好了，不废话了，大家在工作群里面互相自我介绍一下就开始工作吧。"

方循音打开工作邮箱，从头到尾仔细通读了一遍，一时之间，颇有些哭笑不得。

没想到，运气这么不好，第一期就轮到她带人去采编。她本来就不善跟人打交道，但工作……好像也没办法。

到底不再是原来那个小女孩，方循音深吸了一口气，当即沉下心来。

她点开附件，开始阅读受访者资料。

第一期采访者名叫 Kuiper Cliff（柯伊伯断崖）。

资料上写，他今年刚刚毕业于加州理工学院天体物理专业，然后回到国内。在大二那年，和加州理工学院天文观测团队一同发现了一颗新小行星，并为它命名。

杂志社想要采访他，了解关于发现小行星的过程。

除此之外，资料里没有照片，也没有具体中文名字。

方循音抿着唇，将几行字反复看了好几遍。

最终，视线落到这人的名字上。

Kuiper Cliff……

她打开翻译软件，将这两个单词贴进去。

半秒钟后，仅仅是眨眼间，页面蓦地跳出一行中文解释，完全猝不及防——

柯伊伯断崖。

难道，柯伊伯是天文爱好者们的共同口味吗？还是什么共有审美取向？

方循音一只手控着鼠标，另一只手指尖轻轻敲击着桌面，整个人有些愣神。

不过，说到底，只是单纯看到熟悉的字眼，触"景"生情罢了。就算是忆往昔，也总不能第一天工作就在上班时间发呆。

她很快将这件事置之脑后。

次日，正值江城九月，夏日尚未终结，阳光十分明媚。

为表重视，方循音早早起床，仔细打好防晒，又简单化了妆，而后先到杂志社，再带着社内记者一同出外勤。

记者笔名叫开开，从很早起就开始给杂志社供稿，后来又入职社里，从兼职转成全职。

开开戴一副黑色厚眼镜，人生得偏瘦弱，头发梳成马尾，气质十分干练，整体打扮十分眼熟，和曾经的方循音有那么一点点神似。

两人年纪也相差不大，互相打过招呼后又简单聊了几句，自然缓解了初见的尴尬情绪。

"你说这些问题是不是有点太不专业了啊？我们领导跟我说，虽然是科普类杂志，但也不能把采访写得太死板。时间太着急，我拟的这些提问都没来得及过领导审核。"

方循音接过开开的笔记本，简单扫过。

拟定问题不少，除却关于天文物理专业的，还有关系那颗小行星发现的经历、一些背景故事提问等。

"没什么问题，这部分的版面没有这么大，采访做完之后，写稿的时候再删减就好。"她笑了笑，轻声答道。

"哦，好的。"

开开没有再问什么，开始最后检查录音笔和单反相机。

倒是方循音，不知为何，距离目的地越近，心跳就越快。

这个 Kuiper Cliff 人在江城光科大学，所以见面地点就定在光科。

光科离江大很近，方循音上了四年学，对这边也算熟门熟路。很快，两人找到位置。

方循音和开开下了车，站在光科校门口，拿起手机，给主编打电话，询问具体地点。

主编说："哦对，不好意思太忙了，昨天忘记给你们拉群了。我问问……嗯，在思远楼，一楼实验室 103，人家已经到了，你们直接进去拿工作证给他看，他就知道是谁了。"

两人在光科七弯八拐，找到思远楼。

许是因为尚未到大学开学时间，偌大一个校园里，少有学生来往的踪迹。

空气静谧，颇有些寂寥意味。

开开推了推眼镜，低声道："这人不会是老师吧？看样子学生都没开学呢。国外本科毕业生已经能进重点大学当老师了？这么牛？"

方循音耸耸肩，表示自己也不清楚。

说话的工夫，103 实验室已近在眼前。

开开不比新人方循音，早已熟门熟路，当即收起八卦态度，深吸一口气，调整微笑弧度，再抬起手敲门。

"您好，我们是霜易的记者，打扰您了，请问现在方便吗？"

下一秒，里头传来一声低沉的男声："方便的，请进。"

霎时间，方循音整个人僵在原地。

开开在她前面，没有注意到身后的反常，直接拧开把手，干脆利落地推开门。

"吱呀——"

一切仿佛电影慢动作。

半秒被拉到几个世纪那样漫长。

方循音愣愣地抬起头，对上门内一双精致的眼睛。

无论是这声音，还是这张脸，她都曾在梦中温习了千遍，绝对不会认错。

方循音今天穿了双中跟鞋，将个子拉高些许。但纵使这般，依旧与那人相差甚远。

时光匆匆，却好像没有给陈伽漠留下任何印记。除了气质更加成熟内敛，少了些许青涩少年气之外，无论是长相、表情、站姿，仿佛都定格在了盛夏年华，精致俊秀，让人不自觉将目光落在他脸上。

他看向方循音时，眼皮自然往下垂。因为眼中没有笑意洋溢，就显得有点淡漠疏离、高不可攀。

还是那样清冷又耀眼，一如初见。

方循音怎么都想不到，与陈伽漠重逢，会是这等场面。

或许喜欢柯伊伯带的天文爱好者真的寥寥可数。

可是，他不是在清华吗？

为什么是加州理工？

……

各种念头交织在一起，甚至还来不及叫人心生唏嘘，就通通化为尴尬。

方循音不自觉咬住下唇，五指收拢，握成拳，像是要给自己鼓足勇气才行。

此时，开开已经走进去，同陈伽漠握手打招呼："Kuiper Cliff 老师，您好您好，我是今天采访您的记者开开。之后的采访稿也会由我来完成，会给您确认后再做定稿，还请多多指点。"

陈伽漠慢条斯理地"嗯"了一声，说道："叫我陈伽漠就好，麻烦您了。"

开开放下包，开始摸单反，余光不经意瞥到方循音，发现她竟然还傻傻地站在门外，连忙冲她使眼色。

方循音终于清醒过来，轻咳了一声，走近陈伽漠，姿势有点奇怪。

这个实验室构造特别，外面一间是休息室兼会客室，放了沙发和茶几，墙角还有饮水机，侧边，两扇铁门紧闭，上头挂了锁。里面应该才是实验室，可能还有贵重器材，不便外人进入。

室内开了空调，很凉快。

陈伽漠身上披一件白大褂，手插在白大褂口袋里，正站在茶几边一动不动，仿佛在等待她走上去。

方循音站到他面前，颤颤巍巍地朝他伸出手："陈老师，您好，我是……"

终于，陈伽漠嘴角勾出两人重逢后的第一抹笑意来。

他开口道："不用自我介绍，我认得。方循音，好久不见。"

旁边，开开动作一顿，抬起头，表情颇有些讶然："你们俩……认识啊？"

陈伽漠说："高中同班。"

"这么巧？！"

方循音不想让接下来变成认亲大会，连忙侧过头，出声打断开开："嗯，开开，我们先做正事吧。"

开开也反应过来，点点头，好奇的视线从两人身上一晃而过，立刻收起来。

她拿着单反，笑着问："陈老师，方便拍摄一张您的相片吗？到时候，我们需要插入杂志中。您这样的形象，相信很多读者都会被吸引的。"陈伽漠的语气带了点歉意，摇摇头，拒绝道："抱歉，不太方便上镜。"

开开有些失望，轻轻"哦"了一声，放下相机，又说："那我们先开始采访吧。等会儿再留时间给你们老同学会面好啦。"

继而，三人各自拣了沙发位落座。

开开调试好录音笔，开启。

"第一个问题，嗯，陈老师，可以先说说您的英文名字吗？因为来之前做了功课，这好像是一个天文学名词，能给我们解释一下吗？"

陈伽漠回道："没错，Kuiper Cliff，中文含义柯伊伯断崖，也叫柯伊伯间隙，是柯伊伯带外侧的边界。柯伊伯带就是一个宇宙名词……"

他慢声细语地解释，有条不紊，声音不疾不徐。

方循音垂下眼，不自觉有些走神。

倏忽间，她好像回到了很多年前，对着电脑屏幕悄悄搜索这些陌生单词的岁月。

这一点一滴，填满了她的胸腔。

暗恋也因此变得具象化起来。

但那都是过去。

在陈伽漠冷酷拒绝她之后，她早就已经将这段剧情刻意遗忘。

可是，为什么有这么多巧合？

为什么突然再见？

实在打得人猝不及防。

她抿了抿唇，目光无意识往前挪了半寸。

休息室位置不大，三人就算分坐单人沙发，实际距离也隔得不太远，只要稍微一动，基本能看清对方细微举动。

此时，陈伽漠虽是在回答问题，手却没有放在膝盖上。

他从小家教良好，坐有坐相，绝不会弯腰驼背，身姿很漂亮挺拔。此刻，他左手却搭在右手手腕上，十分刻意。

从方循音的角度看过去，他右手手腕上应该是有一条手链，被左手掌心盖住，只露出一点点银色来。

她蹙了蹙眉，有些摸不着头脑。

那头，开开已经问到个人问题。

"陈老师，您说您是方老师的高中同学，那应该也是江城本地人吧？怎么会想到去加州理工念书呢？当然，我知道加州理工的天体物理是世界顶尖，我的意思是，方便了解一下您求学的心路历程吗？"

陈伽漠微微一顿，收了笑意，目光似是掠过方循音的位置。

他沉吟数秒，开口作答："去加州理工念本科是出于一些不得不去的缘由，回国则是出于本心。目前，我已经考入江城光科飞行器动力工程专业的研究生，之后将会在这一块领域进行学习。"

"什么？飞行器动力工程？也就是说，您放弃继续天体物理的学业，转至航空专业了吗？"

"是的，读本科的时候我意识到，宇宙再美丽、再神秘，好像离我们很遥远。但是科技却能丈量宇宙的长度和深度，了解它的前世今生。火箭发动机可以到达的地方越远，我们对未知的领悟才能越深。"

陈伽漠微微一笑，满目璀璨。
"葡萄牙诗人佩索阿有一句诗，叫'我的心略大于整个宇宙'。"

这一刻，方循音意识到一件事。
好像无论过去多久，他还是那一抹冷月光，在深深吸引着她。

中午十一点出头，采访结束。
开开准备的那些问题，陈伽漠全部都耐心作出回答，一点都不嫌麻烦。
"陈老师，真的十分感谢您！"
两人再次站起身，握手致谢。
方循音注意到，陈伽漠将右手手腕上那条手链摘了下来，放进口袋后，才起身握手。但他动作很快，她依旧未能窥见手链的全貌。
客套完，陈伽漠看了看时间，微微一笑，提议道："时间不早了，我请两位吃饭吧？"
闻言，开开觑了方循音一眼，连忙摆手："不了，我还要回社里写稿子。你们俩老同学叙旧吧，不打扰啦。"
方循音不想面对陈伽漠，自然也不想吃这个饭。
"我也还有事，还是下次吧。"话音才落，她不给陈伽漠说话的机会，客客气气说出道别之词，当即与开开一起飞快离开。
没办法，虽然有点没礼貌，但他们可实在不是普通的老同学关系啊。

方循音回到社里。
整个下午，她一直都强迫自己投入紧张的工作之中。
新杂志事情真的很多，对版、找作者、找插图画手……样样事情都是她专业范畴之外，要从头学起。
果然，没多久，她已经将早上那点插曲抛之脑后。
一直忙到暮色四合时分，方循音揉了揉脖子，将桌面文件全数仔细保存好，再收拾东西，关机、下班，走出公司大楼。
地铁站就在两条马路之外。
正值下班时间，这里又是商务楼，人行道上人来人往，和着汽车发动机的声音，很有点都市气息。

她顺着人流穿过第一个红绿灯。

"嘟——"

一个汽车喇叭声从身边响起。

方循音一惊，条件反射望过去。猝不及防，与陈伽漠四目相对。

他坐在车里，车窗全数摇下，手肘压在上头，侧着头看她，眼尾微微上挑，就像个放荡不羁的俊朗浪荡子。

方循音整个人愣怔在原地，迟迟没有反应过来。

两人对视半晌。

陈伽漠开口："方循音，现在应该没有工作了吧？赏脸一起吃个饭，好不好？"

"……"

不远处是公交车站，所以这段路才能临时停车。

两人一站一坐，隔着两三米距离遥遥相望。

方循音手指不自觉捏紧了背包带子，半天没有说话。

僵持片刻，陈伽漠推开车门，长腿一跨，迈下车来，在方循音面前站定。他俊朗模样，好似顷刻间遮住全宇宙的光芒，成为投射而来的唯一那一束。

他喊道："方循音。"

方循音有些战战兢兢，后退了小半步，垂下头，不敢同他对视。

头顶，陈伽漠轻叹一口气。

没想到，时隔经年，小兔子又开始害怕他了。

这都是他造成的，好像没有办法脱开责任。

但事实上，在陈伽漠看来，四年，方循音的变化可以称得上天翻地覆。

她化了淡妆，不再戴那个厚重眼镜，刘海也换成了空气刘海，落下来轻轻耷在额上，清晰露出五官。她每做一个表情，都显得眉目如画、顾盼生姿。

实在叫人不禁感叹，小兔子长大了，出落得越发漂亮，变成了一只人见人爱的小兔子。

思及此，陈伽漠心下有些茫然。

因为长时间在接受心理治疗，他的岁月仿佛没有如何走动——但不代表别人也是如此。

顿了下，他沉沉开口："对不起，方循音，很多事都对不起。"语气真诚。

方循音怎么也没有想到，陈伽漠第一句话会说这个。

倏忽间，一股潮湿热意从胸腔冲天而上，行至眼眶，好像迫不及待就要涌出来。

她不想在这里出糗，只能用力眨了眨眼睛，尽力克制住泪意。

陈伽漠似是没发现丝毫端倪，张了张口，还要再说些什么。

下一秒，方循音终于出声，轻声打断他："陈伽漠，是很久没见了。你刚刚回国，我应该请你吃饭的。"

总不能在马路上，在这大庭广众之下，叙一些微妙旧事吧。既然陈伽漠都找到杂志社这里，看来这顿饭应该有必要吃一下。

说完，方循音跟着陈伽漠上了车。

驾驶座上坐了一个中年司机，喊道："小陈先生。"

陈伽漠和方循音一同坐进后排，微微一笑，轻声嘱咐道："去正大广场。"

"好的。"

汽车发动，缓缓汇入晚高峰车流之中。

路上十分热闹，但车厢里气氛却有些僵硬。

两个老同学相隔小半臂，并排而坐。

一时间，方循音连手都不知道该如何摆才好，她完全没有丝毫准备。

哪怕生日那天，常哲屿已经说起陈伽漠回江城这件事。但对方循音来说，"陈伽漠"暂时还只是一个名字，一个寄托了青春年少与悸动的名字而已。

她会因为想起往事而心潮起伏，却从来没有模拟过两人重逢的场景。

这种巧合，好像只是一场梦。

静默良久，还是陈伽漠率先打破这份尴尬，平静开口道："卡戎还好吗？"

不知为何，方循音突然有点想笑。

十七八岁那两年，她每次想和陈伽漠说些什么话，总忍不住拖卡戎当开场白，好像这样就能顺理成章一般。

少女心思卑微又怯懦，小心翼翼，不足为外人道。

她贝齿轻轻磨了下唇瓣，迟疑数秒，闷声回答："它不是已经被你丢掉了吗？"

"我看着你拿走才走的，抱歉，当时也是……"陈伽漠尾音消散，未尽之言被悉数吞下。

从小到大，陈伽漠习惯了被人仰望，习惯了以高高在上的姿态对众生怜悯以待。他不愿意向任何人诉说，也不愿意将自己身上的懦弱剖开示人，干脆抿了抿唇，不再言语。

方循音没等到他解释，有些不安地偏了偏头。但得知他也不算遗弃卡戎，心头的怨气竟然有些许散开。

好半晌，她说："嗯，是我抱走了，但是现在没有在我这里。"

"嗯？"

"我妈妈生病了，家里不能养动物……麻烦徐老师养了。"

陈伽漠有些诧异，挑了挑眉："徐老师？徐兆学长？"

方循音点点头。

虽然徐兆与他们年龄相差不大，只给她补过一阵课，后来因为她顺利留在物理竞赛班，成绩也保持得比较稳定，康文清又嫌弃补课费太贵，补课也从一周两节课减到了两周一节，把精力都留给了几门主课，但方循音还是习惯喊他老师，哪怕毕业几年了都没能改口。

当时，会去麻烦徐兆养卡戎，完全是情况特殊。

毕业典礼那天晚上，方循音喝得有点上头，到勉强清醒过来想起这件事时，时间已经很晚了。

卡戎在盒子里喵喵直叫，方循音抱着它，想把它带回家，便给方为打电话试探性地问了几句。

方为叹了口气，背着康文清小声说："你妈妈有点害怕动物。而且，你也知道，她是卫生专家，过几天要去动手术，回来之后肯定要卧床很久，家里有猫跑来跑去，弄得乱七八糟，好像不太好。音音，要不然你问问朋友？时间这么晚了，实在不行的话，先带回来养几天，到时候再想办法。"

事实上，不必方为多说，方循音心里也很清楚。

她刚刚高考结束，还考了个好成绩，江大录取通知书都快寄到家里了。如果强行要求养，康文清肯定会勉强答应，但方循音做不出这种事，不想让马上要动手术的康文清难受，只得作罢。

方循音又问了渠意枝。

渠意枝家有老人卧床休养，除非给渠盏津，否则也养不了。

最后，她站在陈伽漠家小区门口，翻遍通讯录，翻出徐兆的电话。

徐兆倒是好说话，出乎意料地一口答应下来："行啊，你拿过来吧，我在家。"

养了几周，徐兆同她说，他女朋友很喜欢卡戎。

从此，卡戎有了新家。

同一个小区，从大别墅挪进大平层，确实还算不赖。

方循音垂眸，慢声解释道："现在是徐老师的女朋友在养着，从朋友圈的照片来看，卡戎过得很好。"

陈伽漠点点头，没有再追问什么。

十多分钟后，车稳稳停在商场侧门外。陈伽漠先一步下车，替方循音拉开车门。

无论何时，他都是这么绅士又温柔。

只除了那一天。

方循音低声叹了口气，跟着他，坐电梯上楼。

今天是工作日，正大广场人没有周末那么多，但正是就餐时间，难免还是要排一会儿队。

陈伽漠长腿一迈，快步走到火锅店门口，取号。

正是 KTV 旁边那家。

他回到方循音旁边，将取号纸递给她，勾了勾嘴角，转过身，朝着店内落地玻璃位置轻轻一指，开口："这里居然还没有变。"

方循音有些摸不着头脑："啊？"

陈伽漠眉眼舒展，轻笑起来："高一的时候，我和常哲屿在这里看到过你。你和一个男生坐在那桌吃火锅，看起来关系蛮好的。"

方循音愣住了。

什么火锅？什么男生？

她竟然一点印象都没有。

陈伽漠继续说："后来你说你把我微信删了，我还以为是你男朋友查岗，在清好友。"

方循音眉头渐渐蹙起，开始回忆。

说实话，和陈伽漠有关的点点滴滴，都被她记在日记本上，也记在心底某个暗无天日的角落，时时翻阅。所以，他这么一说，方循音有了一点点印象。

问男朋友这事发生在高一军训时期。按照时间往前推，应该就是九十月份那会儿。国庆假期，朱蜜组织了个年级活动，她找理由没有参加，而后和康非池吃火锅去了，好像就是在这里。

目光往火锅店轻轻一扫，方循音有些讪讪的："那个啊……那个是我弟弟。他蛮喜欢这家店的，经常来吃。你看到的应该是他。"

"弟弟？"

"嗯，表弟。"

"……"

两人随意闲聊几句后，火锅店广播叫到两人。

陈伽漠和方循音跟着领位服务生，一前一后走进店内，面对面落座。两人各自扫了公众号，沉默着开始点菜。

曾经，他们俩都没能这样一起吃过饭。

想到过往，方循音没什么胃口，寥寥勾选了两样，便罢开手，从屏幕中抬起头来。

陈伽漠依旧低着脑袋。

从方循音的视角望去，能看到他高挺的鼻梁、微抿着的唇，甚至连细长的睫毛也清晰可见，实在是处处精致。

好像月光就该如此，生来就该冠绝四方。

不知为何，方循音心底开始有些难受起来。

陈伽漠点好菜，倚着沙发靠背坐直身体，看样子似是要说些什么。

方循音自然也跟着严肃起来。

然而，他却没有将手机锁屏，而是直接放回桌上，长指轻轻敲着屏幕，很有节奏。

半晌，陈伽漠薄唇亲启，沉声喊她："方循音。"

"嗯？"

"把我的好友加回来，可以吗？"

方循音愣了愣。

还未来得及反应，她就听见陈伽漠自嘲般笑了一声。

顿了下，他喃喃自语道："这好像是我第三次拜托你这件事。"

他没学过卑躬屈膝，没学过谨小慎微。

但对待一只心爱的小兔，陈伽漠什么都可以学。

四目相对。

这一次，是陈伽漠率先移开视线，他又轻咳一声，试图掩饰情绪。

说实话，他今天遇上方循音，又过来找她吃饭，确实并非筹谋已久，而是一场意外。

陈伽漠和方循音一样，并不知道今天采访活动会遇到熟人，皆是完全没有丝毫准备。所以，乍然相见，他难得也心生紧张。只是他淡然镇定惯了，表情没露出端倪而已。

对于陈伽漠来说，方循音存在的意义肯定与旁人不同。她就好像一架相机，记录了他整个青春年少。

从光风霁月，到落魄不堪。

从天之骄子，到病入膏肓。

所有成功、闪耀、桀骜不驯与悲天悯人，所有绝望、痛苦、自暴自弃与目空一切，她全都在看。

高中时，陈伽漠心里就很清楚，小兔子一直在暗恋他。

那时候他是怎么想的呢？

总归，因为骄傲、因为自尊种种，他不愿与人亲近，只能一直装作视而不见，最后再用言辞狠狠伤害小兔、逼退小兔，免得她被自己拖累。

现在都已经不可考了。

或者说，很早就已经不可考了。

毕业典礼那一天，陈伽漠和方循音说完那一番拒绝的话，悄悄跟上了方循音浑浑噩噩的步伐。

他看着小姑娘回到学校，再神游天外一样地走进教室。最后，在一片热烈气氛之中，用力撕掉了一沓本子，和着考卷一起往操场上撒去。

陈伽漠心里涌起酸涩的味道。

他总觉得对方循音感到抱歉。

可是没有办法。

那时候，他就是个疯子，沉浸在自己的世界里，自己都搞不清自己，自然没有办法回馈方循音什么。

那时，夏天又热又聒噪，树上的知了吵得人神经一跳一跳的。

陈伽漠站在树荫里，整个人悄无声息，目送方循音和渠意枝离开，再迈开脚步，遥遥跟了上去，看着方循音和渠意枝走进一家清吧。

在门口驻足半晌，他转身离开，回到八中。

此时，学生几乎已经离校走空，只剩下校工在慢悠悠地往操场方向走，手里拿着扫帚，像是去打扫那些毕业放肆一刻的"遗迹"。

陈伽漠低声叹了口气，加快脚步，抢在校工前行至操场。

他蹲下身，在密密麻麻的无数张冲刺卷、巩固卷，还有写满了笔记的课本中，快速翻找起来。

夕阳将少年的身影拉长，呈现出一种孤寂与缱绻意味来。

整整一个小时过去，方循音撕碎的日记本，终于被他一页一页全数找齐。

后来，异国他乡的日日夜夜，痛苦与孤独时分，陈伽漠也会将日记本打开，静静读那些稚嫩文字，感受着小姑娘字里行间里的情愫。

他仿佛从来没有被抛弃，也仿佛不曾被世界遗忘。

那些字字句句，一笔一画，缀在心尖，温柔了凄风苦雨的单薄梦境。

就好像兔子一直都在陪伴他一样。

害羞的小兔。

可爱又特别的小兔。

偷偷在喜欢他的小兔。

他的小兔……

上学时，陈伽漠看过班上学生信息表，好像是随意地将方循音的信息记了下来。

每年逢她生日，他就会从国外寄明信片给她。

很多事无须言明。

从某一刻起——或许是某个无人深夜，又或许是发现她微信将自己拉黑的时候起。

陈伽漠一直期待着，回到江城能与小兔重逢。

如果他这样一个人，真的能成为别人的月亮。那么，他希望，方循音是那只登上月亮的玉兔。

陈伽漠自小聪明过人，做什么事好像都能信手拈来，甚至历经家庭巨变后，最终也还是走了出来——上心仪的学校、读喜欢的专业、做出些许成绩，还提前毕业。

现在又回到江城来，从新的领域继续深造。

虽然有波折，但回过头来想想，一切都还算顺遂。

这一次，他想努力一次。

他想成为方循音的月亮。

只不过，陈伽漠有自己的傲气和尊严，这些话，他不可能直接讲给方循音听，只能慢慢来，如春风化雨。

然而，方循音迟迟没有作声。

火锅店内，气氛凝结。

好在，没过多久，服务生将锅底端上来，打开火。

热气氤氲蒸腾而上，阻隔了些许视线。

终于，方循音从呆滞中反应过来，手指压着筷子，不自觉用力。

顿了下，她轻声说："加吧。"

没有勇气问他为什么要这么说。

当惯了胆小鬼，只能从心。

闻言，陈伽漠打心底松了口气，打开微信名片，拿给她扫。

两人第三次加好友，应该算得上熟门熟路。

"你已经添加了 Kuiper Belt……"

方循音将手机锁屏放下，冲陈伽漠笑了笑，开始试图寻找话题："那个……说起来，你怎么没有上清华？之前，常哲屿说你一定会去清华的。"

陈伽漠轻轻"唔"了一声，思考一瞬，答道："情况特殊。"

高考成绩出来之后，清华招生办确实第一时间抵达他家门口，但被嘉赫一口回绝了。

陈伽漠抬了抬眉，平静地说："当时我没有办法继续学业。"

"啊？"方循音愣住了。

陈伽漠冲她微微一笑，倏忽间，好像回到了那个炙热少年时代。

"只是过去的事而已。倒是你，方循音，你不是学理科的吗？怎么会去做杂志编辑了？没有继续考研吗？"

关于从前，他明显不想细谈。这种情形下，他也不想打感情牌，让别人来可怜他什么，自然得顺势转开话题。

没想到，方循音脸"噌"一下烧起来。

她有些结结巴巴地答道："那……那个……嗯，就是对本专业不是很有兴趣……所以先随便找了个工作……不是特意……特意……啊。"

不是因为他，特意从事和天文相关的工作。

这话该要她如何辩解才好？

好在陈伽漠倒没有调侃什么，他点点头，沉吟片刻，又问："是这样……学的专业是什么？"

"工程力学。"她慢声作答。

"调剂进的？"

"嗯。"

陈伽漠低笑一声："这样也挺好的。"

吃火锅本就十分容易拉近距离，闲聊几句，再涮了几片肉，好似顷刻间已然回到普通老同学的身份。

方循音再多紧张，也被陈伽漠温和淡然的气场渐渐抹平。

他说起在加州理工那三年。

"其实挺有意思的，学校里有观测台，我经常会一个人偷偷去。有一次，还意外看到了没有预告的流星雨。"陈伽漠笑了笑，"只可惜，学着学着，我最终还是改变了主意。

"科学需要浪漫主义，但更需要尖端技术。

"不管怎么样，能回到江城，我真的很高兴。

"各方面都是。"

说完，陈伽漠望向她，目光灼灼的。

少年褪去青涩，但依旧光芒万丈。

方循音彻底宣告败下阵来。

"方循音，保持联系，可以吗？"

"好……"

第二周，周一下班前，开开写好了采访稿，抄送到编辑部部门邮箱。

方循音去茶水间泡了杯咖啡，坐下身，深吸一口气，点开附件。

稿件采用传统一问一答式，甚至没有加很多笔法美化，只是将陈伽漠的回答精简记录下来。

方循音一个字一个字看过去。

采访时，两人猝不及防相逢，她有些心神不宁，听得有一耳朵没一耳朵的，算不上字斟句酌。

这样落到字面上，才叫人心折。

陈伽漠物理竞赛出身，显然文科向来并非他特长，本科还去了国外就读，理应少有机会用到母语。但他给开开回答的每一句话，都是那么切合问题，风趣幽默又不失专业精准度。

他永远都是那样优秀，叫人无法企及。

全方位皆是。

第一遍审稿尚未结束，手机在桌上振动起来。

方循音捏了捏鼻梁，眯着眼，顺手接起："喂？"

听筒里传来渠意枝激动的声音："音音！有一件大事要跟你分享！"

方循音低笑了一声，站起身，一边往休息室走，一边随口问道："什么事啊？"

"我要订婚了。"

方循音蒙了。

渠意枝的语气里都是志得意满，像个高傲自信的女王，与信任之人分享喜悦："小叔主动的，他说先订婚领证，等我硕士读完再办正式的婚礼。"

方循音是渠意枝情路见证者，自然也很为她高兴。

"恭喜你！不过，怎么这么突然啊？"

"渠盏津年纪大了，看我这么年轻漂亮，怕我跑了呗。"

说完，渠意枝自己先笑出声来。

"总之，订婚也是要办的，而且我和小叔关系特殊，容易被人诟病。越是这样，越要名正言顺地大操大办。音音，今天晚上你有时间吗？陪我去挑礼服呀！"

方循音算了算手头的工作，点头，爽快应下。

她们约定好时间地点碰头后，赶紧挂断电话，让方循音有时间去处理工作。

方循音回到工位，重新打开文档，却依旧忍不住有些走神。

她甚至还记得，高一两人刚刚认识没多久，渠意枝就拜托她打掩护，去捣乱渠盏津约会。转眼，两人竟然已经修成正果。

少时美梦，一朝成真，真好。

那她呢？

猝不及防，脑中冒出一张脸，吓得她立刻拼命甩头，将乱七八糟的念头甩开。

方循音掐了下手心，集中注意力，目光落到下一行。

关于团队发现小行星的问题。

陈伽漠答："其实也没有什么特别之处，大部分信息都能在网上搜到。不过，申报给小行星命名的时候，我和团队起了一些分歧。最后，还是我说服了他们，那颗星星才有了现在这个名字。"

什么名字？

方循音做功课时没有看到相关信息，竟然也忘了搜索。

她当即点开搜索引擎，输入关键词。

很快，页面跳转。

因为宇宙内小行星数量庞大，新发现一颗也并不算什么特别轰动事件，再加上当时陈伽漠人在加州理工，国内信息非常少。

方循音下滑许久，总算翻出一个全英文网页。

她英文不太好，更遑论这种带有一些专业词汇的内容。但说到底，好歹也是重点大学高才生，读得磕磕绊绊，好歹也配合着翻译软件将网页全数看下来。

这篇报道由一个天文爱好者撰写，其中简单介绍了加州理工天文团队发现的这颗星星。

"XUN 星属于主带 I 型小行星，永久编号为 27×××9……直径约为 × 千米，绕太阳一周需要……由加州理工天文团队合作发现。

首次观测者 Kuiper Chen，中国籍，就读于加州理工天体物理专业……最后，这颗星星由团队共同拟定命名 XUN 星，命名提案经国际天文联合会小天体命名委员会通过。"

"Kuiper Chen 称，在中文中，XUN 是 Follow 的意思。"

前面相对来说都比较官方，除了最后一句。

方循音握着鼠标，整个人结结实实地怔在原地。

这……

她是该多想，还是不该多想？

XUN，Follow，循？

是巧合吗？

陈伽漠还特地在采访里提到这个名字是他拟定下来的，还用了一些方式才征得团队同意。

可是，为什么？

无论是名字的揣测也好，前几天吃饭时陈伽漠那些试探也好，方循音通通搞不明白。

少时，她深知自己渺小怯懦，习惯卑微、习惯谨小慎微，小心翼翼地深深藏匿着那些爱慕之意。只是因为实在太喜欢陈伽漠，便一次又一次鼓起勇气，又一次一次挫败而归。

他用一句话，毫不留情又轻而易举地打破她所有妄念，叫一个敏感女孩的三年暗恋尽数终结。

现在回来，他一改冷漠疏离，到底是什么意思呢？

方循音想不通，再加上一点趋利避害、自我保护意识，也不愿意再去多想。

本来，人就是从逃避开始长大。

平复些许心跳，她擦了擦手心的濡湿，鼠标轻移，默默关掉网页。

晚上七点出头，天气很好，月亮悄悄挂上树梢。

方循音和渠意枝在知名大牌服装店碰头。

渠意枝到得比较早，此时，她正和导购小姐坐在一起，手中拿一本厚厚样册，漫不经心地翻阅着。

余光扫到方循音的身影，她立刻笑起来："音音！这里！"

方循音脚步微顿，也回以一个微笑，朝她迎面走去。

两人挤到一处。

渠意枝将自己刚刚看上的那几套礼服指给方循音看。

虽然只是订婚宴，但渠盏津事业做得很大，非常有钱不说，又宠渠意枝，酒席规格自然不低。

渠意枝说："我跟小叔说了，婚纱我还是想留到结婚的时候再穿。这次就先办那种西式的自助酒会，大家都能自在一点。衣服嘛，我反正准备换三套，一套旗袍、两套晚礼服。旗袍已经去订做了，晚礼服就买成衣。音音，你也来看看，哪套比较好看？"

顿了下，她又笑了一声："顺便你自己也挑一挑，我送给你，刷我小叔的卡。"

方循音不再是原先那个小姑娘，不问世事。店门口，品牌标志巨大，这里头一套小礼服什么价位，无须多问，就算是挚友也不能收这种贵重礼物。

她连忙摆摆手，轻笑道："不是说来帮你挑的嘛。"

渠意枝没有强求，只叹了口气。

方循音有些不明所以，蹙了蹙眉，抬起头望向她，问道："怎么了？不高兴吗？"

渠意枝和她小叔能走到今天，确实称得上一句"修成正果"。

不说九九八十一难，八十难总归也有。

方循音和渠意枝是多年好友，渠意枝又是个大大咧咧的性格，没什么好藏着掖着的，自然所有内幕都曾与方循音分享过。

渠盏津的身世十分坎坷，他本来是渠意枝爸爸收养的孩子，但当时，渠爸爸年纪还小，自己还没有孩子，平白多个儿子总归不合适，就把渠盏津记在了渠爷爷名下，成了渠家的幺儿。

过了没几年，渠意枝出生，渠爸爸的事业却出现波折，不久便与渠意枝妈妈分居。两人都没有办法带着渠意枝，就将渠意枝放在渠爷爷家。

说起来，渠意枝和渠盏津一起长大，算得上青梅竹马，最后闹成现在这样，虽是意料之外，但也算情理之中。

自家孙女藏不住事儿，渠爷爷早就看出端倪，非常生气。他将渠盏津的名字从户口本中拿掉，不再认他渠家人的身份。

而后，渠盏津被认回自己生身父亲的家族中，历经不少波折，终于成功继承大额遗产，事业也越发风生水起。只是，他一直没有将姓氏改回去。

与渠意枝那点事，当中知情人不少，各种猜测都有，总归言辞不算十分好听。因此，渠意枝的父母和爷爷都不同意。

渠意枝又是软磨硬泡、又是折腾来折腾去，怎么现在临门一脚，反倒叹气呢？

方循音目光灼灼。

渠意枝垂下眼，说道："没有不高兴，就是觉得蛮唏嘘的，说不上来是什么感觉。"

"……"

"别说这些了，你先看，顺便听我讲一件事。"

方循音点点头。

停顿数秒，渠意枝动了动嘴唇，似乎有些难以启齿："我……见到陈伽漠了，在学校外头。他说，他现在在光科读研。"

说到这里，她立刻又义正词严地补充道："绝对是碰巧！不是约好的！我可不想碰到他！看他一眼都嫌烦。"

仿佛说得慢了就背叛了姐妹情一般。

方循音深吸一口气，轻轻捏了下渠意枝手臂，说道："我知道，我已经和他见过面了。"

"啊？"这下，换渠意枝呆住了。

方循音本就无意隐瞒，只是事关"陈伽漠"这个名字，谈论起来，无论如何都叫人心潮起伏。

她拣了重点，慢声细语地说给渠意枝听。

渠意枝惊呆了："我的天哪！我的天哪！这是什么魔幻剧情？音音，你没有问他到底是什么意思吗？别的不说，那颗星星？XUN？我不信这是你多想，哪有这种巧合的啊？这个字是什么特别的字吗？值得用作一颗星星的名字？哎呀，你问了没有啊？"

方循音眨了眨眼，轻轻摇头。

这让她怎么问？说不定又是一场自作多情，到头来只有她一个人痛苦。

然而，一时之间，渠意枝却因此而激动起来。她将挑衣服这事彻底抛到脑后，转过身，正对向方循音。

数秒后，渠意枝收了笑，两只手抓住方循音的肩膀，表情严肃起来，一字一顿地问："音音，你跟我说真心话。"

"嗯？"

"已经过去四年了，你还在喜欢陈伽漠吗？"

事实上，方循音那点心思，早就心照不宣，但这般挑明了说，就算是渠意枝，也是第一次。

方循音的脸颊"噌"一下烧起来。

"啪嗒"一声轻响，样衣册掉到地上。

她手忙脚乱地伸手去捡，直起身，眼神还是飘忽的，结结巴巴地说："我……我……那个……"

渠意枝并没有取笑她，只是说道：

"音音，高中的时候我特别喜欢你，其实就是因为我发现我们俩有一点很像，就是特别固执，一条路走到黑，撞破南墙也不罢休。小叔说这是傻，不懂取舍，我可不这么觉得。

"这世界上压根就没有什么求而不得的事情，求一次不行，那就求两次、三次、无数次，得不到全部，也得得一半，这就是我的人生信条。过程是痛苦了点，但是至少无愧我心。

"我一直觉得，你看起来虽然瘦瘦小小，但蕴藏的能量和执念绝对不比我差。"

说完，渠意枝慢吞吞笑起来。

"所以，音音，你还喜欢陈伽漠吗？如果喜欢，那这次就绝对不要罢休了。"

夜深人静时分，窗外万籁俱寂。

方循音撑着脖子，坐在写字台前，眼神早就没了焦距，整个人都在神游天外。

她脑子里像是有一团毛线，又像是一片空白。

"你还喜欢陈伽漠吗？"渠意枝的话在耳畔萦绕许久。

这好像压根不是一个需要回答的问题。

之前，那个少女杂志给方循音寄了好几册样刊，她闲来无事翻看过，里头有一个互动版块，其中有一期有这么一个问题——

"你会喜欢同一个人两次吗？"

当时，方循音很认真地思考过。

不会。

不会的。

她不会喜欢同一个人两次，但是，她会一直喜欢一个人。

哪怕遍体鳞伤、哪怕头破血流。

从小到大，她就是这么一个人，坚持又固执。因为怕被人嘲笑，能在长达数十年时光里，坚持夏天穿长袖、披头发，甚至能一直避世而行，不同人交流。

渠意枝完全没有说错，她确实是这样。

所以，哪怕撕了日记本，哪怕将记忆封存，但只要陈伽漠一出现，轻轻掏出钥匙，仿佛就能打开潘多拉的魔盒，将她的一切理智和冷静全数推翻。

思及此，方循音自嘲般嗤笑了一声。

她拉开抽屉，将那张毕业照从最底层翻出来，手指轻轻抚上照片中人的脸颊。

没错。

她就是还喜欢陈伽漠。

那可是陈伽漠啊。

她的初恋，她的太阳，她的光，她的妄念，她永不破灭的少年梦想。

这月光苦涩得能叫人眼眶发烫。

但又怎么可能轻易遗忘呢？

03

九月末，一场大雨携着秋老虎袭击江城。

雨过天晴后，气温再次回升，热得人苦不堪言。同时，国庆小长假即将到来，提前一周，社里发布调休换班安排。

方循音打开邮件，简单扫了一眼。

事实上，主编已经叮嘱过他们，创刊号发布在即，就算是法定假，整个部门也得全体到公司加班，按照三倍工资补偿。

方循音本就没有出行计划，自然没什么怨言。

忙得昏天黑地时，她接到了一个电话，居然是来自徐兆。

"徐老师？"方循音有点惊讶。

徐兆随口"嗯"了一声，还是那副懒洋洋的语气，慢条斯理地说："方循音，你那只猫……被陈伽漠要回去了。"

"啊？"

"我说的有哪里很难理解的地方吗？"

方循音反应过来，连忙否认："没有，没有。就是……就是……我就是有点惊讶。卡戎被陈伽漠要走了？"

"嗯。上周来的。最近太忙，忘记跟你说了。"

方循音都不知道该说什么才好，只能讪讪一笑。

顿了下，她低声道歉："抱歉啊，徐老师，给你和菲菲姐添麻烦了。菲菲姐有没有生气？你们哪天方便，我来给菲菲姐当面道歉。"

菲菲姐就是徐兆的女朋友，也算是卡戎这几年的正经饲主。

毕竟养了这么些年，菲菲姐又喜欢猫，卡戎这么突然被带走，方循音不必问也知道她肯定很难过。

一时之间，愧疚感将方循音淹没。

电话另一端，徐兆倒是没品出什么端倪，只说道："没有，没生气。陈伽漠已经跟菲菲道过歉了，拿了一堆礼物，顺便还送来了几只猫崽子，把人哄得眉开眼笑的。"

一串话里，特地把"哄"这个字加上了重音，可见其中"不满"。

这下，方循音彻底愣住了。

不管怎么样，按照菲菲对卡戎的喜爱程度，要让她割爱，可不是一时半会儿能解决的事儿。

陈伽漠跟她说什么了？还能把人哄得眉开眼笑？

次日一早，方循音便得到答案。

菲菲姐难得给方循音发微信："音音，在忙吗？"

方循音立刻回复："还好，还没有开始忙。菲菲姐，卡戎的事，我已经听徐老师说了。真的不好意思！我实在觉得对不起你们。"

菲菲："没有没有，没有什么不好意思的。不过，卡戎是你和那个男生的定情信物？你之前怎么没跟我说呀？"

这行字从屏幕里跳出来，方循音瞪大了双眼，立刻噼里啪啦地打字："什么定情信物？"

菲菲："就是那个男生说，卡戎对他来说是很重要的存在，因为一些迫不得已的原因，才没能一直由他来养着，这件事让他特别后悔。卡戎也是你的猫吧？那这，不就是你们俩……"

菲菲："不得不说，我有被感动到！而且他态度也很好，所以就忍痛割爱啦，嘿嘿！物归原主！"

菲菲打字速度飞快，方循音压根插不进话，只能看着新信息一条一条跳出来，颇有些啼笑皆非。

斟酌好半天，方循音颤颤巍巍地回复："不是什么定情信物，不过确实也是他的猫。总之，菲菲姐，实在是对不起。"

卡戎早就不是冥王星的卫星了。

陈伽漠到底是什么意思？

方循音沉思片刻。

转眼，即将到上班时间，办公室热闹起来。

"早啊。哎，方方来这么早啊？"

"早上好。"

听到有人叫自己的名字，方循音惊醒过来，抬起头，有些手忙脚乱地应声。

继而，她将手机屏幕按灭，放到一边，再戴上蓝牙耳机，随机播放音乐，开始忙碌。

耳机里，旋律缓缓流淌开来，好似一杯温茶，气息袅袅飘散。

是周杰伦的歌。

很多年前，陈伽漠将耳机塞到她耳中，小声对她说，那是周杰伦的《七里香》。

从那一刻起，周杰伦也变成了方循音喜欢的歌手。

这么看来，人到底还是口是心非，说好将回忆尘封埋葬，但总是会剩下点什么，以供留恋。

方循音垂下眼，长长叹了口气，抛开脑中杂念，只剩男声还在耳边低吟浅唱：

"穿梭时间的画面的钟，从反方向开始移动，回到当初爱你的时空，停格内容……"

另一边，趁着天气不赖，常哲屿独自驱车赶往光科大。

光科大也是他的母校，自然熟门熟路，顺利地找到了陈伽漠。

临近假期，此刻实验室里没有其他人在。陈伽漠正低着头，记录实验数据，表情十分认真，颇有点凛然气质。

常哲屿倚在门框上，抬手敲敲门。

陈伽漠抬起头来，见到他，勾勾唇，随意摆了下手："稍等。"

常哲屿笑起来，开玩笑道："没问题！一个慈父，没事等等儿子是应该的！你慢慢来哈！不着急不着急。"

两人并不是很久没见，常哲屿家有钱，节假日到处旅游是常事，中间他和陈伽漠也碰过好几回，没有分隔太久，说话态度自是依旧熟稔，不会有距离感。

陈伽漠冷冷地回道："滚。"

笑闹几句，陈伽漠换了衣服，再关灯，锁上实验室，两人一同离开。

光科大和江大地处偏远，但有两所顶尖名校的校区在，再加上周围其他院校，共同组成了大学城。

这些年，大学城周边设施开发越发完备，如美食街、桌游馆等，多为大学生群体提供，自然也会有楼盘面向学生出租。

在异国数年，陈伽漠习惯一个人住，报到之前，他已经在光科大对面的小区租好了房子。两室两厅，房租不便宜，虽和陈家市中心那套大别墅没法比，但在学生中，也算得上奢侈。

事实上，无论是陈父，还是嘉赫，包括老爷子，在金钱方面从没有亏待过他。

陈伽漠领着常哲屿过去，推开门。

常哲屿夸张地感叹一声："真是个金屋藏娇的好地方啊。"

话音未落，卡戎"噔噔噔"从里间跑出来，倚到陈伽漠脚边，轻轻"喵"了一声。

陈伽漠将它抱起来，轻柔地摸了几下，眼中不自觉漾出笑意。

常哲屿愣了一下，张了张口，语气有点诡异："你又养猫了？还是说，这是卡戎？"

陈伽漠轻描淡写地瞟了他一眼："卡戎，不认得了？"

说实话，对常哲屿来说，记忆确实已经有些模糊。

自从陈伽漠离开江城之后，卡戎就被方循音带走。他倒是听渠意枝说过，说方循音把猫给她一个朋友了，但具体是哪个朋友，他也没有过多关注。

常哲屿家和徐兆家私交甚笃，但两人毕竟差了年纪，朋友圈子也少有交集，更不会没事聊起一只猫来。

所以，常哲屿只当陈伽漠是去找了方循音，将卡戎讨回，并且，他还成功了。

这其中的深意，自是无须多言。

思及此，常哲屿在心底苦笑了一声，不自觉叹息。

陈伽漠问道："你怎么了？"

"没什么，陈伽漠，你已经跟小兔子联系过了？"

"嗯。"陈伽漠垂下眼，平静地点头。

此情此景，倒像是多年之前，两人在陈家客厅聊起方循音那样。

画面宛如复刻。

常哲屿正想开口再说些什么，倏地，眼神微微一定，不小心落到陈伽漠的手腕上。

霎时间，他好像失了语言能力一般，彻底败下阵来。

没有人比常哲屿更清楚那是什么。

一个圆，外头绕了一圈光圈，和土星模样一样，完全是小姑娘戴的东西。

那根项链，他替陈伽漠保存了两年。许是因为材质一般，时间一长，金属坠子失了光泽，泛出些微陈旧劣质的气息，便没有原先那么好看精致了。

陈伽漠把原来的链子拆掉，只留吊坠，串到手链上，时时戴着。

气氛兀自沉默下来。

良久，常哲屿收拾好心情，又笑起来，问道："都入学了，这次应该不会再走了吧？"

"当然。"

"阿姨怎么说？没意见？"

陈伽漠抿了抿唇，平静地答道："她当然没意见，毕竟，老外公还在江城。"

常哲屿点点头，表示理解。

"那边的事也都处理好啦？儿子，老实告诉爸爸，在国外有女朋友没有？金发碧眼的美女应该不少吧？"

陈伽漠将卡戎放下，随手从沙发上捡了个靠枕，一扬手，精准砸到常哲屿身上。

常哲屿假装呼痛，"噢"了一声，嘴里念念叨叨："弑父、弑父啊！"

陈伽漠淡淡地说："没兴趣。"

接着，他一字一顿郑重地说："我一直喜欢兔子。"

"……"

"常哲屿，我们俩的关系，没必要藏着掖着。公平竞争，不管结果如何，永远是兄弟。"

常哲屿迟迟没有说话。

半晌，他终于小声说道："有什么好竞争的，她一直喜欢你，所有人都知道。

"你再说这种话就虚伪了啊。"

这是一场没有任何悬念的竞争。

常哲屿一直都很清楚。

甚至无须渠意枝多说什么，他早就心如明镜。但凡方循音有一点点变心的迹象，他也不会蹉跎四年，一直和她保持好友关系。

她只是在嘴硬而已，大家都明白。

如果，陈伽漠不再回来，或者对她没有丝毫感情，或许时间久了，还有把石头焐热的可能性。

但现在，绝无可能。

常哲屿从地上抱起卡戎，有一下没一下地轻抚着，声音有点闷闷的："陈伽漠，我不是输给你，我是输给了方循音。所以，你别觉得我放弃了你就赢了。你要赢的不是我，是兔子心里煎熬的七年时间。"

国庆长假结束，方循音他们的第一刊杂志终于结束前期全部制作流程，下到印厂。

整个组都松了口气。

毕竟，所有人假期都在校对和排版。那些字、那些插图，密密麻麻，每一页都要反反复复核对，防止出错。时间一长，难免叫人心生焦躁。

"终于结束了……我的天哪，这一个多月过去，我都快不认识'宇宙'这俩字了。"

"别的不说，好像咱们一群文科生，弄了档走近科学。这感觉，酸爽啊。"

"没有啊，方方不是理科生吗？还是江大的高才生呢。我听隔壁部门的开开说，方方和咱们这期这个采访的大佬还是同学。"

这话一出，办公室所有人的目光全数集中到方循音这个方向。

那天，从光科大回来，开开将陈伽漠其人在整个内容部门宣传了一番，特别是学历和颜值部分。

他们这个新杂志项目刚成立，编辑都是年轻人，比较开朗。开开用词夸张地说陈伽漠帅得"人神共愤"，很容易引起一些好奇心。

所有人都在等待方循音点头，以便能顺势打听一些八卦。

方循音有些尴尬，只抿着唇轻轻笑了笑，没说是，也没说不是，明显不想多聊。

她一直把陈伽漠置于内心最深处，小心翼翼地妥帖保存着，暂时还没有那么好的心态能把他变成一个话题，随意与人分享。

好在办公室同事相处了一个多月，大抵都了解方循音脾气就是这般，不善言辞，半天说不出什么话。况且大家也只是闲聊而已，没必要把别人弄得难堪。

等不到回答，大家便很快将话题转到其他方向。

方循音靠在椅背上，静静听着，没有再插话。

倏地，手机在桌上轻轻振动起来。

她赶紧拿起来，解开屏幕。下一秒，眼睛不自觉猛然瞪得老大，难以置信地盯着屏幕上那一行新信息字眼。

竟然来自陈伽漠！

Kuiper Belt："方循音。"

Kuiper Belt："晚上有空吗？我想约你一起吃饭。"

方循音眉头不自觉蹙起，指尖压着手机，无意识地轻敲着，不知道该如何回复才好。

东猜西猜都没有意思，犹豫也只是一种人类趋利避害的本能罢了。

或许是太久没有得到回应，接着，陈伽漠又跟上了新的一条。

Kuiper Belt: "没空也没关系，我来接你下班，可以吗？"
Kuiper Belt: "把卡戎也抱过来，好不好？"

时值十月中下旬，白昼越来越短。不过六点多，江城已经飞速被暗色包围。

夜凉如水。

方循音单手背起包，独自下楼，小跑离开公司。

一辆黑色卡宴停在马路对面，还是上次那个地方。

这回，是陈伽漠自己开车。

行至车前，方循音用力抚了抚胸口，试图压抑住心脏"怦怦"乱跳的声音。接着，她才拉开副驾的门，闷声坐上去。

她垂下眼，声音又细又软，像只小兔子般喊他："陈伽漠。"

十根手指绕作一团。

陈伽漠沉沉轻笑："晚上好。"

方循音愣了愣。

陈伽漠的声音还是好听，还是像大提琴一样的音质，但不知为何，明显能感觉到尾音有点沙哑。

她的心瞬间被揪起来，抿了抿唇，试探性地小声问道："哪里不舒服吗？"

陈伽漠没有作声，等她系好安全带，长指控住方向盘，轻轻一打，将卡宴开进车流中。

晚高峰时间，市中心车道再多也难免堵车。两个红绿灯后，车便不得不停下。

这会儿，陈伽漠才捏了捏鼻梁，浑不在意地"唔"了一声，淡定地答道："没有不舒服，实验室有点忙，熬夜了。"

"哦，哦。"方循音放下心来。

接着，她又想到什么般，扭过头往后座张望了好几眼。

车流缓缓往前挪动。

陈伽漠余光扫到她的动作，淡笑一声，说道："卡戎在睡觉，所以没带来。"

这么多年过去，卡戎虽称不上一只老猫，到底不如幼猫时期活泼爱动。平日里陈伽漠人在学校，哪怕有家政阿姨在，它也并不经常动弹，一直是安安静静趴着睡觉。

只有陈伽漠回去，它才会"噔噔噔"跑出来，冲着他撒撒娇。

方循音轻轻"啊"了一声，似是有点失望。

陈伽漠说道："卡戎在我现在住的地方，你要是想它，吃完饭我开车带你去看它。"

方循音不愿意给他增加麻烦，连忙摇摇头，摆了摆手，又小声补充道："不用麻烦的。"

"不麻烦，不过，很抱歉，暂时不能请你进去。"他笑了笑，通身都是芝兰玉树般的温润气质，"那样对你不好。"

事实上，哪怕陈伽漠从常哲屿口中明确了方循音的心意，但他依旧不愿意叫小兔有丝毫为难。

他愿意循序渐进，愿意遵循她的想法，绝对不会强迫她。

就算方循音因为他曾经那点自以为是的年少轻狂，那点并非本意的恶语相向，而决定再也不给他机会。

思及此，陈伽漠苦笑了一声。

说实话，他也不知道该如何是好。

大家都不是孩子了。或许，方循音已经开始发现，他是那样一个卑劣懦弱的人，因为一点点挫折就崩溃逃避、愤世嫉俗、放任自流。

甚至……还生过那样的病。

他压根不配做她的月亮。

或许小兔不会再喜欢他了。

那可怎么办？

和常哲屿说得那样信誓旦旦，到头来，陈伽漠也会彷徨，也会踌躇，大概任凭谁都想不到。

一顿饭吃得两人都有些心神不宁。

等到走出店，时间已经有些晚了。此刻，再开车去大学城，也不太现实，只能作罢。

陈伽漠开车送方循音回家。

不消片刻，卡宴转进她家小区里，停在空地。

夜幕下，老旧小区承载着岁月痕迹，鳞次栉比的楼房静静矗立在这中心地带。仿佛只要轻轻一抬眼，就能看到半空中飘散着的、属于江城旧时代的烟火气。

陈伽漠率先下车，替方循音拉开车门。

方循音有些手足无措，好像都不知道该如何动作，在陈伽漠平静的目光之中，同手同脚地下了车，犹如个小丑。

她咬了咬唇，有些尴尬泄气。

好在陈伽漠并没有取笑她，只沉声问道："方循音，以后，我可以经常来接你吗？"

　　闻言，方循音猝然睁大了双眼，抬起头，难以置信地看向他。

　　话压根没有经过脑子，直愣愣脱口而出："为什么？"

　　话音未落，两人对上视线。

　　只一眼，方循音便败下阵来。

　　她不想知道了。

　　至少现在，暂时还不想，因为还没有做好接受其他理由的准备。

　　万一，陈伽漠回答是老同学要常联系，就像她和渠意枝、常哲屿一样，那么她一定会觉得很难过，非常非常难过。

　　宛如一个溃败逃兵，方循音抢在陈伽漠前开口："那个……我先上楼了，今天谢谢你。"

　　月色里，陈伽漠慢条斯理地笑了笑，点了点头，说道："好，我看你上去，然后就回学校。"

　　"……"

　　"方循音，晚安。"

　　"晚安。"

　　夜深，方为和康文清皆已早早入睡。

　　方循音轻手轻脚地洗漱完，回到自己房间，打开电脑。

　　这一天兵荒马乱，心情也是乱七八糟的。

　　路灯下，陈伽漠最后那个眼神叫她心绪浮动，再难平静。

　　有些不可能的事情，好像快要变成可能。

　　但陈伽漠才刚刚回国没多久，这么突然，又让人觉得不敢相信。

　　久旱逢甘霖、久病遇良药，都难免让人心生疑窦。

　　方循音咬唇，没有再多想，随手打开私人企鹅号。

　　那个少女杂志的编辑给她留了言，打开就是好长一串感叹号。

　　"宝贝！啊啊啊，你之前那个关于初恋的序言反响超级好！！读者都好喜欢！！！"

　　"你之前说马上要工作了，那你最近还有时间写稿吗？主编让我来问问你，能不能在我们杂志开一个长期专栏，就连载关于初恋的故事！"

　　"拜托拜托！稿费从优！考虑一下哈！"

　　方循音愣了愣。

　　初恋那个稿好像是两个月前写的。

　　那天晚上，她听说陈伽漠回到江城，回想起往事，才洋洋洒洒写了一大堆。

这……开个专栏？那不是马上露馅了吗？

她一直在暗恋，压根没有真正初恋过。

但要是瞎编，肯定没有那么多真情实感流露。

读者会看出来的吧？肯定就不会喜欢了。

想了想，方循音打字给编辑回复："抱歉啊，我没有什么初恋经验，专栏应该是写不了，不好意思。"

时间太晚，编辑早就下班，没有马上回复。

方循音将对话框关掉，随意浏览了一会儿网页。

最后实在没事做，她干脆又切出工作邮箱，准备审几篇来稿再睡。

虽然创刊号已经做完，但后面每两个月就要出一刊。天文和航空涉及太多专业知识，门槛比较高，不是什么人都能写，作者自然得挖掘越多越好，提前备好稿，以免哪期"开天窗"。

打开邮箱，第一封邮件竟然来自主编，发送于两个小时前。

方循音粗略扫了一眼，邮件内容只有寥寥几句话。大概意思是创刊号已经在宣传期，编辑部要做好舆情监控，各大平台的评判口碑都要及时关注。毕竟是网络时代，收集网友评价非常重要。

最下面是一张分配表，每个员工负责一个社交媒体平台。

方循音被分到关注贴吧，后面还备注了几个相关讨论吧。

她手指微顿。

贴吧啊……好多年没有上过了。

她顶着那个账号回了八中那个关于她和陈伽漠的爆料帖。虽然回复成功删掉，到底还是做贼心虚，生怕被熟人发现端倪，不敢再登录账号。

一转眼，时间竟然已经过去那么久。

方循音扯了扯嘴角，不自觉有些怅然。

竟然都这么久了。

窗外，夜色深沉，屋内台灯光线却明亮。

方循音甩甩头，将杂念甩开，再打开贴吧，输入一串账号密码。

页面跳转，登录账号成功。

贴吧经过几次改革，比之前看起来越发花里胡哨，也越发陌生，她有些眼花缭乱。

还未来得及输入主编给的那几个贴吧名字，她的目光先被右上角的红色数字吸引过去——

"1139"。

一般来说，在目前各大系统软件里，这种红色字标就代表未读信息。可是，她哪儿来一千多条未读消息？

这个号除了给康非池投票，还有已删除的那条之外，从来没有再使用过啊。

方循音有些诧异，顺手将光标移过去，点击那个数字。

点开之后，竟然是吧内私信界面，是一个数字账号的人给她发了一千多条消息。

跳进去就是第一条消息，时间来自四年之前，一个未完盛夏。

那个账号给她发："兔子，我要去美国了。"

方循音浑身一震，一时间，浑身上下所有血液悉数冲到大脑，连指尖都开始控制不住地颤抖起来。

整整两个小时，她仔细读完了那一千多条私信。

时间跨度长达四年之久。

"兔子，你应该不会再登录这个号了吧？"

"对不起，其实我也没有讨厌你，对你说的那些话都是骗人的，你其实很可爱。但是我必须得走，留在这里就是拖累别人、成为所有人的累赘。"

"我生病了，很严重的病。医生说这是精神病的一种。这件事不能告诉任何人。"

"兔子，你知道之后也会害怕我吗？还会用那种小兔一样的眼神看我吗？"

……

"今天我去见了我的医生，那是个光头老外。他让我跟他分享一些有趣的事情，我就想到了你。你好像一直很有趣，无论是表情还是动作，都很乖很可爱，有点怕我，但是又喜欢我。我不想把你分享给他。"

……

"晚上，我看了你写的日记。很抱歉，我不该偷看那些。可是，看到你写的那些，我总觉得，还有人愿意站在我这里。"

……

"我好像有点想你了。"

……

"你的生日应该马上要到了，我给你寄了明信片，愿你一切都好。希望它能带着美景，准时送到你手中，让你在生日那天有个好心情。"

"其实左手写字我练了很久，一直都没有右手写得那么好看。你以前说我的字很好看，你还记得吗？"

"那张寄语纸，其实我想了很多话，但最后都没敢写上去。"

……

"兔子，我已经很久没有见到我爸了。医生说这是康复的征兆，但是好像也没有很高兴。"

……

"我考上了加州理工，继续学习天文专业。这下，我是不是离你日记里写的那个喜欢的陈伽漠，又重新近了一点？"

……

"你送我的土星有点生锈了，怕链子断掉，我戴到手上去了。做手链也很合适。谢谢你。"

……

"卡戎还好吗？我很想它。"

"其实，我当时就知道你是想让卡戎来安慰我的。没能对你说谢谢，对不起，其实我真的很高兴。"

……

"我决定回国了。"

"上面这些话，现在再看，好像不少都是在我精神错乱的时候发出去的。"

"方循音，我害怕将来有一天你会看到，又害怕你永远看不到。"

"但仔细想想，最好你还是永远都不知道，陈伽漠是一个多么懦弱又没用的人。最好，在你的心里，他永远如月光一样，高悬于天。就算永远不能原谅他，也能留一点美好的回忆。"

方循音眼眶里蓄起泪水，簌簌往下落，可是，怎么擦都擦不干净。

竟然已是子夜时分，方循音红着眼，"唰"一下站起身！

决定了，她要到陈伽漠那里去。

就是现在。

一刻都等不了。

夜色微凉，方循音的心像是泡在温泉中，"咕噜咕噜"，一阵又一阵热烈的气泡从池底往上冒，熏得人眼眶发烫。

出租车司机从后视镜里偷偷看了她好几眼，终于忍不住，语重心长地说道："小姑娘啊，你别哭呀。这大晚上的，是分手了吗？唉，现在小男孩哦，真的是……也不顾及姑娘的安全！"

在江城，的士司机大多热情善谈。方循音一个女生，这大晚上从市中心打车到偏远的大学城，又只是在睡衣外面加了长款外套，怎么看都像是和男朋友吵架了，于是独自回学校的学生。

"哎哟，你这样哭，你爸妈怎么能放心哦！好好一个小姑娘……"司机大叔依旧在絮絮叨叨。

此刻，方循音就好像是回到了十六岁，那个蝉鸣风止的夏天。

不同之处仅仅在于，此刻，她正在奔向她的光。

好像是月亮在遥远的宇宙收到了祷告，于是，月光为她降临。

方循音抬起手，抹了一把眼泪，声音里还有潮湿的气息。

她同司机大叔解释道："不是的，我不是学生，也没有和男朋友分手。"

她的江城方言说得十分标准，一听便知不是深夜流落街头的女大学生。

"啊？那好端端的，哭什么哦？"

方循音牵了牵嘴角，声音低低的："是一件好事，我是高兴的。大叔，谢谢你。"

凌晨一点二十分，出租车停在江城光科大校门口。方循音付了钱，下车。

夜风阵阵，她拢起外套，抬头看向光科大的校门。

事实上，这个点跑到这里，确实只是方循音一时冲动。她不知道陈伽漠在哪里，也不知道他睡了没有，只是凭借几个小时前与他告别时，他说他要回学校这句话，人就匆匆忙忙赶到这里。

没办法，实在是一刻也等不了。

她抿起唇，从外套口袋里摸出手机，调出微信，给陈伽漠发去了定位。

她的表情颇有些自暴自弃，但心里却有点难以言说的期待。

等待回复的那几分钟时间，不知不觉被拉成无限长。

倏地，手机疯狂振动起来。下一秒，方循音手忙脚乱地将语音接起来。

陈伽漠那把好嗓子，听上去比晚上吃饭时更为沙哑："站在那里别动，等我三分钟。"

很多年前，方循音在日记里写过，她最喜欢明天见。

但在这一刻，她突然改变了想法。

难道整个宇宙之中，还有比"等我"更浪漫的句子吗？

"好。"说完，挂断语音，方循音垂下眼，默默走到路灯下，站定。

因为时值凌晨，平日热闹的大学门口空荡荡的，没有其他人，只有保安室灯光明亮，像一盏孤灯，在寂静海面悠悠荡荡。

保安大叔顺着玻璃窗看向方循音，表情有些狐疑，似是在斟酌她的身份。

学校白天可以自由出入，但十二点过后就需要登记学生证件。要不然，她可以直接进去实验室碰碰运气，也不必给陈伽漠发消息。

尚不到三分钟，修长的身影出现在大路尽头。

画面像是一场梦境。

陈伽漠正大步朝她走来，神色匆匆，却难掩器宇轩昂的气质。

月光追逐着他的脚步，星河在他眸中流转。

一瞬间，方循音本该平复的心情再次波动，眼泪顺着脸颊滑落下来。

她急急转过头，用手背胡乱蹭了蹭脸。

这会儿工夫，陈伽漠已经和保安大叔沟通结束，长腿稳稳停在她的余光之中。

"兔子，你怎么了？怎么回事？"他的呼吸有些喘，语气也急，不似往日那般慢条斯理。

这是陈伽漠第一次叫她兔子，听起来和常哲屿完全不同。

方循音不敢抬头，深吸一口气。

她还未来得及开口，整个人先是微微一怔，视线凝固在陈伽漠的手腕上。

许是因为来得匆忙，他只穿了一件薄款长袖卫衣，搭黑色休闲裤。为了方便，把袖子挽到手肘下面，露出一截皮肤，看起来一副休闲模样。

这般，便让他手腕上那根手链尤为显眼。

手链只是普通黑色细绳，两股编缠在一起，看着很普通。手臂轻轻一动，细绳上那吊坠就会垂下来。

吊坠已经褪去金属色泽，看起来很陈旧了，和陈伽漠身上那点矜贵气十分不符。

但方循音一眼就能认出来。

那是一个土星吊坠。

十六岁那年，她在路边的狭小精品店里磨蹭了很久很久，挣扎了很久很久，才决心要把这个土星当成生日礼物送给陈伽漠。

只不过，陈伽漠生日那天心情低落，全数礼物都被他弃之如敝屣，满满当当一桌子，他一眼都没看，甚至都没有打开包装。

所以，它怎么会在他手里？

方循音十分惊讶，眼神直勾勾的，都忘了刚刚要说什么。

陈伽漠迟迟没有等到答案，顺着她的视线看过去，他心下蓦地一惊，"唰"一下抬起手，将手链挡住。继而，他抿了抿唇，沉沉开口："方循音，我……"

陈伽漠难得也有这种不知道该说什么的时候。

方循音终于回过神来，攥紧拳，蓄积起万腔勇气，仰头同他对上视线。

"陈伽漠，我都看到了。"

陈伽漠蹙了蹙眉，有些不解："看到什么了？"

"你给我发的私信，Kuiper Belt's Y。"她眼圈微红，一字一顿地将那个单词拼给他听，"K-U-I-P-E-R-B-E-L-T-S-Y。你知道是什么意思了，对吗？"

Kuiper Belt's Y。

Kuiper Belt 的方循音。

他早就知道。

"你说你生病了，要去国外治病，不能拖累别人。但是你很想我，对吗？"

老天，方循音发誓，自己从来没有设想过这种场景。她居然敢在陈伽漠面前说这种话。

然而，陈伽漠却被她问得有些不知所措起来。

静默良久，他自嘲地笑了笑："你都知道了。"

"嗯，还有你的手链，我刚刚也看到了。"

陈伽漠将手拿下来，垂下眼帘，闷闷地说："是常哲屿告诉我的。抱歉，没能跟你说谢谢，我很喜欢。"

夜深人静，整个世界仿佛只剩下他们两个人。

陈伽漠的身影被路灯光线拉得老长，连带声音也像是在老电影里一样，带着锯齿效果，从天际传来。

"兔子，我一直喜欢你。但是真的对不起，这么多年，好像只有给你带来伤害。

"你很好很好。过去，都是我配不上你。"

霎时间，方循音猛然抬手，手背牢牢压住唇瓣，好像只有这样，才能将呜咽声挡在喉中，不让它溢出来。

见她这般，陈伽漠往前一步，笑了笑，抬起手，指腹轻轻拂过她的脸颊，如一阵清风吹开一滴眼泪。

"别哭。"

方循音不知道该说什么，只能拼命摇头。

"兔子，我不想只能给你带来眼泪。"

"不、不是的。"方循音磕磕绊绊地解释道，"陈伽漠，你给我带来的任何一样东西，都比眼泪来得珍贵重要。"

十六岁，他将她从操场上拉起来，带来一整个世界的光。

十六岁，他将她带出黑暗森林，给她介绍这个宇宙。

十六岁，他叫她努力，叫她不要为旁人的眼光难过，叫她变得更好。

……

桩桩件件，于方循音来说，都是永世难忘的珍宝。

所以，她才能沦陷这么多年。

"陈伽漠，知道你也有点喜欢我，我恨不得立刻跑到你面前，向你确认这个消息。"方循音喃喃轻声说。

陈伽漠轻笑了一声，叹了口气，问道："为了确认那些私信，所以也不看一下时间就来了吗？万一我睡了呢？你准备在这里等一晚上？我看到消息的时候，还担心是出了什么事。"

方循音用力点头："对。"

只要陈伽漠说想她，她就会义无反顾地出现。

她的世界，她的宇宙。

她爱慕终生的男生。

哪怕再苦再难，也无法放下的苦月光。

"陈伽漠，我想做你的卡戒。"

她话音刚一落下，陈伽漠抬手，轻轻将方循音拥入怀中。

方循音整个人瞬间僵硬。

耳边，传来沉沉的男声。

"方循音，我想养一只兔子和我做伴。如果那只兔子叫方循音的话，那就再好不过了。"

04

渠意枝和渠盏津的订婚宴定在十一月，正是初冬季节。

渠意枝说，这是渠盏津找人算过的大吉日子，前后半年内都没有更好的日期了。

听完，方循音感觉有些诧异："你小叔还迷信这个吗？"

她和渠意枝好友多年，和渠盏津也算认识。渠盏津虽然年纪上比她们都要大一些，但人看着十分俊朗年轻，很有点上位者的气势，完全不像是老古板。

不过，听说做生意的人难免迷信，这样倒不是全无可能。

渠意枝摆摆手，说道："你别说我秀恩爱啊，我小叔比谁都相信科学，正儿八经的无神论者。就是怕出变故呗，非得讨个大彩头，连家里的摆件都重新弄了，请大师的钱花了好十几万。这不，说明人重视我啊！"

方循音一愣，绷不住，率先笑起来。

接着，两人便笑作一团。

等到各自冷静下来，才说起其他事。

"你那个书写得怎么样了？"

方循音眨了眨眼睛，摇摇头，叹了口气，回道："才刚连载了一期呢。"

在编辑软磨硬泡之下，她到底是答应了在少女杂志写一个连载专栏。只不过，把"初恋"这个主题，改成了"暗恋"。

按照编辑的意思，如果连载效果好，就开始准备出版实体书。

方循音从来没想过，自己有生之年还能出版一本书，自然是非常重视这件事。

她白天还有工作，杂志社创刊号反响不错，开了个好头，但这不代表就是成功。后面每期内容质量都得严格把控，不能高开低走，让读者失望。

有压力在，工作必然忙碌。

她只有晚上回到家才有时间写一些，每句话还都得细细斟酌才行。

还好，还有陈伽漠。

想到陈伽漠，方循音的脸上不自觉露出一丝笑意。

渠意枝性子大大咧咧，有时候却也足够敏感。见方循音这个表情，她用手肘轻轻捅了捅方循音的小臂，调侃道："笑什么啊，是不是想到陈伽漠了？"

方循音的脸颊飘起红晕，一句话都不敢回答，生怕内心悸动从声音传递出去。

渠意枝也不需要她回答，早就明白，笑闹几句之后又叹气道："不过，我倒是觉得，你对他也太容易了。"

方循音不解。

"不说千里追妻、九九八十一难吧，好歹吊一吊，让陈伽漠憋不住先说啊。你这么容易就松口，岂不是被他吃死了？"

什么千里追妻？什么九九八十一难？

方循音摇摇头，认真地答道："可是，枝枝，你之前不是说，喜欢的东西就一定要主动去争取吗？"

闻言，渠意枝有点讪讪的："哎呀，那这不是情趣嘛！而且，陈伽漠这种性子，杀杀他的锐气不好吗？我还想看他手足无措的样子呢！"

方循音继续摇头，表情腼腆，语气却很坚决："我不想那样。"

她的月光，那么出色，又那么优秀。

他生来就该让人仰望。

之前，方循音为了真情实感地写书，把自己撕掉的那本日记找陈伽漠要了回来。现在再去翻阅，每一字、每一句，好像都能回忆起当时的心情。

她一直觉得自己配不上陈伽漠。

她这样一个人，这么普通，又这么平凡，脖子上还长了难看的胎记，能得到陈伽漠的注意，就已经像是做梦一样了。

方循音说道："枝枝，我不敢奢求什么。"

神明已经对她太好太好了。

渠意枝知道她的性格，叹了口气，抬手拍了拍她肩膀，说道：

"宝贝儿，陈伽漠能追回你，是他三生有幸好不好。你那么可爱，我还觉得他那个太子爷配不上你呢！

"不过你喜欢就好。反正先谈着呗，要是他哪里让你不高兴了，就一脚把他踢掉，换个更好的也行啊。"

方循音低笑了一声："你这话……小心你小叔听了揍你。"

两人再次笑成一团。

另一头，常哲屿趁着双休日，约陈伽漠出来喝酒。

两人都收到了渠意枝的订婚邀请，又是共同好友，难免聊起这件事。

常哲屿坐在卡座上长吁短叹："哎哟，都是一样的同学，渠意枝那个疯丫头，终身大事都尘埃落定了，我居然还是个单身狗……真是气死人啊。"

陈伽漠抿了一口威士忌，垂着眸子，低声笑了笑，调侃道："那你确实要赶紧，小心再过两年，你爸妈就要给你安排商业联姻了。"

这几年，常哲屿家生意做得越来越大，很是引人注目，确实也不无这可能性。

常哲屿无语凝噎，一仰头，闷闷灌了大杯酒下去。

顿了下，他这才继续说道："别说这么可怕的事情啊。陈伽漠，我今天找你出来，还是有点东西要给你的。"

"什么？"

常哲屿放下酒杯，伸手在包里摸了摸，拿出一沓杂志，轻轻放在桌上。

陈伽漠眼神很好，看到这沓杂志，不由得愣了愣。

这是一沓青春少女杂志，粉色封面，偌大标题，上面画着唯美风的人物，绝对不容人认错。

他蹙起眉，问道："这是什么？"

常哲屿收敛起笑意，声音有点哑："这是刊登了兔子写的故事的杂志，你拿去吧。"

陈伽漠一愣。

"我知道，她肯定没好意思告诉你。因为她的每个故事里，都是你的影子。"

哪怕那些主角穿上其他衣服、叫其他名字，但因为作者潜意识作祟，在常哲屿这种熟悉的人看来，完全就是"陈伽漠一号""陈伽漠二号""陈伽漠三号"。

每一个角色都像是陈伽漠的投射。

难得，陈伽漠愣了愣，视线再次下移，落到那些杂志上，心里有点发酸。

酒吧灯火迷离、明明灭灭，背景音乐十分嘈杂，常哲屿的声线混迹其中，好似有种奇妙魔力。

他说："希望我的好兄弟，不要缺席我爱的小兔的人生。"

静默一瞬。

"谢谢。"陈伽漠将杂志仔细接过来，郑重道谢。

常哲屿苦笑了一声，心情难以言说，不知道是羡慕还是什么。

可是，他不知道，陈伽漠也写了几千条信息，每一个字、每一句话，都是方循音，甚至，他"徇私"将一颗小行星以她的名字来命名。

他们两个人的世界，没有任何人可以插足。

数月后，方循音的实体书正式上市。

因为连载反响强烈，再加上预售数量很高，少女杂志的编辑打电话联系她，想给她在书展办一场小型签售会，地点就在江城。

方循音几乎没有丝毫犹豫，干脆利落地拒绝。

"抱歉啊，现场签售的话，我真的不太行。"

编辑有些不解地问："为什么呀？"

方循音轻轻抿了抿唇，手指不由自主地抚上脖颈处。

就算是到现在，她也实在不愿意在众目睽睽之下被人围观，只想低调一些。

"总之，不好意思啊，签售我参加不了的。"

商量半天，编辑提出折中方案。

"那这样吧，预热书展的时候，老师你能不能和编辑部做一个连线，不用露脸，只要声音出场，然后回答几个读者提问，这样可以吗？"

方循音想了想，低声应下来。

为了宣传这本书，编辑那头费了不少心血，给她开出的稿费确实也相当可观，她也不愿让人太过为难。

直播连线这件事就确认下来，时间定在一个周六。

从杂志官网预热开始，方循音就有些紧张，但又谁都不能告诉。

她这本书里的字字句句都羞于见人，要是被熟人看见，岂不是从此都得尴尬下去？

直播那一天，方循音和方为、康文清提前交代好，让他们千万不要敲门，又仔仔细细锁上房门，拉上一半窗帘。

一切总算准备就绪。

编辑给她挂上语音，开始连线。

方循音心跳加速，用力深呼吸几下，小心翼翼地开口打招呼："大家好。"

声音有些微颤。

编辑似乎感觉到她的紧张心情，试图让气氛轻松一些，笑着说道："其实呢，今天做这个直播，主要是读者们呼声很高，想听听老师的暗恋故事，想了解一些关于小说背后的剧情。老师方便和我们聊一下吗？但是注意不要剧透哦。"

这是之前就定好的流程问题，方循音却沉默了。

窗外，阳光正好，转眼又到了一个盛夏。

但她永远记得，十六岁那年的夏天。

方循音声音听起来很细很软，语调轻柔，说话时，仿佛微风拂过。

她慢慢开口：

"其实，没有什么特别值得说的，就是一个很俗套的故事。

"高一那年，我认识了故事里这个男生。之前，我一直是个蛮自卑的人，但他像是太阳，完全不讲道理，把我的人生一下子照亮了。

我觉得，喜欢他这件事，压根不需要什么道理。喜欢他的女生很多，没有人会不喜欢他的。

"他很聪明，他奥数和物理都拿过奖。好像这世界上，没有什么事可以难倒他一样。

"他给我讲宇宙，讲冥王星，讲柯伊伯带，讲望远镜。

"他篮球打得很好。

"他还喜欢周杰伦，给我听《七里香》，给我唱《你听得到》。

"他对每个人都很好，很温柔，对我也没有什么不同。他说的每一句话，我都会去猜、去想，印在大脑里，绝不敢忘。

"我就像一只蚂蚁，一直在仰望着月光。喜欢他的每一秒，都是又甜蜜又心酸。

"所以，我给这个故事取名叫作《苦月光》。因为无论是故事里的女主角，还是我，在仰望月光的过程里，都是那么苦涩，像吞了黄连一样。但我们好像从来都没有后悔过。"

耳机那端，迟迟没有传来声音。

方循音以为断了线，轻轻碰了下手机，试探性地说道："那个……大概背景就是这样啦。"

编辑的声音终于重新回来："啊，抱歉，我在看大家的留言呢，大家都很感动。那么冒昧地问一句，老师，您和那个男生，最后怎么样了呢？"

怎么样了呢？

方循音轻轻笑了一声，温声答道："我一生都将仰望月光。"

一个小时后，连线结束。

方循音切断语音，手机界面也切了出去，看到了一条新信息。

八分钟前，来自陈伽漠。

Kuiper Belt："下楼。"

方循音愣了愣，赶紧换衣服，小跑着下楼去。

一踏出楼道，她抬起头，愣怔在原地。

不远处，陈伽漠正倚在车边，手里还抱了一大束满天星。

陈伽漠本就人高马大，那花……他两只手竟然都快要抱不拢。

顿了下，方循音磕磕绊绊地问道："这……这是？"

陈伽漠笑了一声，长腿朝她一跨，两人距离倏地拉近。

他慢条斯理地说道：

"两件事。

"第一件事，在观测距离无法达到的现在，柯伊伯断崖被大多数人认为是柯伊伯带的边界，意思就是，Kuiper Cliff 在 Kuiper Belt 的方循音这里终结。

　　"第二件事……"

　　陈伽漠将满天星捧到方循音面前，示意她接住，继续说道："满天星的其中一个花语是，甘愿做配角的爱。

　　"兔子，我不是太阳，也没有你想象得那么完美。

　　"所以，以后，换我来仰望你。"

　　那本书的扉页上，方循音摘抄了游识兽的一句话——

　　"我感激我们的光锥曾彼此重叠，而你永远改变了我的星轨。"

　　陈伽漠偷偷买了一本，并在那句话后又加了一行手写字——

　　"方循音和陈伽漠的故事永远未完待续。"

- 正文完 -

番外一

勇敢靠近

这世界上最好的事，莫过于你也正在喜欢我。

——方循音日记

01

互相表白心迹后，陈伽漠为努力表现，经常开车去接方循音下班。

陈伽漠住在大学城，往来市中心非常麻烦。再加上方循音这个工作时有加班，他经常要在外等上许久，回学校后，还得回去实验室"开夜车"。

方循音实在不习惯这样麻烦别人，哪怕是……男朋友，依然也觉得过意不去，但又不知道该如何开口。

毕竟，两人都是第一次谈恋爱。

对方还是陈伽漠。

单相思太久，一朝梦想成真，总归显得这场恋爱不是那么真实，免不了小心翼翼、踟蹰难行。

这般持续了好几天，终于，方循音再也忍不住，试探性地对陈伽漠说："其实……我家到公司坐地铁也就几站。"

言下之意，来回本就容易，还不堵车，倒也不必开车来送那么麻烦。

此时，两人还在停车场里。

正是深秋时节，江城常有阴雨天，因为路边车站不能长时间停车，陈伽漠干脆在地下停车场长租了停车位，什么时候来都方便。他想着方循音的公司有直达电梯，不用走出大楼就能到停车场，这样她也能轻松方便一些。

但陈伽漠十分了解方循音，自然早就猜到她会紧张和不习惯。等了几天，总算等到她开口。

陈伽漠轻轻笑了一声："终于说出来了。"

"啊……"

他侧过头，静静看向方循音，眼里仿佛有星光在闪烁。

"兔子，有什么想法，你可以直接跟我讲，不用害怕。我们是男女朋友，不是吗？"

憋了这么些天，着实也难为她了。

说完，陈伽漠甚至还假装叹了口气，曲了曲指节，再补充道："你喜欢什么、讨厌什么，我都想知道、都想了解。"

他不是神，不能次次算准她的内心。

对于方循音来说，和陈伽漠谈恋爱是一场意料之外，像是一场梦，好像只要轻轻用力就会很快破碎，走向分崩离析。

就好像是两个星球意外脱轨，继而才产生并行。如何发展下去，叫人觉得束手无策。

但事实上，于陈伽漠来说，又何尝不是呢？

小兔不计前嫌，愿意原谅他，还愿意和他在一起。

就算是陈伽漠，在一场感情中，也会担心、紧张、彷徨，也会焦灼不安。

毕竟，这不是竞赛题，他不能确定唯一的解，只想找到最优解。

"但是，兔子，我错过了你的七年，后面的每一秒钟，我都不想再错过了。"陈伽漠轻叹一声，沉沉说道，"我想每天都能来接你，想和你待在一起。"

哪怕只是一小段路，或是一同吃一顿晚餐。

闻言，方循音愣怔许久，说不出话来。

半晌过去，她苍白的脸颊一点点氤氲出红晕。

方循音垂下眼，不敢再和陈伽漠对视，生怕他发现自己眼中湿漉漉的羞怯，只好清了清嗓子，有些讷讷地说道："知道了……"

后面还有两句话，却怎么都说不出口，到底是放弃了。

只能在心里默念。

我也想见你。

我也想每一秒都和你在一起。

陈伽漠轻轻笑一声，抬手碰了碰她的发顶，动作亲昵。

他说："下次有什么想法都告诉我，好不好？女朋友。"

最后三个字在他唇齿间微微一转，明明有些许调侃之意，却硬生生被绕出无尽缱绻旖旎的味道。

方循音指尖轻轻一颤，连带着心脏也开始酥酥麻麻起来。

"好。"

公司停车场人来人往，自然也藏不了什么秘密。

周五早上，天气有些阴沉，仿佛随时要落下雨滴来，连带着江城好几个区的路况都不太好。交通要道上，堵车堵得水泄不通。

方循音走进办公室时，还没几个同事来，偌大一个空间显得十分安静。

她手上拎着牛奶和油条，脚步不停，走到自己工位上，悄无声息地坐下，开始吃早饭。

没过多久，脚步声响起，直愣愣地朝她这边而来。

开开喊了一声"方方"，拉开方循音隔壁的座椅，自来熟地凑到她旁边。

开开推了推眼镜，笑道："我昨天看见了。"

方循音赶紧咽下嘴里那截油条，不明所以地眨了眨眼，小声问道："什么？"

开开一脸八卦："陈老师！我看到你上了陈老师的车啊！黑色卡宴，没错吧？"

方循音有些尴尬。

世纪大道这边白领云集，在停车场里，卡宴也算不上什么豪车，特别是对于陈伽漠他们这些人来说，更是普通。

要知道，常哲屿读大学时，换车就跟换衣服一样随便了，迈凯伦都直接大刺刺开进学校，招摇过市。

但是，被开开那么一问，好像总有点似是而非的味道。

她抿了抿唇，迟迟没有作声。

开开也没有在意，继续笑道："你们俩上学的时候，关系应该不错吧？我上次就看出来了。"

"啊……"

转眼，办公室人渐渐变多。

开开虽是隔壁部门的员工，但和编辑部这边合作很多，也很熟悉，基本所有人走进来，都会跟她打个招呼。

"早啊。哟，开开，这大早上的，来找我们方方说什么悄悄话呢？"

开开理了理刘海，随口答道："骗方方跟我出去玩呢。"

"你可别拐人哈，咱们方方文文静静的，你别吓到她了。"

话题这么一拐，竟然顺势就拐到了方循音身上。

女同事一号从后面转过身，八卦兮兮地问道："方方，前两天停车库那个大帅哥是谁啊？好帅！"

女同事二号赶紧接话："你也见过？那天我和隔壁营销部门的那几个小姑娘一起下楼，正好看到那个男生。她们几个差点都要冲上去要联系方式了，还好后来方方下来了。她们昨儿还不死心，让我来找方方打听呢。"

……

办公室里，见过陈伽漠的人竟然还不少。

许是因为他容貌出众、气度非凡，非常引人注目，叫人过目难忘。

一时间，议论纷纷。

气氛悄悄开始沸腾起来。

方循音抿起唇，不自觉攥紧手指。

共事几个月，她心里很清楚，同事们都没有什么恶意，只是随口闲聊。毕竟，他们平时也会说一些生活上的事情，或是分享一些情感八卦，完全说不上冒犯什么。

只不过，她内心胆怯。

没有人会比方循音自己更想告诉身边所有人，陈伽漠已经是她的男朋友了。

她捞到了月亮，这还不值得炫耀吗？

就算昭告天下，都表达不清她内心的喜悦之情。

可是，方循音害怕。

究其原因，大抵还是因为多年来，在她心里两人地位不平等。哪怕陈伽漠那样剖白心迹，但她素来敏感多思，还是少了些安全感。

总归，时间尚短，再磨合磨合更好。

幸好，没说太久就到了正式上班时间，领导应该也快来了，所有人各自回到工位。

开开也站起身，打算回去，又似是想到了什么，她动作一顿。

她转过头，拍了拍方循音的肩膀，有些愧疚地说："方方，不好意思啊……我不该挑起你的话题的。你生气了吗？"

方循音摇摇头，淡笑着说："没有，没有关系的。"

开开松了一口气："那就好，那就好。不过呢，悄悄说一句，我见过不少人，你那个同学真的非常不错，而且肯定对你有想法，要是……咳，你也主动一点哈。"

方循音一蒙。

"走了走了。"

说完，开开转身离开，剩下方循音一个人坐在椅子上眼神发直。

塑料袋里，油条已经有些微凉。她握着袋子，指尖轻轻一顶，将剩下那截油条顶出来，慢吞吞塞进嘴里。

脑袋里像是装了齿轮，因为生锈，"咔啦咔啦"地费力摩擦着，怎么都动不起来。

主动？

方循音好像没有想过这个问题。但经开开提起，一切迷雾好像渐渐散去，变得豁然开朗起来。

严格来说，无论是高中时，还是现在，她都是一个很被动的人。好像每一次，都是陈伽漠在主动走近她。

方循音早在心里"登月"一万次，落到现实里，却连伸伸手都似是万分困难。

可是，现在情况不一样了。

陈伽漠已经是她的男朋友了。

如果继续这样怯懦消极，只顾自己畏首畏尾，会不会某一天，陈伽漠也不再愿意走向她了呢？

不行。

不可以。

方循音深吸了一口气。

很快，到下班时间。

今天是周五，按照惯例，陈伽漠一定会来接她。

他虽还是学生，但到底已经是研究生，再加上科研能力很强，颇受导师重视，自由度相对也高一些。

至少，他周末会有些空闲时间，不必去实验室打工，可以和方循音约着出去逛逛街、吃吃饭。

上周五，他们俩便是用了一晚上时间策划周末计划，心情确实雀跃，但计划落到实处，也只是去江城临海沙滩看了一场日落。

浪漫有余，更进一步却再没有了。

甚至连个手都没有牵过。

牵手？

这个动作……方循音垂着眸，陷入沉思。

陈伽漠坐在驾驶位，频频看向她，疑窦丛生。

终于，他轻声开口："兔子。"

"嗯？"

"在想什么？上车之后一句话都没有说过。怎么了？是今天编辑部发生了什么事吗？"

这话一问，方循音手忙脚乱地摆手："没有，没有……"

下一秒，她的视线落到陈伽漠手上，尾音渐渐消失。

此刻，陈伽漠正单手控着方向盘，另一只手则空出来，斜斜半垂。

他开车的姿态十分慵懒，游刃有余，丝毫没有什么紧绷感，是一种赏心悦目的好看。

方循音偷偷觑着他的手指。

这双手，纤长白皙、骨节分明，近乎完美。

众所周知，陈伽漠会写毛笔字。

方循音忍不住想象他握着狼毫笔杆时的情景。

陈伽漠终于注意到了她目光的方向，轻轻"嗯"了一声，平静地问道："在看什么？我手上有什么东西吗？说过要想什么都跟我讲的，你还记得吧？"

方循音回过神来，微微一惊。

实在太尴尬了！

自己这是在想什么啊！

她耳垂烧得泛红，小声喃喃："没有看什么，就是看你单手握方向盘……嗯……"

陈伽漠笑起来："放心，一定是安全驾驶。"

"我不是那个意思……"

他点点头："我知道。"

静默十几秒，交通信号指示灯跳成红色。陈伽漠将车慢慢停在斑马线前。

行人一排排从车前走过，场景走马观花一般，唯独身边这个男人真实到近乎虚幻。

他慢条斯理地说道："我看那些电视里的男生都会空出一只手来

牵女朋友。"

方循音愣住了。

"可以吗?"

说着,陈伽漠朝方循音伸出手,摊开,掌心向上,含义不言而喻。

方循音愣怔数秒,蓦地,她坚定地抬起手臂,将手放入他掌心之中。

"可以的。"

陈伽漠没有丝毫犹豫,用力地握住了她的手。

他掌心温热,像是冬日暖阳。

一股暖流从皮肤相贴处传上来,在方循音身体里乱窜。最终,与血液交汇于心脏处。

好似连骨血都开始沸腾。

红灯跳绿,卡宴也开始启动。陈伽漠却没有松开她,只指尖翻转,轻而易举地与她十指交扣。

"紧张吗?"

"嗯。"

他一边注意着前方的路况,一边严肃地说:"别紧张,但你先不要说话。"

陈伽漠不得不承认,他心跳得有点太快。

没办法,若是小兔子再说什么话,他也害怕安全驾驶会不复存在。

"反正,多牵几次就习惯了。"陈伽漠自嘲地轻笑一声。

方循音:"……"

陈伽漠说得确实没有错,什么心跳反应,都只是不习惯,只要多牵一会儿就会好。

两人抵达饭店,方循音已经能面不改色心不跳地任凭陈伽漠拉着她,不紧不慢地往里走去。

餐厅是方循音挑的,一家炭火烤肉,在大众点评上排名很靠前。

走进店门,入目处烟火缭绕,叫人无端便生出了些许世俗心境。

方循音和陈伽漠在一起之后,尽量都会挑选这种吃火锅、烤肉、川菜、串串之类的地方。倒说不上有多喜欢,只是单纯想让陈伽漠看起来更现实一些、触手可及一些,若是美人如花隔云端,总显得太过虚幻缥缈。

陈伽漠本是个惯有主见的人,天生很有点领导力,样样事都能安排妥帖,让别人心甘情愿、满心欢喜地服从他。

这点从两人高中时就能看出些许端倪。

就算后面两年，他为人低调内敛许多，却也不妨碍班上同学都喜欢围着他。

但和方循音在一起时，陈伽漠好像是陡然失了一切主意，只会慢条斯理地答"好"。

毕竟，小姑娘性子软绵绵的，还有点怯懦，能对他说出自己内心的想法，就已经很好了。

距离是在渐渐拉近。

陈伽漠想告诉她，无论大事小事，她最好都不要担心别人是不是会不高兴。

不管旁人如何，他永远不会拒绝她。

两人面对面落座，中间隔个烤炉。但空间不大，不会影响说话。

陈伽漠替她倒了杯大麦茶，动作慢条斯理的，十分赏心悦目。接着，他又慢声问："明天是周六，你有时间吗？"

方循音眨了眨眼睛，重重点头。

顿了下，她想起了什么，又赶紧小声问道："你呢？之前不是说实验室进度还蛮紧张的吗？而且导师还有发核心期刊的要求……"

陈伽漠笑了一声，答道："陪女朋友的时间还是有的。"

方循音抿起唇，眉头不自觉蹙紧，声音沉闷："陈伽漠，我不要你这么辛苦。"

若是挤时间来陪她，她也不会高兴。

平心而论，和普通女孩子相比，方循音确实要更敏感一些，内心想法也比较多。

通俗来讲，就是矫情。

这缺点，她自己从来没有否认过。

许是独行久了，别人只消对她释放一点点善意，她就会感激不尽、全心全意对待，自己就能把自己哄好。

但若是实在太好，又会让她感到压力丛生，总觉得自己麻烦了对方、影响了对方。

更遑论那人还是陈伽漠。

思及此，她垂下眼，继续说："学业更重要。"

陈伽漠轻叹一声。

他抬起手，轻轻摸了摸方循音的脑袋。

小姑娘生得瘦弱，从十几岁起就是这般模样，好似风大点就会把她吹跑一样，这么些年过去，也没有任何变化。她骨架子小，自然连带着头脸也小，现在不戴眼镜了，五官显得很精致柔顺。

陈伽漠的大掌靠在她脑袋旁边时，视觉差明显，仿佛只要轻轻用点力就能将人轻易掌控。

借房顶的暖光望过去，很有点旖旎缠绻的意味。

他眸光微黯，掩饰般地轻咳一声，缩回手，喊道："音音。"

"嗯？"

陈伽漠语气平静："以前，你喜欢我的时候，觉得辛苦吗？"

闻言，方循音骤然瞪大了眼睛，脸颊瞬间飘起殷红色泽，心里有点尴尬，觉得不自在。

虽说，她已经知道陈伽漠看了她的日记本，对她那些小心思早就一清二楚，但毕竟没有拿到台面上来面对面说起过什么。

方循音惯会掩耳盗铃，不讲，就能装作没有发生。若是这样聊起，要叫她如何作答才好？

静默良久，她扣了扣指尖，垂着眼，非常确定地摇摇头。

暗恋确实很苦。

但苦的只是那种望不到头的追逐。

喜欢陈伽漠这件事本身，对于一个十几岁的少女来说，从心脏到大脑，每一个器官、每一个毛孔，都好像是在欢喜着的。

这会儿，烤肉被一盘盘端上来。

陈伽漠从旁边拿了个烤肉夹，将肉一片片放到烤盘上。

两相触碰，油在铁盘上发出"滋滋"的诱人声响。

烤肉香味开始弥漫。

方循音目光不由得偏移。倏地，她却听到陈伽漠再次开口。

他温声说："同理可证，我喜欢你的时候，也不会觉得辛苦。"

"……"

"明天早上我来接你。"

02

次日，江城秋高气爽，体感舒适。

方循音换好衣服，从房间的窗口偷偷往下张望了几眼。

她家是老式居民区，楼房层数不高，很轻易就能看清底下的情况。

正是早餐时分，小区里人来人往，多是大爷大妈出门买菜、遛弯。

邻里碰上面，还要驻足闲聊几句，十分热闹。

黑色卡宴停在角落的树荫里，静悄悄的，无人注意。

然而，方循音的心却像是被什么东西密密实实地填满了，感觉沉甸甸的，顺势抚平骨子里的惴惴不安。

她缩了缩脖子，眼睛里带上一丝笑意，一边往外走，一边迫不及待地给陈伽漠发消息。

方循音："我要下楼了。你吃早饭了吗？要不要我从家里带点东西下来。"

点击，发送成功。

下一秒，她已经开始思考起来。

今天家里吃小笼包和小馄饨，小笼包还有一笼没动过，可以直接拎走。那小馄饨怎么办呢？汤汤水水的，拿出去也不太方便。

踟蹰片刻后，手机在掌心轻轻振了几下。

Kuiper Belt："[照片 .jpg]"

Kuiper Belt："你的份也买了。"

Kuiper Belt："[流泪猫猫头 .gif]"

屏幕上，那表情包看起来尤为可爱。

方循音没忍住，扑哧一笑。

刚刚好，康文清从旁边路过，见状，便停下脚步。

"音音。"康文清皱着眉喊了她一声，问道，"你又要出去？"

方循音一惊，脸色有点慌乱，顿了下才点点头，"嗯"了一声。

康文清问道："和谁啊？去哪里？"

自从方循音高考结束后，康文清和方为就很少干涉她。

家中逢变，女儿年纪尚小，却为家里做了不少事。作为父母，自是怜惜万分，也知道她懂事，尽可能让她过得轻松些。比如放弃考研，比如从江大毕业，却去杂志社干一份薪水不高的工作，他们几乎都没有反对。

平日里，方循音要出门或是不回家吃饭之类，他们都少有唠叨。

这还是第一次被问起。

方循音难免慌乱，结结巴巴地说："一个……朋友。"

康文清眼神有些凌厉，上下打量她许久，追问道："方循音，你是不是谈恋爱了？"

"……"

"二十好几了，谈个恋爱也不用遮遮掩掩的啊。老实说，是不是？"

说实话，方循音确实不会骗人，被康文清一瞪，自己先乱了阵脚，眼神游移起来。

　　顿时，康文清什么都明白了，喜上眉梢，拉住方循音问道："对方是谁？多大了？做什么工作的？什么时候开始的？人靠谱吗？你这孩子……哎哟，你爸整天担心你孤苦终老，还自责说是不是我们管你早恋管得太严格，害得你一直不找男朋友呢！"

　　方循音表情僵硬，手足无措，支支吾吾说不出话来。

　　倒不是陈伽漠拿不出手，总归顾虑还是太多。

　　好半天，她终于挣脱开康文清的桎梏，飞快地打断唠叨："妈！以后再说吧，我快要来不及了。"

　　说完，方循音拎起包，头也不回地奔下楼去。

　　事实上，陈伽漠已然在车中等待许久，表情却没有丝毫不耐烦。

　　余光扫到熟悉的身影，他笑了一声。

　　方循音朝他小跑而来的模样真的很像一只小兔，实在是可爱极了。他发誓，绝对不是什么情人眼里出西施。

　　待人坐上副驾，陈伽漠才收起眼中的戏谑，抽了张纸巾递给她，不紧不慢地说道："怎么跑过来了？脸上都出汗了。"

　　方循音呼吸还有些凌乱，深呼吸几下才答道："我妈拉着我说了会儿话，怕你等急了。"

　　"我不急。阿姨跟你说什么了？看表情好像不是什么好事啊。方便跟我说吗？"

　　方循音垂下眼，十根手指扭在一起，缠缠绕绕。

　　她心下踌躇良久，才下定决心开口："她问我是不是在谈恋爱。"

　　"那你怎么说的？"

　　"没说。"

　　陈伽漠笑了笑，心下了然，没有再多问。

　　卡宴缓缓启动，驶出小区。

　　方循音理了理头发，心跳平静下来。她侧过头，望了一眼飞驰而过的路牌，小声问道："我们去哪里啊？"

　　陈伽漠挑了挑眉，说："江城科技馆，去过吗？"

　　方循音有些诧异，倒是没想到他会带她去这种地方。

　　不过，确实很适合陈伽漠。

　　"很小的时候，应该是小学吧，学校组织社会实践去过，不过早就忘记是什么样了。"

"那就好。"

二十来分钟后，卡宴在江城科技馆门口停下。

陈伽漠买了门票，带着方循音走进去。

时值周末，科技馆里游客不少。大多是父母带小朋友来的，像他们这种年轻小情侣好像并不多见。

不过这也无妨。

两人相视一笑，顺着人流踏进展馆。

江城科技馆整体设计很有科技感，分成数个展馆，每一个展馆主题不同，生物、动物、机器人、航空、信息……样样都有，科普性和游玩性都很强。

没看一会儿，方循音已经生出了浓厚兴趣。

特别是身边还有个百科全书一样的男朋友。

"这是四轴平衡器，用来训练宇航员在太空中的平衡能力。"陈伽漠给她简单解释了一下，"要不要上去试试？"

方循音点点头。

然而，下来时，她脸色像纸片一样苍白，只觉天旋地转，头晕得快要摔倒。

身旁，陈伽漠低声笑起来。

方循音瞪了他一眼："好晕。"

陈伽漠轻道一声"抱歉"，接着，他伸出手，将她的手掌牢牢握住，让她借一把外力。

"靠着我缓一缓。"

这一牵，两人的手便再也没有松开。

展馆熙熙攘攘，十指相扣，好像绝对不会被人群冲散。

仿佛，从这一刻起，两人再也不会走散。

手牵手逛了一圈，两人基本把路过的体验项目全都尝试了一遍。

陈伽漠问道："好玩吗？"

"好玩。"

方循音有些累，但眼睛亮晶晶的，用力点头，好像一瞬间回到了小时候。

她又问道："还有什么？"

陈伽漠眼神四下一扫，抬手指了指斜前方："地震体验屋，要不要去？"

"嗯！"

两人跟着几个小朋友一同走进白色房间。

等待几秒后，突然"咚"一声，这房间整个都歪了过来。

"啊——"

小朋友们站不稳，一边喊着，一边纷纷往倾斜那一侧倒去。

方循音也没料到这倾斜角度这么大，努力试图稳住身形，却还是往旁边跌了好几步。

还未来得及反应过来，下一瞬，房间又歪向了另一边。

她身子一歪，又跌回了陈伽漠身边。

陈伽漠倒是很淡定，单手撑着墙面，岿然不动的模样，含笑看向她。

无论何时何地，他总是这么芝兰玉树。

方循音在心里轻哼一声，无端生出万丈豪情。在下一次大倾斜到来之前，她紧紧拉住了陈伽漠的手臂，接着，主动将手塞进了他手心里。

她不看他，红着脸，低声开口："陈伽漠，你抓紧我，不能松开。"

"好。"

陈伽漠郑重点头，手掌用力，将她牵得很紧很紧。

自然，平衡力分给她一半，等再一次倾倒时，两人只能一同往低处滑去……

暮色四合时分，陈伽漠牵着方循音走出科技馆。

科技馆周围没有高楼，橙黄夕阳印在天际，一望无垠、清晰可见。

方循音停下脚步，驻足凝望片刻。

陈伽漠也跟着停下，低头觑着她，问道："兔子，你在想什么？"

方循音回过神来，顺势仰起头。

四目相对几秒。很快，她就有些不好意思起来，小声说："我在想，我们都没有合照。"

唯一一张，还是很多年前她从毕业照的废片里剪出来的。

陈伽漠捏了捏她的手指，从口袋里摸出手机，打开前置摄像头。

他笑起来，一把将她拉近，拉到亲密无间的距离，说："那现在就来照。"

每次和陈伽漠见面，方循音都会稍作打扮，再化个淡妆。此刻，哪怕玩了一整天，她的脸也没有花掉，依旧能看出五官清秀。

陈伽漠自是不必说。

两人挤在一个屏幕里，有种般配与和谐的味道，十分奇妙。

陈伽漠随手拍了好几张，简单翻了翻，再将手机拿给方循音。

"你看看。"

方循音对自己的容貌素来不自信，但这般看，却也挑不出什么错处："挺好的，能不能发给我？"

很快，照片通过微信传到她手机上。

方循音眷恋这每分每秒的完满，实在不想再犹豫不决，便直接挑了一张，眼睛一闭，发到了朋友圈里。

她的陈伽漠。

她的月光。

就算只能暂存，却也想让世界知晓。

方循音平时很少发朋友圈，所以，这照片发出去，还没等他们俩走到停车场，朋友圈已经炸开了锅，留言和点赞似是要淹没她。

康非池是第一个："天啊！方循音你谈恋爱了？！"

后面还有一些同学和同事。

"男朋友吗？好帅哦！"

"这是官宣吗？方老师，恭喜恭喜！"

"帅的！"

"音音，呜呜呜，你们俩好配！"

"这不是陈伽漠吗？你们？！"

……

从上到下，方循音简单看了看，却不知道该怎么回复。

手指无意识地滑了滑屏幕，朋友圈被刷新，竟然跳出一条新内容。

Kuiper Belt 也发了同样一张照片。

配字："我和全世界最可爱的小兔在一起了。"

番外二
日记本

20××年10月29日 秋高气爽
那天删陈伽漠微信的时候，偷偷保存了他的照片。
但是朱蜜有的时候会拿手机去翻图，想了想，还是把照片删了。
有些妄念，根本没必要存在。
难道每一个望月的人，都能登上月球吗？

20××年1月22日 非常冷
终于考进物理竞赛班了。
但是CJM没有来。
或许，暗恋就是这样，整个人好像都化成一颗小星球，在他周围转动。他的一举一动，都能引起星球风暴。

20××年12月13日 阴
今天出门穿得少了点，但是早上走进校门，就看到了CJM。
他可能心情不是很好，但颓唐起来也好看。

20××年3月19日 春晴

月考的物理考得一般，错了两道类型大题，徐老师不是很满意。

CJM又是第一名。

他没有了竞赛光环之后，好像也低调不起来。

或许，人和人的距离，从生下来那一刻起，就已经确定了有多遥远。

20××年6月3日 阳光热烈

在神明眼中，众生平等。但在我心里，你是最上等。

20××年4月1日 倒春寒

今天去剪头发了。

头发太长，已经快到腰下面了。

它陪伴了我二十年，好像已经成了我的老友。只要靠在肩上，就让人觉得心安。

但现在，我好像渐渐已经不再需要它。

十几岁的时候，很盼望长大，成为一个刀枪不入的战士，能不再介意外界眼光。等到二十几岁，我又忍不住怀念十几岁。

怀恋长长的头发、拉高的衣领，还有长久的、不曾停止下来的追寻的目光。

20××年4月8日 雨

今天，学生会组织了朗诵比赛。

因为不是什么大型比赛，也不够正式，可能单纯只是用来给同学们加综合测评分，参赛的人非常多，将阶梯教室挤得满满当当。

下课路过的时候，听到里面有人在声情并茂地朗诵诗句。

忍不住停下来听了几句——

"我曾经爱过你。

"爱情，也许，在我的心灵里还没有完全消亡。

"但愿它不会再打扰你，我也不想再使你难过悲伤。

"我曾经默默无语、毫无指望地爱过你。

"我既忍受着羞怯，又忍受着嫉妒的折磨。

"我曾经那样真诚、那样温柔地爱过你。

"但愿上帝保佑你，另一个人也会像我爱你一样……"

地铁上，用手机搜索了一下。

是普希金的诗。

是不是，每一句用来描述"暗恋"的语句，都注定悲伤？

是不是，每个人，都曾经默默无语、毫无指望？

这样想来，倒是有几分黑色幽默的感觉。

20××年8月4日雨

今天去菲菲姐家看卡戎了。

它好像还认识我。

心里说不上是什么滋味。

20××年3月17日雨

第一次杂志过稿了。

读者去杂志微博留了言，编辑发给我看。

"作者写得好好！代入感太强了！是不是现实里也有这样一个男生存在呢？"

不是的。

再精雕细琢的句子，也写不出 CJM 的三分神韵。

这世上，无人及你。

20××年5月17日没注意天气

人生的第一场暗恋，大多情况下都会无疾而终。这好像是亘古不变的定理。

20××年9月11日晴

该怎么办？

20××年11月9日有点冷

突然想到，陈伽漠说，他给我寄的明信片是用左手写的。

把明信片翻出来仔细看了看。

他真的太厉害了。

20××年12月9日晴

我们接吻了。

心跳大概能超过极限。

20××年9月11日晴

陈伽漠给我仔细讲了他妈妈的事情。

没有一刻，比此刻让我更想抱紧他。

很多真相好像都浮出水面。

20××年1月27日晴
见家长了。
哪怕紧张得不得了也没有关系。
我想一辈子和陈伽漠在一起。

20××年6月20日江城史上最热的夏天
陈伽漠毕业了，还拿到了国家航天局的录用信，可能他以后就要去研究月球探测器了？具体内容，我也不是很懂。
他说，他不是月亮，不要迷信他。
但是我永远相信，他是我的月光。
很多年前，我看过月球车玉兔的微博。月球车玉兔说："我已经是看过最多星星的一只兔子了！如果以后你们去到更深更深的宇宙，一定要记得拍照片，帮我先存着。月球说为我准备了一个长长的梦，不知道梦里我会跃迁去火星，还是会回地球去找师父？"
我的月亮也为我准备了一个长长的梦。
永远不会醒来的美梦。

20××年7月12日还是最热夏天
陈伽漠向我求婚了。
从十六岁，到现在，整整十年，不曾后悔过。
我们还有一辈子的誓言。

20××年10月23日秋凉
我们一起去看了周杰伦的演唱会。

20××年8月10日台风天
陈伽漠说，我们的孩子跟我姓。
其实我对姓氏没有什么想法。
这是我和陈伽漠的孩子，无论他叫什么，都是我的珍宝。
不过，小宝贝，别再折腾你妈啦。

21××年终
网上都说，人类历史上最大的谋杀案发生在1969年，阿波罗11

号扼死了月亮。从此人类被剥夺了梦境。

可是，只要有你在，我的好梦就永远不会消散。

这辈子，我真的很幸福很幸福。

- 番外完 -

后记

大家好。

谢谢你们坚持看到后记。

在连载这个故事期间，我收到了不少宝贝的私信和评论，问我为什么会写这样一个暗恋故事，可能是因为剧情吧，引起了不少小可爱的共鸣。所以，我打算来写一写这个后记。

其实写这篇文的诱因，也没有什么特别。今年四月初，我去杭州的姐妹家里做客。我和那个姐妹认识了有十多年，聊天的时候，正好聊起了以前学生时代的事。

大概在初中的时候，我有一个关系特别好的男孩子，他的名字叫Z。Z长得很好看，和当时很火的某个偶像剧男明星有点像。我和Z不是一个班，但是两个班的老师是一样的。他是英语课代表，有的时候会帮老师来给我们班送作业。我从小就十分重视长相，Z第一次走进我们班，我就觉得，啊，太帅了。然后，唉，因为一些事情，渐渐就熟悉了嘛。

Z人很好，很温柔，对朋友也好，我们每天都会聊天，放学蹲在校门口打《三国杀》，在QQ上互相分享一些搞笑段子，还有我喜欢的周杰伦的歌。当时，周杰伦到上海来开巡唱，我们还约了要一起去看。

我的微博用得早，至今还能看出当时的痕迹——微博域名只能改一次，我改成了Z的游戏昵称首字母，现在还是改不掉；贴吧账号也是，是我们俩一起注册的，同样格式的账号，我用到现在；写文的第一个笔名，是Z的QQ昵称，那个账号，一直到我高中毕业才弃用。

但是，因为种种原因，演唱会没能去成，我和 Z 也没有继续联络。他给我写的同学录，抄了整整一面的单词手册，没什么营养，但我从本子上拿出来，单独压在书柜最底层。同学录里面有一行，问最喜欢的明星是谁，Z 写的是周杰伦

前两年，听以前的同学说，Z 去当了兵，也有了谈婚论嫁的女朋友，我很为他高兴。真的，从曾经的朋友的立场来说，特别高兴。

曾经，我和 Z 一起做过很多事，一起吃过学校好吃的饭菜，一起在办公室背课文，一起看过冬天的雨、夏天的烈日，一起谈天说地，一起听音乐。

我们曾经是好朋友，而他一直过得幸福，对我来说，就是最好的事。

聊到这里，我的姐妹唏嘘了一句，说暗恋就不会有好结果。

我越想越觉得，不是这样的，暗恋没有结局，单纯只是因为运气不好，或者是，对方注定只能在我们的生命里灿烂那么一阵。等到了下一个车站，他下了车，但会有更好的、更适合的人上车。

这个过程，已经足够美丽，是"我为你翻山越岭，却无心看风景"的真挚回忆，是回想起来就会热泪盈眶的青春。

这篇文因此而来。

我不是方循音，Z 也不是陈伽漠。我们只是芸芸众生，剧情不够婉转，也不够浪漫，只能以陌路收尾。

但，方循音从一开始，就遇到了不会下车的陈伽漠。她以为不可攀的苦月光，一直不曾离开过她的世界。这浩瀚宇宙里，总有人是幸运的。我希望我的方循音就是那个幸运的姑娘。

写了一大堆，谢谢大家看到这里。谢谢大家喜欢《等月光》这个故事。